Der Drachenflüsterer
Die Feuer von Arknon

Das Buch

Ben hat es sich zur Aufgabe gemacht, die majestätischen Drachen vor der Verfolgung durch die Drachenritter zu schützen. Eine Mission, mit der er sich im Großtirdischen Reich viele Feinde verschafft hat und zum Geächteten wurde. Doch er ist nicht allein: Gemeinsam mit seiner Freundin Anula, dem treuen Drachen Aiphyron und einigen kampferprobten Gefährten hat sich Ben in einer entlegenen Festung versteckt. Als aber der Hohe Abt persönlich die Jagd auf Ben und seine Freunde eröffnet, muss der Drachenflüsterer handeln. Denn es gibt womöglich eine Waffe, mit der sich der Abt und die Ritter für immer zurückdrängen ließen. Eine Waffe, die allerdings an einem Ort verborgen liegt, den kein Mensch (und eigentlich auch kein Drache) freiwillig zu betreten wagt. Doch wann hätte Ben sich schon jemals von alten Legenden in die Flucht schlagen lassen?

Der Autor

Boris Koch, Jahrgang 1973, wuchs auf dem Land südlich von Augsburg auf und studierte Alte Geschichte und Neuere Deutsche Literatur in München. Nach 15 Jahren in Berlin lebt er heute als freier Autor in Leipzig. Zu seinen Buchveröffentlichungen gehören die erfolgreiche *Drachenflüsterer-Saga,* die humorvolle Abenteuergeschichte *Die Mondschatzjäger* und der mit dem Hansjörg-Martin-Preis ausgezeichnete Jugendkrimi *Feuer im Blut.* Sein Roman *Vier Beutel Asche* wurde von der Deutschen Akademie für Kinder- und Jugendliteratur als Jugendbuch des Monats April 2013 ausgezeichnet.

BORIS KOCH

DER DRACHENFLÜSTERER

Die Feuer von Arknon

Roman

heyne>fliegt

MIX
Papier aus verantwortungsvollen Quellen
FSC® C014496

Verlagsgruppe Random House FSC® N001967

Redaktion: Catherine Beck
Umschlaggestaltung: Nele Schütz Design, München,
unter Verwendung einer Illustration von © Luisa J. Preißler
Karte: Andreas Hancock
Innenillustrationen: Dirk Schulz
Satz: Buch-Werkstatt GmbH, Bad Aibling
Druck und Bindung: GGP Media GmbH, Pößneck
Printed in Germany
ISBN: 978-3-453-27104-3

www.heyne.de

Für Elli

Burg Drachensturz
Falcenzca
Raine des vergessenen Ritters
Gro
Venzara
Buchenbrun
Drakensand
Lagune der zersplitterten Titanen
Kloster Sonnenflut
Kurz-klufting
Klost
Felsenr
Rhaconia
Das Verlies der Stürme
Kloster mit den zwölf Zinnoberzinnen
Uralte Felsnade

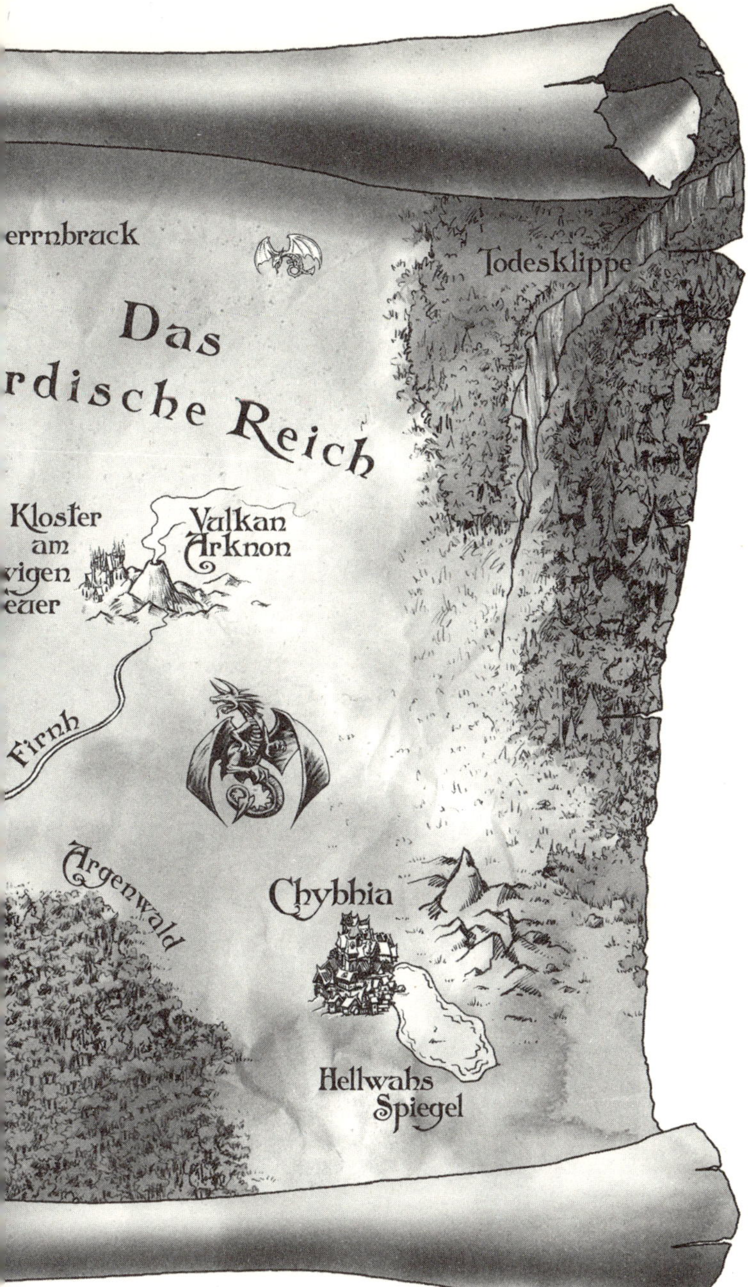
errnbruck
Todesklippe
Das
rdische Reich
Kloster
am
vigen
euer
Vulkan
Arknon
Firnh
Argenwald
Chybhia
Hellwahs
Spiegel

PROLOG

Es war der Sommer der verfluchten Drachen. Niemand in ganz Buchenbrunn konnte sich erinnern, dass es je so eine Plage gegeben hätte. Die Dorfältesten berichteten, dass selbst ihre Großeltern nie von einem solchen Sommer erzählt hatten. Eine, zwei, höchstens drei Sichtungen gab es üblicherweise im Jahr, nun flog alle paar Tage ein Drache mit gewaltigen fluchbeladenen Schwingen über das Dorf hinweg, und manchmal sogar zwei oder drei auf einmal. Wer sich auf der Straße aufhielt, drückte sich sofort in den nächsten Schatten, denn hatte ein solches Biest einen erst einmal gesehen, konnte es jederzeit hungrig und geifernd herunterstürzen.

»Du bleibst ab jetzt den ganzen Tag im Haus«, befahl Cathes Vater, als zum dritten Mal geflügelte Drachen hoch oben über den Himmel rauschten.

»Warum?«

»Weil alle Kinder drinnen bleiben.«

»Aber ich bin kein Kind, ich bin fünfzehn!«

»Du bist Jungfrau«, sagte ihre Mutter und hob die Augenbrauen. »Und noch dazu schön wie eine Auserwählte des Ordens. Du weißt doch, was Drachen mit Jungfrauen machen?«

Cathe nickte. Jeder wusste das. Sie fraßen sie. Sie fraßen sie von allen Wesen auf der Welt am liebsten, und je hübscher, desto lieber.

»So schön bin ich auch wieder nicht«, murmelte Cathe halbherzig. Sie fand ihre Nase ein bisschen zu groß und das glänzend schwarze Haar zu dünn. Sie hätte lieber wilde blonde Locken gehabt wie ihre Freundin Sinje, aber Sinje sagte immer, sie hätte dafür gern Cathes volle Lippen, die grünen Augen und ihre Figur.

»Sag das den zwei Dutzend Burschen, die dich bei jedem Fest umlagern«, brummte ihr Vater und zwinkerte ihr zu. »Und am besten auch denen, die ständig an meiner Tür nach dir fragen. Und dem, der letzten Monat bei dir einsteigen wollte, aber aus Versehen das Stallfenster erwischt hat.«

Cathe lächelte. »Es war Neumond, und Dholyn war betrunken.«

»Ändert nichts daran, dass er dich für schön genug hält, um Ärger zu riskieren, oder?«

»Du bist eben was ganz Besonderes«, sagte ihre Mutter. Das sagte sie öfter, aber nie, was an ihr so besonders sein sollte.

Cathe zuckte mit den Schultern. Sie wusste, dass die jungen Männer bei den Tanzabenden Sinje genauso umlagerten. Sinje tanzte viel und ausgelassen und mit fast jedem, doch keiner durfte auf mehr als einen Tanz am Abend hoffen. Wer sich ihr dabei zu sehr näherte, wurde von Sinje lachend auf Abstand gehalten, sie wusste sich durchzusetzen. Und Cathe lernte es von ihr, obwohl sie es selten brauchte, denn die meisten Jungen wurden nicht zudringlich, aus Angst vor ihrem Vater. Natürlich nannten sie es nicht Angst, sondern Respekt. Hatten die Jungen ihren Tanz oder ihre Abfuhr erhalten, umlagerten sie sofort auch alle anderen Mädchen aus dem Dorf. So waren Jungs nun mal.

Für das kleine Buchenbrunn mochten Sinje und Cathe hübsch sein, aber die Drachen flogen doch auch über Rhaconia und Venzara hinweg und sahen alle Frauen der Welt, adlige, reiche und auch ausgebildete Jungfrauen des Ordens. Und für so schön hielt sich Cathe sicher nicht.

Aber ihr Vater hatte es befohlen, und so blieb sie Tag und Nacht im Haus.

Wieder und wieder flogen wilde Drachen über sie hinweg, niemand konnte genau vorhersagen, wann. Einmal kreiste einer über dem Dorf, ein anderer stand mehrere Flügelschläge lang in der Luft und reckte den Kopf hinab. Cathe sah durch das Fenster hinauf, hielt sich im Schatten des Vorhangs und dachte an lauernde Raubvögel, nur dass die Drachen viel, viel größer waren. Kurz hatte sie den Eindruck, jemand würde auf dem Drachenrücken sitzen.

Und dann, eines Tages, geschah es. Zwei gewaltige Drachen stießen plötzlich herab und landeten mitten auf dem Marktplatz. Jeder von ihnen trug einen menschlichen Reiter auf dem Rücken. Die rauschenden Flügel von mehr als zwanzig Schritt Spannweite ließen den Straßenstaub in der heißen Luft aufwirbeln. Er fegte über Straßen und Höfe hinweg und legte sich grau auf Dächer und Fenster.

Schreiende Menschen ließen alles fallen und stürmten in ihre Häuser, überall wurden die Türen zugeschlagen, Cathe warf sich unter einem Fenster in Deckung. Vorsichtig lugte sie hinaus, konnte jedoch nichts erkennen – zu viele Gebäude standen zwischen ihr und den Drachen. Sie war enttäuscht und froh zugleich, denn das bedeutete, dass auch die Drachen sie nicht sehen konnten.

Irgendwer rief etwas, aber sie verstand nichts. Ihre Mutter war im Stall und Vater mit Cathes beiden Brüdern draußen auf dem Feld. Hoffentlich hatten sie rechtzeitig ein Versteck gefunden. Die Buckelkühe im Stall muhten laut und schlugen die Hufe gegen die Holzwände.

Draußen rief wieder jemand, es klang nicht feindlich, sondern fast wie ein Gruß. Letzter, feiner Staub setzte sich.

Ihr Vater eilte vor dem Fenster vorbei in Richtung Marktplatz. In der Rechten trug er eine Heugabel, sein Gesicht war wutrot, den Unterkiefer hatte er entschlossen nach vorn gereckt. Alle nannten ihn streitsüchtig, aber er sagte, die anderen würden immer anfangen. Cathe wusste nur, dass er meist für sie und ihre Ehre stritt. Für sie oder ihre älteren Brüder, obwohl die schon längst erwachsen waren.

Sie wollte ihm eine Warnung zurufen, aber nur ein dünnes Krächzen drang aus ihrem Mund: »Nein, Pa! Bleib hier …«

Von ihren Brüdern fehlte jede Spur.

Und noch einmal rief jemand auf dem Marktplatz, und diesmal erhielt er eine eindeutige Antwort: »Verzieht euch!«

Cathe erkannte die laute Stimme ihres Vaters. Stellte er sich gerade ganz allein den Drachen? Lautlos flehte sie zum Sonnengott Hellwah: *Lass nicht zu, dass sie ihn zerfleischen! Bitte!*

Kein Fauchen erklang, kein Knirschen, kein Schmatzen, kein Reißen, kein Kauen. Angstvoll lauschte und flehte Cathe weiter.

»Verzieht euch, lügnerisches Flatterpack!«, erklang es wieder, und diesmal stimmten auch andere Leute aus Buchenbrunn mit ein, wenn auch wenige und nur zögernd. »Verzieht euch! Wir wollen euch hier nicht!«

Ein Drache fauchte laut, und die Luft draußen flirrte. Ein Schauer überlief Cathe, unvermittelt schlug ihr Herz lauter, und ihre Hände zitterten. Sie duckte sich tief unter das Fenster.

Feigling, dachte sie sofort und rappelte sich wieder auf. Immer stritt ihr Vater für sie, jetzt war er es, der Hilfe brauchte. Sie stürmte zur Tür und riss sie auf.

Moorschwarze Schwingen erhoben sich staubwirbelnd über dem nächsten Dach und verdunkelten für einen Moment die Sonne. Ein langer Drache stieg mit geöffnetem Maul in den Himmel auf, zahllose Zähne reihten sich krumm und spitz aneinander. Seine Augen glühten. Ihm folgte ein mächtiger tiefblauer Drache, dessen Schuppenmuster an eine Holzmaserung oder Granit erinnerte. Von den beiden Drachenreitern sah Cathe nur den Rücken, die Gesichter konnte sie nicht erkennen. Sie verschwanden Richtung Süden, Cathe verharrte starr in der Tür und zitterte.

Ihre Mutter kam aus dem Stall und scheuchte sie zurück ins Haus: »Bist du verrückt? Rein!«

»Aber Pa …«

»Rein!«

Cathe gehorchte zögernd, noch immer gebannt vom Anblick der Drachen.

Polternd kam ihr Vater hereingestürzt und packte sie an den Schultern. »Geht's dir gut, mein Gulden?«

Cathe nickte und umarmte ihn erleichtert. Er schien nicht die kleinste Schramme zu haben. Sie flüsterte: »Dir auch?«

»Natürlich.«

Bevor sie nach ihren Brüdern fragen konnte, stürmten die schon ins Haus, bewaffnet mit Sense und Sichel. »Ist wer verletzt?«

Vater schüttelte den Kopf und löste sich sanft von Cathe.

»Was wollten sie dann?«, fragte Mutter.

»Lügen verbreiten«, sagte Vater barsch. »Sie haben uns ihre verräterische Freundschaft angeboten, aber wir haben sie vertrieben. Wir haben gesagt, dass wir nicht mit Samothanbetern paktieren. Wir sind Hellwah treu!« Er machte das Sonnensymbol, und seine Familie tat es ihm gleich.

»Und sie sind einfach so abgezogen?«

»Erst haben die zwei Burschen lautstark bestritten, mit Samoth im Bund zu sein, aber keiner von uns hat ihnen geglaubt. Solange ihre Drachen die verfluchten Flügel haben, sind sie in Samoths Gewalt, das weiß jeder. Sie lügen, so wie Samoth lügt«, knurrte Vater. »Der Orden hängt überall Steckbriefe von ihnen aus! Für wie dämlich halten uns die zwei? Meinen die, wir können nicht lesen?«

Der Anführer der Samothanbeter hieß Ben, Cathe hatte die Steckbriefe auch gelesen. Sie verstand nur nicht, wie man freiwillig Samoth anbeten konnte, den unterirdischen Gott der Orte, an die kein Licht fällt, den großen Täuscher und listigen Widersacher von Hellwah, dem Sonnengott und Schöpfer.

»Es war Ben selbst?«, stieß Cathes ältester Bruder Kelh hervor.

»Hat einer zumindest behauptet, aber er sah überhaupt nicht so aus wie auf dem Steckbrief. Und du weißt ja, die Samothanbeter lügen den ganzen Tag.«

»Aber sie haben niemandem etwas getan? Sie haben euch nicht angegriffen?«

»Nein. Wir waren bewaffnet.«

»Mit Heugabeln.«

»Und Äxten und Dolchen«, sagte Vater.

»Gegen Drachen helfen nur Klingen aus Blausilber.«

»Ja. Aber die beiden jungen Burschen sind genauso verwundbar wie jeder andere auch.« Dann wandte er sich an Cathe und sah ihr direkt in die Augen. »Sie haben gesagt, sie kommen wieder. Du bleibst also weiter drin, hilfst nur noch im Stall und in der Küche. Verstanden?«

Cathe widersprach nicht, die Drachen waren gewaltig gewesen. Sie fühlte sich klein und hilflos, und in dieser Nacht verfolgten die Drachen sie noch im Traum, bis sie irgendwann schwitzend erwachte.

Doch sie kamen tagelang nicht wieder. Einmal kreiste ein einzelner Drache hoch über dem Dorf, aber er stieß nicht herab. Eine ganze Woche verrann, in der sich selbst die Erwachsenen kaum hinauswagten, doch die Ernte und alle anderen Arbeiten ließen sich nicht aufschieben, wenn man im Winter nicht verhungern wollte. Und so gingen die Bauern wieder hinaus und nahmen scharf geschliffene Äxte gegen die Angst mit aufs Feld, während Priester Wolkhan jeden Morgen im Tempel um Hellwahs Segen flehte und ein junges weißes Huhn opferte.

Allein durfte Cathe nicht hinaus, und in der Dämmerung und nachts schon gar nicht.

»Drachen können ausgezeichnet riechen«, wusste ihre Mutter. »Sie wittern eine Jungfrau, lange bevor du sie siehst.«

Doch manchmal, wenn die Sonne hoch am klaren Himmel stand und weit und breit kein Drache zu sehen war, brachte Cathes Vater sie ein paar Häuser weiter bis zum Marktplatz, wo ihre Freundin Sinje wohnte. Sinjes Vater war der Schuster und Sattler des Orts, doch die meiste Zeit verbrachte er in der Werkstatt mit tatenlosen Grübeleien. Hin und wieder trank er allein im Wirtshaus, und Cathe war froh, wenn sie ihn nicht zu Gesicht bekam.

Früher war das anders gewesen. Oft hatte er Scherze mit den Mädchen getrieben, und auch nach dem Tod von Sinjes Mutter hatte er sich bemüht und nur heimlich geweint. Gesehen hatte sie seine Tränen damals nie, aber Sinje hatte es ihr erzählt und sie schwören lassen, darüber zu schweigen.

Dann hatte er eine neue Frau gefunden, eine lustige Näherin aus dem nahen Eberschlag, und mit ihr schon bald einen Sohn gehabt, Sinjes Halbbruder Tharas. Als der drei Jahre alt gewesen war, erlag die Mutter einem Fieber, und Sinjes Vater hörte auf zu lachen. Er verlor die Kraft, seine Tränen zu verstecken, und schon bald die Kraft, überhaupt zu weinen. Er ging nun immer leicht gebeugt, die Augen waren gerötet, unter ihnen breiteten sich dunkle Ringe aus. Es war, als hätte jemand das Licht in ihnen gelöscht, so matt und leblos wirkten sie.

Sinje war acht gewesen, als ihre Stiefmutter starb, seitdem kümmerte sie sich um Tharas und den Haushalt. Sie hatte aufgegeben, ihren Vater anzutreiben, und sich geschworen, nicht zu werden wie er. Sie ging aufrecht, egal, wie sie sich fühlte, und zu jedem Tanz. Sie lachte so viel wie möglich, denn – das sagte sie jedoch nur zu Cathe: »Man weiß nie, wie lange man kann. Denk an meine Mutter.«

Cathe bewunderte sie dafür und half ihr, wo sie nur konnte, und so wurde Tharas irgendwie auch ihr kleiner Bruder. Wann immer es ging, war sie für ihn da. Sie spielte mit ihm, übte mit ihm Schreiben und Rechnen und zeigte ihm die verschiedenen Bäume, Schmetterlinge und alle möglichen Schattenfiguren, die sie konnte. Ihre Hände waren dabei so geschickt, dass die Schatten von Fuchs und Drache, von Krähe, Schwein und Schwan so lebendig über die Wände huschten, als würden sie von echten Tieren geworfen. Ganze Geschichten konnte Cathe so ohne ein Puppentheater erzählen, und Tharas lauschte aufmerksam. Er war vernarrt in alle Geschichten und verlangte immer neue Figuren von ihr, und immer wieder den Drachen.

Wenn Tharas Sinje fragte, warum etwas so oder so war, sagte sie immer: »Frag Cathe.«

»Warum?«

»Weil sie es weiß.«

»Warum?«

»Sie ist schlauer als ich.«

»Warum?«

»Sie ist geduldiger beim Lernen.«

»Warum?«

»Darum.«

»Das ist keine richtige …«

»Frag Cathe.«

Und so fragte er Cathe, und Cathe antwortete, so gut sie konnte. Sie ließ sich auf jede noch so abwegige Frage ein und versuchte es zu erklären. Sie wollte, dass Tharas verstand, was er sah und hörte. Ihre Brüder hatten auf ihre Fragen immer nur gesagt: »Das ist eben so.« Tharas sollte richtige Antworten bekommen.

Cathe wiederholte für ihn auch die alten Legenden aus der Sonntagsschule. Meist spielte er diese nach und streunte tagträumend als Ordensritter und Drachenbefreier auf den Straßen umher. Äußerlich ähnelte er seinem Vater, doch seine Schultern hingen nicht herab, und die Augen strahlten lebendig. Er tanzte so gut und wild wie Sinje, und Cathe sagte immer: »Eines Tages wirst du den Frauen den Kopf verdrehen.«

Doch noch war er dafür zu jung. Im Sommer der verfluchten Drachen war er gerade erst zehn geworden, und er spielte noch immer gern Verstecken mit Cathe, obwohl er sie nur fand, wenn sie es wollte. Sein Talent zu suchen schien nicht sehr ausgeprägt, oft genug lief er gedankenversunken ganz nah an ihr vorbei. Sinje dagegen fand er meist – sie hatte nicht die Geduld, sich lange zu verbergen.

Der Anblick der geflügelten Drachen hatte ihn verstört. Er sprach nicht darüber, doch er lachte nun weniger und sah immer wieder in den Himmel hinauf.

Zwei Wochen nachdem die Drachen gelandet waren, murrte Sinje: »Ich bin es leid, dass wir nicht richtig raus können. Dass du mich nur mittags besuchst, dass der nächste Tanz abgesagt wird.«

Cathe nickte, und Tharas, der nicht zugehört hatte, fragte: »Warum sind Zinnen auf Türmen eigentlich viereckig und nicht spitz oder rund?«

»Cathe?«, schob Sinje die Frage wie immer weiter.

»Du bist genial!«, rief Cathe.

»Warum?«, fragte Tharas verwirrt. »Weil ich das nicht weiß?«

»Nein, nur aus Versehen.«

»Warum?«, fragte nun auch Sinje.

»Einen Turm! Wir brauchen einen Turm. Einen Hochsitz mit einem großen Gong auf dem Marktplatz. Von da aus kann man den Himmel ringsum im Auge behalten und bemerkt die Drachen frühzeitig.«

»Und mit dem Gong warnt der Wachhabende die Arbeitenden auf den Feldern«, fiel Sinje ihr ins Wort. »Du bist genial.«

»Warum sie?«, fragte Tharas. »Das war meine Idee.«

Zu dritt bedrängten sie Cathes Vater, dass er den Dorfrat mit dem Priester Wolkhan, dem geieräugigen Büttel Seystat, den großspurigen, benachbarten und verfeindeten Großbauern Cero und Gaiobis und natürlich dem bartzwirbelnden Bürgermeister Yasthor zusammenrief. Aufgeregt stellten sie dort die Idee mit wenigen Worten vor. Cathe sagte: »Alle könnten wieder rausgehen. Sobald der Gong ertönt, sucht man einfach im nächsten Haus Schutz, bis die Drachen weg sind. Jeder lässt jeden rein, und so sind alle sicher.«

Sie hatten mit Widerspruch gerechnet, schließlich waren sie nur zwei Mädchen, aber der Dorfrat war begeistert. Bürgermeister Yasthor schlug mit der flachen Hand auf den Tisch und rief: »Das ist es! Warum sind wir da nicht selbst drauf gekommen?«

Das wollte keiner vertiefen. Alle drängten ins Freie, um den Plan in die Tat umzusetzen. Sofort wurde Holz für einen zwölf Schritt hohen Turm herbeigeschafft, jeder im Dorf packte mit an.

Doch bevor der Turm fertig war, büxte eines Mittags Tharas aus und kehrte nicht wieder zurück. Nicht am Abend, nicht in der Nacht und auch nicht am nächsten Tag.

Das ganze Dorf suchte die gesamte Umgebung nach ihm ab, jeden Hügel, jeden Schuppen, die bewachsenen Bachufer, den Waldrand und auch die Lichtung, auf der er schon mondtanzende Schleierfeen gesehen haben wollte. Sein Vater stapfte im Pulk mit und brabbelte den ganzen Tag seinen Namen, bis er ganz heiser war. Sie fanden keine Spur von ihm, keinen Fetzen seiner Kleidung und keine Lache getrockneten Bluts.

Nach zwei Tagen vergeblicher Suche waren alle sicher, dass die Drachen ihn geholt und fortgeschleppt hatten.

Obwohl niemand es aussprach, so zweifelte doch keiner daran, dass die Drachen Tharas längst gefressen oder an ihre Brut verfüttert hatten. Irgendwem fiel plötzlich wieder ein, dass er an jenem Mittag in der Ferne etwas am Himmel gesehen hatte. Ein anderer stimmte ihm zu: »Ein Drache. Ich hab ihn auch gesehen.«

»Warum habt ihr nichts gesagt?«, klagte sein Vater.

»Er war meilenweit weg. Und heutzutage sieht man die Bestien ja ständig, oder?«

Trauer und Klagen waren groß, und die Suche wurde abgebrochen. Den Geflügelten zu folgen, war ein vergebliches Unterfangen. Sinjes Vater trank daheim, wie er noch nie getrunken hatte, fiel vom Küchenstuhl und schluchzte zusammengekauert vor sich hin.

»Komm hoch!«, schrie Sinje. »Wir dürfen nicht aufgeben!«

Aber er schluchzte nur: »Tharas.« Und nach einer Weile: »Warum immer ich? Was habe ich dir getan, Hellwah? Was?«

»Komm hoch!«, rief Sinje noch mal, und jetzt schluchzte sogar sie. Sie wirkte so hilflos, wie Cathe sie noch nie gesehen hatte. Aber ihr Vater drehte sich nur weg.

»Lass ihn«, sagte Cathe leise, obwohl sie selbst hätte schreien mögen. Warum Tharas?

Warum?

Sanft zog sie ihre Freundin weg von ihm. »So hilft er uns sowieso nicht.«

Cathes Vater betrank sich nicht, aber auch er hatte die Suche aufgegeben. Als Cathe ihn bedrängte, sagte er nur: »Mir tut der Bursche auch leid, glaub mir, aber wir können nichts mehr tun. Es gibt keine Hoffnung mehr für ihn, und dafür riskiere ich nicht mein Leben. Ich muss zuerst an dich und deine Brüder denken, an unsere Familie.«

»Und wer denkt an ihn? Sein Vater nicht!«

Cathes Vater packte sie an den Schultern und sah ihr wütend in die Augen. »Mach mir nicht zum Vorwurf, dass er niemanden hat! Ich bin für euch verantwortlich, nicht für ihn! Und das bin ich, indem ich überlebe!«

Sie nickte und schwieg. Doch in der Nacht, als alle erschöpft schliefen, schlich sie sich mit Sinje trotz ihrer Furcht vor den wilden Drachen wieder hinaus.

Drei volle Nächte lang suchten sie überall. Sie drangen tiefer in den Wald ein als je zuvor und lauerten am Rand der Lichtung auf Tharas oder eine mondtanzende Schleierfee, um ihr einen Wunsch zu entreißen. Einen einzigen verzweifelten Wunsch, um ihn zurückzubringen. Doch sie fanden weder Sinjes Bruder noch eine seiner Feen.

»Ich werde ihn rächen«, schwor Sinje am Ende der dritten Nacht auf der Lichtung. Ihre hellen Locken schimmerten im Mondlicht wie Feenflügel, doch ihre Augen lagen tief in den Höhlen und glühten vor Zorn und Hass. Zitternd fiel sie auf die Knie und kratzte mit ihrem Messer eine kopfgroße Schwurgrube in den trockenen Boden. »Ich werde seinen Tod an jedem geflügelten Drachen rächen, den ich erwischen kann. Ich werde sie jagen und zur Strecke bringen! Ich werde ihnen ihre Flügel nehmen, und wenn das nicht klappt, werde ich sie töten! Wie auch ihren elenden Herrn, den unseligen Samothanbeter Ben. Er muss sterben! Das schwöre ich bei Aphra, der Göttin des Mondes und aller Vögel.« Sie hielt die Hand über die Grube und ritzte sich in die Handfläche. Dunkles Blut tropfte in die Grube. »Das schwöre ich bei meinem Blut!«

»Ich werde dir helfen«, versprach Cathe sofort. Tharas war auch ihr Bruder gewesen, und sie ertrug den Anblick ihrer trauernden Freundin kaum, die allein alles versucht hatte, was eigentlich die Aufgabe ihres nichtsnutzigen Vaters gewesen war. Ja, des ganzen Dorfs. Warum hatten sie alle so früh aufgegeben?

»Schwörst du?«

Cathe zögerte nur einen Augenblick lang, ein solcher Schwur war mächtig. Aber was sollte sie sonst tun? Sinje auch noch als Letzte verlassen? Entschlossen nickte sie, kniete sich zu Sinje und nahm das Messer. Langsam schnitt sie sich in die Handfläche. Sie schnitt so tief, dass das Blut schnell und stark floss. Die Wunde brannte, aber Cathe jammerte nicht.

»Danke.« Sinje umarmte sie, und Blut aus Cathes Hand sickerte in ihre Bluse, bis der Schnitt schließlich verkrustete. Aneinandergeklammert weinten die Freundinnen um den kleinen Tharas, bis die Sonne aufging.

Tharas' Verschwinden veränderte das Dorf. Die Wut auf die verfluchten Drachen und ihren Herrn Ben nahm ebenso zu wie die Furcht vor ihnen. Wer laut überlegte, ob es vielleicht doch Räuber oder wilde Tiere gewesen waren, oder ob Tharas einfach nur fortgelaufen war, wurde von allen anderen niedergebrüllt. Nichts war so bedrohlich wie verfluchte Drachen. Sie hatten gesagt, sie würden wiederkommen, und man hatte sie gesehen.

»Gedroht, wiederzukommen, nicht einfach nur gesagt«, hieß es jetzt überall. Wer sonst sollte es also gewesen sein?

Und Tharas blieb verschollen.

Cathe versuchte Sinje zu trösten, aber sie wusste nicht,

wie. Sie fühlte sich selbst leer. Sinjes Vater verkroch sich in der Werkstatt, arbeitete nicht und soff den ganzen Tag. Abends war er so betrunken, dass er sich zum Schlafen auf die Werkbank legte. Er rollte herab, stürzte in herumliegendes Werkzeug und brach sich den Knöchel. Sinje weigerte sich, ihren Vater zu versorgen. Tag und Nacht dachte sie an Rache, auch wenn sie nicht wusste, wie die zu bewerkstelligen war.

Als der Wachturm fertiggestellt war und sie tagsüber wieder raus durften, brachte Cathe ihre Freundin in den Hellwahtempel, um zum Sonnengott zu flehen. Gegen jedes Wissen glomm in ihr noch ein irrwitziger winziger Funke Hoffnung, Tharas könnte wohlbehalten zurückkehren. Doch in Sinje glomm nur Wut. Vor Hellwahs Standbild brach es aus ihr hervor: »Warum hast du zugelassen, dass sie ihn am helllichten Tag holen? Du bist die Sonne, du warst am Himmel, warum hast du ihn nicht gerettet?«

Cathe zischte: »Sei still.«

Aber Sinje schrie: »Höchster Gott nennst du dich? Dass ich nicht lache! Was hat Tharas dir denn getan? Er war zehn und hat es im Haus nicht mehr ausgehalten! Er wollte nur an deine verdammte Sonne! Und du lässt ihn im Stich!«

Priester Wolkhan sah grimmig zu ihnen herüber und hob mahnend den Zeigefinger. Bei allem Verständnis für Sinjes Schmerz wollte er keine Lästereien dulden. Nicht hier im Tempel.

Zwei Frauen links von ihnen schüttelten missbilligend die Köpfe.

Cathe packte ihre Freundin am Arm und zog sie hinaus. Dabei sah sie entschuldigend in alle Richtungen. Doch Sinjes Blick war herausfordernd, und jeder mied ihn. Vor der Tür spuckte Sinje auf Bens alten, eingerissenen Steckbrief, der am Brett für Aushänge angeschlagen war. Langsam rann der Speichel über sein hinterhältiges Gesicht hinab.

Kurz darauf hörte ganz Buchenbrunn von einem Reisenden, dass der neue Hohe Abt von Kloster Sonnenflut – der scharfsinnige und unnachgiebige Herr Morghon – fortan mit aller Macht gegen Samothanbeter vorgehen wolle. Dass er die Geächteten um den gefürchteten Ben und seine verfluchten Drachen unerbittlich verfolgen ließ und das Kopfgeld verdoppelt hatte.

»Aus seinem eigenen Privatvermögen!«, wusste der Reisende. »Er stammt aus einer reichen Händlerfamilie.«

»Respekt«, sagte Cathes Vater. »Wirklich, Respekt. Endlich haben wir einen Abt, der sich einsetzt. Der was tut.«

Viele nickten. Und alle sagten: »Gegen solches Pack muss man rücksichtslos durchgreifen.«

Dankbar luden sie den Reisenden auf ein Bier ein, als wären die Taten des Abts seine, dabei hatte er nur die Nachricht davon überbracht. Gemeinsam tranken sie auf den Hohen Abt Morghon und sein Wohl.

Doch am nächsten Tag sichteten die Wächter auf dem Turm wieder zwei geflügelte Drachen in der Ferne. Noch hatte das verdoppelte Kopfgeld zu keinem Erfolg geführt, aber es konnte nicht mehr lange dauern, bis ein Ordensritter ihnen die Flügel und damit Samoths Fluch nehmen würde.

Sinje rannte nach Rache schreiend auf die Straße und fuchtelte mit dem Schwurmesser in der Luft. Wer sie sah, blickte verlegen weg. Plötzlich hinkte ihr Vater aus der Werkstatt und zerrte sie wieder ins Haus. Grob stieß er sie zu Boden, er stank nach altem Schweiß und Alkohol. »Reicht es nicht, dass sie sich Tharas geholt haben? Willst du mich jetzt auch noch verlassen? Du bist alles, was mir geblieben ist!«

»Geblieben? Ich bin dir doch egal! Alles, was dir wichtig ist, ist der Wein!«, schrie Sinje und rappelte sich wieder auf. »Säufer!«

»Halt's Maul!« Er schlug sie ins Gesicht, sodass sie wieder stürzte.

»Nein!« Wieder rappelte sie sich auf. »Nie mehr werde ich mein *Maul* halten!« Das Wort Maul spie sie regelrecht aus.

Entsetzt sah ihr Vater sie an, und Sinje wusste nicht, ob er sie gleich schlagen oder sich an sie klammern würde. Doch dann stolperte er in die Werkstatt hinüber, wo die Weinflaschen auf ihn warteten.

Die Drachen verschwanden mit weit ausholenden Flügelschlägen am Horizont, ohne sich um das Elend am Boden zu kümmern.

Doch schon am nächsten Nachmittag kam jemand nach Buchenbrunn, der allen ein wenig Hoffnung schenkte: Herr Thaler. Auch wenn er noch nie zuvor hier gewesen war, erkannten ihn die meisten sofort, denn sie hatten schon von ihm gehört. Von ihm, von seinem flinken, rau geschuppten Drachen Sandsturm und dem Wappen, einem hellen Gulden auf blutrotem Grund. Er war der berühmteste und gefürchtetste Kopfgeldjäger des Großtirdischen Reichs. Er hatte die berüchtigten Räuber des tiefen Argenwalds zur Strecke gebracht, den blinden Dieb der heiligsten Heiligtümer aus Aphrasehr und den blutrünstigen Samothanbeter Wizzenthe, der dreizehn dreizehnjährige Jungen ermordet und mitternachts im Dämmerforst verscharrt hatte. Herr Thaler hatte den wahnsinnigen Statuenräuber aus Chybhia erwischt und den unverschämten Stallburschen, der die Jungfräulichkeit der Königstochter gestohlen hatte.

Als Herr Thaler auf dem Marktplatz von seinem Drachen stieg, lächelte er grüßend in die Runde. Dann bat er: »Darf ich Sandsturm und meine Tiere an eurem berühmten Brunnen tränken?«

Er durfte. Die Leute waren stolz, dass er von ihrem Brunnen gehört hatte, an dem einst schon der Held und Ordensgründer Chillos seinen fünften befreiten Drachen tränkte.

Bei den Tieren handelte es sich um die verschwitzten Reitpferde seines siebenköpfigen Gefolges und die stämmigen Ponys, die seinen Planwagen zogen und eine seltsame Konstruktion auf vier Rädern, deren Funktion Cathe nicht sofort verstand. Und sie war nicht die Einzige, die meisten Buchenbrunner musterten das Gebilde neugierig. Es wirkte fast wie eine Armbrust, doch war es dafür viel zu groß. Im Bodenbereich hatte es einen Stauraum, in dem lagerten beindicke Rundhölzer von weit über zwei Schritt Länge, deren Enden in Lederhauben steckten.

Herr Thaler hatte ein sonnenverbranntes Gesicht mit tiefen Furchen auf der Stirn und unter den hellblauen Augen. Den langen silberweißen Bart trug er zu drei Zöpfen geflochten, an mehreren Fingern prangten edelsteinbesetzte Goldringe. An dem breiten Gürtel mit großer goldener Schnalle hing ein langes Schwert. Herr Thaler war einen ganzen Kopf größer als Cathes Vater, und der war immerhin der zweitgrößte Mann im Dorf.

Zuerst ließ Herr Thaler den Drachen saufen, dann die Tiere, und zuletzt tranken er und sein Gefolge mit gierigen Zügen. Über seinen linken Unterarm zog sich eine lange gerade Narbe, rechts prangten vernarbte Bissspuren wie von einem gewaltigen Nachtwolf.

Er wusch sich den Staub aus dem Gesicht, ohne sich darum zu scheren, dass inzwischen das halbe Dorf neugierig zusah. Die Furchen unter seinen Augen schienen unter dem klaren Wasser zu schrumpfen.

»Danke«, sagte er anschließend schlicht und kam auf den Geächteten Ben zu sprechen, der sich von seinen Anhängern Drachenflüsterer nennen ließ. »Er stammt aus dem nördlichen Trollfurt, wurde aber schon öfter hier in der Gegend gesichtet. Ein drahtiger Junge von sechzehn Jahren mit graublauen Augen und braunem Haar. Ein Samothanbeter, der angeblich auf einem geflügelten blauen Drachen reitet. Manche glauben, er sei sogar der leibhaftige Sohn Samoths und habe von seinem göttlichen Vater die Fähigkeit erhalten, freie Drachen mit Flügeln aus gesponnener Dunkelheit zu verfluchen.«

Samoths fleischlicher Sohn? Die Hälfte der umstehenden Dörfler machte ängstlich ein Schutzzeichen vor Samoth. Cathe vergaß es vor Schreck, ihr Herzschlag setzte aus. Ihm hatten sie Rache geschworen?

»Ich selbst glaube das aber nicht.« Herr Thaler lachte dröhnend. »Ich glaube, er ist einfach nur eine listige Rotznase. Ein geschickter Lügner und auch ein gemeiner Mörder, ja, aber kein Halbgott. Ich werde ihn mir schnappen, wie ich bislang jeden erwischt habe, dessen Kopfgeld gerade mal halb so hoch war wie seines.«

Die Dörfler nickten beifällig, zwei oder drei klatschten sogar. Cathe atmete erleichtert aus. Die Jungen in ihrer Nähe tuschelten bewundernd, einer flüsterte: »Ich möchte auch Kopfgeldjäger werden. Da hast du Ringe aus Gold, und alle haben Respekt vor dir.«

»Und wenn er es wirklich kann?«, fragte Sinje laut und sah Herrn Thaler herausfordernd an.

»Was?«

»Drachen mit Flügeln verfluchen. Aus friedfertigen Wesen Hellwahs wieder mordgierige und verlogene Bestien machen. Wenn er sich Drachenflüsterer nennt, weil er ihnen den Fluch einflüstern kann?«

»Dann wird der Kampf gegen ihn schwerer als gedacht, aber ich werde ihn erwischen und beim Hohen Abt abliefern. So wahr ich Thaler heiße.«

Grimmig nickten seine Männer, die alle kräftig und verwegen aussahen. Die meisten waren tätowiert, alle trugen Ringe aus Gold, ihre Blicke waren fest. Diese Männer schüchterte niemand leicht ein. Beeindruckt nickten die Buchenbrunner mit ihnen. Sie erzählten, dass ein Fremder hier gewesen war, der sich Ben genannt hatte, und wohin er, sein Kamerad und ihre zwei Drachen verschwunden waren. Aber bei der Richtung waren sie sich nicht ganz einig.

Trotzdem warf Herr Thaler den Jüngeren zum Dank ein paar Münzen zu. Dann deutete er auf die seltsame Konstruktion. »Mit eurer Erlaubnis würde ich das hier zum Schutz aufbauen.«

Die Dörfler erlaubten es, schon allein aus Neugier.

Schnell wurde klar, dass es sich wirklich um eine Art gewaltige Armbrust handelte, so groß wie ein Katapult, mit dem man Burgmauern beschoss. Herr Thaler spannte es selbst mit einer Kurbel aus Stahl, die drei Zahnräder in Gang setzte. Zwei seiner Männer nahmen eines der Rundhölzer und zogen die untere Lederhaube ab, die das hintere Ende eines Pfeils mit Adlerfedern verborgen hatte. Mit einem solchen Pfeil könnte man sieben Männer auf einmal aufspießen, wenn sie hintereinander standen! Rasch zogen einige Mütter ihre Kinder aus der vermeintlichen Schussbahn.

»Keine Angst!« Lächelnd zog Herr Thaler auch die vordere Lederhaube ab. Darunter kam eine unterarmlange Spitze zum Vorschein, die strahlend blau in der Sonne schimmerte. Viele Buchenbrunner hielten den Atem an, als sie das sahen, einige japsten.

Blausilber, dachte Cathe ehrfürchtig. *Echtes Blausilber.* Das war das einzige Metall, das Drachen ernsthaft Schaden zufügen konnte. Nur mit Klingen aus Blausilber konnte man Drachen die verfluchten Flügel abschlagen.

Noch immer lächelnd trat Herr Thaler an eine zweite Kurbel und drehte an ihr. Langsam hob sich die schimmernde Spitze in Richtung Himmel. Er war klar und wolkenfrei, einen verfluchten Drachen würde man schon von Weitem sehen. Und Herr Thaler könnte ihn dann leicht herunterschießen. Normale Armbrüste wurden mit kurzen Bolzen geladen, aber ein gefiederter Pfeil trug viel weiter und war auf große Entfernungen viel genauer. Die Buchenbrunner jubelten und klatschten. Gern hätten viele Herrn Thaler auf die Schulter geklopft, nur die Scheu vor seinem Ruhm hielt sie zurück.

Im Schutz der mächtigen Waffe konnten die Kinder zum ersten Mal seit Wochen wieder einige Stunden unbeschwert im Freien spielen, bis die Sonne untergehen würde. Cathe sah zu ihnen und dachte wehmütig an Tharas.

Während die meisten Dörfler mit Herrn Thalers Gefolge plauderten und schäkerten, sich Geschichten aus den entferntesten Winkeln des Reichs erzählen ließen oder den sanften flügellosen Drachen und das Armbrustkatapult bewunderten, nahm Sinje Cathe beiseite und flüsterte: »Das ist unsere Gelegenheit.«

»Welche Gelegenheit?«

»Hier wegzukommen. Rache zu nehmen, wie wir geschworen haben.«

»Du hast Rache geschworen.«

»Und du, mir zu helfen. Sogar einen Blutschwur.«

»Ja, aber nicht, Buchenbrunn zu verlassen.«

»Und wie soll es sonst gehen? Hier lässt uns niemand kämpfen. Deine Eltern dich nicht, und mein Vater mich nicht. Er ertränkt sich mit Wein und mich mit seinem Jammer. Hier werden wir wie Kinder behandelt, und wir haben nichts, womit wir kämpfen können. Aber wenn Herr Thaler uns mitnimmt, dann …«

»Ich glaube nicht, dass er uns kämpfen lässt«, fiel Cathe ihr ins Wort. »Wir sind Mädchen, und sein Gefolge besteht nur aus Männern. Ich glaube nicht, dass irgendwer uns mit ihm gehen lässt.«

»Natürlich nicht. Niemals.« Sinje schnaubte verächtlich. »Deshalb müssen wir uns auch heimlich fortschleichen.«

»Aber …«

»Du hast es geschworen. Einen Blutschwur!«

Cathe seufzte und strich über den verheilten Schnitt in ihrer Hand. Ja, das hatte sie, und sie wollte auch etwas tun, sie wollte diesen elenden Geächteten und ihren verfluchten Drachen das Handwerk legen. Sie wollte selbst etwas tun, und nicht immer ihren Vater für sich streiten lassen. Sie ertrug es nur schwer, wie schnell er und ganz Buchenbrunn die Suche nach Tharas abgebrochen hatte. Sie vermisste ihn fürchterlich, aber was hätte er davon, wenn sie nun Hals über Kopf davonstürzten? Das brachte ihn nicht zurück, und Cathe hatte noch nie davon geträumt, Menschen für Geld zu jagen. Sie warf einen kurzen Blick auf Herrn Thalers wildes Gefolge und konnte sich nicht vorstellen, jahrelang mit denen herumzuziehen. Sie gefielen ihr nicht. »Ich weiß, aber ich will kein Kopfgeldjäger werden.«

»Natürlich nicht.« Sinje lächelte. »Ich doch auch nicht. Herr Thaler ist auf dem Weg nach Rhaconia und muss am Kloster Felsenrot vorbei. Dorthin soll er uns mitnehmen, da werden die berühmtesten Jungfrauen des Ordens der Drachenritter ausgebildet. Wir werden Jungfrauen, unwiderstehliche Köder für verfluchte Drachen. Wenn uns schon niemand kämpfen lassen will, dann können wir den Biestern wenigstens die besten Fallen stellen, die die Welt je gesehen hat.«

Eine Jungfrau des Ordens. Eine Auserwählte. Im ersten Moment glaubte Cathe nicht, dass sie das schaffen könnten, aber dann dachte sie: *Warum nicht?* Sagte ihre Mutter nicht immer, sie sei etwas Besonderes und schön genug für eine Jungfrau? Jetzt würde Cathe es herausfinden. Mit Sinje zusammen würde sie es schaffen, und dann wären ihre Eltern furchtbar stolz.

Sie würden so gegen die Drachen kämpfen, wie sie es als Mädchen konnten. Und noch ein wenig mehr.

Für Tharas.

ERSTER TEIL

Der Schwur der Jungfrau

GEFESSELT

Die wuchtigen Mauern und schlanken Türme des Klosters leuchteten rot in der Nachmittagssonne. Sie bestanden aus dem seltenen dunklen Blutgranit, der von schimmernden Kristalleinsprengseln durchzogen war. Der sanfte Wind wehte vom Meer herein, und Cathe lehnte sich zwischen zwei Zinnen und sah hinab. Von hier konnte man weder das Meer noch Rhaconia ausmachen, dafür musste man auf den höchsten Turm, doch der war der Äbtissin Pallhene vorbehalten.

Cathe achtete nicht auf die Stimmen vor dem Tor, sie wollte einfach nur ein paar Minuten für sich sein, bevor der Unterricht fortgesetzt wurde. Sie fragte sich, wie es ihren Eltern ging und wie sehr sie sie vermissten. Sie selbst vermisste sie weniger als gedacht, und das schmerzte. Sie fühlte sich wie eine Verräterin, dabei war es ihr Vater gewesen, der zuerst Tharas im Stich gelassen hatte.

Seit nunmehr sechs Wochen waren sie im Kloster Felsenrot, und doch konnte Cathe sich an dem herrlichen Bauwerk kaum satt sehen. Im kleinen Buchenbrunn gab es nichts annähernd Vergleichbares. Cathe und Sinje waren beide als Jungfrauenschülerinnen angenommen worden, und Cathe konnte kaum sagen, wie froh sie darüber war. Sie hatte nicht geahnt, wie viele ehrgeizige Eltern ihre Töchter hierher schleppten, teuer herausgeputzt und breit lächelnd in der Hoffnung, angenommen zu werden. Jede

Jungfrau, die drei oder vier Jahre als lebender Köder ihren Dienst getan hatte, wurde vom Orden ehrenhalber entlassen und galt fortan als ausgezeichnete Partie. Jungfrauen des Ordens waren erwiesenermaßen Jungfrauen, sie waren schön, tapfer und äußerst duldsam.

»Wer wünscht sich nicht eine Frau, die sich freiwillig fesseln lässt?«, war ein tausendfach gehörter Scherz im Großtirdischen Reich, aber Cathe wollte nicht glauben, dass das alles war. Wer die drei oder vier Jahre als Lockvogel für wilde Drachen überlebte, hatte mehr erlebt, gesehen und erreicht als die meisten anderen. Hatte mehr für das Wohl aller getan als all die Spötter zusammen. Und was die vergaßen: Eine solche Jungfrau hatte in den Jahren meist mehreren wilden Drachen ins Auge gesehen, ohne davonzulaufen. Sie hatte gesehen, wie Samoths Fluch von ihnen wich. So jemandem konnte ein wenig Spott nichts anhaben.

Und er änderte auch nichts daran, dass viele Jungfrau werden wollten. Zahllos waren die Bewerberinnen, doch die meisten wurden nicht angenommen. Jene, die mit ihren Eltern gekommen waren, gingen auch wieder mit ihnen, geknickt oder gekränkt, enttäuscht oder auch mal mütterlich streng beschimpft: »Du hättest die Lippen roter schminken sollen! Hab ich das nicht gleich gesagt? Und dich gerader halten!«

Aber sie konnten wenigstens wieder nach Hause. Auf Ausreißerinnen, die allein ihr Glück versuchten, warteten dagegen herausgeputzte Männer und Frauen aus Rhaconia vor dem Tor, um ihnen irgendwelche Arbeit anzubieten. Und die Abgelehnten, die gerade ihren Stolz und ihre Träume verloren hatten und oft nicht viel besaßen, gingen mit ihnen, weil sie sonst meist niemanden hatten. Cathe wusste nichts über diese Arbeit, aber sie konnte sich nicht vorstellen, dass es eine schöne war. Ihr gefielen die schmierigen Männer und Frauen aus Rhaconia nicht, und sie verstand nicht, warum der Orden das zuließ. Konnte er diese Mädchen nicht einfach als Dienstmagd oder Küchenhilfe oder für die Feldarbeit einstellen? Immerhin waren sie bereit gewesen, als Jungfrau ihr Leben für den Orden zu riskieren.

Cathe vertrieb die trüben Gedanken an die abgelehnten Mädchen. Beinahe täglich hatte sie ihren Eltern schreiben wollen, dass sie jetzt eine angesehene Jungfrau war und am Leben, aber Sinje hatte sie abgehalten. »Die holen uns hier sofort raus. Mein Vater zumindest. Er denkt gern, dass ich sein Besitz bin.«

Also hatte Cathe nicht geschrieben. Wahrscheinlich wäre auch ihr Vater hier aufgetaucht und hätte einen Streit mit dem ganzen Orden vom Zaun gebrochen. Was glaubten ihre Eltern, was mit ihr geschehen war? Bestimmt waren sie überzeugt, dass die Drachen sie – die Jungfrau – geholt und gefressen hatten, so wie den kleinen Tharas.

Das gefiel ihr nicht, denn sie hatte ihnen keinen Kummer machen wollen. Sie wollte ihnen schreiben, damit sie stolz auf sie wären, aber vielleicht war es besser, nicht herauszufinden, ob sie nicht eher stinksauer waren.

Manchmal packte sie die verrückte Hoffnung, Tharas könnte noch leben, denn wenn Sinje und sie nicht von den Drachen geholt worden waren, obwohl das Dorf fest davon ausging, war es Tharas vielleicht auch nicht. Dann hätte Sinje ihren Racheschwur völlig ohne Grund geleistet.

Nein. Cathe schüttelte den Kopf. Das war Wunschdenken. Sie hatten ein Ziel gehabt und waren fast erwachsen, Tharas war zehn gewesen und allein. Wohin hätte er denn weglaufen sollen? Und warum? Nein, er war von den Drachen geholt worden. Niemand im Dorf hatte Spuren von wilden Tieren gefunden, es mussten also die geflügelten Bestien gewesen sein, die einfach in die Luft verschwinden konnten.

»Kommst du?«, rief Sinje plötzlich.

»Ja.« Langsam stieß sich Cathe von der Brüstung ab. Es war Zeit für den Unterricht.

Sinje wartete vor dem Brett für Aushänge, das sie jeden Tag mindestens dreimal besuchte. Jedes Mal starrte sie auf dasselbe Plakat und murmelte: »Ich kriege dich, Ben, ich kriege dich.«

GEÄCHTETER DRINGEND GESUCHT
Lebend
50 000 GULDEN BELOHNUNG

DER SCHRECKLICHE BEN,
DER »DRACHENFLÜSTERER«
16 oder 17 Jahre jung, hager, braunes wildes Haar, verwahrlostes Aussehen, Hose aus hundert bunten Flicken

Ist des Verrats am Großtirdischen Reich und der Ausübung schlimmster ketzerischer Handlungen überführt. Mehrfacher Drachendieb und Mörder, Verbreiter von Lügen, Anführer einer Bande von Geächteten und Samothanbetern.
Äußerste Vorsicht!
Ist mit Samoth im Bunde!
Möglicherweise in Begleitung von wilden geflügelten Drachen.

»Das werden wir«, sagte Cathe, und dann eilten sie gemeinsam in den Innenhof. Sie hatten Unterricht im Hilfeschreien. Laut und spitz und ausdauernd musste der Schrei einer Jungfrau sein, damit ihre Stimme bis zu den Drachen in die höchsten Höhen hinaufgetragen wurde. Schrill und voller Panik, damit die Bestien sie für völlig hilflos hielten, so wie sie ihre Opfer am liebsten hatten.

»Je hilfloser, desto schmackhafter«, sagte ihre Lehrerin Jungfrau Sironia immer. Sie war klein und schlank und ganz und gar nicht hilflos. Aber ihr Schrei klang nach Jahren des Übens so herzzerreißend, dass sie damit die Vögel von den höchsten Zinnen des Klosters vertreiben konnte.

Cathe mochte den Schreiunterricht nicht besonders. Alles andere fiel ihr leicht, das Schminken und Herausputzen, das Anspitzen und Aufstellen von Fesselpfählen und der Umgang mit Knoten, Ketten und Schlössern. Sie war geschickt im Klettern und Reiten und mit dem Messer, sie konnte schnell und wendig laufen und hatte rasch gelernt, die Angst im Zaum zu halten, wenn ein befreiter Drache einen Angriff nachstellte. Sie tat alles, um ihre Tapferkeit, Zähigkeit und Geschicklichkeit zu üben, aber sie war einfach nicht bei der Sache, wenn sie Hilflosigkeit zeigen sollte. Alles in ihr wehrte sich dagegen, hilflos zu sein, und alle Ängste begrub sie lieber tief in sich, als sie laut in die Welt zu kreischen.

Sie folgte Sinje, die mit aller aufgestauten Verzweiflung so laut schreien konnte wie kein anderes Mädchen im Kloster. Ihr Klagen machte selbst Jungfrau Sironia Konkurrenz. Doch auch in allen anderen Fächern gehörte Sinje zu den Besten, denn der Wunsch nach Rache ließ sie Tag und Nacht üben. Ihr Ehrgeiz war unermesslich, und die anderen Schülerinnen bewunderten sie für ihren Kampfgeist. Sie war das Mädchen, das einen Bruder verloren hatte, während Cathe nur ihre beste Freundin war. Eine Mitläuferin, ein Anhängsel, die Ausreißerin aus einem winzigen Dorf. Dass sie Tharas wie einen Bruder geliebt hatte, galt nicht annähernd so viel. Nur Jungfrau Sironia schien sie zu mögen, und das machte es nicht leichter.

Jungfrau Sironia war sogar volle sieben lange Jahre bei ihrem Ritter geblieben, dann hatte sie sich ganz dem Orden verschrieben. Sie hatte ihre zahllosen Verehrer abgewiesen, um sich der Ausbildung frischer Jungfrauen zu widmen, darunter zwei Fürstensöhne. Inzwischen hatte sie graue Haare und Falten um die Augen und im Mundwinkel, und die meisten Mädchen tuschelten das immer Gleiche über sie, so auch jetzt, während sie im Hof auf ihre Lehrerin warteten.

»Ich verstehe einfach nicht, warum sie nicht Fürstin werden wollte.«

»Vielleicht hat sie auf einen Königssohn gehofft und sich aufgespart. Sie soll eine wahre Schönheit gewesen sein, hab ich gehört.«

»Jetzt ist es auf jeden Fall zu spät für sie. Jetzt will sie niemand mehr.«

»Ich dachte, sie wollte eben unterrichten?«, wandte Cathe ein, die Jungfrau Sironia für noch immer schön hielt. Daheim in Buchenbrunn hätte sich ganz sicher jemand gefunden, der sie wollte. Hier im Kloster waren dagegen alle schön, Schönheit machte einen hier nicht zu etwas Besonderem.

»Warum sollte irgendjemand das wollen, der Fürstin werden kann?« Kanja, die aus einer reichen und berühmten Glasmeisterfamilie aus Venzara stammte, sah Cathe abschätzig an. »Das sagt sie doch nur, um nicht ihr Gesicht zu verlieren.«

Und dann war Jungfrau Sironia da, und niemand tuschelte mehr. Wer stark genug war, Fürstensöhne abzuweisen, der brachte auch zwei Dutzend Mädchen mit einem strengen Blick zum Schweigen.

Weil Cathe die Beste im Fesseln war, durfte sie ihrer Lehrerin helfen, die angehenden Jungfrauen zur Schreiübung an die verwitterten Lehrpfähle im Hof zu binden. Weil sie das jedes Mal durfte und immer gewissenhaft und gründlich erledigte, half das auch nicht, um bei den anderen beliebt zu werden. Die wollten sich nur von echten Rittern in glänzender Blausilberrüstung fesseln lassen, bestimmt nicht von einer Ausreißerin aus einer Bauernfamilie, die selbst zur Erntezeit nur einen einzigen einäugigen Knecht beschäftigt hatte. Nur Sinje flüsterte ihr meist zu: »Fester, dann kann ich besser schreien.«

Auch heute verlangte sie das, und Cathe tat es. Als schließlich Jungfrau Sironia als Letztes auch Cathe fesseln wollte, stürmte plötzlich ein stattlicher, staubbedeckter Ritter auf einem fetten kurzschwänzigen Drachen mit moosgrünen Schuppen durch das offene Tor herein. Laut schlugen die schweren Pranken auf den Stein. Blutspritzer überzogen die ärmellose Tunika mit dem stilisierten Drachenkopf. Das ebenmäßige Gesicht des Ritters war verschwitzt, die dunklen Locken voller Staub. Er führte ein gesatteltes Pferd am langen Zügel und rief mit dröhnender Stimme: »Ich brauch eine neue Jungfrau! Sofort! Meine wurde entführt, wir müssen sie retten!«

»Cathe, los!«, befahl Frau Sironia sofort und gab ihr einen aufmunternden Klaps auf die Schulter.

»Aber …?«

»Keine Fragen, du kannst das. Los!«

Ohne weiteres Zögern sprang Cathe in den leeren Sattel. Zu gehorchen war das Allererste und Wichtigste, das man als Jungfrau lernte.

»Warum immer die?«, meckerte die stolze Glasmeistertochter Kanja. »Die kann nicht mal richtig schreien.«

Zustimmendes Gemurmel ertönte hier und da.

»Vielleicht weil es eilt und sie im Moment die einzige Ungefesselte von uns ist?«, schlug Sinje mit gespielter Freundlichkeit vor.

Patzig nörgelte Kanja: »Das hat sie bestimmt mit Absicht gemacht. Sie hat den Ritter genau abgepasst.«

Der wirbelte eben schon wieder herum und stürmte aus dem Tor.

»Sie kann doch nur fesseln«, jammerte die ebenso stolze Celi neben Kanja. »Dabei muss sie das nicht mal können. Sie muss sich nur fesseln lassen. Und jetzt kriegt sie allen Ruhm!«

»He, du Birnenbreischädel, schnallst du es nicht?«, rief Sinje laut. Die gespielte Freundlichkeit war verschwunden. »Es muss schnell gehen, und sie ist die Einzige von uns, die frei ist!«

»Aber …«, setzte Kanja noch einmal an.

»Es reicht jetzt!«, unterbrach sie Jungfrau Sironia. »Sie reitet, weil ich es sage.«

Die Mädchen verstummten.

Cathe presste dem Pferd die Fersen in die Flanken und jagte dem Ritter hinterher.

Sinje schrie lauthals: »Schnappt euch das Biest! Für Tharas!«

Und endlich stimmten ein paar Mädchen ein: »Gute Jagd, Cathe!«

Cathe stieß die Faust hoch in die Luft. »Ja!« Aber ihr Herz raste vor Angst. Kanja und ihr elendiger Ruhm! Der Ruhm war ihr im Moment vollkommen egal, sie wollte nur lebendig heimkehren. Sie hatte den Anblick der gewaltigen wilden Drachen in Buchenbrunn nicht vergessen, hatte oft genug schlecht von ihnen geträumt. Nie hatte sie eine wirkliche Drachenjagd mitgemacht, und von ihrem Ritter wusste sie so gut wie gar nichts. Nicht seinen Namen, und auch nicht, wie fähig er war. Sie wusste nur, dass er seine letzte Jungfrau gerade eben verloren hatte. Und das war – im Unterschied zu ihr – sogar eine ausgebildete gewesen.

Die Sonne näherte sich bereits dem Horizont, als sie eine tiefe kraterförmige Kuhle erreichten, fast schon ein kleines Tal. Als wäre hier ein Stern vom Himmel gefallen. Die Kuhle durchmaß weit über hundert Schritt, vielleicht gar zweihundert. Ihr steiler Rand war mit Bäumen und dichtem Gestrüpp bewachsen. Nicht weit von ihm entfernt lag ein angespitzter Jungfrauenpfahl neben einem kleinen Tümpel. Hatte ihn der wilde Drache aus dem Boden gerissen und liegen gelassen wie Abfall? Für einen Moment musste Cathe an den abgeknabberten Spieß von Buckelrinderschaschlik denken und atmete tief durch. Sie presste die Lippen aufeinander und vertrieb den albernen Gedanken. Niemand hatte die Jungfrau aufgespießt.

Der Ritter kannte inzwischen ihren Namen, und sie wusste, dass er der berühmte und berüchtigt galante Herr Lanzifal war. Vorsichtig führte er sie einen schmalen Trampelpfad hinab und direkt zum Pfahl.

Um sich abzulenken, fragte Cathe: »Wisst Ihr eigentlich mehr von diesem schrecklichen Ben?«

»Dem Samothanbeter?«

»Ja.«

»Getroffen habe ich ihn nie, aber dass er Drachenflüsterer genannt wird, sagt doch schon alles. Ein Lügner durch und durch. Wer die Wahrheit sagt, der muss nicht flüstern, hab ich recht?« Herr Lanzifal nickte und redete weiter, ohne eine Antwort abzuwarten. »Ein Heimlichtuer, der nachts irgendwelche Botschaften verbreitet, und alle sind Lügen und Zweifel. Zweifel sind ketzerisch, wie du sicher weißt. Ein Mörder und Drachendieb.« Herr Lanzifal drehte sich zu ihr um. »Trau nie einem Menschen, der flüstert. Verstanden?«

»Ja«, sagte sie leise, und dann noch einmal laut und fest, damit er ihre Antwort nicht für ein Flüstern hielt.

Der Tümpel war zur Hälfte von blauen Wassertulpen überwuchert, grüne, blaue und rote Libellen eilten im Zickzack über ihn hinweg, Frösche quakten sehnsuchtsvoll. Herr Lanzifal stieg von seinem Drachen, Cathe von ihrem Pferd. Sie sattelte es ab und schielte immer wieder auf den Pfahl hinüber, der auf sie wartete.

»Hab keine Angst«, sagte Herr Lanzifal sanft und fuhr sich lächelnd mit der Rechten durch die üppigen Locken. Er stand aufrecht wie eine Heldenstatue.

Cathe nickte und murmelte: »Hab ich nicht«, aber vermutlich merkte er, dass sie flunkerte.

»Ich habe schon sieben wilde Drachen befreit, bei mir bist du vollkommen sicher.«

Wieder nickte Cathe. Sie hoffte, dass ihr Gesicht nicht bleich war und sie verriet.

Sieben Drachen befreit ist ja schön und gut, aber wie viele Jungfrauen habt Ihr dabei verloren?

Natürlich fragte sie das nicht laut, stattdessen versuchte sie zu denken: *Zweifel sind Ketzerei, Zweifel sind Ketzerei, Zweifel sind Ketzerei.* Und sie dachte: *Warum sind sie das eigentlich?*

Auch das fragte sie nicht laut, sie flüsterte es nicht mal, sie unterdrückte die Frage sofort. Herr Lanzifal war ein Ritter des Ordens, er würde sie beschützen.

Schweigend hoben sie gemeinsam den Pfahl auf und stellten ihn auf die Spitze. Herrn Lanzifals Drache Donnerkugel richtete sich halb auf und patschte mit der rechten Vorderpranke auf den Pfahl ein wie mit einem Hammer. Mit zwei, drei Schlägen hatte er ihn einen Schritt weit in der Erde versenkt.

»Das ist einfacher als im Unterricht.« Cathe lächelte vorsichtig.

Herr Lanzifal lachte. »Ja. Habe ich ihm beigebracht, als ich mal meinen Hammer verloren hatte. Inzwischen besitze ich zwar einen neuen Hammer, aber …« Er zwinkerte und fuhr sich wieder mit der Hand durchs Haar. Dann knotete er sie lächelnd an den Pfahl. Dabei erklärte er: »Damit dein Unterricht heute nicht ganz ausfallen muss: Ich habe einen doppelten Sonnenkreuzknoten genommen. Weißt du, warum?«

Cathe schüttelte den Kopf. Ausgerechnet diesen Knoten hatten sie noch nicht behandelt.

»Ganz einfach: Weil es der ist, den ich am besten kann.« Herr Lanzifal lachte laut auf. »Weißt du, ein Knoten ist so gut wie ein anderer, sage ich immer. Wenn er hält, dann hält er, nur darauf kommt es an. Alles andere ist nur Blabla. Der doppelte Sonnenkreuzknoten ist mein Markenzeichen, niemand sonst nimmt den.«

Die Frösche quakten.

Cathe fragte: »Meint Ihr wirklich, der Drache kommt noch mal hierher?«

»Bei einer so schönen Jungfrau kann er gar nicht anders.« Herr Lanzifal zwinkerte ihr zu. »Das liegt in der Natur seines Fluchs. Aber das solltest du wissen, oder?«

Cathe nickte. Natürlich kannte sie die alte Legende vom Ursprung des Ordens der Drachenritter. Sie wusste, dass der Sonnengott Hellwah flügellose Drachen geschaffen hatte und wie es dem finsteren Gott Samoth mit einer List gelungen war, Hellwahs Göttergattin Aphra das Geheimnis von Flügeln zu entreißen. Wie Samoth dann aus blanken Knochen und den dichten Netzen der giftigsten Spinnen, aus schwärzester Dunkelheit und wirbelnden Stürmen eigenhändig neun Paar Flügel geschaffen hatte und diese den Drachen annähte. Mit diesen Flügeln kam auch Samoths Bosheit über sie, und Drachen wurden zu wilden, gefräßigen Bestien, die am Himmel über alle Vögel herfielen und am Boden über alle anderen Tiere und auch Menschen. Wenn sie gefesselte Jungfrauen erspähten, waren sie der Sage nach nicht mehr zu halten, nicht einmal von ihrem eigenen Verstand. Sie verloren jede Kontrolle über sich selbst und wurden zu dem schwarzen Wirbelsturm, der in ihren Flügeln steckte.

Warum haben die beiden geflügelten Drachen in Buchenbrunn dann nicht die Kontrolle verloren?, fragte eine leise Stimme in Cathes Kopf. *Im Dorf gibt es mehrere Jungfrauen.*

Aber keine von ihnen war gefesselt, antwortete sie der Stimme.

Kann das so wichtig sein? Ist der Unterschied wirklich so groß?

Für den, der gefesselt ist, auf jeden Fall, dachte Cathe und zerrte probeweise an ihren Fesseln. Der inneren Stimme befahl sie zu schweigen. Man konnte Flüche nicht mit dem Verstand zerreden, schon gar nicht so mächtige wie den eines Gottes. Flüche folgten immer ihrer eigenen Logik. Und um Samoths Fluch von den Drachen zu nehmen, musste ein Ritter ihm eben die Flügel mit einer Blausilberklinge abschlagen. Das wussten die alten Legenden und jedes Kind, und Zweifel waren Ketzerei. Cathe würde wenigstens hier nicht zweifeln.

»Zu fest?«, fragte Herr Lanzifal.

»Nein. Ich wollte nur prüfen, ob es nicht zu locker sitzt.«

»Wunderbar. Das ist die richtige Einstellung als Jungfrau.« Der Ritter nickte beeindruckt. »Und mach dir keine Gedanken. Der Drache kommt auf jeden Fall. Er weiß, dass es hier schon einmal etwas gab, das treibt ihn wieder her. Wie ein wildes Tier, das immer dasselbe Wasserloch zum Saufen aufsucht, sage ich immer.« Dann wurde sein Gesicht hart. »Wenn er satt ist, kann es allerdings bis morgen dauern.«

»Satt?« Cathe keuchte. »Ich dachte, er hätte Eure Jungfrau nur entführt? Habt Ihr das nicht gesagt?«

»Darum die Eile.« Herr Lanzifal wischte sich die Locken aus der Stirn und setzte den Helm auf. »Wir müssen ihn unbedingt anlocken, bevor er wieder Hunger bekommt und Aphrodena erbarmungslos runterschluckt.«

Entsetzt sah sie den Ritter an. Und dann kam ihr eine Frage in den Sinn, die bestimmt dumm war, vielleicht sogar ketzerisch, aber sie platzte aus ihr heraus, bevor sie sie runterschlucken konnte. Eine Frage, die ihr schon längst hätte kommen müssen, wenn nicht alles so überstürzt geschehen wäre. »Ich dachte, wilde Drachen können sich nicht beherrschen und zerfleischen gefesselte Jungfrauen sofort? Mit Haut und Haaren. Weshalb wurde Eure Jungfrau dann entführt?«

»Das tun sie, aber Jungfrau Aphrodena war noch nicht gefesselt. Der dreckige Rotzdrache hat uns überrascht, als wir den Pfahl aufstellen wollten. Hinterrücks überrascht! Elendiges Samothpack …« Herr Lanzifal reckte das Kinn vor und schloss den Helmriemen darunter. »So! Donnerkugel und ich gehen jetzt im Dickicht in Deckung, damit du den Drachen anlocken kannst. Wir zwei erledigen dann den Rest.« Zum Abschied legte er ihr beruhigend die Hand auf den Oberarm. »Keine Angst, ich habe noch nie zuvor eine Jungfrau verloren. Und Aphrodena holen wir zurück. Sollte dir dennoch etwas geschehen, dann ist es zu Hellwahs Ehren. Auch wenn du nicht fertig ausgebildet bist: Der Orden wird immer stolz auf dich und deine Taten sein.«

Der Drache und Herr Lanzifal krochen ins Gestrüpp, und Cathe musste einen Moment lang an die Versteckspiele aus ihrer Kindheit denken und hätte beinahe überschnappend losgelacht. Aber sie lachte nicht. Das letzte Mal Verstecken hatte sie mit Tharas gespielt.

»Jetzt«, zischte Herr Lanzifal aus dem Gebüsch. »Schrei los!«

Und Cathe schrie um Hilfe. Sie dachte an Sinje und bettelte und flehte. Sie dachte an die entführte Jungfrau Aphrodena, die sie nie getroffen hatte, und schrie. Unwillkürlich sah sie sich nach Blut auf dem Boden um, aber sie konnte nichts erkennen.

Ich will nicht als Schaschlik enden, dachte sie und schrie lauter. *Auch nicht für die Ehre Hellwahs.*

Wäre es für Hellwahs Ehre nicht auch viel besser, sie würde am Leben bleiben?

Die Frösche quakten weiter ungerührt, die Sonne versank hinter dem Rand der Kuhle und tauchte diese ganz in den Schatten.

»Hilfe!«, schrie Cathe so laut und überzeugend, wie sie noch nie geschrien hatte.

Für Tharas.

Die Dämmerung kroch langsam heran, kein Windhauch rührte sich. Würde Herr Lanzifal den heranstürmenden Drachen auch im Dunkeln rechtzeitig erkennen und erwischen? Oder würde er sich ein weiteres Mal übertölpeln lassen? Würde auch sie entführt werden?

Nein, sie war gefesselt, die Bestie würde sie an Ort und Stelle zerfleischen.

Cathe schrie und schrie und schrie, um den Drachen noch vor der Nacht herbeizulocken, bevor Herr Lanzifal nichts mehr sehen konnte und noch ehe der Drache Jungfrau Aphrodena gefressen hatte.

Cathe schrie und fragte sich, warum Jungfrauen sich fesseln lassen mussten, wenn das die wilden Drachen dazu brachte, sie sofort zu zerfleischen. Wenn diese auch für Jungfrauen, die neben einem Pfahl standen, herabstürzten, und diese nur entführten, wäre es da nicht …?

Doch den Gedanken brachte sie nicht zu Ende. Sie hörte das Rauschen von heranstürmenden Flügeln, die Luft um sie wurde aufgewirbelt, und sie schrie tatsächlich noch lauter als bisher, lauter als Sinje und lauter als Jungfrau Sironia.

Die Frösche quakten nicht mehr.

LEBEND ODER TOT

Schaumgekrönte Wellen plätscherten gegen das steinige Ufer der kleinen Insel, die Luft schmeckte nach Salz. Der steckbrieflich gesuchte Drachenflüsterer Ben saß auf einem mannshohen Felsen am Wasser und hielt seelenruhig eine Angelrute in der Hand. Er hatte viel kürzere Haare als auf den meisten Steckbriefen beschrieben, und seine Hose bestand schon längst nicht mehr aus einer Ansammlung bunter Flicken. Ein Jahr war vergangen, seit der Orden das erste Kopfgeld auf ihn ausgesetzt hatte. Seitdem hatte er sich verändert, auch wenn er noch immer drahtig war.

Neben ihm döste der acht Schritt lange, geflügelte Drache Jurbenmakk friedlich in der Nachmittagssonne. Er wurde von allen nur Juri gerufen, und wann immer er konnte, suchte er die Nähe von Wasser. Ben war ein guter Angler, doch heute wollte kein Fisch anbeißen.

Tiefblau strahlte der Himmel über ihnen, und die Luft war so klar, dass Ben das Land am Horizont erahnen konnte, ein dunkler Streifen im leuchtenden Blau, die Küste des mächtigen Großtirdischen Reichs. Ihre Insel war von dort jedoch nicht zu erkennen, das wusste er.

»He, du Fürchterlicher!«, drang plötzlich Akses Stimme laut aus der gewaltigen Festung in Bens Rücken. Sie war einst von riesigen Seetrollen aus großen dunklen Steinquadern errichtet worden und nahm mit fast tausend Schritt Länge die halbe Insel ein. Zahlreiche runde Türme erhoben sich siebzig oder achtzig Schritt hoch, und einer sogar über hundert. Wuchtige Pfeiler, die zahllosen Stürmen getrotzt hatten und an Regentagen bis zu den tief hängenden Wolken zu reichen schienen. »Wir sind fast fertig. Jetzt brauchen wir deine Hilfe!«

»Ich bin der Schreckliche, nicht der Fürchterliche!«, rief Ben und holte lachend die Angel ein. »Wenn schon angsteinflößend, dann richtig, alter Knappe und Besenschwinger!«

»Meinetwegen, Schreckhafter. Hauptsache, du kommst!«

»Ja, ich komme.« Ben sprang vom Felsen und schulterte die Angel.

Juri blinzelte und öffnete die Augen. »Vergiss den Fisch nicht.«

»Welchen Fisch?«

»Den für Sidhy.«

»Natürlich für Sidhy, aber welchen? Ich hab keinen gefangen.«

»Menschen«, schnaubte Juri abfällig und grinste sein lippenloses Drachengrinsen. Seine Schnauze war lang, die spitzen Zähne zahlreich. »Auf die ist einfach kein Verlass.«

»Ach?«

»Zumindest in den wesentlichen Dingen.« Kurz schüttelte sich Juri, dann sprang er aus dem Stand hoch in die Luft. Mit zwei, drei kräftigen Flügelschlägen schraubte er sich weitere zwanzig Schritt in die Höhe und ein Stück raus aufs offene Meer. Seine schilffarbenen Schuppen schimmerten in der Nachmittagssonne. Zwei Reihen gelbgrüner Zacken verliefen parallel über den breiten Rücken, bevor sie sich auf dem kurzen Schwanz vereinten.

Der Wind frischte auf, und Juri legte die Flügel ganz eng an den Körper. Kopfüber stürzte er hinab, die Klauen ausgestreckt, die Zähne gefletscht. Platschend tauchte er ins Meer, Wasser schlug hoch und spritzte fast bis zu Ben. Drei gescheckte Dämmermöwen kreisten kreischend über ihm, aufgeschreckt von dem plötzlichen Aufruhr. Irgendwo hinter ihm meckerten zwei Krummhornziegen miteinander, irgendwer hinter der Festungsmauer lachte laut.

Prustend tauchte Juri wieder auf und warf sich an Land. Tropfen perlten über seine Schuppen. Mit der rechten Klaue hielt er Ben einen bestimmt 30 Pfund schweren Regenbogenflosser entgegen. »Ich hoffe, Sidhy hat eine richtig große Pfanne.«

»Sollte er. Die halbe Küchenausstattung stammt noch von den Seetrollen.« Ben lehnte die Angel an den Felsen und warf sich stattdessen den langen Fisch über die Schulter. »Danke.« Juri reckte sich, schüttelte sich das Wasser aus Ohren und Nüstern und legte sich wieder ans Meer, ohne – wie meist sonst – eine seiner hunderttausend Erinnerungen zum Besten zu geben. Er wollte noch ein wenig ruhen, bevor die Nacht kam und er wieder in irgendeiner Mission ans Festland fliegen würde.

Die untersten Fenster der Festung lagen alle übermannshoch und waren vergittert, niemand konnte einfach hineinklettern. Rundum waren sieben Strickleitern verteilt, die ins zweite Geschoss hochführten, aber das schaffte Ben nicht mit dem schweren schlüpfrigen Fisch im Arm. Also stapfte er um die Ecke und die halbe Seitenlänge vor zum Tor.

Die riesige Festung hatte leer gestanden, seit der heldenhafte Beutelnäher Ailon die menschenfressenden Seetrolle vor Jahrhunderten vertrieben hatte. Ailon hatte das Gebäude mit seiner schützenden Magie belegt, sodass sich kein Schiff der Insel nähern konnte, ohne einen zerstörerischen

Sturm heraufzubeschwören, der Masten und Planken bersten ließ und jedes Schiff mit Mann und Maus versenkte. Und so erging es der Sage nach auch jedem Schiff, das sich näherte, um das hier gesunkene Gold auf dem Meeresgrund zu bergen. Seitdem wurde die Festung nur noch das Verlies der Stürme genannt.

Ben und seine Freunde waren im Frühjahr nicht mit Schiffen gekommen, sondern auf Drachen. Das hatte die wilden Stürme nicht ausgelöst, und so hatten sie zufällig ein Versteck gefunden, das Sicherheit vor dem Orden der Drachenritter versprach. Denn der konnte nur mit Schiffen so weit aufs Meer; seine Drachen hatten keine Flügel. Und schon bald war aus dem Versteck ein richtiges Zuhause geworden. Die Festung war Ben längst mehr Heim, als es das kleine Haus gewesen war, das er jahrelang mit seiner trinkenden Mutter bewohnt hatte. Hier musste er nicht auf der Hut sein, hier war er frei und hatte die besten Freunde der Welt – Menschen und Drachen. Und Anula.

Ben erreichte das haushohe äußere Tor, das selbst fünfzehn Mann nicht aufstemmen konnten. Rost und Salzablagerungen aus den letzten Jahrhunderten hatten die Scharniere so verkrustet, dass sie sich nicht mehr bewegen ließen. Zum Glück hatten die Seetrolle dort eine kleinere Tür eingelassen, die sich öffnen ließ. Wobei *kleiner* bedeutete, dass sich die massive Klinke auf Höhe von Bens Gesicht befand und die Oberkante weit darüber. Diese Tür stand tagsüber immer offen, Feinde konnten die Insel ja nicht erreichen.

Trotzdem trieb sich hier oft der stachelbewehrte jagdhundgroße Wachdrache Quobemhonn herum, wenn er nicht gerade seine Patrouillenflüge um die wuchtigen Türme machte. Leidenschaftlich beschimpfte er tief fliegende

Vögel abwechselnd als Eindringlinge oder Spione, weil sie nicht zu den Geächteten gehörten. Hundertfünfzig Jahre lang hatte er das Anwesen einer Händlerfamilie in Rhaconia bewachen müssen, bis Ben ihn befreit und ihm seine Flügel wiedergegeben hatte. Das Verhalten als Wachdrache hatte sich zu tief eingeprägt, um es in wenigen Monaten der Freiheit so einfach wieder ablegen zu können.

Auch jetzt stand er breitbeinig im Durchgang und musterte den herankommenden Ben.

»Drachenflüsterer«, grüßte er freundlich und nickte knapp. Dem toten Fisch warf er jedoch einen strengen, prüfenden Blick zu. Alles, was er nicht kannte, machte ihn misstrauisch, schließlich hatte er sich selbst die Verantwortung für die Sicherheit der ganzen Festung übertragen. »Wer ist das? Ein neuer Verbündeter?«

»Nein, ein Abendessen.«

»Aha«, knurrte Quobemhonn. »Vergiftet?«

»Nein. Aber schwer.«

»Bist du sicher?«

»Ja«, keuchte Ben und drängte sich vorbei in den Innenhof.

Quobemhonn knurrte ihm hinterher: »Sag Sidhy trotzdem, eine Ziege soll besser mal vorkosten. Am besten Zottel.«

»Mach ich«, behauptete Ben. Er sagte ihm nicht, dass Ziegen nur Pflanzen fraßen.

Schweißgebadet betrat er den gewaltigen Innenhof, dessen Bodenplatten vielfach schief oder gebrochen waren. Einige hatten sie ganz herausgelöst und dort Hochbeete angelegt. Die Umrandung bestand aus den Bruchstücken der Platten und Steinen von der Insel, die fruchtbare Erde hatten die großen Drachen nachts vom Festland geholt. Hier wuchsen süße Rundrüben, Kohl in allen Farben, faustgroße Erdbirnen und verschiedene Beeren. Zudem wucherte an der südlichen Innenhofmauer schnell wachsender Wein. Byasso zupfte gerade Unkraut, Ayna erntete einen Eimer frühreifer Erdbirnen, Celber und Thylos zimmerten eine Futterkrippe für den kommenden Winter.

Zweiundvierzig Blaukammhühner staksten gackernd zwischen den Beeten umher und pickten nach Würmern, Käfern, Körnern und Essensresten. Die Hühner hatten sie drei Bauern östlich von Rhaconia abgekauft. Die sieben struppigen und kletterfreudigen Krummhornziegen, die sich meist draußen auf dem Fels herumtrieben, hatten sie dem Orden gestohlen. Aus ihrer Milch machten sie Käse, die Hühner schenkten ihnen Eier, das Meer Muscheln, Fische und Algen. Ben hatte Zweifel, dass die Vorräte sie durch den ganzen Winter bringen würden, aber wenn nicht, würde ihnen schon etwas einfallen. Die Drachen konnten sich leicht selbst versorgen, und der schilfgeborene, wasserliebende Juri würde immer ausreichend Fische für alle aus dem Meer holen.

Alle, das waren inzwischen gut dreißig junge Männer und Frauen, Jungs und Mädchen, die an Bens Wahrheit über die Drachen glaubten. Daran, dass nur geflügelte Drachen frei waren, und flügellose gebrochene, willenlose Diener. Für diese Überzeugung hatten sie ihre Eltern, Geschwister und Freunde verlassen und sich gegen den übermächtigen Orden der Drachenritter gestellt. Jetzt waren sie vogelfrei wie Ben selbst, geächtet in ihrer Heimat. All das hatten sie für die Wahrheit geopfert, und das machte Ben zugleich froh und stolz, er fühlte eine tiefe Zuneigung zu ihnen allen.

Doch manchmal fragte er sich, ob sie nicht besser dran wären ohne ihn. Denn ohne ihn hätten sie nicht alles aufgeben müssen, ohne ihn wäre ihr Leben nicht täglich in Gefahr.

»He, Schreckensbleicher, wo bleibst du?«, rief Akse von drinnen. »Das Ding ist echt schwer!«

Ben konnte ihn kaum verstehen, er war noch immer fünfzig Schritt von der Tür entfernt. Also brüllte er zurück: »Ja, das hier auch!«

Dann wechselte er den Fisch von der rechten auf die linke Schulter und legte den Kopf kurz zur Entspannung in den Nacken. Dabei fiel sein Blick auf Vilette, die flink über das Dach balancierte und die löchrigen Regenrinnen reparierte, die das Wasser in die große Zisterne leiteten. Das lange helle Haar hing ihr in einem Zopf über die Schulter. Noch war der Himmel meist blau, doch an manchen Abenden schmeckte der Wind bereits nach Herbst. In wenigen Wochen würde der Regen regelmäßig auf die vielen Dächer prasseln.

Ben lächelte. Als er Vilette kennengelernt hatte, war sie ständig ängstlich gewesen – sie hatte sich vor ihrem Vater gefürchtet, vor geflügelten Drachen, vor ihm selbst, vor der Meinung ihres Dorfs und natürlich vor der aufgebrachten Menge, die sie totschlagen wollte, weil sie angeblich Samoth anhing. Jetzt war sie schwindelfrei und wollte kommende Woche sogar die Rinnen der Türme ausbessern.

Ben betrat die Festung durch die offene Tür, ein neugieriges Huhn folgte ihm. Als er jedoch schnurgerade in Richtung Küche stapfte, kehrte es rasch wieder um.

»Mit besten Grüßen von Juri«, sagte Ben und klatschte den Fisch auf den Tisch wie einen Mehlsack. Strahlend saubere Messer, Schöpfkellen, Bratenspieße und Trollgabeln hingen an der Wand, die Töpfe und Pfannen stapelten sich der Größe nach im Regal neben dem Herd. Die Küche war eindeutig der aufgeräumteste Raum der Festung, hier sorgte Sidhy für Ordnung.

»Danke.« Sidhys Augen leuchteten, und er rieb sich die kräftigen Hände. Das helle dünne Haar fiel ihm tief in die Stirn. Er leckte sich über die Lippen. »Das wird ein Festmahl.«

Ben streckte sich. »Was willst du denn dazu …«

»He!«, tönte es aus dem Nebenraum. »Wo bleibst du, o schrecklich Langsamer?«

»Komme!« Ben lief auf den Gang und zum nächsten Zimmer. Was war denn so dringend? Er hatte gedacht, Akse und Nica wollten nur einen Vorratsschrank ausbessern.

Und genau das hatten sie gemacht. Sie hatten eine mannshohe Kommode der Seetrolle genommen und geschliffen, das Schloss ausgetauscht, neue Zwischenbretter als Ablage eingebaut und den durchgebrochenen Boden ersetzt. Der drei Schritt breite Schrank stand an der hinteren Wand der ersten Vorratskammer, Akse und Nica saßen auf der ausgebesserten Truhe daneben. Akse hatte die schlaksigen Beine untergeschlagen und trommelte mit den ewig unruhigen Händen auf den Knien, die dunklen Haare waren verstrubbelt. Nicas lange blonden Haare waren streng zusammengebunden, sie saß aufrecht und ruhig, doch ihr schönes schmales Gesicht und die Hände waren ebenso verdreckt wie Akses. Hinter ihnen öffnete sich ein Fenster nach draußen; dort lag Bens Angelfelsen.

»Was gibt's?«, fragte er.

»Der Schrank«, sagte Akse.

»Sieht gut aus.«

»Ich weiß. Aber passt er da, wo der steht? Oder soll er eine Handbreit weiter nach rechts? Nica sagt rechts.«

Ben stutzte. Hatten sie ihn wirklich dafür gerufen? Einmal um die halbe Festung gehetzt wegen einer Handbreit, obwohl an der Wand noch Platz für zwei weitere Schränke war?

»Weiter rechts ist schöner«, sagte Nica. »Findest du nicht?«

»Könnt ihr das nicht selbst …?«

»Nein«, unterbrach ihn Akse. Um seine Mundwinkel zuckte es verräterisch. »Du bist der furchtbare Ben, wir sind nur die Bande. Du entscheidest.«

»Was?«

»Rechts ist schöner, oder?« Nica klimperte mit den Wimpern.

»Na gut«, sagte Ben. Sie wollten ihn veralbern? Das konnten sie gern versuchen, wenn sie seine Antwort vertrugen. »Zeigt mal. Rückt ihn rüber.«

Akse stöhnte demonstrativ, packte aber mit Nica an. Sie wuchteten den Schrank in die Höhe und hoben ihn ein Stück nach rechts.

»So gut?«, keuchte Akse. Schweiß rann ihm über die Stirn, Nicas Gesicht war rot vor Anstrengung.

»Mhm«, machte Ben gedehnt. »Besser noch ein Stück weiter.«

Akse stöhnte und zerrte fluchend am Schrank. »So?«

»Zu weit, zu weit! Doch lieber zurück.«

Murrend und knurrend tippelten Akse und Nica ein winziges Stück zurück. Erste Schweißtropfen fielen zu Boden, die Adern an den Hälsen traten hervor.

»Nein, nein, das geht so gar nicht, tut mir leid. Besser wieder vor. Zwei Fingerbreit höchstens.« Ben grinste. Bande, pah.

»Was?«, platzte Akse heraus.

»Oder nein, vielleicht eher doch eine ausgewachsene Seetrollhandbreite weiter. Dann passt die Maserung der linken Tür perfekt zu den Linien im Steinfußboden.«

»Was?«, schnaubte Akse noch mal, die Hände noch immer unter dem Schrank. »Ich geb dir gleich Maserung, du fauläugiger Bodengucker.«

Nica ließ ihr Ende einfach fallen. »Ach, trag ihn doch einfach selbst.«

»He!«, protestierte Akse und balancierte mühsam den schwankenden Schrank aus. Schwer atmend setzte er ihn ab.

»Ja, ich denke, das passt.« Noch immer grinsend wandte sich Ben an Nica. »Oder?«

Sie stellte sich neben ihn, grinste inzwischen ebenfalls und nickte. »Ist genau da, wo ich ihn wollte: ein Stück weiter rechts als vorhin.«

Akse starrte die beiden noch immer keuchend an und sagte nichts. Schweigend klopfte er zur Abwehr von Schimmelgeistern dreimal gegen die hölzerne Seitenwand. Dann spuckte er einmal beiläufig über die linke Schulter, wie man es tat, um eine solche Tischlerarbeit glücklich zu Ende zu bringen.

»Nicht über die rechte?«, fragte Nica.

»Nein, links«, sagte Akse.

Ben nickte, und Nica spuckte. Ben nicht, er hatte nicht mitgearbeitet.

Als sie in den großen Speisesaal hinübergingen, lächelte Akse schon wieder und raunte Ben zu: »Warte nur, Schreckloser, das zahl ich dir noch heim.«

Der Saal wurde von einer gewaltigen groben Tafel dominiert, die ihnen allen Platz bot und noch von den Seetrollen stammte. Sie hatten nur die Beine gekürzt, um sich beim Essen nicht wie Zwerge oder Kleinkinder vorzukommen.

Die einst grauen Wände waren mit zahlreichen eingerissenen und verknitterten Steckbriefen aus allen Regionen des Großtirdischen Reichs gepflastert. Sie hatten sie von Anschlagsbrettern, Zäunen, Bäumen und Mauern gerissen.

Die meisten zeigten den Drachenflüsterer Ben, andere versprachen ebenfalls hohe Summen für die Ergreifung von Yanko, Nica und Anula, seine frühesten Gefährten. Manchmal waren die Namen falsch geschrieben, die Beschreibungen voller Fehler und die Porträtzeichnungen ein solch furchtbares Gekritzel, dass man selbst Ben und Nica kaum unterscheiden konnte.

Doch auch die anderen von ihnen wurden dringend gesucht, der ehemalige Knappe Akse ebenso wie der Ketzersohn und Nicas Bruder Sidhy, die Fischertochter Vilette, der Bürgermeistersohn Byasso, die fahrende Sängerin Ayna, der Flößergehilfe Thylos, Celber, der junge Gibor und alle anderen. Fast jeder von ihnen hatte einen eigenen Steckbrief, inzwischen sogar auch die Drachen.

Fünf von ihnen galten als gestohlen, nur Aiphyron hatte offiziell nie jemandem gehört. Nur einmal hatte ihm ein Verräter ohne Wissen des Ordens beide Flügel abgeschlagen und ihn so unterworfen, doch die Freunde hatten ihn befreit, bevor er auf dem Schwarzmarkt verkauft worden war, und Ben hatte ihn mit seiner Gabe als Drachenflüsterer geheilt. Ihr beider Blut hatte sich schon früher miteinander vermischt, sie waren wie Brüder, obwohl einer ein Mensch und der andere ein Drache war.

Ben kämpfte dafür, dass möglichst viele Menschen die Wahrheit über geflügelte Drachen erfuhren, doch der

Orden wollte davon nichts wissen. Er verdankte seine ganze Macht der alten Legende von Samoths Fluch und den zahllosen angeblich befreiten Drachen in seinen Ställen, die tatsächlich nur gefügig gemacht worden waren. Auf diese Macht wollte der Orden auf keinen Fall verzichten, auch wenn sie auf einer Lüge fußte. Bens Wahrheit war eine Bedrohung für diese Macht, deshalb wurde er mit aller Härte gejagt. Er und seine geächteten Freunde.

Die meisten Menschen glaubten an die Legende und den Anspruch des Ordens, weil sie von klein auf daran glaubten, so wie es auch ihre Eltern, Großeltern, Urgroßeltern und viele Generationen davor geglaubt hatten. Sie schafften es nicht, das alles von heute auf morgen infrage zu stellen, und Zweifel waren ketzerisch, predigte der Orden. Für sie war Samoth der Gott der Lüge, wie also konnte sein Anhänger Ben oder gar ein geflügelter Drache die Wahrheit sagen?

Es war ein verrückter Kreis, dem Ben kaum entkommen konnte. Nur sehr wenige hatten das Irrsinnige daran erkannt, hatten nicht sofort »Lüge!« geschrien, sondern zugehört und nachgedacht. Und dafür war auf ihre Köpfe jetzt auch eine Belohnung ausgesetzt. Nur nicht auf Nesto, der noch immer unentdeckt für sie in Rhaconia spionierte, und nicht auf die Brüder Knechter, die als scheinbar harmlose Handlanger des Ordens überall die Ohren offen hielten.

Um sich die Belohnung für Ben, Akse, Nica und die anderen Menschen zu verdienen, musste man sie fangen. Das Geld für die Drachen bekam man, wenn man sie nach Ordensvorstellung befreite: Wenn man ihnen die Flügel abschlug und sie derart verstümmelt beim Orden ablieferte.

Kaum hatten Ben, Nica und Akse den Saal betreten, drang von draußen das Rauschen von Drachenflügeln und der Aufprall großer Pranken herein. Aufgescheuchte Hühner flatterten und gackerten, Ziegen meckerten, manche Jungs und Mädchen riefen Grußworte. Quobemhonn meldete bellend: »Yanko und Feuerschuppe sind zurück!«

Und schon stürmte Yanko grinsend herein, das schulterlange Haar zusammengebunden, die schalkhaften dunklen Augen strahlten. Er wedelte mit einem gerollten Pergament herum und rief: »8000! Ich hab Anula wieder überholt! 8000!«

»Was hast du?«, rief seine Freundin Nica, ohne ihn zu begrüßen.

»8000! Ich bin wieder Zweiter!« Lachend entrollte er das Pergament, das ihn zwar fälschlich *Janko* schrieb und mit kurzen Stoppelhaaren zeigte, aber 8000 Gulden für seinen Kopf versprach.

»Da steht *lebend oder tot.*« Nica sah ihn fassungslos an. *»Tot!* Und du jubelst?«

Er zog sie an sich und wollte sie küssen, doch sie stieß ihn wütend von sich. »Komm schon, Nica. Das ändert doch nichts. Sie wollten uns doch immer nur lebend, damit sie uns öffentlich hinrichten können. Das macht keinen großen Unterschied, denn wer hingerichtet wird, ist meistens auch tot.«

»Aber das heißt, sie sind stinksauer! Sie nehmen das richtig ernst!«

»Gut!«, rief Yanko. »Ich will ernst genommen werden!«

»Der verdammte neue Abt«, murmelte Akse. Der Vorgängerabt Khelchos hatte ihn und Ben hinrichten lassen wollen, und sie hatten gefeiert, als er abgesetzt worden war.

Aber dann war der reiche und selbstherrliche Morghon zum Hohen Abt von Kloster Sonnenflut ernannt worden. Er galt als unbestechlich, unbesiegbar und unnachgiebig. Letzteres hatte er sogar in den Sockel seiner vergoldeten Statue meißeln lassen, die er bei Amtsantritt errichten hatte lassen. Überhaupt ließ er ständig irgendwen irgendetwas für sein Geld tun. Von seinen Anhängern wurde er als geradlinig und konsequent gefeiert, und das bedeutete, er war einfach nur rücksichtslos und ohne Mitleid.

»Versteht ihr nicht?« Yanko strahlte. »Je höher unser Kopfgeld, desto größer ist der Ärger, den wir dem Orden bereiten. Das ist der Beweis, dass wir Erfolg haben! Dass sie uns fürchten. Und für uns ändert sich nichts, der Orden ist sowieso hinter uns her.« Übermütig schlug Yanko den Steckbrief an einen der letzten freien Flecken der Wand.

In dem Moment kamen Byasso und Ayna herein. Byasso rief: »He, Yanko, willkommen zurück! Was …?«

»8000! Acht!«, unterbrach ihn Yanko. »Schreib das auf. Sofort!«

»Respekt.« Byasso ließ sich den Steckbrief zeigen, schlug Yanko anerkennend auf die Schulter und korrigierte das Ergebnis der Bestenliste, die er als selbsternannter Chronist der Geächteten penibel führte. Ben stand als großes Feindbild des Ordens und angeblicher Kopf und Rädelsführer mit weitem Abstand auf Platz eins, Yanko nun wieder auf Platz zwei. Acht von ihnen hatten es inzwischen auf über 1000 Gulden Belohnung gebracht. Dafür mussten echte Verbrecher mindestens zwei Morde begehen, ein Dutzend Kaufleute ausrauben oder einen Drachen stehlen. Byasso hängte die neue Liste an ihren Platz neben der Tür, wo sie jeder sehen konnte.

Ben: 50 000 Gulden
Yanko: 8000 Gulden
Anula: 7500 Gulden
Nica: 6000 Gulden
Akse: 5000 Gulden
Vilette: 3000 Gulden
Byasso: 2500 Gulden
Sidhy: 1500 Gulden

Der Lärm hatte noch weitere Jungen und Mädchen angelockt, auch Sidhy war aus der Küche herübergekommen. Die meisten Geächteten waren ungefähr in Bens Alter, manche jünger, ein paar wenige drei oder vier Jahre älter. Er selbst würde bald siebzehn werden, erwachsen.

»Gibt's schon Essen?«, riefen einige.

»Geduld!«, verlangte Küchenchef Sidhy. »Wir sind ja dabei.« Er winkte Ayna und scheuchte sie mit einem Handwedeln in die Küche. Vilette half nur noch selten, seit sie auf den Dächern arbeitete, aber der penible Sidhy war mit ihrer Hilfe ein guter Koch geworden. »Schäl schon mal die Erdbirnen, ich komme gleich nach.«

»8000!«, rief Yanko noch einmal stolz und sah sich triumphierend um. Manche jubelten, andere pfiffen anerkennend, doch die verdrängte Anula war nicht zu sehen. Vermutlich brachte sie die Feuerstellen im letzten Winkel der Festung für den Winter in Schuss und hatte die ganze Aufregung gar nicht mitbekommen.

Der erst dreizehnjährige Gibor kratzte sich im roten Haar und fragte vorsichtig: »Hast du keine Angst vor Herrn Prahler?«

»Vor wem?«, fragte Yanko.

Gibor sah ihn verblüfft an, auch Nica und ein paar andere wirkten irritiert.

»Herr Prahler«, wiederholte Gibor. »Der größte Kopfgeldjäger des Großtirdischen Reichs, die Geißel der Gesuchten. Der Mann, der den grausamen Schinderbert erwischt und die listenreiche Vilmine aus dreihundert Schritt Entfernung mit dem letzten Pfeil von einem fliehenden Pferd geschossen hat. In der Dämmerung bei dicht wallendem Nebel und mit schlammverkrusteten Augen.«

»Das denkst du dir doch aus!«

Gibor schüttelte den Kopf.

»Tut er nicht.« Sidhy nickte gewichtig. »Nur den Namen hat er durcheinandergebracht. Er heißt Fahler, Herr Fahler, weil er so fahl ist wie ein ausgebleichter Totenschädel.«

»Oder doch eher Herr Kahler?«, fragte Yanko spöttisch. »Weil er so kahl ist wie einer?«

»Du hast echt nie von ihm gehört?«, fragte Nica.

Yanko schüttelte den Kopf. Er blinzelte und wirkte einen winzigen Moment lang verunsichert.

»Wenn bei uns ein Kind Mist gebaut hat, haben die meisten Eltern gedroht: Noch einmal, und ich setz fünf Gulden auf dich aus, dann holt dich Herr Fahler.«

Yanko blinzelte längst nicht mehr, sondern lachte laut auf.

»Nein, wirklich!«, beharrte Nica.

»Bei uns wurden immer dreizehn Gulden ausgesetzt«, sagte der schmächtige Khomah, dem der kleine Finger an der linken Hand fehlte und der nie sagen wollte, warum. »Aber ich dachte, er heißt Herr Stahler.«

Wieder lachte Yanko und schüttelte den Kopf, auf zwei, drei Gesichtern zeigte sich ein vorsichtiges Lächeln. Kurz sahen sie auch zu Ben, als wollten sie seine Reaktion prüfen. Ben grinste, er hatte noch von keinem der vielen Kopfgeldjäger gehört.

Akse zuckte mit den Schultern und brummte: »Meine Eltern hatten einen Diener, der mich ohne Sonderzahlungen bestraft hat, und das mit größtem Vergnügen. Das Verrückte daran war, dass der sich immer vorgestellt hat, ich wäre mein Vater, weil der ihn ordentlich schuften ließ. Deshalb hat er auch ordentlich zugeschlagen. In seinem Kopf hat mein Vater also sich selbst Prügel eingebrockt. In Wirklichkeit leider mir, und ich hab die Wut von beiden abbekommen. Egal, auf jeden Fall haben sie mir nie mit einem Fremden gedroht. Lange Rede: Erst als Knappe habe ich dann von einem Kopfgeldjäger gehört, aber der hieß Thaler, glaube ich.«

»Thaler, Fahler, Kahler, Stahler. Wenn die sich mal alle treffen, können die zusammen ein Gedicht aufmachen, oder eine Reimschule.« Yanko schnaubte vergnügt. »Nein, die sind nicht echt. Das klingt alles nach einem erfundenen Buhmann, um Kindern Angst zu machen. Aber ich bin kein Kind mehr.«

»Nein, den gibt's wirklich!«, rief Gibor. »Die Schwester des Nachbarn meines Onkels hat schon mal von ihm geträumt, und die träumt dauernd wahre Sachen!«

Einen Moment lang sah Yanko ihn verblüfft an, dann prustete er los: »Ein Jäger im Traum also. Damit kann ich leben. Und das meine ich wortwörtlich.« Er grinste breit, Akse und einige andere lachten, auch Ben.

»Aber …«

»Niemand trifft halbblind auf dreihundert Schritt Entfernung, oder? Bei dichtem Nebel und Dämmerung zusammen. Oder hat ihn schon jemand mal wirklich gesehen, nicht nur im Traum?« Yanko sah sich auffordernd um.

Keiner meldete sich, die meisten wirkten erleichtert.

»Na also, der ist eine so falsche Legende wie die von Samoths Fluch. Eine Angstmachergeschichte. Die soll nur verhindern, dass kleine Jungs Verbrecher werden, oder Geächtete wie wir. Vor dem brauchen wir uns nicht zu fürchten.«

Yanko hatte sich schon immer über seine Ängste hinweggesetzt. In Trollfurt hatte er regelmäßig die Prügel von seinem Vater ausgehalten, um mit Ben befreundet zu bleiben. Er hatte die Prügel aller ausgehalten und weiter zu Ben gehalten, als alle Ben für einen Mörder hielten. Und jetzt stand er lachend da, den Steckbrief locker in der Hand, als ginge es nur um eine weitere Abreibung, als sei ein Kopfgeldjäger nichts Schlimmeres, schon gar nicht, wenn man sich nicht auf seinen Namen einigen konnte.

Yanko war der beste Freund, den man sich wünschen konnte, und Ben war froh über seinen Mut, der schon fast an Gleichgültigkeit grenzte. Sollten sich die Neulinge von Yankos sorglosem Lachen ruhig anstecken lassen, wenn sie darüber vergaßen, dass der Name der Kopfgeldjäger keine Rolle spielte. Auch wenn es diesen schrecklichen Prahler nicht gab, so gab es doch zahllose andere. Vielleicht waren sie nicht so furchterregend oder fähig, aber sie existierten tatsächlich und wurden angelockt von den steigenden Kopfgeldern.

Sidhy zögerte einen Moment. Er schien etwas einwerfen zu wollen, doch dann zuckte er mit den Schultern und verschwand stumm in der Küche. Nica lächelte Yanko an und umarmte ihn endlich.

Ben war erleichtert, dass die meisten das kleine Wort *tot*

auf dem Steckbrief über diese gereimten Kopfgeldjäger schon wieder vergessen zu haben schienen.

Lange nach dem Essen lagen Ben und Anula in ihrem Zimmer hoch im Turm über dem Speisesaal. Den Turm mit dem großen Krakenthronsaal hatten sie Yanko, Nica, Sidhy, Byasso und Vilette überlassen. Ben wollte kein Anzeichen von Herrschaft in seiner Nähe haben, es war genug, dass er über eine seltene Gabe verfügte und dass der Orden der Drachenritter ihn auf den Steckbriefen zum Anführer der Samothanbeter machte. Er wollte kein Herrscher sein, er wollte, dass die Geächteten Freunde waren. Zu lange hatte er außer Yanko – und vielleicht Byasso – keine gehabt.

Ihre Bäuche waren voll und schwer, und das Mondlicht fiel durch die hohen Fenster auf Anulas helle Haut, die schimmerte wie ein gefrorener Bergsee in klaren Winternächten. Das war ihr vom eisigen Atem des weißen Drachen geblieben, der sie im Namen des Ordens gefoltert hatte. Auch wenn dessen lähmende Kälte eigentlich längst aus ihrem Körper verschwunden war, steckte der Eishauch noch immer tief in ihren Gedanken und Träumen. Jeden Tag, jede Stunde, jede Minute verlangte es Anula nach Sonne und menschlicher Wärme, und sie sog sie auf wie ein trockener Schwamm einen winzigen Wassertropfen. Egal, wie stark die Sonne schien, egal, wie fest Ben sie umarmte, den letzten Rest Kälte konnten sie nicht aus Anula vertreiben. Doch so lange andere Menschen außer Ben da waren, war sie zu stolz, sich das anmerken zu lassen. Sie hielt ihre innere Kälte für Schwäche, obwohl niemand dem Hauch eines weißen Drachen trotzen konnte. Und die unnatürlich glitzernde Haut hielt sie für einen Makel, doch für

Ben war sie ein Zeichen von Anulas Tapferkeit und Anula einfach schön.

Dicht aneinander geschmiegt lagen sie auf dem großen Bett. Draußen frischte der Wind auf, man konnte den kommenden Herbst schon in ihm ahnen. Eine Dämmermöwe schrie klagend vor dem offenen Fenster, und Ben fragte leise: »Hast du Angst vor dem Winter?«

»Ja«, gab sie zu, weil sie wusste, dass er es nicht weitererzählte. »Aber nur ein wenig. Ich habe alle Kamine repariert, wir brauchen nur noch mehr Feuerholz. Aiphyron und Marmaran haben mir versprochen, morgen ein paar Bäume vom Festland zu holen. Und Thylos sägt aus alten Brettern Fensterläden zurecht, dann können wir die Wärme drin halten.«

»Wirst du nicht trotzdem frieren?«

»Wir alle werden frieren.«

»Du weißt, was ich meine.«

»Ja.« Sie wandte ihm das Gesicht zu, ihre Nasen berührten sich. »Aber wir können nicht in den Süden, nicht dieses Jahr. Wir können nicht zu viert mit den Drachen abhauen und die anderen im Stich lassen.«

Ben küsste sie, und sie erwiderte den Kuss. Ihre Lippen waren nie kalt. »Ich könnte dir echtes Glas aus Venzara holen. Dann sind die Fenster auch dicht, aber nicht dunkel wie bei Brettern. Dann siehst du tagsüber die Sonne.«

»Das wäre schön.« Anula lächelte. »Aber …«

»Kein Aber. Ich hol dir die Glasfenster. Gleich morgen.« Für dieses Lächeln würde er ihr alles holen. Eigentlich würde er das auch, wenn sie nicht lächelte, nur einfach, weil sie sie war. Das hätte er sich nie träumen lassen, als er sie bei ihrem ersten Treffen noch für eine unverbesserliche Rinnsteinschnepfe gehalten hatte. »Die Wahrheit kann auch mal eine Nacht pausieren.«

Den ganzen Sommer lang hatten sie mit Leuten in abgelegenen Dörfern geredet und Hunderte von Flugschriften verteilt, vielleicht gar Tausende. Jeden Tag hatte Ben dem mühsamen Kampf für die Freiheit der Drachen gewidmet. Sie alle hatten sich den Hals heiser geredet und die Finger blutig geschrieben, sie hatten Hornhaut auf dem Hintern vom Reiten auf Drachenrücken. Doch viel hatte es nicht genutzt, kaum einer glaubte die Wahrheit, und der von Morghon aufgestachelte Orden predigte mit Ausdauer seine Lügen. Es wurde Zeit, dass Ben etwas für Anula tat. Er liebte sie, und sie konnte nicht selbst nach Venzara. Mit der schimmernden Haut war sie die Geächtete, die am schnellsten und sichersten erkannt wurde. Sie saß hier fest, ob sie wollte oder nicht. Wenn die Kälte in ihr groß war, fragte sie sich, ob die anderen sie deshalb für feige hielten.

»Aber …«, fing sie noch einmal an.

»Ich sagte, die Wahrheit kann eine Nacht warten. Außerdem friert keiner von uns gern, auch die anderen haben nichts gegen Glas. Und ich kann Flugschriften nach Venzara mitnehmen.«

»Das weiß ich.« Sie lächelte. »Ich mache mir keine Sorgen, dass du die Wahrheit vernachlässigst. Im Moment mache ich mir mehr Sorgen um die Kopfgeldjäger.«

Überrascht zwinkerte Ben. »Glaubst du an diesen Herrn Fahler-Thaler-Prahler-sonst-was?«

»Ich weiß es nicht. Niemand trifft auf dreihundert Schritt Entfernung. Aber wenn sie uns jetzt auch tot wollen, dann wird es einer versuchen. Oder aus zweihundert, aus hundert oder aus fünfzig Schritt Entfernung, und da könnte er treffen. Lebendig waren wir mit einem Bogen nicht zu fangen, aber tot? Wenn sie keine Rücksicht auf unser Leben nehmen müssen, haben sie es viel leichter.«

»Du glaubst, bisher waren sie rücksichtsvoll zu uns?«, neckte Ben sie, obwohl ihm ihr Gedanke selbst Angst machte. Aber er würde die Angst nicht zulassen.

Anula lächelte nicht mehr. »Nein, das nicht, aber … Ich glaube, jetzt machen sie richtig Ernst.« Sie flüsterte, und Ben konnte einen Schimmer ihrer inneren Kälte in ihrem Auge sehen. Und mit der Kälte kam die Angst. So sehr sie die auch unterdrückte und bekämpfte, sie steckte in ihr.

»Ich weiß«, sagte Ben.

»Warum hast du das dann nicht zu allen gesagt?«

»Ich wollte niemandem Angst machen. Gibor ist erst dreizehn, die meisten wissen noch gar nicht, auf was sie sich eingelassen haben. Aber hier in der Festung sind sie sicher. Warum soll ich sie also beunruhigen, bevor wir wissen, ob wirklich wer hinter uns her ist?«

Sie sah ihn zärtlich an. »Du bist ein guter Anführer.«

»Nein, ich bin gar kein Anführer!«, widersprach er sofort. »Der Orden hat Anführer! Äbte und Hohe Äbte und Ritter und so. Er verlangt Gehorsam und all das. Wir dagegen sind alle frei und gleich.«

»Darum geht es nicht. Bemerkst du nicht, wie sie dich ansehen und um Rat fragen?«

»Pfff«, machte Ben. »Die sollen ihre Schränke allein aufstellen.«

»Äh, was?«, fragte Anula.

»Nichts. Verstehst du nicht? Wir sind nicht Bens Bande! Den Begriff hat der Orden erfunden. Es geht darum, die Dinge selbst herauszufinden, so wie ich das mit den Drachenflügeln. Das hat mir kein Anführer gesagt, ganz im Gegenteil.«

»Ja, aber du hattest dafür deine Gabe. Aiphyron hat es dir gesagt, weil du ihn geheilt hast. Yanko, Nica und ich wissen es von dir. Wir haben dir geglaubt und es nicht selbst herausgefunden.«

»Von einem Freund habt ihr es, keinem Anführer!«, stieß er hervor. Auf keinen Fall wollte er so werden wie die Anführer, die er überall getroffen hatte, die Hohen Äbte, Bürgermeister und Kaufleute, die nach Lust und Laune über ihre Diener herrschten. Konnte sie das nicht verstehen? Immerhin war sie die Dienerin eines Händlers und Drachenreiters gewesen, als sie dem Orden in die Hände gefallen war. Anula hatte sich nicht selbst für den Kampf entschieden, das hatte der Orden ihr abgenommen. Er hatte sie einfach den Geächteten zugerechnet und sie gefangen gesetzt. Sie hatte keine Wahl gehabt, und Ben fragte sich für einen Moment, ob sie sich ihnen auch als Freie angeschlossen hätte.

Idiot, dachte er, *sie hat damals beschlossen, dich nicht zu verraten, obwohl sie dich nicht kannte. Es war ihre Entscheidung gewesen, und die war härter als die von Yanko und Nica.*

Ben strich ihr durchs Haar. »Ich will keinen Gehorsam, verstehst du das nicht? Ich will keinen Herrscher haben, und ich will auch kein Herrscher sein.«

»Gehorsam?« Anula gluckste vergnügt. »Den bekommst du von mir ganz sicher nicht, das verspreche ich dir.«

Ben sah sie verwirrt an.

Anula wendete ihm den Kopf zu und lächelte. »Das gilt

wohl für die meisten hier. Schau dich doch um, wer hier ist. Jungen und Mädchen, die daheim geprügelt wurden wie Yanko, unterdrückt wie Vilette, zum Gehorsam lernen abgeschoben wie Akse. Und alle hier haben sich dem widersetzt, wir sind nicht gehorsam. Aber du bist der, der über die Gabe verfügt, die uns zusammengebracht hat. Der, dem die Drachen vertrauen, dem wir vertrauen.«

»Die Gabe macht mich doch nicht zu einem besseren Menschen!«

»Von besser war nie die Rede!« Wütend funkelte Anula ihn an. »Hörst du mir überhaupt zu? Verstehst du, was ich sage? Leute wie Gibor schauen zu dir auf, daran kannst du nichts ändern. Und du weißt das, du hast selbst gesagt, dass du deshalb vorhin geschwiegen hast!«

»Als Freund!«, beharrte Ben trotzig. »Nur als Freund.«

»Wenn du meinst …«, sagte Anula.

Ben zog sie an sich, um ihr nicht in die Augen sehen zu müssen. Er wollte nicht weich werden und nachgeben. Er wollte nicht nur keinen Gehorsam, sondern auch die Verantwortung für Gibor und die anderen nicht. Er war bereit, sein Leben zu riskieren, um Drachen zu retten, obwohl ihm das manchmal eine gewaltige Angst einjagte. Aber er konnte nicht das Leben von anderen riskieren. Er war kein Anführer, warum wollte sie das nicht verstehen? Er wollte Freunde, keine Untergebenen.

Plötzlich ging ihm etwas anderes durch den Kopf, das Anula gerade gesagt hatte. Er hatte es sich noch nie selbst bewusst gemacht, aber es stimmte. »Weißt du, warum so viele hier sind, die geschlagen, verraten oder abgeschoben wurden? Wieso glauben gerade sie die Wahrheit?«

»Auch andere glauben uns. Aber wer so mies behandelt

wird, läuft eben leichter weg, um sich einem Fremden anzuschließen.«

Ben nickte, und sie lagen wieder schweigend beieinander.

»Meinst du, bunt wäre möglich?«, fragte Anula nach einer Weile leise.

»Was?«

»Mein versprochenes Fenster. Könnte ich buntes Glas haben?«

Ben lächelte. »Ich tu mein Bestes.«

IM ANGESICHT DES DRACHEN

Cathe schrie so laut, dass sich ihre Stimme überschlug. Dann war der Drache da. Er prallte vor ihr auf den Boden, Äste barsten, und die Erde knirschte. Die Bestie war so viel Furcht einflößender als die Drachen des Ordens, die im Unterricht zum Einsatz kamen. Seine riesigen schwarzen Schwingen waren von feuerroten Adern durchzogen. Ausgebreitet schluckten sie das letzte Tageslicht, die steingrauen Schuppen erinnerten an grobkörnigen Granit. Er fauchte, und seine Zunge leuchtete wie glühende Lava. Sein heißer Atem rollte über Cathe hinweg wie eine Lawine aus brennendem Fels. »War das schon wieder der dreckige Blechkopf?«

Cathe schrie. Sie verstand nicht, wieso der Drache reden konnte, und auch nicht, was er fragte. Nichts ergab einen Sinn. Panisch dachte sie nur: *Wo bleibt Herr Lanzifal?*

Langsam streckte der geflügelte Drache die Klauen nach ihr aus, Krallen so lang und spitz wie frisch geschmiedete Krummdolche. Wutschnaubend griff er nur haarscharf an ihr vorbei, packte den Pfahl und brach ihn mühelos entzwei, sodass ihre Fesseln zu Boden fielen. Das Holz splitterte knirschend und riss ihr die Haut an den Armen auf.

Wo blieb nur der vermaledeite Ritter? Auf was wartete er noch?

»Lauf, Mädchen, lauf«, knurrte die Bestie. Ihre Augen glommen hell und rot wie Feuer. Cathe erkannte wilden

Zorn in ihnen, aber sie fühlte plötzlich keine Angst mehr. Gegen alles Wissen war sie überzeugt, der Zorn richte sich nicht auf sie. Trotzdem zitterten ihre Knie und Muskeln, alle Gelenke waren noch immer steif. Sie konnte gar nicht rennen. Ohne nachzudenken, fragte sie: »Wieso kannst du reden?«

Der Drache stutzte. Sie sah ihm weiter in die Augen, die lebendiger strahlten als alle Drachenaugen, die sie im Kloster gesehen hatte. So wach und klar, fast wissend. Für einen Moment blitzte sogar Schalk in ihnen auf, und Cathe konnte sich nicht abwenden. Hatte die Bestie sie mit einem Bann belegt?

»Lauf«, knurrte er noch einmal, und es kam ihr fast freundlich vor, aber sie konnte noch immer nicht rennen. Der Drache hob die Lefzen zu einem seltsamen Grinsen und entblößte die gewaltigen spitzen Zähne. Und mit einem Mal packte sie die Angst.

»Hilfe«, keuchte sie und taumelte langsam zurück. Die Brust war ihr zugeschnürt, sie konnte nicht mehr schreien.

Und dann – endlich – brach Herr Lanzifal mit erhobenem Schwert aus dem Gebüsch. Hell glänzte die Blausilberklinge in der untergehenden Sonne. Herr Lanzifal sprang den überraschten Drachen von hinten an. Dabei schrie er Cathe zu: »Tut mir leid, mir war der Helm verrutscht! Ich konnte nichts sehen!«

Dann schlug er zu. Tief drang die scharfe Klinge in das Gelenk, das den Flügel mit dem Körper verband. Blut quoll heraus, und der Schwanz des herumwirbelnden Drachen traf Cathe gegen den Arm.

Sie stürzte und fiel hart zu Boden. Rasch rappelte sie sich auf und kroch in den Schatten eines Buschs, duckte sich tief in ihr Versteck, versuchte zu verschwinden. Helfen konnte sie nicht.

Hinter dem Ritter stürmte Donnerkugel aus dem Gebüsch und warf sich fauchend auf den geflügelten Drachen. Sie krallten sich ineinander und rollten über den Boden. Dicke Äste brachen unter ihrem Gewicht, Büsche wurden aus dem Boden gerissen, aufgewühlte Erde spritzte umher. Herr Lanzifal tauchte immer wieder zwischen die gewaltigen Leiber und schlug mit flinker Klinge nach den verfluchten Schwingen, kaltes Blau blitzte hell. Gewaltige Zähne schnappten nach ihm und zerfetzten doch nur Luft. Klauen schlugen dumpf auf Schuppen, die Luft war erfüllt vom wütenden Fauchen beider Drachen. Fast wurde Herr Lanzifal zerquetscht, doch dann schlug er blitzschnell zu. Die Klinge fuhr tief ins Flügelgelenk, und der Drache brüllte vor Schmerz. Cathe kniff die Augen zusammen, als Herr Lanzifal erneut zuschlug und den Flügel endgültig abtrennte. Der Drache taumelte und versuchte, sein Gleichgewicht wiederzufinden. Den Moment nutzte der Ritter geschickt und hackte ihm auch den zweiten Flügel ab.

»Sei ruhig!«, schrie er den Drachen an. »Du bist frei.«

Und der Drache verstummte und rührte sich nicht mehr.

In der plötzlichen Stille schlug Cathes Herz viel zu laut. Ein rostroter Wurm streckte den Kopf vor ihrer Nase aus der Erde, als wollte er prüfen, ob alles vorbei war. Das war es. Vorsichtig kroch Cathe aus dem Gebüsch hervor und sah zu dem befreiten Drachen hinüber. Sie erwartete, dass seine Augen vor Dankbarkeit leuchten würden, doch das Gegenteil war der Fall. Matt und stumpf lagen sie in den Höhlen, Cathe konnte in ihnen nichts anderes erkennen als Schmerz.

Doch nur für einen Augenblick, dann war der Ritter schon bei ihr, umarmte sie und wirbelte sie ausgelassen herum. »Wir haben es geschafft!« Blutspritzer prangten überall auf seinem Gesicht und seiner Rüstung, aber er lachte. »Du warst großartig!«

Und sie ließ sich von seiner Freude anstecken und lachte ebenfalls. »Wirklich?«

»Besser als meine letzte Jungfrau, und die war fertig ausgebildet!«

Das war das größte Kompliment, das ihr je jemand gemacht hatte. Verlegen sah sie zur Seite und dann wieder zu dem frisch befreiten Drachen, der noch immer auf dem Boden kauerte. Er atmete heftig, aber er wirkte nicht mehr gefährlich und ohne Flügel plötzlich viel kleiner. Er war keine zehn Schritt lang, vielleicht sieben oder acht. Die Augen hatte er geschlossen, und Cathe spürte keine Angst mehr.

»Du hast ihn wunderbar abgelenkt, als ich nicht sofort gekommen bin.« Herr Lanzifal wirkte nun etwas verlegen. »Würdest du bitte niemanden von dem kleinen Malheur mit dem Helm erzählen? Das ist mir wirklich peinlich.«

»Natürlich«, versprach Cathe.

»Danke. Vielen Dank.« Langsam ließ er sie los. »Das ist mir noch nie passiert. Noch nie.«

Gemeinsam schichteten sie zerbrochene Äste, kleine Zweige vom Boden und trockenes Laub übereinander. Herr Lanzifal zeigte ihr geduldig, wie. Als sie fertig waren, war die Nacht längst hereingebrochen, und die Sterne funkelten hell.

Mit Donnerkugels Hilfe wuchteten sie die zwei abgetrennten Flügel auf den Scheiterhaufen. Aufrecht stehend sprachen sie ein lautes Gebet des Danks an Hellwah und kündigten ihm das Flügelopfer an. Herr Lanzifal entzündete den Scheiterhaufen, und sie standen am Feuer, bis die riesigen Flügel vollständig verbrannt waren. Schweiß trat Cathe auf die Stirn, doch sie wich vor der Hitze nicht zurück. Sie wollte Hellwah in ihr spüren, den Gott der brennenden Sonne. Hell spiegelten sich die Flammen in den dumpfen Augen des befreiten Drachen. Es schien, als könnte er den Blick nicht abwenden.

So mächtig ist Samoths Fluch, dachte Cathe und fragte sich, ob der Drache je wieder wirklich frei sein würde. Wenn er es gewesen wäre, der Tharas unter dem Fluch gerissen hätte, könnte sie ihm die Tat wirklich verzeihen? Ihr Verstand würde wissen, dass nicht der befreite Drache schuld war, und doch … Wie war das für den Drachen? Hatte er seine Untaten vergessen, oder erinnerte er sich an alles und wurde von Schuldgefühlen geplagt? Hatte er wortwörtlich Blut geleckt und sehnte sich auch befreit nach dem Geschmack von schreienden Jungfrauen?

»Als sein Befreier darf ich ihm seinen Namen geben«, unterbrach Herr Lanzifal ihre Gedanken und reckte stolz die Brust so weit raus, wie es das schwere Kettenhemd zuließ. »Aber weil du so tapfer warst, will ich dich auch dazu hören. Was hältst du von Glutauge?«

Cathe zögerte. Ritter waren den Jungfrauen übergeordnet, besonders denen in Ausbildung, die noch nicht erwachsen waren. Doch Herr Lanzifal schien freundlich, und weil sie keine Glut mehr im Drachenauge erkennen konnte, wagte sie es, einen eigenen Vorschlag zu machen: »Oder vielleicht Flammenzunge?«

»Flammenzunge?« Herr Lanzifal wirkte überrascht. »Ähm, ja, ein Gegenvorschlag, interessant. Gut, gut, ja, das würde auch passen.«

Cathe lächelte.

»Aber ich glaube, ich bleibe doch bei Glutauge.« Herr Lanzifal lächelte nicht. Er nickte nachdrücklich. »Ist wirklich besser, oder?«

Und Cathe nickte auch. Sie hatte gelernt, dass man als Jungfrau gehorchen musste, ganz unabhängig von der Freundlichkeit des Ritters.

Also sagte Herr Lanzifal die rituellen Worte der Namensgebung zu Glutauge, sprach ihn von Samoths Einfluss frei und machte ihn vorläufig zu seinem Drachen. Im nächsten Kloster würde er ihn dann an den dortigen Abt übergeben. Der durfte dann entscheiden, ob er ganz in den Besitz des Ordens überging oder an einen herausragenden Händler oder Adligen verliehen wurde, der sich eine solche Auszeichnung durch Taten und Spenden verdient hatte.

Cathe wusste, dass sie sich für den befreiten Drachen freuen sollte, aber sie konnte nicht. Der kurze Moment der Angst steckte ihr noch immer in den Knochen, die Haut war aufgeschürft vom Sturz, und sie erinnerte sich noch genau an seinen Zorn, an den Befehl, sie solle laufen. Doch warum und wohin? Warum hatte er sie nicht sofort gefressen? Das begriff sie noch immer nicht, es passte nicht zu ihrem Wissen über verfluchte Drachen.

Herr Lanzifal setzte sich auf einen Stein und reinigte pfeifend sein Schwert. Fast zärtlich glitt er mit einem Tuch über die Klinge, der er einen großen Teil seiner Macht verdankte. Vorsichtig spuckte er auf sie und polierte jeden Blutspritzer fort, auch wenn Schmutz Blausilber eigentlich nichts anhaben konnte.

Gedankenversunken sah Cathe ihm einen Moment lang zu, dann starrte sie in das schrumpfende Feuer. Am Rand seines Scheins entdeckte sie eine kleine unversehrte Spitze des Flügels. Bedächtig hob sie sie auf, die Spitze war noch immer warm. Für einen winzigen Moment wollte Cathe sie einfach einstecken, dann warf sie sie hastig in die Flammen und wischte sich die Hand am Kleid ab, als hätte sie etwas Schmutziges angefasst. Es zischte, die Spitze verschrumpelte in wenigen Augenblicken, und Cathe atmete durch. Was hatte sie da nur geritten, das Stück Flügel behalten zu wollen? War das ein letztes Aufbäumen von Samoths Fluch gewesen?

Schnell sah sie sich um, aber sie konnte keine weiteren Überreste der Schwingen entdecken. Samoths Fluch war vollständig vernichtet.

»Morgen suchen wir Jungfrau Aphrodena. Jetzt ist es zu dunkel«, bestimmte Herr Lanzifal und ließ Cathe mit den zwei Decken ein einfaches Nachtlager bereiten.

»Herr Lanzifal?«, fragte Cathe höflich, bevor sie sich zur Ruhe legten. Bei allem, was in den letzten Stunden passiert war, ging ihr vor allem eines nicht aus dem Kopf.

»Ja?«

»Warum hat Glutauge mich befreit und mir dann zugerufen, ich soll laufen. Und …« Sie zögerte. »Warum kann er überhaupt sprechen? Kann Donnerkugel das auch? Und warum sagt Glutauge nichts mehr, seit er frei ist?«

Herr Lanzifal musterte sie einen Moment lang abschätzend. Dann sagte er ernst: »Er hat dich nicht befreit, nicht im eigentlichen Sinn. Du solltest laufen, damit er dich hetzen kann. Unter dem Fluch war er eine räuberische Bestie, die dich jagen wollte. Er hätte es genossen, dir für einen winzigen Moment das Gefühl zu geben, frei zu sein, zu entkommen, und dann hätte er zugeschlagen. Er wollte dich im Lauf reißen. Deine Freiheit wäre nur eine Lüge gewesen, derart ist die Grausamkeit Samoths.«

Cathe schluckte. Das hatte sie nicht erwartet.

»Und was das Sprechen anbelangt«, fuhr der Ritter fort, »so tun es die Drachen im Allgemeinen nicht, zumindest nicht in unserer Sprache. Natürlich können sie sich verständigen, und sie verstehen uns bestens, weit besser als jedes Tier. Doch da Samoth der Gott der Lüge ist, ist sein Fluch auch an die Fähigkeit zu sprechen geknüpft. Denn wie sonst sollen die Bestien Zweifel säen und Unwahrheiten verbreiten, wenn sie nicht reden könnten?«

Cathe konnte sich nicht mehr erinnern, was der Drache noch zu ihr gesagt hatte außer: »Lauf!« Irgendetwas war da gewesen, etwas Seltsames. Aber wenn das alles nur Samoths Lügen waren, war es nicht wichtig.

Dass Lügen mit Sprache weitergegeben wurden, hatte sie sich nie bewusst gemacht. Sprache war ihr immer selbstverständlich vorgekommen, sie hatte nicht groß darüber nachgedacht. Aber es stimmte! Ein Baby, das noch keine Worte kannte, nur Schreie, war schwer zu verstehen, doch es log auch nicht. Aber war es wirklich immer so, dass keine Sprache keine Lügen bedeutete? Und wie passte das zu dem anderen, was Herr Lanzifal ihr über Wahrheit und Sprache beigebracht hatte: Die Wahrheit konnte laut ausgesprochen werden, doch der, der flüstert, lügt. Waren das nicht seine Worte gewesen? Cathe wollte erst selbst darüber nachdenken, bevor sie seine Geduld mit weiteren Fragen strapazierte.

Das Feuer war inzwischen heruntergebrannt, die letzte Glut glomm in der Asche vor sich hin. In der Senke war es dunkel, nur der schmale Mond und die Sterne spendeten ein wenig Licht. Manchmal raschelte etwas im Gebüsch, es plätscherte im Teich, und Frösche quakten. Trotzdem schlief Herr Lanzifal beinahe sofort ein.

Cathe nicht. Sie sah immer wieder zu Glutauge hinüber, konnte jedoch nicht viel erkennen. Der Drache lag auf dem Bauch und atmete regelmäßig. Von Donnerkugel sah sie nur einen Schemen im Schatten des Gesträuchs.

Cathe konnte nicht schlafen. Zu viel ging ihr durch den Kopf, zu viel war passiert. Die Schürfwunden juckten und da, wo Glutauge sie getroffen hatte, schmerzte ihr Arm. Würde so ihr ganzes Leben als Jungfrau aussehen?

Herr Lanzifal stieß einen Grunzlaut aus, dann schnarchte er laut und hingebungsvoll.

Auch das noch! Cathe verdrehte die Augen.

Donnerkugel seufzte.

Cathe schmunzelte.

Die Frösche quakten.

Dann hörte sie ein leises Knacken im Gesträuch. Hinter sich, nicht da, wo Donnerkugel lag. Ein Knacken, das sie von zahlreichen Spielen mit Tharas kannte, wenn er versucht hatte, sich anzuschleichen. Aber das hier war weder Tharas noch ein Spiel. Lautlos griff sie nach ihrem Dolch. Glutauge hob ein Lid. Donnerkugel rührte sich nicht, aber Cathe glaubte, ein Wittern zu hören.

Herr Lanzifal brummte.

Wieder knackte es, lauter diesmal.

»Herr Lanzifal«, raunte Cathe.

Herr Lanzifal drehte sich auf die Seite und schnarchte weiter.

Eine Gestalt löste sich aus den Büschen, und Cathe umklammerte den Dolch fester. Sie war bereit, jederzeit aufzuspringen.

Die Gestalt trat ganz ins Mondlicht. Inzwischen war sie so nah, dass Cathe eine schöne junge Frau mit zerzausten Haaren erkennen konnte. Sie hatte mehrere Striemen im Gesicht und auf den Armen, die Kleidung war verdreckt und eingerissen.

»Ihr seid es wirklich!«, stieß die Fremde hervor. Ihre Stimme war tief und kräftig.

Donnerkugel brummte zufrieden, es klang fast wie das Schnurren einer Katze.

»Was?«, schnappte Herr Lanzifal und rappelte sich mühsam auf. Seine Rechte schnappte nach seinem Schwert, erwischte jedoch nur den kümmerlichen Überrest eines Asts, mit dem er einen Augenblick herumfuchtelte. Dann ließ er ihn wieder fallen und tastete wild nach seiner Waffe.

»Jungfrau Aphrodena?«, vermutete Cathe und erhob sich. Den Dolch hatte sie wieder eingesteckt.

Die Angesprochene nickte, Donnerkugel tapste herbei und nickte ebenfalls.

»Was?«, rief Herr Lanzifal noch einmal, dann gab er die Suche nach dem Schwert auf. Erfreut tönte er: »Beste Aphrodena! Wir wollten morgen deine Spur aufnehmen!«

»Ich hatte mich ganz am anderen Ende der Senke versteckt. Tief im Gesträuch, damit die Bestie mich nicht erwischt. Dann habe ich den Kampflärm gehört und bin in Deckung geblieben. Irgendwann bin ich dann herübergeschlichen, in der Hoffnung, dass Ihr zurückgekehrt seid.«

»Bist du verletzt?«, fragte der Ritter, und in seiner Stimme schwang echte Sorge mit.

»Nein.« Die Schrammen waren ihr keine Erwähnung wert, sie schien nicht viel zu jammern. Sie hatte dunkle Augenringe und musste hundemüde sein.

»Wie bist du entkommen?«

»Ich … ich weiß es nicht mehr.«

Cathe stutzte, es klang wie ein Ausweichen. Verbarg sie etwas? Oder hatte Samoth sie mit Lügen verwirrt? Was hatte sie hier allein erlebt? Stundenlang musste sie in ständiger Angst vor dem Drachen in ihrem Versteck ausgeharrt haben. Würde es Cathe auch einmal so ergehen?

Auch über Herrn Lanzifals Gesicht huschte eine Schatten von Misstrauen, aber gleich darauf lächelte er wieder. »Das soll uns jetzt egal sein, Hauptsache, du bist entkommen und unversehrt. Was für ein Glück! Alles andere bereden wir morgen. Leg dich hin.« Und er bot ihr seinen Lagerplatz an.

»Sollte nicht eher ich …?«, fing Cathe an, aber er fuhr ihr über den Mund. »Nichts da. Ich bin ein Ritter, ich kann auch ohne Decke schlafen.«

Und das konnte er. Nach fünf Minuten erklang sein vertrautes Schnarchen.

Aphrodena schnarchte auch.

Donnerkugel seufzte laut.

Cathe schmunzelte, und darüber schlief sie trotz allem endlich ein.

Die Rückkehr nach Kloster Felsenrot war ein einziger Triumph. Sie kehrten unversehrt heim, hatten die geraubte Jungfrau gerettet und einen verfluchten Drachen befreit, der von der Schnauze bis zur Schwanzspitze ordentliche acht Schritt maß. Herr Lanzifal winkte den jubelnden Jungfrauen und Schülerinnen huldvoll zu, Cathe hob die Hand nur schüchtern. Doch die meisten ihrer Mitschülerinnen sahen auch bewundernd zu ihr, und Sinje jubelte lauthals und schrie: »Cathe!«

Cathe winkte ab, und als Herr Lanzifal Cathe ausufernd für ihre Unerschrockenheit, ihre Geistesgegenwart und ihren Mut lobte, da lief sie sogar rot an. Ihre Lehrerinnen strahlten, und nun applaudierten ihr alle angehenden Jungfrauen, Kanja und Celi allerdings mit einem gezwungenen Lächeln.

Das anschließende Mittagessen wurde zu einer ausgelassenen Feier, und die ersten Unterrichtsstunden des Nachmittags fielen deswegen aus. Jetzt lächelten auch Kanja und Celi aufrichtig.

Als Cathe mit Sinje nach dem Essen im Innenhof in der Sonne stand, um ihr all das zu erzählen, was sie vor der ganzen Gruppe ausgespart hatte, kam die Glasmeistertochter Kanja sogar herüber und gratulierte strahlend. Dann fragte sie im vertraulichsten Ton: »Was hast du nur getan, um den Ritter so zu beeindrucken? Der ist ja ganz begeistert von dir.«

»Ach, nichts Besonderes. Ich habe nur den Drachen abgelenkt«, sagte Cathe leichthin. Von dem Malheur mit dem Helm durfte sie ja nicht erzählen. Weil das aber irgendwie angeberisch klang und Kanja extra zu ihr herübergekommen war, wollte sie unbedingt noch etwas Nettes sagen. »Das hättest du bestimmt mindestens genauso geschafft.«

»Siehst du?« Kanja wandte sich an Sinje und sagte spitz: »Das habe ich doch die ganze Zeit gesagt, und jetzt sagt es Cathe sogar selbst. Mindestens so gut hätte ich es gekonnt, *mindestens.*«

»Cathe ist einfach höflich«, sagte Sinje kühl. »Tatsache ist, dass sie es getan hat, und du nicht. Du hättest nur gern.«

»Was?« Kanja starrte Sinje wütend an, aber Cathe war ihr Kommentar egal, sie hatte das ständige Hickhack mit Kanja einfach satt. Rasch versicherte sie: »Ich weiß, wie gut du in allem bist. Ich hatte einfach Glück, ausgewählt zu werden.«

In diesem Moment schritt die Jungfrau Aphrodena an ihnen vorbei. Sie hatte ihre zerrissene Kleidung abgelegt und trug frische, wenn auch abgetragene Stücke. Nirgendwo war das Zeichen des Ordens zu erkennen. Sie hatte dunkle Augenringe, die Lippen waren fest zusammengepresst. Zielstrebig ging sie auf das Tor zu.

»Jungfrau Aphrodena«, sprach Cathe sie an.

»Nur Aphrodena«, sagte diese mit zitternder Stimme und blieb stehen. »Für den Orden bin ich ab jetzt keine Jungfrau mehr.«

»Was?«, stieß Cathe hervor. »Warum?«

»Weil der elende Drache mich verschmäht hat. Was dachtest du denn?«

»Ich …«

»Ihr habt den großen Orden über Eure Jungfräulichkeit belogen?«, stieß Kanja entsetzt hervor. »Deshalb wurdet Ihr verstoßen?«

»Ich habe niemanden belogen«, sagte Aphrodena eisig und wandte sich wieder zum Gehen.

»Dann sagt das Herrn Lanzifal!« Cathe hielt sie am Ärmel fest. »Sagt, dass Ihr nur mit Glück entkommen seid, dass der wilde Drache satt war, dass … Erklärt es Herrn Lanzifal. Er hält große Stücke auf Euch.«

Aphrodena atmete mit geschlossenen Augen tief durch, dann sah sie Cathe an. »Meinst du wirklich, das habe ich nicht versucht? Aber keiner glaubt mir. Immerhin hat sich der Drache hungrig auf dich gestürzt. Und wenn er dich Jungfrau fressen wollte, warum dann mich nicht? Ich tauge nicht mehr zur Jungfrau.« Sie stieß ein Schnauben aus, das wohl ein Lachen sein sollte. »Und du bist es, auf die mein guter Herr Lanzifal große Stücke hält. Nicht ich.«

»Aber ich …«

Wütend riss sich Aphrodena los und ging mit erhobenem Haupt wieder auf das Tor zu.

»Dann werde eben ich mit ihm reden!«, rief Cathe ihr hinterher, weil sie irgendwie helfen wollte. Sie fühlte sich schuldig, obwohl es dafür keinen Grund gab.

Ungerührt schritt Aphrodena weiter.

»Habt Ihr gehört?«

Aber die verstoßene Jungfrau drehte sich nicht um. Sie zögerte nicht mal für einen winzigen Augenblick.

»Warum willst du das tun?« Kanja sah Cathe nun wieder mit der alten Geringschätzung an.

»Weil … Ich glaube ihr.«

»Du tust was?« Beinahe angewidert schüttelte Kanja den Kopf. »Sie ist eine Lügnerin.«

»Woher willst du das wissen? Du kennst sie nicht!«

»Drachen irren sich nicht, nicht in einem solchen Fall. Sie erkennen Jungfrauen, das ist Teil ihres Fluchs.«

»Aber …?« Cathe sah hilfesuchend zu Sinje, doch zum ersten Mal sprang die ihr nicht bei.

»Du kennst sie doch auch nicht richtig, oder?«, fragte Sinje vorsichtig. »Du hast sie gestern getroffen. Und wenn sich alle einig sind, Herr Lanzifal, Jungfrau Sironia und der verfluchte Drache … Aphrodena wollte sich ja nicht einmal helfen lassen, oder? Wenn sie unschuldig wäre, dann …«

»So ist es!« Kanja nickte heftig. »Das Schweigen ist so gut wie ein Eingeständnis! Oder nicht?«

Wahrscheinlich hatten die beiden recht, aber Cathe verspürte dennoch Mitleid mit Aphrodena. Sie wusste jetzt, wie hilflos man sich allein an so einem Pfahl fühlte, und gestern war Aphrodena sogar einer der Bestien in die Hände gefallen. Wie viel Angst musste sie gehabt haben? Und heute schon wurde sie von eben jenen Leuten verstoßen, für die sie sich in Lebensgefahr begeben hatte. Was auch immer die anderen sagten, Aphrodena hatte den Drachen angelockt, oder? Und nur das war die Aufgabe einer Jungfrau. Herr Lanzifal war es gewesen, der die Bestie beim ersten Mal hatte entwischen lassen, das war nicht ihr Fehler gewesen.

Aber das alles sagte Cathe nicht laut, sie würde Herrn Lanzifal nicht angreifen. Auch wenn sie Mitleid mit Aphrodena hatte, so hatte Sinje doch recht: Sie kannte sie nicht, sie wusste nichts von ihrem Liebesleben. Und es war Herr Lanzifal gewesen, der sie trotz seines kleinen Helmmalheurs gerettet hatte, nicht Aphrodena.

»Könnte es nicht eine List des lügnerischen Samoth gewesen sein?«, fragte Cathe.

»Was?«

»Sie zu verschonen. Einfach, um Zweifel unter uns zu säen?«

»Das …« Kanja wirkte kurz verstört, dann hatte sie sich wieder gefangen. Mit aller Bestimmtheit sagte sie: »Nein. Davon hat noch nie jemand gehört. Glaubst du das wirklich?«

Langsam schüttelte Cathe den Kopf. Sie wusste nicht, was sie glauben sollte, im Moment wollte sie einfach keinen Streit.

Kanja nickte zufrieden.

Aphrodena trat durch das Tor und folgte der Straße Richtung Rhaconia, ohne sich noch einmal umzudrehen. Cathe sah ihr hinterher, bis sie nicht mehr zu erkennen war.

BUNTES GLAS UND UNVERSCHÄMTES GLÜCK

Als Ben am nächsten Morgen erwachte, fühlte er sich gut. Er konnte sich nicht an seine Träume erinnern, wusste aber, dass sie schön gewesen waren. Sanft löste er sich von Anula und trat leise ans Fenster. Gerade rechtzeitig, um weit draußen auf dem Meer die schillernde Fontäne eines schnatternden Regenbogenwals aufsteigen zu sehen. Einen kurzen Moment schien die Zeit stillzustehen, dann zerfiel die herrliche Fontäne zu Tausenden kristallgleichen Wassertropfen. Noch bevor er Anula rufen konnte, tauchte der Wal schon wieder in die Meerestiefen hinab. Der Anblick einer solchen Fontäne war fast so selten wie eine Mondfinsternis, und sie brachte unverschämtes Glück. Und er war so schön, dass Ben ein ehrfürchtiger Schauer überlief und sein Herz schneller schlug. Lächelnd umschloss er den Glücksgroschen, den er an einem Lederband um den Hals trug, seit Yanko ihn ihm geschenkt hatte. Die Sonne schien warm auf seine Haut, und sein Brustkorb drohte vor Freude zu platzen.

Eine Stunde später trat Yanko, der Ben nach Venzara begleiten wollte, beinahe auf einen Sonnenkäfer mit sieben Punkten, aber nur beinahe. Er bemerkte ihn gerade noch rechtzeitig, hob ihn vorsichtig hoch und ließ ihn von seinem Handrücken fliegen. Auch das brachte Glück, wenn auch kein unverschämtes.

Zuletzt brachte der gut dreizehn Schritt lange, himmelsbuchenblaue Aiphyron noch das versprochene Feuerholz. Seine blauen Augen blitzten vergnügt, als er vier dünne Stämme und wildes Geäst aus seinen Klauen vor Anulas Füße fallen ließ. »Hacken darfst du aber selbst.«

»Oder ich finde jemanden, der es tut.« Anula lächelte Ben an.

»Ich mach's!«, rief der große Thylos eifrig.

»Marmaran bringt auch drei Stämme«, sagte Aiphyron.

»Was?« Thylos wirkte überrumpelt, Anula lächelte nun ihn an. »Danke.«

Als sie zusammen die Stämme zum Hackstock schafften, fand Ben zwischen ihnen ein kaum verbogenes Hufeisen, an dem zwei vierblättrige Kleeblätter klebten. Was das ganz genau bedeuten sollte, wusste niemand, doch drei Anzeichen für Glück zusammen waren auf jeden Fall ein gutes Zeichen.

»Das werden wir auch brauchen, wenn wir mit dem Holz nicht die ganze Festung abfackeln wollen«, brummte Aiphyron, der allem Feuer seit seiner rätselhaften Geburt in einer Ebene aus Asche misstraute.

Um das Glück nicht zu verschwenden, taten Ben und Yanko den ganzen Tag über nichts Gefährliches, während Vilette mit Thylos und Khomah das Erklettern von Hauswänden übte und Byasso und Celber mit Holzschwertern auf sich eindroschen, um irgendwann einem Ritter gewachsen zu sein. Yanko würfelte auch nicht mit den Drachen, um sein Glück nicht zu verschwenden, während keiner mit Ben würfeln wollte – niemand spielte gegen unverschämtes Glück.

Am frühen Abend schwang sich dann Ben vergnügt auf Aiphyrons Rücken und sah zu Anula hinab. »Ich bring dir so herrlich buntes Glas, wie du es noch nie gesehen hast.«

»Pass vor allem auf dich auf«, verlangte Anula und drückte ihm einen Stoß Flugschriften in die Hand. »Und vergiss die nicht.«

»Ja, ja. Aber bei so viel Glück kann uns gar nichts geschehen.«

»Ben!«

»Wirklich. Uns passiert schon nichts.«

»Ja, keine Angst«, rief Yanko und kletterte lachend auf Juris Rücken. »Ich pass schon auf unseren wertvollen 50 000-Gulden-Burschen auf.«

»Na, wenn du der Aufpasser bist, werdet ihr das Glück wirklich brauchen, und zwar alles«, sagte Nica trocken, doch in ihrem Mundwinkel zuckte es.

»Wofür haben wir es denn?« Yanko zwinkerte ihr zu. »Soll ich dir auch was mitbringen?«

»Hauptsache, Juri bringt dich wieder heil nach Hause.«

»Das mach ich«, versprach der gesprächige Drache. »Erinnerst du dich noch daran, wie Yanko diesen Sommer in dem einen Dorf mit der schwarzen Mühle unbedingt den Müller zu einer Würfelpartie herausfordern wollte? Es war furchtbar heiß, Byasso tropften die Schweißtropfen nur so von der glänzenden Stirn, so wie ich es nur einmal erlebt hatte, vor etwa vierundsiebzig Jahren in der Wüste von Harah. Damals sprach man vom Sommer der vertrockneten Skorpione, denn Tausende von ihnen rollten leblos ...«

»Keine Zeit für ausufernde Geschichten, alter Junge, wir müssen los«, unterbrach ihn Yanko. »Auch ohne längst vertrocknete Skorpione weiß jeder, dass du mir bei dem verrückten Müller das Leben gerettet hast. Aber was soll uns heute passieren? Wir sind auf dem Weg zu einem einfachen Glasmeister, wir haben nicht vor, uns mit Verrückten oder gar dem Orden anzulegen.«

»Die Glasmeister von Venzara sind alles andere als *einfach*«, erinnerte ihn Anula.

»Wissen wir doch«, beschwichtigte Ben, dann rief er: »Los!«

Und die Drachen erhoben sich in den Himmel. Mit kräftigen Flügelschlägen schraubten sie sich höher und höher, und schon bald hatten sie das Verlies der Stürme weit hinter sich gelassen. Der Wind riss an ihren Hemden und Haaren, und Ben schmiegte sich eng an Aiphyrons Schuppen. Schon bestimmt Hunderte Male war er inzwischen auf einem Drachen geflogen, doch noch immer packte ihn jedes Mal eine unbegreifliche Leichtigkeit, ein Gefühl von Größe und Winzigkeit zugleich, von Ewigkeit und der Bedeutsamkeit jedes kleinen Augenblicks. Als würde er den Winden trotzen und zugleich Teil von ihnen sein. Über das Rauschen der Flügel schrie er seine Freude hinaus. Yanko schrie ebenfalls, und die Drachen lachten. Aiphyron schlug einen Salto, und Ben schrie lauter.

Sie nahmen nicht den direkten Weg zum Großtirdischen Reich, sondern flogen nordwärts über das Meer. Dort würde schon bald die Küstenlinie auftauchen, und an ihr die alte und mächtige Handelsstadt Venzara, die an der Lagune der zersplitterten Titanen lag. Auch weit jenseits der großtirdischen Grenzen war sie für ihr klares und stabiles Glas berühmt, für die filigranen Fenstermosaike und das kunstvolle Geschirr.

»Was steht auf den Flugschriften?«, rief Yanko nach einer Weile. »Immer nur die Wahrheit?«

Ben, der die Pergamentseiten eingesteckt hatte, zog eine blind aus der Tasche und hielt sie sich vors Gesicht.

GEFLÜGELTE DRACHEN
SIND SCHON FREI!
Sie sprechen die Wahrheit und sind nicht – und waren auch nie – von Samoth verflucht. Diesen angeblichen Fluch gab es nie, er ist ein Märchen! Geflügelte Drachen fressen keine Jungfrauen, sondern wollen sie nur von den Pfählen befreien, an die sie von den Drachenrittern gefesselt werden.
Der Orden lügt!
Niemand wird durch eine Verstümmlung befreit!

Das war die Wahrheit, wenn auch nur die halbe. Dass der Orden die Drachen durch das Flügelabschlagen zudem auch unterwarf, verbreiteten sie nicht, denn sie wollten niemandem eine Anleitung dafür geben, wie man sich einen Drachen untertan machte. Sonst würde die Jagd auf Drachen einfach weitergehen, nur mit einer neuen Begründung.

»Die Wahrheit«, sagte Ben, stopfte das Pergament zurück und zog ein neues heraus. Wieder erwischte er die Wahrheit. Noch einmal versuchte er es, und endlich stieß er auf einen anderen Text. Es war eine der Flugschriften, die dazu dienten, den Orden der Drachenritter öffentlich bloßzustellen, ihn lächerlich zu machen. Lachen war ihre größte Waffe, um dem Orden seine Selbstherrlichkeit und Sicherheit zu nehmen. Wenn sie die Menschen dazu bringen konnten, hinter die prächtige Fassade des Ordens zu schauen, wenn sie die übertriebene Achtung vor ihm verloren, dann würden sie sich vielleicht Zweifel gestatten und nicht mehr alles blind glauben, nur weil es jemand mit glänzender Rüstung behauptete und alle es seit Jahrhunderten auswendig nachbeteten.

RITTER GESUCHT
Denkend
10 000 Gulden Belohnung

Wer einen Ordensritter mit eigenen Gedanken gesehen hat, möge ihn bitte im nächsten Kloster abgeben. Wir können ihn von allen unerwünschten Gedanken befreien.
Vorsicht!
Ansteckend!
Die Gedanken könnten gefährlich sein.
Momentaner Aufenthaltsort der denkenden Ritter ist leider unbekannt.

Gezeichnet: Der Rat der Sieben Hohlen Äbte

»Hohlen Äbte?«, fragte Yanko lachend nach. »Nicht Hohe? Wer war das?«

»Ich weiß nicht.« Ben erkannte die Schrift nicht, sie gehörte weder Anula noch Nica, Byasso oder Sidhy. Akse vielleicht? Lachend wollte er das Pergament zurück in die

Tasche stecken, aber es rutschte ihm aus den Fingern und flatterte in die Tiefe.

»Stinkender Krötenschleim!«, fluchte er. »Schnell, kannst du das fangen, Aiphyron?«

Der Drache verrenkte im Flug den Hals und sah der trudelnden Seite nach. »Ich könnte. Aber es wird genau auf dem Handelsschiff da unten landen.«

Ben sah hinab und bemerkte einen breiten Zweimaster mit vollen Segeln und flatternden Fahnen, der über die sonnenglitzernden Wellen in Richtung Venzara fuhr.

»Bist du sicher?«

»Ja.«

»Wirklich? Deine Augen sind nicht so gut wie die von Marmaran.«

»Aber gut genug«, knurrte Aiphyron. »Und ich denke, wir haben heute Glück?«

»Stimmt auch wieder.«

Sie kreisten noch eine Weile über dem voll beladenen Schiff, um sich zu vergewissern, dass Aiphyron richtig lag. Juri erklärte ihnen währenddessen lang und breit, dass ein Drache weit besser sehen konnte als ein Mensch, und erzählte ausführlich, wie ihm das zwar damals im Sommer der vertrockneten Skorpione weitergeholfen habe, aber leider nicht, als dieser elende Ritter sich von hinten an ihn angeschlichen hatte, um ihm die Flügel abzuschlagen.

Doch Juri war noch gar nicht richtig in Fahrt gekommen, als Aiphyron einfach nickte. »Ist mitten aufs Deck geklatscht. Der magere Schiffsjunge, der es gerade schrubben muss, hat die Nachricht gefunden. Er grinst und nagelt sie an den Hauptmast.«

Ohne Juri seine Geschichte beenden zu lassen, flogen sie mit der Gewissheit weiter, dass heute einfach nichts schiefgehen konnte.

In der Dämmerung landeten sie in einer Bucht östlich von Venzara und sahen zu einer der reichsten und mächtigsten Handelsstädte des Großtirdischen Reichs hinüber. Lodernde Feuer brannten auf den beiden Marmortürmen der befestigten Hafeneinfahrt. Auf einem breiten Sockel aus blauem Marmor thronte in ihrer Mitte die gigantische Statue eines Drachen mit aufgerissenem Maul. Tausende Schuppen aus poliertem bunten Glas bedeckten den flügellosen Körper und schillerten in allen Farben.

Große hellgraue Seegeier kreisten über dem Hafen, den sieben vorgelagerten besiedelten Inseln und den hundert Felsen, die aus der Lagune der zersplitterten Titanen ragten. Dreizehn Felsen zeigten die verwitterten Züge gigantischer Gesichter, hier ein Ohr, da eine Nase, dort ein Bart und überall zwei leere Augenhöhlen. Ben kannte keine Sage, die berichtete, wer die Titanen versteinert und zerschmettert hatte, ob Drachen, Götter oder die gewaltigen Vorfahren der Trolle. Er fragte Aiphyron, doch auch der Drache wusste nichts. Nachdenklich starrten sie hinüber, selbst Juri schwieg.

In den Nüstern der Drachenstatue wurden grüne Signalfeuer für die Nacht entzündet, und Aiphyron knurrte: »Feuer, immer wieder Feuer. Ihr Menschen müsst ständig überall was anzünden! Laternen, Fackeln, Kamine, Scheiterhaufen, Öfen, Brandpfeile, Wälder, Häuser, was auch immer. Dabei ist Feuer gefährlich! Und wer kriegt es wieder untergejubelt? Der Drache! Dabei sind es die Menschen, die mit Feuer spielen!«

»Aber du kannst Feuer spucken, ich nicht«, erinnerte ihn Yanko.

»Aber ich tu's nicht!« Mit blitzenden Augen starrte er Yanko an. »Und Juri kann es nicht, die meisten von uns können es nicht.«

»Schon gut.« Yanko hob beschwichtigend die Hände. Bei dem Thema verstand Aiphyron keinen Spaß. »Aber das hier soll nur Schiffen nachts den Weg weisen. Es ist hilfreich, nicht gefährlich.«

»Bis es mal auf ein Schiff runterfällt«, brummte Aiphyron. »Wenn dann alle Masten und Segel und Ruder und Matrosen brennen, dann heißt es plötzlich nicht mehr hilfreich. Dann hätte jeder lieber einen Lotsen gehabt, der sich an den Sternen orientiert.«

»Dann schon«, stimmte Ben rasch zu, bevor Yanko irgendwelche Wolken ins Spiel bringen konnte, die eine Orientierung an Sternen verhinderten.

Aiphyron brummte zufrieden.

Immer wieder stürzte sich einer der Seegeier pfeilschnell mit angelegten Flügeln ins Meer hinab und tauchte kurz darauf mit einem zappelnden Fisch im Schnabel wieder auf. Auch fraßen sie das Aas von den Felsen und weggeworfene Reste aus dem Hafen. Näherte sich ein Schiff oder Boot der Lagune und durchquerte einen der drei Zugänge zum Meer, so krächzten die Seegeier laut. Niemand konnte sich Venzara unbemerkt von der Seeseite nähern, darum wurden die Vögel auch die Wächter von Venzara genannt.

»Von wegen, *niemand«*, murmelte Yanko. »Wir kommen da leicht rein.«

»Wir haben ja auch Glück«, sagte Ben.

»Ihr habt vor allem unsere Flügel«, sagte Aiphyron. »Nicht für alles ist dein Glück verantwortlich.«

»Ja, gut, aber ich habe heute *unverschämtes* Glück«, betonte Ben.

»Willst du lieber schwimmen als getragen zu werden, unverschämter Glückspilz?«, schnaubte Aiphyron amüsiert, und Ben schüttelte den Kopf.

Sie warteten, bis sich die Nacht endgültig über die vieltürmige Glasmeisterstadt Venzara gesenkt hatte. Dann warteten sie noch eine weitere Stunde, weil sich die wenigsten Städter bei Sonnenuntergang hinlegten, schon gar nicht in Venzara. Wo der Handel blühte, da blühte auch das nächtliche Vergnügen. Der Mond war nur eine schmale Sichel und spendete kaum Licht, und als sich sogar noch eine Wolke aus dem Nichts bildete und vor ihn schob, machten sie sich auf den Weg.

»Aber das ist jetzt Glück«, sagte Ben und grinste. »Oder willst du den Mond lieber mit deinen Flügeln verdunkeln?«

Aiphyron schnaubte. »Ich geb dir gleich dunkel, du vorlauter Bodenhopser.«

Die Drachen trugen ihn und Yanko um die halbe Stadt und dann hoch über der nördlichen Stadtmauer hinein. Dort wohnten die Armen, dort gab es kaum Straßenlampen und noch weniger Stadtwächter. Die Hüter auf der Mauer achteten sowieso immer auf den Boden vor der Stadt, aus der Luft erwartete niemand eine Gefahr.

Lautlos segelten sie über die verwinkelten Gassen und altersschiefen Hütten hinweg, bald auch über breitere Straßen und größere Häuser. Sie überquerten den dunklen Friedhof mit einer uralten Toteneiche in der Mitte und das berühmte Wasserlabyrinth des unermesslich reichen Herzogs Monto. Schließlich erreichten sie das prunkvolle Viertel der Glasmeister. In vereinzelten Werkstätten brannte noch Licht, und die Straßen waren gut beleuchtet. Der Laternenschein wurde in zahlreichen bunten Glasflächen gespiegelt, in großen und kleinen Fenstern, in quietschenden Ladenschildern, Familienwappen an den Hauswänden und den Scheiben der Laternen.

»Dort«, raunte Ben und deutete auf eine dunkle Werkvilla mit zahlreichen kleinen Türmchen. Hinter ihr schlossen sich zwei längliche Lagerhäuser aus weißem Marmor an, daran ein kleiner Park mit sieben Springbrunnen und zahlreichen hohen Bäumen. Zwischen ihnen konnten sie ungesehen landen, und ein Glasmeister, der sich so viel Prunk leisten konnte, musste herausragend sein.

»Gute Wahl«, murmelte Aiphyron. »Ich sehe nur zwei Wächter, und die sind vorn am Tor und dösen beide im Stehen.«

Glück, wieder einmal.

Sie landeten unbemerkt.

Der weitere Plan war einfach: Sie wollten sich so viele Glasscheiben holen, wie sie tragen konnten, und als Bezahlung einen kleinen Beutel Münzen und ein großes Pergament mit der Wahrheit über Drachen dalassen. Sie waren zwar Geächtete, aber sie stahlen möglichst nur vom Orden und seinen direkten Verbündeten. Der besaß mehr als genug, und seinen ganzen Einfluss verdankte er versklavten Drachen. Einen einfachen Handwerker bezahlten sie dagegen meistens. Sie wollten die Leute ja für sich gewinnen, nicht gegen sich aufbringen. Auch die besonders reichen Handwerker.

Während die Drachen im Schutz der dichten Bäume warteten, schlichen Ben und Yanko zum ersten Lagerhaus hinüber. Yanko hoffte, er würde die Tür mit einem Draht und ein wenig Glück knacken können, doch dann stellte sich heraus, dass sie gar nicht abgeschlossen war.

»Glück«, flüsterte er grinsend und zog sie vorsichtig auf.

In der Dunkelheit konnten sie mehrere Reihen von Regalen erahnen, in denen unterschiedlich große Scheiben lagerten. Links waren Metallrahmen gestapelt, um die Scheiben einzufassen, und an der Wand zu ihrer Rechten warteten bereits gerahmte klare, sonnengelbe, feuerrote und meerblaue Glasscheiben. Es waren genug, um mehrere gewaltige Fenster zu füllen, und sie waren transportfähig zu zwei Packen verschnürt. Passend für einen großen Wagen oder die vorderen Klauen eines Drachen. Zu schwer für einen Jungen allein, aber gleich neben den Glasscheiben wartete ein Handkarren auf sie.

»Mann, jetzt wird mir das Glück fast unheimlich«, murmelte Yanko.

»Ach was. Ich habe die Fontäne eines Regenbogenwals gesehen, das bedeutet unverschämtes Glück für den ganzen Tag.«

Sie legten ihr Geld ab, fuhren den ersten Glaspacken zu den Drachen und kehrten dann zurück. Erst als sie auch den zweiten Schwung Fenster aufgeladen hatten, bemerkten sie den gewaltigen nachtschwarzen Wachhund. Ausgestreckt lag er auf der Schwelle des Lagerhauses gegenüber und ratzte tief und fest.

Ben deutete hinüber und grinste Yanko an.

Yanko grinste zurück. »Das ist mehr als unverschämt. Eigentlich sollten wir das Glück nutzen, wenn wir es schon haben.«

Ben nickte. Yanko hatte recht. Einfach nur dankbar zu sein, dass alles so reibungslos lief, war für sommerschlotternde Vorsichtsbrüder und flautenpupsende Furchtkriecher. Er wollte mehr. Er war auf ein Abenteuer ausgezogen und hatte sich fest vorgenommen, sich für seine Liebste in Gefahr zu bringen. Aber das hier hätte auch jeder kleine Lieferbursche erledigen können.

»Wir sind keine Lieferanten«, sagte Yanko, als hätte er Bens Gedanken gelesen. »Wir sind Geächtete.«

»Außerordentlich hoch Geächtete«, betonte Ben, und plötzlich wollte er Anula Fenster bringen, die zu ihrem Ruf passten. Fenster, die sie dazu brachten, ihm um den Hals zu fallen. Fenster, die alle Geächteten stolz machen und den Hohen Abt Morghon kochen lassen würden vor Wut.

»Also?«, fragte Yanko, und sie setzten den Karren in Bewegung.

Ben murmelte: »Die Große Bibliothek.«

»Was ist mit der?«

»Sie hat die berühmtesten Fenster im gesamten Großtirdischen Reich, wahre Kunstwerke, hat Byasso mir erzählt.«

»Bestens!« Yanko strahlte, doch dann verfinsterte sich sein Gesicht. »Aber wenn die so berühmt sind, wie willst du sie bezahlen? Willst du das Geld mit deinem Glück auf dem Weg dorthin einfach finden?«

»Müssen wir nicht. Die Bibliothek gehört dem Orden, die Fenster sind umsonst.«

Yanko grinste breit. »Und das Kopfgeld steigt auch. Wenn wir es richtig machen, kann ich meinen Vorsprung auf Anula ausbauen.«

Als sie das Glas bei den Drachen abluden, erklärte Ben rasch, wo sie als Nächstes hinwollten.

»Wisst ihr, was ihr da tut?«, fragte Aiphyron.

»Die Bibliothek ist von oben leicht zu erkennen. Das

Hauptgebäude ist rund und hat ein grünes Kuppeldach. Ringsum ist ein großer Park angelegt, in dem die Gelehrten Pflanzen aus allen Ecken der Welt ziehen, Kräuter ebenso wie Bäume. Und in der tiefen Steinarena führen sie tagsüber alle möglichen Experimente durch. Aber nachts ist die ganze Anlage verlassen, hat Byasso gesagt.«

»Wann war Byasso denn hier, dass er das alles weiß?«, fragte Aiphyron und kratzte sich mit der Hinterklaue am Flügel.

»Nie. Hat er alles gelesen.«

»Und das stimmt dann?«

»Mit ein bisschen Glück …«

Schnaubend nahmen Aiphyron und Juri die Fenster in die Vorderpranken und Yanko und Ben auf ihren Rücken. So leise wie möglich flogen sie über die schlafende Stadt. Die Straßenlampen aus farbigem Glas glitzerten wie Gemmen, in keiner Stadt hatte Ben je etwas Vergleichbares gesehen. Aiphyron murmelte vor sich hin: »Feuer bleibt Feuer, egal, in welcher Farbe.«

Ihr Weg war zum Glück nicht weit und Byassos Beschreibung aus den Büchern erstaunlich genau. Sie landeten im symmetrisch angelegten Park direkt hinter der großen Bibliothek. Trotz der herrschenden Dunkelheit konnte Ben die Schönheit der Fenster erahnen, als er herantrat. Bunte Mosaike von meist flügellosen Drachen und Helden waren zu sehen, dramatische Szenen aus alten Sagen, unheimliche Bilder von gewaltigen Trollen und ihren noch gewaltigeren Vorfahren. Daneben fanden sich triumphale Darstellungen von venzarischen Siegern der chybhischen Spiele, mächtigen Königen und strengen Äbten sowie freundliche Ansichten von Bäumen und allen möglichen Pflanzen und

Tieren. Oben im zweiten Stock erkannte Ben die Abbildung eines Regenbogenwals, hinter dem eine strahlende Sonne am Himmel stand.

»Das ist es«, flüsterte er und deutete hinauf. Die Sonne stand für Wärme, und der Wal für das Glück, das sie so weit geleitet hatte. Anula konnte alle Wärme und alles Glück der Welt gebrauchen.

»Das hier unten könnte ich aber viel leichter herausbrechen.« Aiphyrons Schnauze berührte beinahe einen strahlenden Mann mit zur Sonne gereckter blauer Klinge.

»Weißt du, wer das ist?«, fragte Ben.

»Nein.«

»Chillos. Der Gründer des Ordens der Drachenritter und der Mann, der als Erster neun angeblich verfluchten Drachen die Flügel genommen hat. Willst du ihn in unserem Zuhause haben?«

Nachdrücklich schüttelte Aiphyron den Kopf und betrachtete die Figur voller Abscheu. Juri sagte erstaunlicherweise einmal gar nichts, sondern kratzte stumm der Chillosabbildung mit einer spitzen Kralle ein paar Drachenflügel auf den Rücken. Dabei grinste er das seltsam lippenlose Drachengrinsen. »Wer lügt jetzt, selbstherrliches Ritterlein? Wer ist jetzt verflucht, aufgeblasenes Flügelwürmchen?« Ganz ohne Reden ging es bei ihm dann doch nicht.

»Das da oben steckt hinter den steinernen Querstreben des Fensters«, sagte Aiphyron. »Ihr müsstet es innen von der Wand lösen und mir herausreichen.«

»Hebst du uns hoch?«, fragte Yanko und deutete auf ein Fenster ein Stück weiter rechts im zweiten Stock, das glücklicherweise offen stand.

»Wenn ihr unbedingt wollt«, sagte Aiphyron, während

Juri mit spitzer Kralle nach weiteren Darstellungen von Chillos suchte.

Ben und Yanko landeten in einem quadratischen Raum, der in jedem Winkel mit dicken ledergebundenen Bücher vollgestellt war. Unter ihrem Gewicht bogen sich die Bretter der dicht gedrängten Regale. Es waren weit mehr Bücher, als Priester Habemaas und beide Tempel in Trollfurt zusammen besessen hatten, und dabei handelte es sich nur um einen einzigen Raum der mehrstöckigen Bibliothek, noch dazu einen kleinen. Doch Ben und Yanko hatten keine Zeit, um zu staunen, sie mussten weiter. Auch wenn sie heute unverschämtes Glück hatten, sollten sie es nicht unnötig herausfordern.

Rasch entzündete Ben eine Öllampe, die auf einem Pult auf einen nächtlichen Leser wartete, und sie huschten auf den breiten Gang hinaus und dort nach links, vorbei an einem Raum mit zahlreichen Landkarten, an einem mit bis zur Decke hoch gestapelten Schriftrollen und einem, von dessen Decke eine Unmenge unterschiedlich geknoteter Schnüre und Lederbänder herabhingen.

»Was ist das?«, keuchte Yanko.

»Keine Ahnung. Ich weiß nur, dass sie hier irgendwo auch alte Runensteine von Trollen haben. Hat zumindest Byasso gesagt.«

»Trolle hatten Runen?«

»Frag Byasso.«

Sie stürmten an einem Raum mit schweren angeketteten Büchern vorbei und erreichten endlich das Zimmer mit dem gesuchten Regenbogenwalfenster. Es war in vier kleinere Fenster unterteilt, die übereinander im großen Eisenrahmen hingen und sich separat öffnen ließen. Schnell zückte Yanko sein Messer und hebelte damit die Eisenstifte aus den Scharnieren, um die Fenster vom Rahmen zu lösen. Einen neuen Rahmen konnten sie sich daheim leicht selbst machen. Die Stifte waren teilweise verbogen und saßen fest, Yanko keuchte und fluchte.

Während sich Yanko mit dem Messer abmühte, sah sich Ben bei den Büchern um. Auf den ersten Blick konnte er nicht erkennen, was die Bücher hier verband, so wie in den anderen Räumen. Dicke Schwarten zu den nördlichen Göttern lagen neben dünnen Bögen über Traumdeuterei, die nicht mal gebunden waren. Einige waren in fremden Sprachen verfasst, bei manchen Schriften kannte er die einzelnen Buchstaben überhaupt nicht, auch wenn das Meiste auf Tirdisch war.

Yanko löste das erste Teilfenster, und Ben half ihm, es zu den wartenden Drachen hinauszuheben.

»Willst du das Nächste übernehmen?«, fragte Yanko.

»Nein, mach du. Du bist geübt und schneller«, sagte Ben.

»Aber du hast heute mehr Glück. Auch mit den verbogenen Stiften.«

»Mehr Glück, genau«, sagte Ben und grinste. »Weil du schuftest und nicht ich.«

»Ja, klar«, brummte Yanko. »Stinkfauler Lungermolch.«

Ben antwortete nicht, er betrachtete weiter die Schriften ringsum. Die Lampe hatte er auf dem Lesepult beim Fenster abgestellt.

Auf dem untersten Regal entdeckte er zufällig ein aufgeschlagenes und mit zahlreichen Zeichnungen illustriertes Buch. Sie waren so fein und detailliert, wie Ben es noch nie gesehen hatte. Staunend blätterte er es durch, sprang von Bild zu Bild und nahm den Text nur beiläufig wahr. Dennoch bemerkte er rasch, dass es sich mit Faystos beschäftigte, dem Gott des Feuers und der Schmiede. Was bei allen fiependen Feen konnte hier alles drinstehen?

Das, was Priester Habemaas ihnen in Trollfurt zu Faystos erzählt hatte, hätte leicht auf eine oder zwei Seiten gepasst. Er hatte gesagt, das sei alles, was man wissen müsse. Doch wie konnte das sein, wenn es noch so viel mehr gab? Was stand auf all den anderen Seiten? Es mussten Hunderte sein. Und es gab noch weitere Bücher, die allein von Faystos handelten. Ben sah von einem zum anderen und ließ dann den Blick über die Regale schweifen.

Wie konnte der Orden als Herr dieser Bibliothek über so viel Wissen verfügen und dennoch nur seine einfache Wahrheit predigen? Wie konnte man so viele unterschiedliche Gedanken horten und hüten und dann doch nur eine einzige Meinung zulassen?

»He, Träumer, hilfst du mir mal kurz?«, drängte Yanko, und sie wuchteten das zweite Teilfenster hinaus.

»Willst du jetzt vielleicht das dritte …?«, fragte Yanko. Seine Finger bluteten leicht an zwei, drei Stellen. Da musste er mit dem Messer abgerutscht sein.

»Kann ich übernehmen, ja«, sagte Ben, aber dann fiel ihm etwas ein. »Nein, mach du weiter, ich muss was prüfen. Dringend.«

Yanko murmelte irgendwas von einem glibberigen Wendewurm und fässeweise Naseneiter, aber Ben achtete nicht darauf. Hastig griff er sich wieder das illustrierte Buch zu Faystos, dessen Titel *Die Schrift von Feuer und Hammer* in den Buchrücken geprägt war. Irgendwas stimmte da nicht, doch er wusste nicht, was.

Seite um Seite schlug er um, sah lodernde Flammen und Schmieden, verzierte Schwerter und wuchtige Ambosse, die friedliche Glut eines Herdfeuers und das vernichtende Rasen eines verheerenden Stadtbrands. *Das würde Aiphyron gefallen,* dachte er. Er fand speiende Vulkane und friedliche, die Darstellung des mächtigen Fasytos selbst, ein glühendes Drachenauge, schuftende großnasige Steingnome, einen flügellosen weißen Drachen, dann einen granitfarbenen. Er sah brennende Drachenflügel und zahllose Menschen, die leuchtende Fackeln trugen. Verschiedene Ritter, Hämmer, Äbte, Mönche und Schmiede entdeckte er, und immer wieder lange spitze Klingen aus leuchtendem Blausilber. Schließlich stieß er auf einen feuerroten Drachen, den er kurz für Feuerschuppe hielt. Aber er war es nicht. Hatte ihn das stutzen lassen? Er konnte sich nicht erinnern.

»Nummer drei«, sagte Yanko.

»Was?«

»Pack mit an.«

»Gleich.«

»Nein, sofort!«, knurrte Yanko. »Wenn du mich schon die ganze Arbeit machen lässt, kannst du auch nachher weiterlesen. Oder du steckst das Buch einfach ein. Es gehört dem Orden, kostet also nichts.«

Das stimmte auch wieder. Und weil Ben hier sowieso nicht genug Zeit hatte, um alles gründlich durchzusehen, steckte er *Die Schrift von Feuer und Hammer* in die Tasche und half Yanko.

Während der das letzte Fenster löste, verteilte Ben eine Handvoll Flugschriften mit der Wahrheit über Drachen in den nächsten drei Räumen und nahm noch weitere Bücher an sich, deren Bilder ihm gefielen. Die Warnschrift *Geflügelte Lügen von Samoth,* eine schlicht *Aphra* betitelte Abhandlung zu Hellwahs Göttergattin und *Blut, Schweiß und*

Schnee – Die langen Trollkriege im hohen Norden. Der Einband des letzten war felsengrau, die Illustrationen spärlicher als in der *Schrift von Feuer und Hammer.* Doch auch hier war der Künstler von den Details besessen. Im Zentrum fanden sich drei übergroße Schlachtgemälde, die man doppelt ausklappen musste, um sie zu betrachten. Das würde Byasso begeistern. Und wenn der Orden mit all dem Wissen hier nichts anfing, dann brauchte er es auch nicht.

Sie hoben das letzte Fenster zu den Drachen hinaus, dann löschten sie das Licht und stiegen selbst ins Freie. Die große Wasseruhr im Bibliothekspark zeigte Mitternacht.

Triumphierend machten sie sich auf den Heimweg. Diesmal nahmen sie nicht den Umweg über die dunklen Armenviertel, sondern steuerten direkt aufs Meer zu. Das war kürzer, und jetzt war es auch egal, wenn sie gesehen wurden. Niemand konnte sie hier oben aufhalten oder einholen.

Laut lachten sie über ihr unverschämtes Glück und flogen über den ruhigen Hafen auf die sieben vorgelagerten Inseln zu. Selbst so spät kreisten noch immer einige Seegeier über den Leuchttürmen, der Lagune und weiter draußen auf dem Meer. Die ausgebreiteten Schwingen mussten eine Spannweite von drei oder gar vier Schritt haben. Doch kein Vogel krächzte laut, als Aiphyron und Juri über sie hinwegflogen. Drachen waren eben keine einfahrenden Schiffe. Die gläsernen Schuppen der Drachenstatue glitzerten im grünen Schein der Nüstern.

In der Dunkelheit konnte Ben kaum etwas erkennen, nur wenn ein tief kreisender Vogel in den Schein der Leuchtfeuer kam, sah er ihn genauer. Überall sonst waren es kaum zu erkennende Schatten in der Nacht.

Längst hatten sie den Hafen hinter sich gelassen und die erste Insel überquert, als Juri ohne Vorwarnung angegriffen wurde. Etwas traf ihn krachend an der Brust.

Ben erahnte nur einen länglichen Schemen, länger gestreckt als ein Seegeier im Sturzflug mit angelegten Flügeln vor dem Eintauchen ins Meer. Doch was für ein Wesen der Schemen auch sein mochte, es hatte den Stapel Glas in Juris Pranken übersehen.

Klirrend barsten die Scheiben.

Splitter stoben in alle Richtungen, trafen Ben im Gesicht und überall. Schützend kniff er die Augen zu und riss einen Arm hoch. Er spürte Blut über seine Wangen laufen. Überall auf der nackten Haut brannten frische Wunden.

Yanko schrie, und Ben riss die Augen wieder auf. Es war noch immer verflucht dunkel, aber er sah ganz deutlich, wie sein Freund taumelte, beide Hände vor dem Gesicht. Juri krümmte sich im Flug, als würde er einen Buckel machen, und Yanko verlor den Halt und rutschte vom Drachenrücken. Die kläglichen Überreste der Fenster regneten herab, und Yanko stürzte hinterher.

Die Seegeier kreisten weiter und krächzten laut und hungrig.

»Juri, halt ihn!«, brüllte Ben. »Tu was!«

Auch Aiphyron sah hinab, und das spärliche Mondlicht spiegelte sich plötzlich in der feuerroten Fensterscheibe in seinen Pranken. Der lebendige Schemen eines Seegeiers schien darin zu wachsen, und Aiphyron fauchte: »Bist du ein Feuervogelgeist? Sag schon! Willst du aus dem versengenden Feuerfenster raus?«

Lange war es her, dass die Farbe Rot ihn so völlig aus der Fassung gebracht hatte, doch er hatte diese Anfälle von plötzlicher Wut gegenüber Feuer anscheinend noch immer nicht abstreifen können. Immer zum unpassendsten Zeitpunkt packte ihn ein tiefes Misstrauen gegenüber jeder Art von Feuerwesen, besonders gegenüber den eingebildeten.

Ben fluchte und dachte: *Nicht schon wieder!* Dann wirbelte Aiphyron einmal um seine eigene Achse, während er den eingebildeten gespiegelten Feuervogelgeist wild durchschüttelte. Das Glas knackte, und Ben fiel von Aiphyrons Rücken. Seine Hände griffen ins Leere, als er verzweifelt versuchte, sich irgendwo festzukrallen.

Zugleich schüttelte Aiphyron noch immer fauchend das rote Glas. »Feuerlegender Feuerschatten, oder was?«

Das Glas gab nach und brach, die Scheibe darunter auch, und dann alle. Auch die metallischen Rahmen hielten den wütenden Drachenklauen nicht stand. Splitter und Bruchstücke regneten dem Meer entgegen, fielen mit Ben immer schneller in die dunkle Tiefe.

Ben schrie: »Aiphyron! Reiß dich zusammen!«

Schneller und schneller raste Ben hinab. Wenn er aus der Höhe auf dem Wasser aufschlug, würde er einfach aufplatzen und ein frisches, blutiges Mahl für die Seegeier abgeben.

»Aiphyron!« Ben warf den Kopf hin und her. Schräg unter sich sah er Yanko, sah, wie Juri ihn einholte und im Sturzflug packte. Wie er abdrehte und Yanko wieder in sichere Höhen hob.

»Juri!«, brüllte Ben verzweifelt, weil der noch freie Klauen hatte, aber er brüllte zu spät.

Und dann endlich hörte er Aiphyrons Aufschrei.

»Ben!« Aiphyron stieß den Kopf nach unten wie bei einem Kopfsprung und flog in die Tiefe. Wild schlug er mit den Flügeln, um schneller zu fallen. Er flog und flog, und tatsächlich holte er auf. Doch noch schneller kam das Meer näher und näher.

Ben riss sein Hemd auf, packte die Enden der Knopfleiste und breitete es wie Flügel aus, um seinen Sturz zu bremsen. Die Tasche um seinen Hals baumelte wild hin und her, der Glücksgroschen rutschte ihm beinahe über den Kopf, nur mit Mühe und Glück bekam er ihn rechtzeitig zu fassen. Der war jetzt wichtig!

Aiphyron schlug schneller und schneller mit den Flügeln, der Wind rauschte Ben in den Ohren, das Meer kam näher und näher, krächzende Seegeier folgten ihm in die Tiefe, um als Erste bei der mutmaßlichen Futterstelle zu sein. Drohend schrien die Vögel Aiphyron etwas zu, und in Bens Vorstellung war es immer dasselbe: »Verzieh dich! Unser Revier, unser Fleisch! Verzieh dich! Unser Revier, unser Fleisch! Verzieh dich!«

Aber Aiphyron verzog sich nicht, er holte mit jedem Flügelschlag auf und erwischte Ben gerade noch vor dem Aufprall. Er packte ihn sicher, fing den Sturz ab, sodass Ben nur abgebremst auf das Wasser traf. Er tauchte bis zu den Oberschenkeln ein, dann hatte Aiphyron die Richtung gedreht, und sie erhoben sich wieder in die Lüfte.

»Jaaaaaa!«, jubelte Ben, und der Glücksgroschen prallte ihm schmerzhaft gegen die Rippen. Kurz fiel Bens Blick auf die nächste Insel von Venzara, keine fünfzig Schritt entfernt. Viel konnte er nicht erkennen, es brannten kaum Lichter, doch eines war klar: Wäre er dort hinabgestürzt, wäre er jetzt wahrscheinlich tot. Der felsige Grund ragte ein Stück aus dem Wasser, und dort wäre er nicht einfach kurz eingetaucht, sondern zerschellt. Bens Jubel erstarb,

Aiphyron trug ihn höher und höher und immer weiter fort von Venzara.

Hinter ihnen klagten die Seegeier lautstark über das entgangene Festmahl und kreisten weiter über den dunklen Inseln und dem Hafen. Ben verstand nun, warum sie die Wächter von Venzara genannt wurden.

Als Ben und Yanko wieder richtig saßen, sagte Juri: »Tut mir leid, dass ich den Angriff nicht habe kommen sehen.«

»Mir auch«, brummte Aiphyron.

»Von wegen unverschämtes Glück«, brummte Yanko.

»Denkt an die Uhr bei der Bibliothek«, sagte Ben und betastete sein Gesicht nach frischem Blut. Die meisten Glasschnitte waren nicht tief und bereits getrocknet. »Es war schon nach Mitternacht, unser Glückstag war eben einfach vorbei.«

»Vorbei?«, fragte Juri. »Ich weiß nicht. Ich weiß nur, dass wir alle noch leben, und das ist ein Glück, oder?«

Schaudernd dachte Ben an den möglichen Aufprall auf der Insel und nickte. »Aber warum haben uns die Seegeier angegriffen?« Auch wenn ihm der Schemen schlanker vorgekommen war, was hätte es sonst sein sollen?

»Ich weiß es nicht. Vögel haben mich noch nie angegriffen«, sagte Juri.

»Und wenn es gar kein Seegeier war?«, fragte Yanko.

»Was denn sonst?«

»Keine Ahnung. Wer hat es gesehen?«

»Nicht deutlich«, sagte Juri, und so ging es allen. »Es war auf jeden Fall pfeilschnell, der Schnabel muss hart und spitz gewesen sein, wenn man bedenkt, wie viel dickes Glas er durchschlagen hat. Es war wie ein Seegeier im Sturzflug, nur dass es von unten kam. Aber wer weiß schon, was diese Seegeier können?«

Als das Glas splitterte, hatte jeder von ihnen kurz zum Schutz die Augen zusammengekniffen. Sie hatten nichts gesehen und nichts anderes gehört als das Krächzen der Seegeier.

Nach einer Pause fragte Ben: »Bist du dir sicher, dass es überhaupt ein Wesen war, das dich angegriffen hat?«

»Was soll es denn sonst gewesen sein?«

Ben dachte an das Pfeilkatapult der besessenen Gujferra, das Aiphyron letztes Jahr zerstört hatte, und erinnerte die anderen daran. »Es hat einen Drachen vom Himmel geholt.«

»Kaedymia war deutlich kleiner als Juri«, gab Aiphyron zu bedenken. »Außerdem waren wir hier für so einen Angriff viel zu hoch.«

»Und über dem Meer«, ergänzte Yanko. »Ich glaube nicht, dass Fische uns damit angegriffen haben.«

»Spaßpupser!«, knurrte Ben. »Wir waren fast über einer Insel.«

»Trotzdem«, beharrte Yanko. »Wenn es hier so einen Wehrturm mit dieser Wunderwaffe gäbe, dann hätten wir es längst gehört. Oder Byasso hätte davon gelesen. Mit so etwas würde Venzara Tag und Nacht prahlen, um Angreifer abzuschrecken. Nein, niemand außer der besessenen Gujferra hat je so etwas gebaut.«

»Was war es dann?«

»Es muss einfach ein Seegeier gewesen sein«, sagte Juri, aber er klang nicht völlig überzeugt. »Sie waren es, die euch gleich hinterhergestürzt sind, um euch zu fressen. Sie, niemand sonst, oder?«

»Sie haben das gestohlene Glas zerstört«, sagte Yanko vorsichtig. »Sie sind die Wächter von Venzara. Vielleicht wollten sie einfach nur verhindern, dass sich jemand mit einem erfolgreichen Diebstahl brüsten kann.«

»Vielleicht«, sagte Ben, aber auch davon war er nicht richtig überzeugt. »Und was erzählen wir Anula?«

Das erbeutete Glas wieder an ein paar Seegeier zu verlieren, war keine besonders heldenhafte Geschichte.

»Es sei denn, es waren Dutzende«, sagte Yanko.

»Hunderte«, sagte Ben.

»Rote Feuergeiergeister«, ergänzte Aiphyron.

»Und dann heißt es wieder, ich bin der Geschichtenerzähler«, brummte Juri, konnte ein Grinsen jedoch nicht unterdrücken.

LEBLOSE AUGEN

Drei Tage dauerten die Feierlichkeiten zur Befreiung des Drachen Glutauge. Das war länger als üblich, aber Herr Lanzifal hatte auf galanteste Weise darauf bestanden. »Ich finde, das habt ihr euch verdient, Mädchen! Wann hat schon mal eine Schülerin bei einer solchen Tat derart geholfen?«

Also ließen sich die Lehrerinnen und auch die Äbtissin Pallhene überzeugen, und es wurde tagelang gefeiert. Am ersten Abend hatten alle – angefeuert von Herrn Lanzifal – Cathe hochleben lassen, hatten ihren Namen gerufen und ihr zugeprostet, hatten mit ihr gelacht, ihr geschmeichelt und ihr lautstark und ausufernd gedankt. Und Cathe hatte zurückgeprostet und die Aufmerksamkeit genossen.

Doch schon am zweiten Tag feierten sich ihre Mitschülerinnen ebenso selbst. Cathe war nun nicht mehr nur einfach Cathe, sondern plötzlich auch eine von ihnen. Eine wie jede von ihnen. Sie stand beispielhaft für alle Schülerinnen, die sich nur anstrengten. Weil das natürlich jede von sich selbst annahm, hieß es nun überall: »Wir Schülerinnen können alles schaffen!«

Ihre Tat war nicht mehr ihre Tat allein, sondern nur der Beweis für die außerordentlichen Fähigkeiten jeder Jungfrauenschülerin.

»Mach dir nichts draus. Herr Lanzifal weiß genau, wer ihm geholfen hat«, tröstete sie Sinje.

»Ich weiß«, sagte Cathe, während Kanja, Celi und andere um Herrn Lanzifal herumscharwenzelten. Denn egal, ob sie oder alle Mädchen gefeiert wurden, letztlich hatte immer er das Schwert geschwungen, das den Drachen befreit hatte. Es war seine Heldentat gewesen.

Und das versetzte Cathe einen größeren Stich als die Mädchen, die ihre Tapferkeit feierten, ohne selbst draußen gewesen zu sein. Wieder und wieder hatte Cathe von ihrer Tat erzählt und war bewundert angestaunt worden. Aber mit jeder Wiederholung war sie ihr unwichtiger erschienen, bedeutungsloser. Was hatte sie denn schon groß getan?

Sie hatte sich fesseln lassen und hemmungslos geschrien, bis sie heiser gewesen war. Im Angesicht des Drachen hatte sie verwirrt irgendwas gestammelt und … nun gut, ja, sie war nicht fortgelaufen. Aber das war nicht aus Mut geschehen, sondern weil ihre Beine versagt hatten. Zum krönenden Abschluss hatte sie dann doch noch furchtbare Angst bekommen und sich von dem Drachen mit einem wuchtigen Schwanzhieb umstoßen lassen. War das etwas, wofür man gefeiert werden sollte?

»Das können wir Schülerinnen alle!«, jubelte Kanja wieder mal laut, und Cathe musste lächeln.

Von ihrer Angst und dem Hieb des Drachen hatte Herr Lanzifal gnädigerweise niemandem erzählt, so wenig wie sie die Sache mit seinem verrutschten Helm. Entstanden Heldengeschichten immer mit solchen Auslassungen? Aber sie selbst wusste zu gut, wie wenig heldenhaft sie gehandelt hatte.

Warum ließ Herr Lanzifal zu, dass sie dafür gefeiert wurde? War das wirklich alles, was von Jungfrauen erwartet wurde? In den Geschichten klang ihr Mut und ihre Opferbereitschaft immer so beeindruckend, dabei war Cathe nicht mehr gewesen als ein hilfloser Köder, der Wurm für einen Angler. Doch sie war nicht von zu Hause fortgelaufen, um als besonders hübscher Wurm bejubelt zu werden!

Oder hatte Herr Lanzifal die Feierlichkeiten eigentlich nur für sich selbst angestoßen? Indem er Cathe vorschob, konnte er sich bescheiden geben, denn sie konnte nicht von ihrer Tat erzählen, ohne seine zu berichten.

Erst bin ich dein Wurm, und dann übernehme ich noch das Prahlen für dich, dachte Cathe mit einen Anflug von Verbitterung. Doch würde ein Ordensritter so etwas wirklich tun?

Cathe sah sich nach Sinje um, um nach ihrer Meinung zu fragen. Jahrelang hatte sie alles mit ihr besprochen, doch seit ihrer Rückkehr hatten sie noch keinen ruhigen Moment gefunden. Und jetzt stand Sinje mit Kanja, Celi und weiteren Mädchen bei Herrn Lanzifal und lächelte ihn ebenso an wie alle anderen.

Unentschlossen starrte Cathe hinüber und nippte an ihrem Glas. Ein großgewachsenes rothaariges Mädchen stieß mit ihr an und fragte, wie Herr Lanzifal denn so im Fesseln sei. Sie hieß Yafora Ehndyha, wenn sich Cathe richtig erinnerte.

»Gut«, murmelte Cathe. »Er nimmt immer den doppelten Sonnenkreuzknoten.«

Yafora Ehndyha kicherte. »Immer?«

»Ja, immer. Er ist sein Markenzeichen.«

»Dann nehm ich den ab jetzt auch immer«, seufzte Yafora Ehndyha mit roten Wangen und himmelte den Ritter aus der Entfernung an. »Ich hoffe, er wählt mich.«

»Wofür?«, fragte Cathe verwirrt. »Ist noch eine Jungfrau verschwunden?«

»Äh, nein, aber er hat doch keine mehr. Er braucht eine neue. Eine feste für die nächsten Jahre.« Schüchtern sah sie Cathe an. »Kanja sagt, jetzt hat er die freie Auswahl, weil wir nicht mehr alle gefesselt sind. Er muss nicht mehr die Allerletzte nehmen, die übrig bleibt.«

»Das hat Kanja gesagt?«

Yafora Ehndyha senkte den Blick. »Ich hätte es dir nicht erzählen sollen, oder?«

Cathe zuckte mit den Schultern. »Es ist mir egal, was Kanja sagt.«

»Wirklich?« Sie blinzelte. »Den anderen nicht.«

Cathe sah zu Kanja hinüber, die den Kopf kokett schräg hielt, während sie mit Herrn Lanzifal sprach. Er lachte, und mit ihm Celi und alle anderen Mädchen, auch Sinje.

»Und was sagt sie sonst noch so?«, fragte Cathe betont beiläufig.

»Nichts. Gar nichts«, versicherte Yafora Ehndyha so schnell, dass Cathe wusste, dass sie log.

»Dann ist es doch gut«, sagte sie trotzdem. »Ich war schließlich tatsächlich als Letzte übrig, das hat jeder gesehen. Wichtig ist doch nur, was man aus so einem Zufall macht, oder?«

Yafora Ehndyha nickte. Ihr war in Cathes Nähe sichtlich unwohl. Hastig kippte sie ihren fast vollen Becher hinunter und stammelte: »Ich hol mir noch mal was zu trinken.«

Sie fragte nicht, ob Cathe auch etwas wollte, und eilte zum Buffet. Dort nahm sie sich einen neuen Becher aus blauem Venzaraglas und beobachtete den Ritter weiter versonnen aus der Ferne.

Cathe sah wieder zu Sinje, und diesmal sah diese zurück, als hätte sie ihren Blick gespürt. Einen Moment lang schien es, als würde sie herüberkommen wollen, doch dann beugte sich Kanja zu ihr und flüsterte ihr etwas ins Ohr. Überrascht wandte sich Sinje ihr zu und flüsterte zurück.

Cathe stellte den Becher ab und verließ die Feier und Lichter. Sie schlenderte über den Innenhof, setzte sich auf ihren Lieblingsplatz beim Tor auf die Mauer und sah in den klaren Himmel hinauf. Die Sterne leuchteten hell, und der schwache Wind, der vom Meer hereinwehte, brachte eine erste Ahnung des Herbsts mit sich. Cathe verschränkte die Arme, als würde sie frösteln. Was hatte Kanja eben Sinje zugeflüstert? Hatte sie sie abgehalten, zu ihr zu kommen?

Unsinn. Wenn du mit ihr hättest reden wollen, hättest du jederzeit selbst hinübergehen können.

Ja, aber sie hatte gehofft, in Ruhe mit ihrer Freundin reden zu können. Allein, nicht im schnatternden Pulk um Herrn Lanzifal.

Würde sie Sinje an Kanja und die anderen verlieren?

Cathe starrte in die Nacht hinaus. Sie sah in Richtung Buchenbrunn und dachte über das nach, was Herr Lanzifal über das Flüstern gesagt hatte: Flüstern war Lüge, wer die Wahrheit sprach, konnte auch laut reden. Doch sie und Sinje hatten zu Hause über ihre Ausreißerpläne geflüstert, und die Pläne waren keine Lüge gewesen. Es war einfach nur nötig gewesen, um nicht erwischt zu werden.

Erwischt?, unterbrach sie ihre eigenen Gedanken. *Hat die Wahrheit Angst davor, erwischt zu werden?*

Ja, manchmal hatte man Angst. Und was war falsch daran, sich dem Orden der Drachenritter anzuschließen?

Manchmal flüsterte man auch, um Schlafende oder Kranke nicht zu stören, und das waren bestimmt keine Lügen. Das Liebesgeflüster an den Tanzabenden ging niemanden sonst etwas an. Was dort gesagt wurde, konnte man doch nicht einfach laut in die Welt schreien, oder? Oder waren das wirklich alles nur Lügen der Jungs, um die Mädchen weich zu kriegen? Gesäuselte Versprechen, an die man sich nicht gebunden fühlte, weil sie sonst niemand hörte?

Nein, ein Versprechen ist ein Versprechen, dachte Cathe, das hielt man, egal, wie laut oder leise man es gab und vor wie vielen Zeugen.

Was hatte Kanja geflüstert? Und warum hatte Herr Lanzifal sie nicht ermahnt? Er war doch direkt daneben gestanden.

»Unsinn«, murmelte Cathe. Es konnte nicht sein, dass die Wahrheit umso größer war, je lauter man schrie. Oder?

Leise glitt sie von der Mauer und lief zum lang gezogenen Drachenstall hinüber. Die Sterne spiegelten sich in der Tränke vor der Stalltür, das Lachen der Feier war hier kaum zu hören. An der massiven Eichentür nahm sie sich eine Öllampe aus der Halterung und schlenderte den breiten Gang entlang. Kein Mensch sonst hielt sich um diese Uhrzeit in den Stallungen auf, schon gar nicht heute.

Glutauge lag in der vorletzten Box, die letzte war frei für Gäste. Er war noch wach und starrte vor sich hin. Sein Blick war leer. Das ruhige Licht der Lampe spiegelte sich in seinen Augen, doch das innere Feuer war noch immer verschwunden. Befreite Drachen waren sanfte Wesen, das wusste jeder. Warum nur kam ihr der Blick dann nicht sanft, sondern leblos vor?

»Glutauge?«, flüsterte sie.

Langsam wandte sich der Drache ihr zu. In seinem Blick lag Erkennen, doch noch immer fehlte ihm das Feuer.

Kurz sah sich Cathe um, ob wirklich niemand hier war.

Dann fragte sie: »Erinnerst du dich, dass du mir zugerufen hast, ich soll laufen?«

Glutauge rührte sich nicht. Er sah sie nur weiter an. Aufmerksam, so schien es ihr, aber nichts ließ erkennen, dass er sie verstanden hatte.

»Wolltest du mich hetzen und reißen?«

Sein Blick war traurig und müde, doch er sagte nichts. Weder schüttelte er den Kopf noch nickte er.

»Warum hast du das gesagt? Rede mit mir, bitte!«

Glutauge hob den mächtigen Kopf und tapste bis zur Boxentür vor. Traurig sah er sie an und schnaubte ihr durch die Gittertür ins Gesicht. Sein Atem war noch immer heiß, und das Schnauben klang wie ein tiefer Seufzer, doch er sagte nichts.

»Hetzt ihr eure Opfer immer, solange ihr verflucht seid? Haben die anderen auch Tharas gejagt?« Sie fragte, obwohl sie wusste, dass sie auch darauf keine Antwort von Glutauge bekommen würde. Obwohl Herr Lanzifal ihr schon längst eine gegeben hatte, bekam sie die Frage nicht aus dem Kopf. Auch die Vorstellung von dem verzweifelt fliehenden Tharas nicht, sein angstverzerrtes Gesicht und den Moment, wenn die Bestien seinen kleinen, zerbrechlichen Körper rissen.

»Warum Tharas?«

Glutauge schwieg weiter.

»Kennst du diesen schrecklichen Drachenflüsterer? Warst du einer von seinen wilden Drachen?« Sie legte die Stirn an das Gitter und schnaubte den Drachen an. Auch wenn er nicht antwortete, er hörte wenigstens zu. Cathe konnte ihre Fragen aussprechen, musste sie nicht wieder und wieder allein wälzen.

Glutauge schnaubte erneut und stieß mit der vorderen Pranke laut gegen die Tür.

»Was ist?«, fragte Cathe. »Willst du raus?«

Wieder pochte er gegen die Tür, als würde er sie verstehen.

»Tut mir leid, ich kann dich nicht rauslassen«, murmelte sie. Zum ersten Mal fragte sie sich, warum befreite Drachen wie Tiere in Boxen gehalten wurden. *Wir befreien sie, um sie hinter Gitter zu sperren. Ergibt das irgendeinen Sinn?*

Wenn schon leise Zweifel Ketzerei waren, dann war es ein solcher Gedanke ganz sicher. Ertappt sah sie sich noch mal um, doch sie war noch immer allein. Und wenn da jemand wäre, könnte der wohl kaum ihre Gedanken lesen.

Cathe sah wieder Glutauge an. Dort, wo ihm Flügel aus der Schulter gewachsen waren, ragten nun zwei dunkel verschorfte Stumpen aus den Schuppen, die Schulterknubbel. Viele glaubten, dass es Glück brachte, sie zu reiben. Vorsichtig griff sie hinein und strich darüber. Der Schorf war hart und rissig.

»Das wird verheilen«, versprach sie mit sanfter Stimme. »Alle Wunden verheilen.«

Glutauge sah sie traurig an, seufzte und legte sich wieder hin. Wie bei ihrer Ankunft starrte er mit leerem Blick wieder ins Nichts. Sogar die Traurigkeit war jetzt aus seinen Augen verschwunden.

Cathe löste sich von der Tür und verließ langsam die Stallungen. Dabei warf sie in jede Box einen Blick. Keiner der Drachen hatte Augen, die so leuchteten wie Glutauges, als der noch Flügel besessen hatte.

Hör endlich auf, an die dämlichen Augen zu denken!, ermahnte sie sich stumm. Ihr Leuchten war nur Samoths Fluch!

Aber warum waren sie ihr dann so unheimlich lebendig erschienen?

Sie irrte noch eine Weile durch verlassene Ecken des Klosters und hielt sich im Schatten, um nicht entdeckt zu werden. Immer wieder sah sie zu den Sternen hinauf. Unwillkürlich suchte sie nach dem Schemen eines geflügelten Drachen, konnte jedoch keinen entdecken. Langsam schlenderte sie in ihren Schlafraum, den sie mit drei anderen Mädchen teilte. Niemand war dort, alle Betten waren unberührt.

Sie lag noch immer wach, als die anderen eine Stunde später kamen. Flüsternd zogen sie sich aus, schlüpften in die Nachthemden und krochen in ihre Betten. Schon bald konnte Cathe den regelmäßigen Atem von Dunho und Bethara hören. Sie schliefen.

Aus Sinjes Bett kam eine raschelnde Bewegung, dann das Auftreten nackter Füße, und dann war ein Schemen neben ihrem Bett. Er kauerte sich hin.

»Schläfst du?«, flüsterte Sinje. Ihr Gesicht war so nah an ihrem, dass Cathe ihren warmen Atem spüren konnte.

Cathe war versucht zu schweigen, doch sie antwortete knapp: »Nein.«

»Wo warst du?«

»Auf der Mauer.«

»Da habe ich dich vorhin gesucht.«

»Warum?«

»Da bist du immer, wenn du nachdenkst.«

Cathe lächelte. »Und bei Glutauge.«

»Was?«

»Ich war auch bei Glutauge.«

»Allein?«

»Ja.«

»Weißt du eigentlich, warum Herr Lanzifal ihn so genannt hat?«, fragte Sinje. »Ich finde nicht, dass das passt.«

»Ich auch nicht.«

Eine der Schläferinnen drehte sich langsam um, und sie schwiegen. Als ihr Atem wieder ruhig ging, murmelte Sinje so leise, dass Cathe sie fast nicht verstanden hätte: »Ich finde es gut, dass ihr ihn erwischt habt. Für Tharas.«

»Ja.«

»Ich hätte unheimlich gern die Flügel brennen sehen.«

»Ja«, sagte Cathe, weil sie keine richtige Entgegnung wusste. Alles, was sie besprechen wollte, wollte nicht herauskommen.

»Kann ich dich was fragen? Du musst aber ehrlich antworten, ja?« Sinje klang, als würde sie wirklich etwas belasten.

»Natürlich.« Cathe nickte.

»Versprochen?«

»Ja. Jetzt frag schon.«

»Die anderen sagen alle, dass Herr Lanzifal sich eine neue Jungfrau suchen muss. Und ich glaube auch, dass er nur deshalb so lange hierbleibt. Die große Feier ist nur ein Vorwand, meinst du nicht auch?«

»Ist das deine Frage?«

»Nein.«

»Was dann?«

Sinje seufzte. »Würde es dich stören, wenn er mich wählt statt dich? Du weißt, dass ich Tharas rächen will, und wenn ich schon jetzt eine Gelegenheit bekäme … Er war mein Bruder.«

Meiner auch, wollte Cathe sagen, aber das stimmte nur vom Gefühl her. Also sagte sie nur: »Ich kann nicht entscheiden, wen er wählt, Sinje.«

»Das weiß ich. Ich will nur wissen, ob es für dich in Ordnung ist, wenn ich mich auch um seine Gunst bemühe.«

Cathe lächelte wieder. *Um die Gunst bemühen.* Das klang fast wie in einer Romanze, dabei war es irgendwie das Gegenteil. Es schien fast, als wäre sie die Einzige, die nicht unbedingt gewählt werden wollte. Vielleicht lag das daran, dass sie sich noch gut an die Angst vor dem wilden Drachen erinnerte. Sie war die einzige unter den Schülerinnen, die schon draußen an einen Pfahl gefesselt worden war, und es drängte sie nicht danach, es bald zu wiederholen. Aber Sinje konnte es nicht schnell genug gehen. Seit sie hier waren, hatte sie immer wieder von ihrem Schwur gesprochen.

Cathe glaubte nicht, dass sie ein Vorrecht auf Herrn Lanzifal besaß, nur weil Jungfrau Sironia sie ihm mitgegeben hatte. Aber sie war dankbar und glücklich, dass Sinje sie gefragt hatte. Wie hatte sie vorhin nur an ihrer Freundschaft zweifeln können?

Cathe schob die Hand unter der Decke hervor, berührte Sinje sanft an der Schulter und flüsterte. »Nein, es stört mich nicht im Geringsten. Besser du als Kanja, oder?«

»Ehrlich?«

»Ja, ehrlich. Obwohl wir flüstern.«

»Ähm, was?«

»Erkläre ich dir morgen. Wenn wir allein sind.«

»Danke.«

»Ich habe geschworen, dir zu helfen.«

»Danke«, wiederholte Sinje und klang erleichtert. »Und

morgen sagst du mir auch, was du auf der Mauer gedacht hast, ja?«

»Ja«, versprach Cathe, und Sinje huschte zurück in ihr Bett.

Glücklich schlief Cathe ein. Sie träumte von Glutauges leuchtenden Augen, als der noch Flügel und keinen Namen besessen hatte.

EIN BEUNRUHIGENDER BRIEF

Als Ben zerschlagen ins Bett kroch, drehte sich Anula verschlafen um. »Ist alles gut gegangen?«

»Nein«, flüsterte Ben und strich ihr über das Haar. »Wir haben kein Glas bekommen, tut mir leid.«

»Nicht so schlimm. Aber euch geht es gut?«

»Ja. Schlaf weiter.«

»Träum schön.«

Doch bevor Ben überhaupt etwas träumte, wurde er grob wachgerüttelt. Die Sonne war erst gerade aufgegangen, und Anula rief: »Was ist das?«

»Was?« Ben riss die Augen auf. »Was? Wo?«

»Das.« Sie deutete auf seine Stirn.

»Was?«

»Das. Das. Das.« Ihr Finger wanderte von der Stirn über Wangen und Nase zum Kinn. »Von wegen nichts passiert!«

Einen Moment lang wusste Ben nicht, was sie wollte, dann fielen ihm die kleinen Schnitte wieder ein. Er hatte vergessen, sich das Blut aus dem Gesicht zu waschen.

»Sieht Yanko auch so aus?«

»Nein. Ja. Ich weiß nicht«, stammelte Ben.

»Erzähl«, verlangte Anula, und Ben erzählte. Er tischte ihr keine großen Heldentaten auf, sondern versuchte sogar, den Sturz weniger dramatisch klingen zu lassen und machte die Seegeier ein ganzes Stück kleiner. »Zum Schluss hatten wir einfach Pech.«

»Weißt du, wie du aussiehst?«

Brummend betastete Ben sein Gesicht und stieß auf zahlreiche Blutkrusten. Es begann zu jucken. Fluchend kroch er aus dem Bett und sah in den Spiegel. Erschrocken riss er die Augen auf. Er sah wüst aus, mindestens zwei Dutzend kleinere Wunden übersäten sein Gesicht, manche waren geschwollen.

»Tut aber gar nicht weh«, versicherte er und kratzte hier und da den Schorf weg. Inzwischen juckte es wie verrückt.

»Das macht es nicht besser«, sagte Anula.

»Samoths haariger Hintern noch mal«, knirschte Ben und stieg nur halb angezogen den Turm hinab und lief ans Ufer. Dort wusch er sich das getrocknete Blut mit Meerwasser vom Gesicht. Meerwasser half, hieß es immer.

»Meerwasser brennt!«, fluchte Ben laut und rubbelte das Gesicht sofort wieder trocken. Aufgeschreckte Möwen flogen davon. Eine Ziege meckerte, es klang fast wie ein Lachen.

»Schnauze, Zottel!«

Zottel meckerte noch mal.

Beim Frühstück stellte Ben fest, dass Yanko ebenfalls wüst aussah. Auch er hatte Nica schon alles erzählt, allerdings waren seine Seegeier deutlich größer, zahlreicher und gefährlicher gewesen – sie hatten sogar in Formation angegriffen. Und Ben war fast an spitzen schwarzen Klippen zerschellt. Wahrscheinlich würden die beiden Mädchen nachher zusammen Aiphyron befragen, um die Wahrheit herauszufinden.

Nach dem Essen brachte Ben die erbeuteten Bücher zu Byasso, der im Erdgeschoss des hohen Südturms eine kleine Bibliothek aufbaute und eine Chronik der Geächteten anfertigte. Wie erwartet, zeigte er sich besonders von *Blut, Schweiß und Schnee* begeistert.

Freudig umarmte er Ben und versprach, sie gleich zu lesen.

Ben blätterte noch einmal schnell in *Die Schrift von Feuer und Hammer* hinein, fand aber einfach nicht, was ihn gestern hatte stutzen lassen.

»Ich fang damit an«, sagte Byasso. »Vielleicht fällt mir etwas auf.«

»Danke. Aber vermutlich bilde ich mir das nur ein. Mir haben einfach die Zeichnungen gefallen.«

Mittags flog Ben mit Aiphyron, Vilette und dem bulligen, rot-gelb-orange geschuppten Drachen Feuerschuppe nach Kurzkluftingen, einem winzigen Bauerndorf nordöstlich von Rhaconia. Sie hatten den Bauern dort im Sommer viel geholfen, und die hatten ihnen dafür zugehört. Es war das einzige Dorf, in dem sich die Geächteten sicher fühlten. Es lag abseits der großen Straßen, und niemand hatte bislang einen Steckbrief dorthin gebracht. Feuerschuppe hatte dort nach Feierabend oft gewürfelt und verloren, weshalb die meisten gern gegen ihn spielten, vor allem die Kinder.

Der Himmel war klar, und am Horizont konnten sie gerade so den Berg Arknon erkennen. Er ragte über die kleineren Gipfel in seiner Nachbarschaft heraus, heller Rauch stieg aus ihm in den Himmel. Von dort stammte Faystos Feuer, das an ausgewählte, ordenstreue Schmiede im ganzen Großtirdischen Reich ausgegeben wurde. Es war das einzige Feuer, das heiß genug war, um Blausilber zum Schmelzen zu bringen. Nur mit Faystos Feuer konnte man die mächtigen Klingen schmieden, die Drachenschuppen durchdringen und Flügel abtrennen konnten.

»Ascherülpsender Drecksberg«, murmelte Ben, ansonsten schwiegen sie. Warmer Flugwind drückte Ben ins Gesicht, und er dachte an Yanko, dessen sturköpfiger, prügelnder Vater in Trollfurt eine solche Schmiede besessen hatte. Und an Nesto, dessen Vater als Schmied des Ordens in Rhaconia arbeitete. War es Zufall, dass sich beide Söhne gegen den Orden gewandt hatten?

Was war mit seinem eigenen Vater? Er hatte in einer Blausilbermine geschuftet und so indirekt die Macht des Ordens unterstützt, denn das meiste Blausilber wurde vom Orden aufgekauft. Das Blausilber für wie viele Klingen hatte er aus dem Berg gekratzt? Hatte Ben den Drachen schon ebenso viele Flügel zurückgegeben?

Natürlich hatte sein Vater die Wahrheit über Drachen nicht gekannt, und natürlich hatte er Geld verdienen müssen, auch für Ben und seine Mutter, aber Ben gab ihm trotzdem Mitschuld am Elend der unterdrückten Drachen. Wenn es ihm nur um seine Familie gegangen wäre, hätte er die ja nicht verlassen, oder? Er war seinem Vater egal gewesen, und mit den Drachen war es sicher nicht anders gewesen. Sein Vater hatte sich nicht für die Wahrheit interessiert, nur für den Verdienst.

Bevor er noch weiter trüben Gedanken nachhängen konnte, erreichten sie Kurzkluftingen. Ben und Vilette setzten ihr freundliches Überzeugungslachen auf und landeten auf dem kleinen Platz, auf dem sich die einzigen beiden Straßen kreuzten. In seiner Mitte stand eine alte, trockene Schwertlinde, jenseits der ersten Häuser plätscherte ein Bach vorbei. Eine graue Katze lag faul in der Sonne und schlug mit dem Schwanz nach unsichtbaren Fliegen. Die Dörfler kamen zusammen, lachten aber nicht. Muffig und mit verschränkten Armen standen sie da.

»Wir brauchen keine Hilfe mehr«, knurrte einer, der ein gesenktes Beil umklammerte.

»Nicht von euch«, fügte der Nächste hinzu.

»Aber … Was ist los?«

»Wir wollen keinen Ärger, und ihr wollt auch keinen, oder?«

»Äh, nein«, bestätigte Vilette.

»Dann verzieht euch.«

Ratlos sah Ben in die Runde aus verschlossenen Gesichtern. Die meisten sahen sie grimmig an, manche blickten zu Boden. Ein Alter knurrte: »Wir brauchen keine Schwertträger, die euch suchen und unsere Kinder und Enkel ängstigen. Verstanden?«

Ja, jetzt hatte Ben halbwegs verstanden. Er nickte langsam. »Es tut mir leid.«

»Uns auch. Aber das nächste Mal verraten wir, aus welcher Richtung ihr kommt.«

»Wem?«

»Dem Kopfgeldjäger.«

»Danke, dass ihr es noch nicht habt.« Er stieg auf Aiphyron. Auch Vilette zog sich zurück. Tief enttäuscht flogen sie auf einem Umweg zurück. Wahrscheinlich war es hier zu spät, eine falsche Fährte zu legen, aber sie sollten es sich einfach angewöhnen.

»Ich hatte gehofft, dass wir sie noch vor dem Winter endgültig überzeugen«, sagte Vilette.

»Ich auch«, erwiderte Ben. »Dann eben das nächste Dorf. Heimlich und nachts.«

Es war weit nach Mitternacht, als Aiphyron mit Ben und der schlanke, moorschwarze Drache Marmaran mit Akse lautlos vor dem Hellwahschrein des kleinen Fischerdorfs landeten. Es war zu klein für einen richtigen Tempel und lag weit jenseits von Venzara und noch weiter von Rhaconia und dem Kloster Sonnenflut. Dörfer wie dieses befanden sich so fern der Zentren der Macht, dass sie von diesen meist vergessen wurden, und das machte sie interessant für die Geächteten.

Ben wollte ein Pergament mit der Wahrheit über Drachen an das Brett für Ankündigungen vor dem Schrein hängen, und Akse hatte eine Bekanntmachung dabei, dass der Hohe Abt Morghon fieberkranke Läuse mit Juckausschlag auf und im Kopf habe und es gesünder sei, seine Nähe zu meiden. Als Beweis für die Läuse diene, dass sich jeder vernünftige Mensch in seiner Nähe unvermeidlich wie ratlos am Kopf kratze.

Doch das schwarze Brett war vollkommen zugehängt mit den vertrauten Steckbriefen und einer öffentlichen Bekanntmachung, dass jeder, der Bens Bande half oder seinen Helfern oder den Helfern der Helfer, selbst unverzüglich für vogelfrei erklärt werden würde. Gezeichnet war es mit dem Siegel des Hohen Abts Morghon.

»He, Schreckenverbreiter, heißen wir jetzt wirklich Bens Bande?«, fragte Akse.

»Nein! Tun wir nicht!«, stieß Ben hervor und riss das Pergament ab. Wütend knüllte er es zusammen und steckte es ein, um es daheim zu verbrennen. Wenn er es hier wegschmiss, würde es irgendwer finden und lesen.

Dann nahmen sie auch die Steckbriefe ab und hängten ihre Botschaften auf.

»Viel besser«, brummte Akse zufrieden.

Bens Blick fiel auf eine ausladende Himmelsbuche vor dem Schrein, und auch an ihrem mächtigen Stamm hingen mehrere Steckbriefe. »Was bei Faystos brennendem Hintern ...?«

»Der Hohle Morghon ist wirklich nicht dämlich«, sagte Akse und deutete auf einen weiteren Steckbrief an einer Hauswand schräg gegenüber. »Er schlägt mit unseren eigenen Waffen zurück. Und der Orden besitzt tausendmal so viele Pergamentseiten wie wir.«

»Aber unsere sind witziger und wahr! Und sie fallen mehr auf! Nach hundert Steckbriefen schaut man doch den hundertersten nicht mehr an, weil man eh weiß, was draufsteht.«

»Wenn man weiß, was draufsteht, hat der Orden gewonnen. Dann sitzt er in den Köpfen der Leute.«

»Da sitzt er seit Jahrhunderten!« Fluchend trat Ben gegen die Himmelsbuche. Dann sprangen sie wieder auf die Drachen und flogen ins nächste Dorf, doch auch da hatte der Orden ganze Arbeit geleistet.

Überall hingen die Steckbriefe, auch im übernächsten Dorf und in dem darauf. Sie hingen an Kreuzungen und an Bäumen am Wegesrand, einfach überall. Es war eine erdrückende Menge.

Ben und Akse rissen so viele wie möglich ab und hinterließen ihre Nachrichten. Doch die wirkten im Vergleich zu den unglaublichen Massen des Ordens klein und verloren.

»Unsere eigene Waffen«, murmelte Akse noch mal.

»Nein!«, widersprach Aiphyron und zerfetzte mit der Klaue drei Steckbriefe gleichzeitig. »Unsere Waffen sind die Wahrheit und der Witz, ihre sind die schiere Masse, Drohungen und Geld. Alles, was sie haben, ist ihre Macht.«

»Na, wenn das alles ist …«, murmelte Ben, und Akse lachte in einem Anflug von Galgenhumor.

»Du weißt, wie ich es meine«, brummte Aiphyron und kratzte festhängende Pergamentreste von seinen Krallen.

»Nein«, sagte Ben, »ehrlich gesagt: nein. Was soll an ihrer ungeheuren Macht denn *nur* sein.«

»Wir säen Zweifel an der falschen Legende und bringen die Leute zum Nachdenken. Wir bringen sie zum Lachen und haben fremden Leuten schon bei der Aussaat, Ernte und verschiedenen Reparaturen geholfen. Wir stellen den Orden bloß. Dem kann der Orden nichts entgegensetzen, nur plumpe Beschuldigungen und Steckbriefe. Er kann nur uns angreifen, nicht das, was wir sagen, denn das ist die Wahrheit. Und die Wahrheit wird sich letzten Endes durchsetzen, es dauert nur länger.«

»Ja, aber wie lange?«, fragte Ben bitter. »Bis wir faltige alte Männer und Frauen sind?«

»Vielleicht.«

»So viel Zeit haben wir nicht! Bis dahin erwischt der Orden irgendwen von uns, und ich will nicht, dass einer stirbt.«

»Das will keiner. Und das werden wir auch nicht zulassen.«

Die Dämmerung kündigte sich bereits an, als sie winterschlafmüde zum Verlies der Stürme zurückkehrten. Fast zeitgleich mit ihnen traf Ellyhmottheen aus Rhaconia ein. Der bussardkleine, gelbschuppige Drache mit dem rundlichen Bauch und dem breiten Gesicht war jahrelang als Schoßdrache einer betuchten Händlerin schrecklich verhätschelt worden. Weil er so klein war und sich gut verstecken konnte, flog er geheime Botschaften zwischen dem Verlies der Stürme und der Handelsstadt hin und her.

Aufgeregt landete er auf Bens Arm und hielt ihm eine unversiegelte Pergamentrolle entgegen. Er atmete heftig und sah Ben an, als erwarte er ein Leckerli.

»Danke.« Ben griff nach der Rolle.

Der Drache fiepte erbärmlich und schlug die Augen auf.

»He, El, du bist kein Schoßtier mehr. Du weißt, dass du allein in die Speisekammer darfst und dich bedienen.«

»Aber Sidhy sagt immer …«

»Sidhy ist hier nicht der Boss.«

»In der Küche schon, behauptet er.«

Ben seufzte. So ganz war das Großspurige von Sidhy doch nicht verschwunden.

»Aber Sidhy schläft noch.«

»Oh, ja! Stimmt.« Ellyhmottheen strahlte und wetzte schmatzend davon.

Ben gähnte und rollte das Pergament auf. Ein zweites rutschte heraus, und er fing es gerade noch auf, bevor es zu Boden fiel. Das erste war eine Nachricht von Nesto. Wie immer nannte er seine und ihre Namen nicht, falls der Brief abgefangen wurde. Seine Identität musste unbedingt vor dem Orden geheim bleiben.

Freunde,

wie steht es bei euch? Hier ist irgendetwas im Gange, ich weiß nur nicht, was. Der hiesige Hüter des Ewigen Feuers, der Schmied des Ordens, hat einen Sonderauftrag erhalten. Seitdem ist er ungewöhnlich gut gelaunt, pfeift auf der Straße Kriegsmärsche und erwartet eine große Lieferung Blausilber.

Und das Kloster Sonnenflut hat mehrere riesige Balken aus härtester Eiche bestellt. Größer, als man sie für den normalen Hausbau verwendet. Ich konnte nicht rausfinden, wofür sie gedacht sind, muss vorsichtig mit meinen Fragen sein. Doch selbst drei geschwätzige Zimmermänner wussten nichts. Wenn es das Gebälk für einen Stall wird, dann für einen gewaltigen Drachen. Ich höre mich weiter um.
Ob das beides zusammenhängt, weiß ich nicht, aber der Hohe Abt Morghon hat angeblich vor einer Weile irgendeinen fahrenden Händler, Erfinder oder Baumeister oder so jemanden empfangen. Direkt, bevor er das Holz bestellt hat.
Aber es gibt noch Schlimmeres, viel Schlimmeres. Morghon will aller Welt beweisen, wie unnachgiebig er ist, und dass er wirklich keinen Spaß versteht. Für den nächsten Sonntag hat er die Hinrichtung eines gefangenen Samothanbeters ankündigen lassen. Eines armen Jungen, vielleicht neun Jahre alt, er soll Bens Lügen verfallen sein. Irgendein bekannter Kopfgeldjäger hat ihn erwischt, bei was auch immer.
Neun Jahre! Morghon ist verrückt. Möge ihm jeder Finger einzeln abfaulen und ewig stinkender Eiter aus seiner Nase tropfen!

N.

P.S. Morghon hat außerdem schon das zweite Standbild von sich selbst errichten lassen. Nach dem im Kloster nun noch eins mitten in Rhaconia. Ein vergoldetes!

»Das lass ich nicht zu«, knurrte Ben. »Niemals!«
»Was?«, wollte Akse wissen.
»Das!« Ben drückte ihm den Brief in die Hand und sah

sich die zweite Seite an. Es war eine offizielle Bekanntmachung, die Nesto irgendwo abgerissen haben musste.

ÖFFENTLICHE HINRICHTUNG

Am kommenden Sonntag wird auf dem großen
Tempelplatz in der Mittagssonne ein verlogener
Samothanbeter zu Hellwahs Ehren hingerichtet.
Er trägt hundert falsche Namen, ist den Lügen des
schrecklichen Ben rettungslos verfallen und hat
versucht, diese zu verbreiten.
Sogar noch in Gefangenschaft.

Nehmt es als Mahnung und Warnung, dass auch ein
junges, unschuldiges Gesicht keine Rettung bringt.
Nur die Wahrheit der alten Legenden!

Kommt zahlreich und bringt eure Kinder mit!
Für gute Sicht wird gesorgt.

Anschließend gibt es Wein und Häppchen
auf Kosten des Ordens.

Gezeichnet & mit Siegel beglaubigt
Morghon, Hoher Abt des Ordens der Drachenritter

Entsetzt ließ Ben das Pergament sinken.

Häppchen?

Der neue Hohe Abt war wirklich verrückt, genau wie Nesto geschrieben hatte. Noch viel verrückter als sein Vorgänger.

»Häppchen?«, keuchte auch Akse. »Es gibt *Häppchen* und *gute Sicht?* Da hätten wir echt den alten Abt behalten sollen.«

Ben schnaubte. Niemals hätte er gedacht, dass es nach dem machtgierigen Hohen Abt Khelchos noch schlimmer werden würde. Aber Morghon war anscheinend skrupellos, wahnsinnig und unermesslich reich.

An Schlaf war jetzt nicht mehr zu denken, dafür war er viel zu aufgebracht.

»Was für Häppchen?«, fragte Aiphyron.

Ben öffnete den Mund, um es zu erklären. Doch bevor er ein Wort herausgebracht hatte, schoss Ellyhmottheen wieder aus dem Verlies der Stürme auf sie zu.

»Häppchen?«, rief auch der kleine Drache mampfend, während ihm rechts und links Krümel aus dem Maul regneten. Mit den Klauen umklammerte er einen halben Kuchen, der so groß war wie er selbst. Unter dem Gewicht taumelte er im Flug. »Wo gibt's Häppchen? Ich nehm auch eins!«

Beim Frühstück las Ben allen Nestos Brief und die Bekanntmachung der Hinrichtung vor. Für einen langen Moment herrschte völlige Stille. Auf den Gesichtern der Geächteten zeigte sich erst ungläubiges Staunen, dann Entsetzen. Schlagartig war es mit der Stille vorbei.

»Das können sie doch nicht tun!«, brauste Byasso auf. Sein Gesicht war vor Wut rot angelaufen.

»Doch, sie können«, stieß Nica gehässig hervor. »Sie haben die Macht.«

»Buckelkuhmistige Eiterköpfe!«, fluchte Yanko.

Der kleine Gibor war ebenso bleich geworden wie der gewaltige rothaarige Flößergehilfe Thylos neben ihm. Beide vergaßen zu kauen und sagten nichts.

Ellyhmottheen lag mit vollgefressen dickem Bauch auf dem Fensterbrett in der Sonne und beobachtete faul das Treiben. Draußen klagten die Möwen wie jeden Tag.

»Das ist Mord!«, schimpfte Byasso. »Keine faire Rechtsprechung, sondern blanker Mord!«

»Das Faulfieber soll ihn holen!«

»Oder eine tollwütige Ratte mit eitergelben Zähnen und Rotzschnauze!«

Überall wurden Beschimpfungen und Flüche ausgestoßen, Fäuste geballt und zornig auf den Tisch geknallt, bis Ben beruhigend die Hand hob. Ganz langsam verstummten die anderen. »Ich habe jetzt seit der Dämmerung darüber nachgedacht, aber ich weiß nicht, wer dieser hundertnamige Junge sein soll, der angeblich zu uns gehört. Ich weiß nur, dass es egal ist, ob wir ihn kennen oder nicht. Wir müssen ihn befreien!«

Zustimmender Jubel erhob sich an der langen Tafel und Rufe nach Freiheit. Die Meisten nickten wild, draußen rauschte das Meer wie eh und je.

Byasso rief: »Kennt vielleicht irgendwer sonst den Jungen? Oder hat eine Idee, wer es sein könnte?«

Niemand meldete sich.

»Du hast doch Ben gehört!« Ayna sprang auf. »Es spielt keine Rolle, wer es ist! Wir befreien ihn!«

»Ja!«, dröhnte es reihum.

Als Anula sich erhob, war es fast ebenso schnell ruhig wie bei Ben. Ihre Haut glitzerte in der hereinfallenden Morgensonne wie Schnee. Alle wussten, woher sie dieses Glitzern hatte, dass es nichts anderes war als die Narbe einer furchtbaren Verletzung durch den Orden. Das verschaffte ihr Respekt.

Sie sah in die Runde und dann zu Ben. Ruhig sagte sie: »Euch ist aber schon klar, dass das eine Falle ist, oder?«

»Was?«

»Falle?«

»Was heißt da Falle?«

»Wieso?«

Laut riefen alle durcheinander, Ayna ließ sich aufstöhnend wieder auf ihren Platz fallen.

Ben blinzelte und sah im Sitzen zu Anula auf. »Bist du dir sicher?«

Sie nickte. »Sie erinnern sich ganz bestimmt daran, dass wir damals versucht haben, dich und die drei Ketzer zu befreien. Und darum gehen sie davon aus, dass wir es auch diesmal tun.«

Wieder herrschte Stille im Saal, wenn auch keine vollkommene. Hier und da wurden leise Flüche gemurmelt, Gibor biss sich auf die Lippe, Thylos rutschte unruhig auf seinem Stuhl hin und her.

Ben dachte unwillkürlich an seine Gefangenschaft, an den kahlen Kerker und die drohende Hinrichtung. Er erinnerte sich an seine nagende Angst vor dem Tod, und kurz zitterte seine Hand wieder. Nie wieder wollte er dem Orden in die Hände fallen, nie wieder hilflos darauf warten, dass irgendwo vor seinem Gitterfenster ein Galgen gebaut wurde. Noch einmal würde er nicht das Glück haben zu entkommen.

Er ballte die Hand zur Faust, damit das Zittern verschwand. Betont langsam antwortete er: »Ja, wahrscheinlich hast du recht.« Er dachte an die Steckbriefe.

Tot oder lebendig.

Niemand sagte, dass der Orden ihn noch einmal lebend fangen wollte. Er schluckte und fuhr mit fester Stimme fort: »Trotzdem müssen wir den Jungen retten!«

»Wir müssen was?«, fragte Anula überrascht.

Alle anderen hielten die Luft an, und Thylos verschluckte sich fast. Nur Yanko nickte grimmig.

»Auch wenn es eine Falle ist, müssen sie jemanden hängen. Sie können sich nicht die Blöße geben, niemanden zu haben, wenn sie die ganze Stadt zusammenrufen. Falle oder nicht, den Jungen gibt es wirklich. Und er soll sterben. Und das lasse ich nicht zu! Niemals!«

»Aber …«

»Kein Aber!« Jetzt sprang Ben auf. »Niemand stirbt wegen mir! Nicht, wenn ich es verhindern kann!« Schwer atmend starrte er Anula an.

»Ich weiß«, sagte sie ruhig und setzte sich wieder.

»Wir dürfen nicht zulassen, dass der Abt irgendwen tötet, nur um uns in die Hände zu bekommen!« Aufgebracht sah Ben alle an. »Und was passiert überhaupt, wenn wir nicht auftauchen? Sucht er dann neue Opfer für eine neue Falle? Vielleicht sogar mehrere Kinder, weil wir für einen allein nichts riskieren? Nicht mit uns!«

Die meisten der Geächteten blickten ihn respektvoll an, manche bewundernd. Sie nickten, und die Entschlossenheit kehrte in viele Gesichter zurück, wenn auch nicht in alle. Hier und da sah er noch immer die Angst, in eine Falle zu tappen. Aufatmend ließ er sich wieder auf seinen Platz nieder.

Anula beugte sich zu ihm und flüsterte herausfordernd: »War das jetzt eine Rede als Freund oder als Anführer?«

Ben schnaubte und verdrehte die Augen. Dann wurde ihm bewusst, dass er tatsächlich erst mit *Ich* von sich selbst gesprochen hatte, und dann von *Uns* und *Wir.* Aber das hieß noch lange nicht, dass er Befehle gab!

»Aber was, wenn die Falle eine ganz andere ist?«, fragte Vilette vorsichtig. »Wenn wir den Jungen befreien sollen und er einfach nur ein Spion ist. Hast du schon mal daran gedacht?«

»Nein«, sagte Ben sofort. »Falls wir nicht kommen, wird er auf jeden Fall hingerichtet. Dann müsste der Abt seinen eigenen Mann töten. Das riskiert er nicht.«

»Glaubst du wirklich? So verrückt, wie er ist, stört es ihn bestimmt nicht, einen eigenen Mann zu töten. Keinen hochrangigen Ritter, nur einen besseren Laufburschen oder Knappen.«

Beifälliges Gemurmel erklang, erneut zeigte sich Unsicherheit auf manchen Gesichtern. Ellyhmottheen rülpste und kicherte verlegen.

»Verrückt ist er, ja.« Ben nickte langsam. Wie sollte man so jemanden sonst bezeichnen? »Aber noch mehr ist er von sich und seiner Großartigkeit überzeugt. Denkt an die ganzen Statuen, die er von sich aufstellen lässt. Wer so selbstherrlich ist, denkt nicht raffiniert um die Ecke, weil er immer davon ausgeht, dass die anderen viel blöder sind als er selbst. Und die anderen sind wir.«

Vilette sah ihn weiter zweifelnd an. Auch Thylos wirkte misstrauisch, aber Gibor nickte tapfer. Yanko sowieso.

»Aber meinetwegen können wir gern vorsichtig sein, wenn dich das beruhigt«, versicherte Ben. Er hatte sowieso nicht vor, das Leben seiner Freunde leichtfertig aufs Spiel zu setzen. »Wenn wir den Jungen befreit haben, reden wir erst mit ihm, bevor wir ihn hierher holen. Und wenn es Zweifel an ihm gibt, bringen wir ihn irgendwo auf dem Festland in Sicherheit, und er erfährt nichts von unserem Versteck. Einverstanden?«

»Aber wie willst du ihn überhaupt befreien?«, platzte Gibor heraus.

»Das weiß ich noch nicht«, gab Ben zu. »Wer eine Idee hat, nur immer raus damit. Es wäre gut, wenn wir bis morgen einen Plan hätten.«

»Wenn wir von einer Falle ausgehen, sollten wir den Jungen unbedingt vor Sonntag befreien«, schlug Anula vor. »Bevor sie uns erwarten.«

»Unbedingt solltet ihr das«, stimmte Sidhy zu und nahm sich so gleich von der Befreiung aus. Lächelnd erhob er sich. »Und weil Süßes beim Denken hilft, hol ich jetzt die zwei Kuchen, die ich gestern gebacken habe. Wenn wir die Stücke schmal schneiden, reicht es für alle.«

Lauter Applaus erhob sich.

»Jawohl!«

»Kuchen für alle!«

»Lecker!«

Ganz unauffällig ließ sich der vollgefressene Ellyhmottheen vom Fensterbrett nach draußen fallen.

Ben und Akse grinsten sich an.

DIE ENTSCHEIDUNG DES RITTERS

Die Feierlichkeiten zu Glutauges Befreiung waren vorbei, doch Herr Lanzifal residierte noch immer in den größten Gasträumen des Klosters Felsenrot. Die Schülerinnen warteten gebannt auf seine Entscheidung. Sie zerrissen sich im Unterricht, der wieder begonnen hatte, und jede wollte die anderen übertrumpfen. In den Pausen wurde Cathe von einer anderen Jungfrauenanwärterin gefragt, wie der galante Ritter denn so gewesen sei, draußen in der rauen Wildnis, im Angesicht der furchtbaren Gefahr.

»Wie ein wahrer Ritter«, antwortete Cathe immer, obwohl Herr Lanzifal der einzige Ritter war, den sie kannte, und sie keinen Vergleich hatte.

Doch genau das wollten die Mädchen hören. Sie seufzten und strahlten und schmachteten weiter. »Ach, ich wusste es. Dann ist man bei ihm sicher?«

Solange ihm nicht wieder mal der Helm verrutscht, dachte Cathe, doch das sagte sie natürlich nicht laut, ein Versprechen war ein Versprechen. Und ihr war trotz des Helmmalheurs nichts passiert, oder? Also lächelte sie und sagte: »Sieh mich an. Ich bin unverletzt zurückgekommen, oder?«

Versonnen nickten die Mädchen und stürzten sich in die nächste Unterrichtsstunde, als ginge es um Leben und Tod.

Cathe jedoch dachte nur selten an die bevorstehende Entscheidung des Ritters, sie hatte anderes im Kopf. Drei Nächte lang hatte sie jetzt von Glutauges so lebendig leuchtenden Augen geträumt, und davon, wie das Leuchten verblasst war, als sie sich dem Drachen genähert hatte – wie das Auge dumpf und matt und leer geworden war. Heute Nacht hatte sie gar eigenhändig mit einem Messer auf die leuchtenden Augen eingestochen, bis sie sie nur noch leblos und stumpf angestarrt hatten. Vergeblich hatte sie versucht, es nicht zu tun, hatte laut geschrien: »Nein!«

Japsend und mit trommelndem Herzen war sie erwacht, kalten Schweiß auf der Stirn.

»Cathe?«, hatte irgendwer gefragt, wahrscheinlich Sinje, und sie hatte gemurmelt: »Nur ein Traum.«

Aber nichts war gut. Die Augen waren tot und leer gewesen, und doch hatte sie darin so viel Anklage gelesen, dass sie nicht mehr eingeschlafen war.

Wie konnten ausdruckslose Augen einen anklagen? Wer nichts ausdrücken kann, kann auch nicht anklagen, oder? Das bildete sie sich ein, sie hatte doch nichts getan, sie hatte sich nur fesseln lassen. Sie hatte geholfen, einen Fluch zu brechen.

Trotzdem wurde sie den Gedanken an den Traum mit dem Messer nicht los. Nicht mal, nachdem die Sonne aufgegangen war.

Sie musste wissen, was das zu bedeuten hatte. Sie musste! Egal, was Jungfrau Sironia danach von ihr halten würde, sie musste ihr einfach ein paar Fragen stellen. So vorsichtig, dass ihr das nicht als Zweifel und damit als Ketzerei ausgelegt werden konnte. Waren Lehrerinnen nicht genau dazu da, dass man ihnen Fragen stellte?

Mit Sinje hatte sie noch immer nicht gesprochen, sie wusste nicht, warum. Vielleicht, weil ihre Freundin nur die Drachenjagd im Kopf hatte. Weil sie wie besessen das Feuermachen übte, um Drachenflügel zu verbrennen. Weil sie jedes Gespräch sofort auf Herrn Lanzifal brachte, um zu erfahren, womit sie ihn beeindrucken konnte. Weil sie nicht mehr leise mit Cathe sprach, seit sie ihr seine Aussagen zum Flüstern wiederholt hatte. Von Sinje war gerade kein Verständnis zu erwarten.

Und so klopfte Cathe nach dem Unterricht an die Tür zu Jungfrau Sironias Raum im Hauptturm.

»Wer ist da?«

»Cathe, Jungfrau Sironia.«

»Herein.«

Langsam schob Cathe die Tür auf und trat ein. Der Raum war spärlich eingerichtet, es gab ein schmales hartes Bett, einen schlichten Schrank für die Kleidung, einen kleinen Tisch mit Stuhl für Notizen und eine Truhe, von der bereits die Farbe abblätterte. Die Wände waren vollkommen kahl, das Fenster öffnete sich in Richtung Meer, das jedoch zu weit entfernt lag, um es erkennen zu können. Man sah nur die Ebene und Bäume.

»Bist du wegen der Entscheidung Herrn Lanzifals hier?«, fragte die Jungfrau.

»Nein. Ist die schon gefallen?«

»Ja.«

»Und wer …?«, fragte Cathe überrumpelt. »Ist es Sinje geworden?«

»Herr Lanzifal möchte es gern selbst verkünden.«

Cathe sah sie kurz an. Das schöne Gesicht der Jungfrau war reglos, sie konnte nichts davon ablesen.

»Ich …«, fing Cathe an, dann brach sie ab.

»Ja?« Jungfrau Sironia hob die rechte Augenbraue. Sie war streng, aber sie hatte Cathe die anderen fesseln lassen. Sie schätzte Cathe nicht geringer, nur weil sie eine Ausreißerin aus einem Dorf war, und nicht so weltgewandt und selbstsicher wie Kanja. Sieben lange Jahre war sie unterwegs gewesen und hatte mehr gesehen als jede andere Jungfrau. Wenn irgendwer Cathe eine Antwort geben konnte, dann sie. Cathe atmete durch. »Erinnert Ihr Euch an den ersten Drachen, den zu befreien Ihr geholfen habt?«

Ein kurzes Lächeln huschte über das Gesicht der Jungfrau, sie nickte.

»Erinnert Ihr Euch noch an seine Augen?«

Wieder nickte Sironia. Sie sagte nichts, sah Cathe nur auffordernd an.

»Sie waren so lebendig«, sprudelte es plötzlich aus Cathe hervor. »Sie haben geleuchtet, als würde ein Feuer in ihnen brennen. So voller Leben! Und dann war es weg, der Glanz, das Feuer, das Leben, alles. Als der Drache die Flügel verloren hatte, waren die Augen nur noch stumpf. Warum ist das so?«

»Was glaubst du?«

»Ich … ich weiß es nicht.« Cathes Herz schlug schneller. So vieles war Ketzerei, dass sie nicht mehr wusste, was sie sagen und fragen durfte. Sie wusste nicht, wann sie eine Grenze überschritt, Sironia war ihre Lehrerin, ihr übergeordnet, keine Freundin. Zum Glück wirkte sie nicht, als würde sie Cathe gleich anschreien oder bestrafen. »Habt Ihr das auch gesehen, wie das Feuer in Drachenaugen erloschen ist?«

»Warum fragst du?«

»Weil ich es nicht verstehe. Glutauge ist doch jetzt frei. Warum strahlen dann seine Augen nicht?«

Jungfrau Sironia nickte kaum merklich. »Du stellst dir viele Fragen, Cathe.«

»Ist das falsch?«

»Das ist schon wieder eine.« Sironia schmunzelte. »Aber wenn du wirklich eine Antwort hören willst, dann ist das natürlich ganz und gar nicht falsch. Und solange du damit zu mir kommst, gebe ich dir gern so viele Antworten, wie du brauchst.«

»Was sollte ich mit einer Frage denn sonst wollen?«

»Eins nach dem anderen, Cathe. Zu viele unbeantwortete Fragen wollen wir dann doch lieber nicht im Raum stehen lassen.« Sironia schmunzelte noch immer, wurde aber rasch wieder ernst. »Um am Anfang zu beginnen: Ja, ich habe das Verlöschen des Feuers in wilden Drachenaugen auch gesehen. Und wie du habe ich es nicht sofort verstanden. Doch inzwischen weiß ich längst, dass es nur ein trauriger Trick des ewigen Widersachers Samoth ist. Der lügnerische Gott der dunklen Orte will uns vorgaukeln, dass es sich bei dem Feuer um Leben handelt. Dabei hat es seinen Ursprung im Fluch der Flügel, es ist das verzehrende Feuer des blinden Zorns. Ein letzter verzweifelter Taschenspielertrick des Herrn der Täuschung, bevor sein Fluch den Drachen endgültig verlässt. Ein allerletzter Versuch, Zweifel in uns zu säen, die den Schwertarm zögern lassen, die uns und unseren zielstrebigen Willen schwächen. Eine weitere Lüge, um seine versklavte Kreatur in Ketten zu halten.«

Samoth, dachte Cathe bitter, *immer wieder Samoth.* Ja, sie hatte Zorn in Glutauges Blick gelesen, aber auch so viel mehr. Konnte sie sich wirklich so täuschen? Konnte Samoth das? Er war ein Gott, aber … Sie hatte das Leben doch gesehen!

»Du glaubst mir nicht?«, fragte Jungfrau Sironia, aber es klang mehr wie eine Feststellung.

»Ich …« Cathe fand keine Worte, die sie sich auszusprechen traute, und schwieg. Sie wollte ihr ja glauben, wollte gar nicht zweifeln.

»Du glaubst noch immer seiner Täuschung?«

»Ich … ich hab es gesehen!« Es war ihr so echt erschienen, auch die Traurigkeit und der Schmerz danach in Glutauges Augen. Wie konnte Samoth noch den Ausdruck der Augen beeinflussen, wenn sein Fluch schon gebrochen war? Hätte in den matten Augen nicht wenigstens Freude stehen müssen statt Schmerz?

»Die Sinne können uns täuschen, und der Verstand kann uns Streiche spielen, gerade ein so junger, ungeformter wie deiner. Du warst ängstlich und aufgeregt, es war deine erste Befreiung.«

»Aber am nächsten Tag …« Cathe brach ab.

Plötzlich sah Sironia sie scharf an, das Verständnisvolle war aus ihren Zügen gewichen. »Zweifelst du an der Wahrheit meiner Worte?«

»Ähm, nein, ich …«, wehrte Cathe rasch ab.

»Dann zweifelst du an der Wahrheit der alten Legenden?«

»Nein, bei Hellwah, nein, ich …« Cathe fiel es schwer, sich zu beherrschen. Sie fühlte sich in die Ecke gedrängt wie ein Ketzer, dabei hatte sie doch nur Rat gesucht. Sie wollte ihre Träume von den Augen und die bohrenden Fragen doch nicht, sie wollte einfach nur Hilfe. Sie wollte sich wieder dazugehörig fühlen, wollte aus tiefster Überzeugung dazugehören. »Ich will sie ja alle glauben! Ich will doch gar nicht zweifeln! Aber wie kann ich wirklich wissen, was wahr ist und was Täuschung? Wann kann ich meinen eigenen Augen trauen und wann nicht?«

Sironia legte ihr beruhigend die Hände auf die Schultern.

In ihrem Blick lag fast etwas Zärtliches. »Du bist stark, Cathe, viel stärker, als du glaubst. Du wirst deine Zweifel besiegen. Lies jeden Abend die Sage von unserem Ordensgründer Chillos. Wiederhole sie Wort für Wort in deinem Kopf, bis du sie auswendig kennst. Denn das ist die erste und ewige Wahrheit. Du musst sie so sehr verinnerlichen, dass dich nichts, was du siehst, davon abbringen kann. Lass anderes nicht in deinen Kopf, und du wirst frei von Zweifeln sein. Es kann nur eine Wahrheit geben.«

Cathe bedankte sich und ging. Sie hatte Zweifel, ob sie so die Zweifel bekämpfen konnte, doch sie würde es versuchen. Wenn es nicht half, würde sie eben wiederkommen. Dann würde sie vielleicht auch ihre Träume ansprechen. Doch erst wollte sie mit Sinje reden. Sollte Herr Lanzifal Sinje wählen, blieb ihnen nicht mehr viel Zeit. Und für einen Augenblick wünschte sie, er würde Kanja wählen. Sie gönnte es ihr nicht, aber dann wäre sie bald weg von hier, und das wäre es wert, ihre Hochnäsigkeit triumphieren zu sehen.

Ohne Umwege ging sie in die Bibliothek, um den heiligen Text einmal vor dem Abendessen zu lesen. Lautlos feuerte sie Chillos an, dankte ihm für seinen Mut, ohne den Hellwah die Menschen ihrem Schicksal überlassen hätte. Sie fragte nicht, warum Hellwah das beinahe getan hätte, und fragte auch sonst nichts. Sie versuchte, sich keine einzige Frage zu stellen, nur zu lesen und zu glauben. Mit jeder Seite klappte das besser.

Beruhigt ging sie zum Abendessen. Jungfrau Sironia schien wirklich zu wissen, wovon sie sprach.

Nach dem Abendessen war es dann endlich so weit. Herr Lanzifal würde seine Entscheidung verkünden, wer ihn fortan als Jungfrau begleiten durfte. Dafür wurden im Innenhof die zwei zusätzlichen Ordensfahnen für feierliche Anlässe gehisst. Herr Lanzifal bezog auf dem breiten Podest Stellung, auf dem im Unterricht die Pfähle aufgebaut wurden. Dorthin fielen die Strahlen der warmen Abendsonne, wie es Vorschrift war. Eine heilige Feier wie die Ernennung einer neuen Jungfrau sollte, wann immer möglich, in Hellwahs Sonne stattfinden.

Herr Lanzifal zog sich kurz zurück, um standesgemäß in sein Kettenhemd und die Tunika des Ordens zu schlüpfen. Auch die Mädchen flitzten in ihre Räume, um sich noch mal zu frisieren und frisches Rot auf die Lippen zu legen. Wer die Zeit fand, zog sich sogar noch rasch um, nur Kanja und Sinje mussten das nicht. Seit Beginn der Feierlichkeiten waren sie jeden Tag herausgeputzt, als wollten sie einen wilden Drachen anlocken.

Wie man Drachen lockt, so lockt man auch Ritter, dachte Cathe amüsiert. Sie kämmte sich für den Fall, dass Sinje gewählt wurde. Immerhin war sie ihre beste Freundin, und Cathe wollte nicht nachlässig erscheinen, wenn sie feierte.

Bald drängten sich die Mädchen wieder im Innenhof. Hoch über ihnen jagten schnatternde Turmschwalben nach den letzten Mücken des Tages. Aufgeregt tuschelten die Schülerinnen in alle Richtungen, und Yafora Ehndyha war so bleich, als würde sie gleich in Ohnmacht fallen. Aber sie tat es nicht, bis Herr Lanzifal gemessenen Schritts auf das Podest trat. Das Blausilber seiner Rüstung schimmerte hell, er selbst war sauber rasiert und strahlte. An seiner Seite hing das Schwert als Symbol seiner Stärke und Macht.

»Viel Glück«, raunte Cathe Sinje neben ihr zu.

Sie lächelte und zupfte an ihrem Rock. So nervös hatte Cathe sie selten gesehen.

»Du schaffst es schon.«

»Ich muss«, murmelte Sinje. »Ich muss. Ich hab es geschworen.«

»Wenn nicht, wählt dich eben der nächste Ritter«, rutschte es Cathe heraus. Sie wollte einfach etwas Tröstliches sagen. »Du bist …«

»Was heißt, wenn nicht?« Verärgert sah Sinje sie an.

»Ich mein ja nur, dass … Herr Lanzifal ist nicht der letzte Ritter. Sollte er auf Kanjas Spielchen hereinfallen, dann …«

»Und wenn der Nächste mich auch nicht will? Wenn ich nie ausgewählt werde, wenn immer neue Schülerinnen kommen, und …«

»Nein, du bist die Beste«, flüsterte Cathe. An so etwas hatte sie noch überhaupt nicht gedacht. Natürlich würde Sinje ausgewählt werden, jetzt oder spätestens das nächste Mal. Aber was war mit ihr selbst? Würde sie ewig hierbleiben? Der Gedanke erschreckte sie weniger, als sie gedacht hätte. Vielleicht könnte sie ja irgendwann unterrichten?

»Mädchen!«, rief Herr Lanzifal und hob die Arme.

Alle verstummten.

»Angehende Jungfrauen! Ich werde nun eine von euch wählen, damit sie mich fortan begleite, so wie es Jungfrauen geziemt. Viel habe ich in den letzten Tagen gesehen, viel gehört, und alles hat mich beeindruckt. Auch wenn eure Ausbildung noch nicht abgeschlossen ist, so ist diejenige, die ich im Sinn habe, schon so weit, alles Weitere von mir auf unseren gemeinsamen Fahrten zu lernen. In langen Gesprächen und bei der Begegnung mit tatsächlichen verfluchten Drachen. Aber es geht nicht nur um die Drachenjagd, sie ist künftig auch eine Vertreterin unseres großen Ordens, soll der einfachen Bevölkerung beistehen, ihr die Angst vor dem schrecklichen Ben zu nehmen. Die Zweifel. Sie ist stark und unerschrocken.«

Immer mehr Mädchen sahen inzwischen schüchtern zu Boden oder zu Kanja oder Sinje hinüber. Die beiden waren die Einzigen, die noch immer hoffnungsvoll zu dem Ritter hinaufblickten. Sie zweifelten nicht, sie wirkten von sich überzeugt. Sinje konnte es sein, weil sie die Beste im Kloster war, weil sie Tag und Nacht für ihre Rache brannte, und weil sie tatsächlich schon alles Wichtige gelernt hatte. Und Kanja war es, weil sie immer von sich überzeugt war.

Cathe beobachtete einfach nur die Mädchen und versuchte, sich an die ersten fünf Sätze der Chillossage zu erinnern, um sie auswendig zu lernen.

Lasst mich singen vom Mut des Chillos.

»Obwohl ich von all euren Leistungen tief beeindruckt war und bin, ist meine Wahl erneut auf Cathe gefallen. Denn sie hat sich bereits außerhalb des Klosters bewiesen. An meiner Seite.«

Cathes Gedanken stockten, murmelnde Mädchen sahen sie an, neidische, überraschte und misstrauische Gesichter. Gegen Kanja oder Sinje hätten sie klaglos verloren, aber gegen diese Dörflerin, der nur der Zufall geholfen hatte? Dieses Anhängsel von Sinje, die ihren Bruder verloren hatte. Das alles las Cathe in den Blicken, und manchmal auch mehr. Kanja stierte sie mit wutglühenden Augen an. Das war das verzehrende Feuer des blinden Zorns, dachte Cathe, nicht Glutauges Blick.

»Gegenseitiges Vertrauen ist das Wichtigste in der Beziehung zwischen Ritter und Jungfrau«, fuhr Herr Lanzifal strahlend fort. »Und Cathe hat nicht nur mir gegenüber, sondern auch vielen von euch versichert, wie behütet sie sich in meiner Nähe fühlt. Nachdem sie sich bei Glutauges Befreiung so großartig geschlagen hat, wie kann ich ihr da den großen Wunsch absprechen, mich weiter zu begleiten?«

»Was …?« Cathes Kiefer klappte verblüfft herunter.

»Dein Wunsch?«, zischte Sinje ihr ins Ohr. »Was ist mit deinem Versprechen, Verräterin?«

Flehend sah Cathe sie an und schüttelte den Kopf. Sie brachte nichts heraus.

»Lügnerin!«

»Ich …«

»Zu mir, Cathe, zu mir.« Herr Lanzifal winkte sie überschwänglich herbei. »Jetzt bist du eine wahre Jungfrau des Ordens. Jungfrau Cathe.«

Die Lehrerinnen applaudierten wohlwollend, auch ein paar Schülerinnen. Als Cathe schließlich vor dem Ritter stand, klatschten immer mehr Schülerinnen. Zögernd kniete sie sich hin, um den rituellen Segen des Ritters und der Äbtissin zu empfangen. Rasch warf sie einen Blick über die Schulter, doch sie konnte weder Kanja noch Sinje unter den Mädchen entdecken. Dann neigte sie den Kopf. Herr Lanzifal berührte sie mit der flachen Seite der Blausilberklinge an der Stirn und schwor, sie zu schützen. Dann durfte sie die Klinge vorsichtig küssen. Sie war kalt und glatt und schmeckte nach Eisen und Seife; wahrscheinlich war sie frisch gesäubert. Sprechen musste sie während der kurzen Zeremonie kaum, und alles, was sie sagen sollte, war auf jede Frage ein kurzes: »Ja.«

Als das letzte Ja gesprochen war, half Herr Lanzifal ihr auf und raunte ihr zu: »Ein wenig mehr hättest du dich schon herausputzen können. Das war doch keine Überraschung, wer es wird, oder?«

Die Äbtissin gratulierte ihr freundlich und mahnte sie, dem Kloster und ihrer Ausbildung keine Schande zu machen. »Und hast du noch genug Lippenrot?«

»Ähm, ja.«

»Dann benutze es auch.«

Jungfrau Sironia hatte seit ihrem Gespräch eine goldene Kette umgelegt und mehrere glitzernde Ringe angesteckt. Sie umarmte sie und drückte ihr einen schmalen Band mit der Chillos-Legende in die Hand. »Denk an das, was ich dir gesagt habe. Lass nichts anderes in deinen Kopf.«

Alle Lehrerinnen beglückwünschten sie, dann die anderen Jungfrauen des Ordens und zahlreiche Schülerinnen. Alle wünschten ihr Erfolg, nur Sinje kam nicht.

Aufgeräumt verkündete Herr Lanzifal laut, sie würden gleich morgen bei Sonnenaufgang aufbrechen. »Es ist der Sommer der verfluchten Drachen, wir haben viel zu tun. Wir müssen unsere Streitkräfte im Kampf gegen den schrecklichen Drachenflüsterer vergrößern. Also geh besser gleich packen.«

Als Cathe den Schlafsaal betrat, lag ihr Kamm aus Himmelsbuche zerbrochen und nutzlos auf dem Bett. Das Erbstück ihrer Großmutter. Sie unterdrückte die aufsteigenden Tränen und steckte die Bruchstücke ein. Ihre Kleidung fand sie vor dem Fenster im Dreck.

Von Sinje fehlte jede Spur.

ALS HENKER UND KNAPPE

Völlig verrückt«, nannte Anula den Plan, mit dem Ben, Yanko, Nica, Akse und die fünf Drachen nach Sonnenuntergang aufbrachen. Yanko tat dies auch, aber bei ihm klang es sehr viel bewundernder als aus ihrem Mund.

Akse steckte noch eine Handvoll neuer Pergamente ein, um sie auf dem Rückweg in oder vor Rhaconia aufzuhängen.

Wichtige Bekanntmachung!

Die Standbilder des allseits versehrten Hohlen Abts Morghon haben zu größeren finanziellen Engpässen beim Orden der Drachenritter geführt. Alle voreilig ausgesetzten Kopfgelder können bis auf Weiteres leider nicht ausbezahlt werden.
Aber der feuchte Dankesschmatz eines Ritters ist versprochen.

Gezeichnet:
Der frühere Schatzmeister des Ordens und jetzige Meister leerer Kammern
Lügrich Geizholdt

»Viel Glück«, wünschte Anula, als die vier auf die Drachen stiegen. »Auch ohne Walfontäne.«

»Ich hab meinen Groschen.« Ben grinste.

Alle Geächteten hatten sich mit brennenden Fackeln im Hof versammelt, um sie zu verabschieden. Allen war die Angst um die acht Aufbrechenden ins Gesicht geschrieben, jeder dachte an eine mögliche Falle. Unheilvoll flackerten die Flammen. »Passt gut auf.«

»Das soll besser mal der Hohle Abt«, tönte Yanko und lachte.

»Und ihr auch alle«, mahnte Aiphyron und pustete ein Dutzend Fackeln auf einmal aus. »Feuer ist gefährlich.«

Dann flogen die vier großen Drachen zum Kloster Sonnenflut, wo der zum öffentlichen Tode verurteilte Junge eingesperrt war. Mit ihnen flog der kleine Ellyhmottheen, der im Plan die vielleicht wichtigste Rolle spielte. Stolz stürmte er voran.

Nach Mitternacht erreichten sie das Kloster, und diesmal hatten sie nicht das Glück einer Wolke vor dem Mond. Doch sie hatten Akse dabei, der hier Knappe gewesen war und sich auskannte. Zur Tarnung trug er seine Kleidung von damals, auch wenn die Hose inzwischen sehr eng saß und die Knöchel freiließ. Er dirigierte sie an die hohe seeseitige Mauer der Anlage, wo üblicherweise kaum Wachen postiert waren, die den Dienst auch nur nachlässig versahen. Die alten Bäume und Felsen davor boten genug Verstecke.

Die Mauern waren hoch, aber nicht zu hoch für Aiphyron. Obwohl der Orden seit Jahrhunderten Drachen kannte und unterwarf, waren die meisten ihrer Bauwerke – natürlich abgesehen von den Stallungen – auf menschliche Größe ausgelegt. Vielleicht etwas größer, um die eigene Macht zu demonstrieren, aber die Mauern konnten nicht verhindern, dass ein großer Drache, der sich auf die Hinterbeine erhob, einen Menschen einfach oben auf der Mauerkrone absetzte.

Oder zwei, denn Ben begleitete Akse.

Ben trug die selbstgeschneiderte knochenweiße Kutte eines Henkers und hatte sich die Kapuze tief ins Gesicht gezogen, damit seine Gesichtszüge nicht zu sehen waren. Zudem hatte er sich ein Seil mit sauber geknüpfter Schlinge über die Schulter geworfen.

Auch Akse war auf den ersten Blick bei der herrschenden Dunkelheit nicht zu erkennen. Seit er aus dem Kloster verbannt worden war, war er ein Stück gewachsen und hatte sich zur Tarnung die dichten Haare und einen spärlichen Bart wachsen lassen. Außerdem hatte er sich die Nase gebrochen, die nun einen Höcker aufwies. Das gehörte zwar nicht zur geplanten Tarnung, sondern war ein Unfall bei einem freundschaftlichen Ringkampf mit Quobemhonn gewesen, half aber natürlich trotzdem.

Sie warteten, bis der patrouillierende Wächter vorbei war, dann ließen sie sich in seinem Rücken auf die Mauer heben. Akse wusste, wo eine schmale Steintreppe von der Mauerkante in den Innenhof führte. Leise huschten sie sofort auf ihr hinunter, denn auf der Mauer waren sie verdächtig, im Innenhof nur ein Knappe mit Begleitung, die spät unterwegs waren.

Im Innenhof angelangt, gingen sie schnurstracks zu den Kerkern. Sie schritten aufrecht, um nicht den Eindruck von Eindringlingen zu erwecken, traten jedoch leise auf und schwiegen, um auch keine unnötige Aufmerksamkeit auf sich zu lenken. Sicher war sicher, auch wenn um diese

Uhrzeit die meisten Bewohner des Klosters schliefen. Die Fenster waren dunkel, Stille herrschte. Ben presste die Lippen aufeinander und versuchte, alle Erinnerungen an den Kerker zu verdrängen.

»Da sind die Balken, von denen Nesto geschrieben hat«, raunte Akse plötzlich und nickte im Laufen unauffällig in Richtung einer quadratischen Holzkonstruktion, die im vorderen, breiten Bereich des Hofs errichtet wurde. »Dafür brauchen sie die.«

»Was soll das sein?«

»Keine Ahnung.«

Etwa sieben auf sieben Schritt war das Quadrat groß. Es hatte massive Wände ohne erkennbare Fenster und Türen. Gut drei Schritt war es bereits hoch, doch die aufrecht herausragenden dicken Pfähle ließen vermuten, dass es noch deutlich höher wachsen sollte. Die zahlreichen Balken und Planken, die hoch gestapelt daneben lagerten, unterstützten die Vermutung. Drei, vier Planken waren gebogen und eisenbeschlagen, sie lagen etwas abseits wie aussortiert.

»Und wie bringen sie die riesigen Balken da hinauf?«, fragte Akse.

»Flaschenzug, wahrscheinlich. Da liegen Rollen und Seile.« Dazu erahnte Ben noch eine gewaltige Winde aus Stahl, doch seine Sicht unter der Kapuze war eingeschränkt, und stehen bleiben wollten sie nicht. Auf keinen Fall durften sie auffallen.

»Möchte wirklich wissen, was das wird«, murmelte Akse. »Ein Turm?«

»Ohne Fenster?«

»Für Vorräte? Erdbirnen soll man dunkel lagern«, schlug Akse halbherzig vor.

»Eher für Gefangene, die einfach nur verschwinden sollen. Denen man das Licht Hellwahs verweigern will.«

Weiter kamen sie mit ihren Überlegungen nicht, sie hatten die äußere Kerkertür erreicht. Akse atmete tief durch und klopfte forsch. Niemand antwortete, und Akse nickte zufrieden. Er klopfte erneut, lauter diesmal.

»Wer da?«, erklang eine müde und mürrische Stimme von drinnen.

»Der Henker.«

»Was? Jetzt? Es ist mitten in der Nacht.«

»Seilanprobe!«, drängte Akse. »Es gibt Probleme mit der Knotengröße.«

»Was?« Das kleine Fenster in der Kerkertür wurde aufgerissen, und ein verknittertes Gesicht mit breiter Nase und verquollenen blauen Augen erschien.

»Wir haben keine Kindergrößen mehr vorrätig und mussten jetzt eine Maßanfertigung machen«, knurrte Ben herrisch. »Dafür habe ich mir die halbe Nacht um die Ohren geschlagen. Die andere Hälfte würde ich gern schlafen. Damit ich morgen ausgeruht bin und fehlerlos arbeiten kann.«

»Kindergrößen?« Der Kerkermeister stierte verständnislos heraus, sein Atem stank säuerlich nach Wein.

Ben kannte ihn nicht, stellte er erleichtert fest. Der, der ihn damals beaufsichtigt hatte, war als Mitverschwörer des alten Abts verurteilt und eingesperrt worden. Der neue hatte laut Akse früher in den Tierställen gearbeitet und war ein verschlafener Suffkopf.

»Wir erwarten die bislang größte Zuschauermenge für ein solches Ereignis«, behauptete Ben. »Da darf nicht das Geringste schiefgehen. Alle sollen ein perfektes Spektakel erleben. Sonst heißt es hinterher noch, der Orden könne nicht mal ordentliche Knoten.«

»Aber, was … Jetzt? Mitten in der Nacht?« Der Kerkermeister war eindeutig verwirrt.

»Nun ja, nach der Hinrichtung ist es zu spät, würde ich meinen. Oder?« Ben fuchtelte mit der mitgebrachten Schlinge herum. »Oder willst du, dass dieser fluchliebende Ben wieder irgendwelche Spottpergamente aufhängt? Dass irgendwer über den Orden lacht? Weil er so schlecht Knoten bindet wie ein dreijähriges Kind?«

»Nein, nein. Natürlich nicht.«

»Dann mach endlich auf!«, drängte Akse.

Der Kerkerwächter, der mehr auf die Knappentunika und Henkerskapuze achtete als auf die Gesichter oder Bens jugendliche Stimme, schloss verdattert auf und ließ sie mit einer leichten Verbeugung ein. Sorgfältig verschloss er die Tür wieder hinter ihnen. Das Schloss klickte zweimal.

»Los, geh voraus«, verlangte Akse barsch und scheuchte den überrumpelten Kerkermeister den Gang zu den Zellen hinab, bevor ihm Zeit blieb, zu viel nachzudenken. Ben wartete einen Augenblick und schob den Eisenriegel des Sichtfensters wieder zurück. Für einen Menschen war es viel zu klein, doch Ellyhmottheen würde sich mit angelegten Flügeln hindurchzwängen können. Vom jahrelangen Stibitzen aus der Keksdose waren seine Klauen geschickt genug, um das Fenster von innen wieder zu schließen und den Riegel vorzulegen.

Den Kerkermeister einfach jetzt niederzuschlagen, war zu riskant. Er war nicht der Hellste, aber groß und massig. Vermutlich wog er so viel wie Ben und Akse zusammen. Wenn ein solcher Angriff misslang, würde er mit seinen

Schreien das ganze Kloster wecken. Und die Tür war zu, ohne Schlüssel würden sie in der Falle sitzen.

»Von Kindergrößen habe ich ja noch nie gehört«, murmelte der vorausstapfende Kerkermeister. Die Öllampe in seiner Rechten schaukelte hin und her, und ihre Schatten zitterten über die kahlen, rauen Wände. Der Gang roch muffig feucht und nach Schimmel. »Ich dachte, die Schlinge zieht sich für jeden zusammen.«

»Ja, das denkt man, wenn man nur Laie und Zuschauer ist. Aber glaub mir, wer die Knoten macht, kennt den Unterschied.« Ben schnaubte so verächtlich, wie er konnte. »Ich wäre froh, wenn es eine Einheitsgröße gäbe, das würde mir die Arbeit erleichtern. Aber man will ja, dass das Genick richtig bricht, oder? Kein langes Herumzappeln des Verurteilten, weil er langsam erstickt. Nur wenn's laut knackt, hab ich alles richtig gemacht.« Ben imitierte ein Knochenknacken, und der Wärter schüttelte sich.

»Ist ja gut, ist gut«, brummte er. »Ihr müsst wissen, was Ihr tut.«

Dann waren sie endlich am Ende des fensterlosen Gangs angekommen, und der Kerkermeister öffnete ausgerechnet die Tür zu Bens ehemaliger Zelle. Sie war klein, die Wände voller Kritzeleien und der Boden mit Flecken übersät. Eine schmale Pritsche diente als Bett. Sie stand unter dem einzigen vergitterten Fenster, das hoch oben in der Außenwand lag. Ein alter verbeulter Eimer für die Notdurft stand in der Ecke bei der Tür, sonst war der Raum kahl. Ben entdeckte im spärlichen Lampenlicht auch kein Geschirr. Es roch streng nach Urin, nach Schweiß und Schimmel.

Auf der Pritsche kauerte ein Junge, der sich langsam aufrichtete. Er hatte nicht geschlafen. Er war klein, schmutzig und schrecklich mager. Die Augen waren unterlaufen und rot im Lampenschein, er hatte geweint. Schnell zog er den Rotz hoch, wischte sich mit dem fleckenübersäten Hemdsärmel über die Nase und schob trotzig den Unterkiefer vor. Er zitterte, doch weder bettelte er noch jammerte er. Mit brüchiger Stimme fragte er: »Warum seid ihr so früh da?«

»Seilanprobe«, brummte der Kerkermeister und kratzte sich am Kopf.

»Was?«

»Du kriegst eine Maßanfertigung, dass es schön knackt. Dann ist es schneller vorbei.«

»Soll ich dafür auch noch dankbar sein?« Der Junge glitt von der Pritsche und schniefte. Er war barfuß und trat nur vorsichtig auf. Asseln huschten über den Boden.

Der Kerkermeister zuckte schlaff mit den Schultern. »Ist schon angenehmer, glaub mir. Langsames Ersticken ist nicht schön.«

»Das ganze Sterben ist nicht schön«, gab der Junge mutig zurück und hustete rasselnd. Sein Haar war dreckverkrustet, und Ben fragte sich bitter, ob der Orden vorhatte, ihn für das große Hinrichtungsspektakel zu kämmen.

»Ich brauch keine Dankbarkeit, nur deine Maße«, sagte er stattdessen mit gespielter Gleichgültigkeit. »Ich bin für eine saubere Hinrichtung verantwortlich, und das sollen die Leute kriegen. Berufsehre.«

»Pah!« Der Junge spuckte plötzlich aus und traf Ben mitten ins Gesicht.

»He!«, schrie der Kerkermeister und schlug den Jungen mit der Faust zu Boden. Blitzschnell rollte sich der Junge zusammen, und der Kerkermeister trat ihm zweimal in den Rücken. »Noch einmal, und ich nehm den Schlüsselring.«

Ben zuckte und wollte schon eingreifen, riss sich aber mühsam zusammen. Er durfte jetzt nicht über den Kerkermeister herfallen, wenn ihre Tarnung nicht auffliegen sollte. Diese letzten Prügel musste der Junge noch einstecken, wenn er hier lebend raus wollte.

»Verstanden?« Wieder trat der Kerkermeister zu. Gegen einen Knappen und Henker durfte er nicht aufbegehren, aber an einem Gefangenen konnte er die Verärgerung über die nächtliche Störung auslassen.

Der Junge wimmerte.

Akse knurrte: »Hoch, du Wurm.«

Langsam kam der Junge wieder auf die Knie, dann stand er ganz auf. Er blutete aus der Nase, und auch das Blut wischte er mit dem Ärmel ab. Jetzt wusste Ben, warum der so fleckig war.

Ben wischte sich gelangweilt den Speichel aus seinem Gesicht. Dabei verrutschte seine Kapuze ein wenig, und man konnte möglicherweise kurz sein Gesicht sehen. Der Junge stutzte, sein Mund klappte auf. Hatte er ihn erkannt? Aber wie?

»Packt ihn!«, verlangte Ben laut von Akse und dem Kerkermeister, bevor der Junge noch länger über sein Gesicht nachdenken konnte und vielleicht absichtlich oder versehentlich etwas verriet. Zugleich machte er sich bereit, den Kerkermeister niederzuschlagen, falls es nötig sein würde. Dabei motzte er den Jungen an: »Und du, halt still und sei still, wenn dir dein Leben lieb ist!«

Akse und der Kerkermeister hielten ihn fest, während Ben ihm eine Schlinge um den Hals legte. Der Junge wehrte sich nicht. Unzählige Gefühlsregungen huschten über sein Gesicht, wobei Angst noch immer die vorherrschende war. Umständlich probierte Ben die Schlinge mal so, mal so. Er machte ein gewichtiges Gesicht und murmelte irgendwelche Zahlen vor sich hin, legte Finger wie zur Abstandsmessung an und nickte schließlich. Der Junge versuchte, einen weiteren Blick auf sein Gesicht zu erhaschen, aber Ben hielt es im Schatten.

»Und?«, fragte der Kerkermeister schließlich.

»Gut, dass ich da war. Ist ein extrem schlanker Hals. Vielleicht hätte er ihn sogar noch aus der vorgesehenen Schlinge ziehen können. Aber jetzt habe ich glücklicherweise alles im Griff.«

»Es wird also knacken?«

»Laut und deutlich.« Ben stieß ein gehässiges Lachen aus, das der Kerkermeister unterwürfig erwiderte. Dann wandte sich Ben dem Jungen zu. »Wie kommt so eine kleine Rotznase wie du eigentlich dazu, sich diesen Samothanbetern anzuschließen? Was würdest du tun, wenn jetzt so eine geflügelte Bestie in deine Zelle käme? Keine Angst, aufgefressen zu werden?«

»Nein.«

»Das sagen sie alle, die kleinen verlogenen Hosenscheißer. Aber ich habe noch keinen Gehenkten gesehen, der sich nicht selbst besudelt hat. Also pass auf, verstanden?« Ben hoffte, der Junge würde den versteckten Hinweis verstehen, auch wenn er sehr undeutlich war.

Der Junge nickte und zog trockenes Blut und Rotz hoch. Ben wandte sich der Tür zu. »Wir sehen uns morgen, Kleiner.«

»Wir ein bisschen früher«, brummte der Kerkermeister. In seinen Augen schimmerte kurz etwas wie Traurigkeit auf, so als würde er den Jungen trotz allem mögen und es täte ihm leid, dass er gehenkt werden würde. Aber warum hatte er dann so auf ihn eingeschlagen? Um den Henker und einen Knappen zu beeindrucken? »Ich bring dir ein doppeltes Frühstück.«

Der Junge antwortete nicht. Zitternd presste er die Lippen aufeinander und starrte unverwandt Ben an. Tränen bildeten sich in seinen Augen, und Ben nickte ihm ganz kurz zu, als der Kerkermeister sich abwandte. Er konnte einfach nicht anders.

Der Junge schloss die Augen und atmete tief durch. Tränen rannen ihm über das Gesicht, er sackte zusammen. Ben hoffte, dass es Tränen der Erleichterung waren, auch wenn es dafür noch viel zu früh war.

An der Eingangstür zu den Kerkern verabschiedeten sich Ben und Akse vom Kerkermeister, und Akse drückte ihm eine gute, große Flasche Wein in die Hand. »Für deine Mühen.«

»Danke.« Er strahlte überrascht.

»Lass ihn dir schmecken.«

»Werde ich. O ja, das werde ich.« Mit funkelnden Augen schloss er die Tür hinter ihnen.

Jetzt hieß es warten, bis der Wein seinen Dienst tat, und der Kerkermeister erneut schlief. Ben und Akse versteckten sich zwischen der neuen Holzkonstruktion und dem Balkenlager. Dort waren sie von den Wachtposten auf der Mauer nicht zu sehen, während sie selbst das Kerkerfenster des Jungen im Blick hatten.

Wenn alles nach Plan lief, war Ellyhmottheen längst durch das Fenster eingedrungen und hatte sich drinnen versteckt. Er harrte darauf, dass der Kerkermeister einschlief. Dann würde er sich die Schlüssel vom Haken fischen und dem Jungen bringen, damit der sich selbst herausschloss.

Ungeduldig warteten Ben und Akse. Wo blieb Ellyhmottheen nur? Hoffentlich hatte er keine Speisekammer gefunden und darüber alles andere vergessen.

»Gibt es in Kerkern überhaupt Speisekammern?«, fragte Yanko.

»Wenn, dann ist nur Brot und Wasser drin, das interessiert das Leckermaul nicht.«

»Und der Wein des Kerkermeisters.«

»Trollbollen, ja.«

Immer wieder starrten sie vergeblich zum Kerker hinüber und dann wieder auf die merkwürdige Holzkonstruktion, an der sie sich verbargen. Auch aus der Nähe erkannten sie nicht, was der Orden hier baute. Sie waren keine Zimmerleute und keine Baumeister, sie wussten nur, dass es richtig groß werden würde.

Wo blieb der verfressene Drache?

Endlich, eine halbe Stunde später, zwängte sich Ellyhmottheen aus dem Kerkerfenster und blickte in alle Richtungen. Ben winkte ihm rasch zu, und der Drache verschwand wieder im Inneren.

Langsam erhoben sich Ben und Akse und schlenderten zur seeseitigen Mauer zurück. Als kein Wächter in der Nähe war, eilten sie die Treppe auf die Mauer hinauf und duckten sich zwischen die Zinnen.

»Los«, raunten sie den anderen zu, und Nica rannte zum vorderen Tor, während Yanko zum nächsten Turm stürmte. Er würde einen betrunkenen Bauern spielen, der fragte, ob geflügelte Kühe auch von Samoth verflucht seien, weil seine Kuh hätte seit zwei Stunden große gefleckte Schwingen. Er würde lallen und die Wächter einfach nur zuschwallen, von verfluchten Kühen, Schweinen, Hühnern, Ziegen und dem Hund, dem keine Flügel gewachsen waren, sondern drei Flossen, ob das auch etwas bedeute, ob sein Bellen jetzt auch Lüge war. Er würde haufenweise albernen Unsinn brabbeln, damit sie nur auf ihn achteten und nicht auf den Innenhof. Denn niemand durfte den fliehenden Jungen auch nur bemerken. Im Unterschied zu Ben und Akse war er nicht verkleidet, und jeder wusste, dass er es war, der Morgen gehenkt werden sollte. Ihn würde niemand für einen echten Knappen, Henker oder nachtaktiven Stallburschen halten.

Nica lenkte die Wächter am Haupttor ab. Ben wusste nicht, ob mit der Geschichte von der verlorenen Schwester, der tollwütigen Nebeleule oder der furchtsamen Schutzsuchenden.

Ben kauerte sich auf dem Mauerkranz in den Schatten der Zinnen und beobachtete, wie der Junge vorsichtig aus dem Kerker kam. Wie er den Schlüssel durch das Fenster wieder hineinreichte, damit Ellyhmottheen ihn zurück an den Haken hängte, um sich anschließend durch das Gitter ins Freie zu zwängen. Wenn sie das auch in der Zelle gemacht hatten, würde sich der Orden morgen ordentlich wundern, wie der Junge durch verschlossene Türen hatte entkommen können.

Die Wächter bei Yanko lachten laut auf Kosten des dummen Bauerntölpels. »Aber Hühner haben immer Flügel!«

»Ja, ich weiß. Von Geburt an verflucht«, jammerte Yanko laut.

»Es sind Vögel! Sie haben Federn!«

»Drachen nicht? Wirklich? Was hat dann meine kleine Schwester geholt?« Weiter und weiter lallte Yanko.

Was die Wachen am Tor vorn sagten, konnte Ben nicht verstehen, er war zu weit weg. Aber sie hingen alle an der Brüstung, und niemand achtete auf den kleinen zerlumpten Jungen, der viel zu langsam über den Hof hinkte und über dessen Schulter ein kleiner Drache flog, der ihm den Weg zur hinteren Treppe wies. Es dauerte ewig, bis er die Treppe erreicht hatte, und dann scheinbar noch mal so lange, bis er sich hinaufgequält hatte.

»Ich wusste, dass du's bist«, sagte er strahlend, als er Ben endlich erreicht hatte.

»Hab ich gemerkt.« Ben lächelte. »Alles in Ordnung?«

»Ja.«

»Dann los.«

Aiphyron hob sie beide herunter. Der Junge strahlte und berührte neugierig die Drachenschuppen. Ehrfürchtig strich er kurz über die Flügel. Sie warteten auf Nica und Yanko und flogen dann an der Küste entlang, während das Kloster in ihrem Rücken ahnungslos weiterschlief und ein paar Wächter noch immer über die Dummheit betrunkener Bauern feixten.

»Und jetzt lass hören: Woher kennst du mich?«, fragte Ben, als sie in einer Bucht landeten.

Der Junge schnitt Grimassen, schüttelte stumm den Kopf und presste die Lippen aufeinander. Dann beugte er sich vor und übergab sich in den Sand. Das passierte nach dem ersten Flug auf einem Drachen oft. Trotzdem lief er schamrot an. Hastig wischte er sich den Mund ab und setzte sich auf einen Felsen, die Beine waren noch etwas wacklig. »Du warst bei uns.« Der Junge schaute ihn kaum an und deutete auf Yanko. »Mit ihm da, glaube ich.«

»Glaubst du?«

»Ja. Und ihm und ihm.« Er zeigte auf Aiphyron und Marmaran.

»Glaubst du?«

»Nein, das weiß ich sicher. Die sind imposanter, die merkt man sich leichter.«

Aiphyron sah zu Yanko und zeigte sein lippenloses Drachengrinsen, doch der zischte sofort: »Sag jetzt nichts, einfach nichts.«

»Muss ich doch gar nicht.« Das Grinsen wurde breiter. »Aber wer nicht erkannt wird, dessen Kopfgeld kann schwer steigen, oder?«

Der Junge starrte die beiden verständnislos an und blinzelte irritiert.

Ben sagte ganz ruhig: »Beachte sie gar nicht, sprich einfach weiter.«

»Okay, also … Ihr habt gesagt, dass ihr nicht verflucht seid, aber niemand hat euch geglaubt. Ich schon. Dafür hat mein Vater mich sogar geschlagen.«

Ben und Yanko blickten sich an und zuckten mit den Achseln. Sie waren in vielen Dörfern gewesen, in denen ihnen niemand geglaubt hatte, und in einigen, in denen Väter ihre Kinder geprügelt hatten. Aber an den Jungen erinnerten sie sich nicht.

»Ich bin Nica. Und wie heißt du?«, fragte Nica freundlich und hielt ihm die Hand hin.

»Garho. Und ich weiß, wer du bist. Du bist auch auf den Steckbriefen.«

»Garho«, ergriff Ben wieder das Wort. »Es tut mir wirklich

leid, aber ich kann mich nicht erinnern, mit dir gesprochen zu haben.«

»Hast du auch nicht, nicht direkt. Wir wohnen nur am Marktplatz, auf dem ihr gelandet seid. Ich war am Fenster und habe euch zugehört. Raus durfte ich nicht.«

»Angst hattest du keine?«

»Zuerst schon, aber … Ich weiß nicht, ich mag Drachen, schon immer. Und ich glaube nicht, dass ihr verflucht seid. Immer, wenn mein Vater betrunken ist, sagt er, dass ein Fluch auf ihm liegen muss, weil das Leben ihm so übel mitgespielt hat, und er ist ganz anders als ihr.«

»Wie ist er denn so?«, wollte Nica wissen.

»Ich weiß nicht genau. Er schaut einen kaum an und lähmt einen trotzdem, ohne einen festzuhalten. Er läuft über vor Traurigkeit und steckt andere damit an. Seine Traurigkeit liegt dann wie eine schwere Decke auf einem, und man kann sie nicht abschütteln. Das sagt meine Schwester, und sie hat recht, obwohl sie die Decke immer abschütteln konnte.« Garho seufzte. »Und manchmal dreht er plötzlich durch und schlägt mit blanken Fäusten auf die Wand ein oder so. Als wollte er seinen Schatten totprügeln. Und als ich gefragt habe, ob ihr die Wahrheit gesagt habt, hat er mich gepackt und geschüttelt und härter geschlagen als seinen Schatten. Dabei hat er ständig *Alles Lügner!* gebrüllt. Irgendwann hat er mich einfach fallen gelassen und ist ins Wirtshaus gerannt. Er hat sich wieder verflucht genannt und mich auf dem Boden liegen gelassen, als wäre ich gar nicht da.«

»Und dann?«

»Habe ich mir das Blut abgewaschen, bevor meine Schwester heimgekommen ist. Die war weg, ich weiß nicht mehr, wo. Niemand sollte mich so sehen. Ja, und niemand hat euch geglaubt, auch sie nicht. Ich habe über die alten Legenden nachgedacht, aber nicht verstanden, warum Hellwah nicht will, dass seine Drachen Flügel haben. Fliegen ist wunderschön.«

»Du musstest kotzen«, warf Yanko trocken ein. »Auch wenn du mich nicht bemerkst, deine Kotzerei habe ich sehr wohl bemerkt.«

»Trotzdem.« Garho zeigte ein schiefes Grinsen.

»Jeder, wie er mag. Wenn du gern …«

»Yanko!«, unterbrach ihn Nica. »Lass ihn ausreden.«

»Dann red, Junge, red.«

»Also, Tage später habe ich den blauen Drachen wieder am Himmel gesehen. Weit weg, aber ich wollte nicht mehr daheimbleiben, ich konnte die Traurigkeit nicht mehr aushalten. Ich bin einfach los, um euch zu suchen. Er ist Richtung Meer geflogen, wie beim ersten Mal. Also bin ich auch in die Richtung los. Erst bin ich gerannt, so schnell ich konnte, aber ich konnte ihn nicht einholen. Ich bin bis Rhaconia gekommen, aber da habe ich dem falschen erzählt, dass geflügelte Drachen vielleicht gar nicht verflucht sind. Ich habe gesagt, dass ich schon mit welchen geredet habe. Das war ein wenig geflunkert, aber er wollte wissen, woher ich das weiß, und zumindest zugehört hatte ich euch ja. Und da hat er mich gepackt und gegen Geld beim Orden abgeliefert – er war Kopfgeldjäger. Und weil ich dem Abt vorgeschlagen habe, sich mal selbst in Ruhe mit euch zu unterhalten, hat er mich eingekerkert. Ich habe ihn mehrmals gefragt, warum, aber er hat es mir nicht erklärt. Schien ihm egal zu sein, was ich denke und glaube. Er hat mich nicht befragt und nicht gefoltert. Er wollte nur jemanden zum Hängen haben.«

Alle schwiegen. Nach einer Weile fragte Ben: »Und was willst du jetzt machen?«

»Nehmt ihr mich mit?«

»Wohin?«

»Überall hin. Wo immer ihr als Nächstes hinfliegt.«

Ben sah die anderen fragend an, und die nickten. Keiner von ihnen glaubte, dass Garho ein Spion war. »Wenn das so ist, dann bringen wir dich erst mal heim, und …«

»Ich will nicht nach Hause! Nie wieder!« Garho sprang auf. »Da verstecke ich mich lieber allein irgendwo! Dabei habt ihr gesagt, dass ihr als Freunde kommt, und Freunde lassen einen nicht …«

»Zu uns«, unterbrach ihn Nica. »Heim zu uns. Das ist ab jetzt auch dein Zuhause.«

ZALHQUALRADHO UND DIE MIESE VERRÄTERIN

Sie folgten dem Firnh am linken Ufer in Richtung Süden. Vormittags näherten sie sich den strahlend weißen Mauern des Klosters mit den Zwölf Zinnoberzinnen, doch sie hielten dort nicht an. Herr Lanzifal hatte nicht mal einen Blick für das trutzige verschachtelte Bauwerk übrig. Cathe fragte nicht, weshalb, doch Herr Lanzifal sagte es ihr trotzdem: »Der Abt dort ist eine Schande für den ganzen Orden der Drachenritter.«

»Warum?«

»Das zeige ich dir, wenn wir dorthin müssen«, sagte er erstaunlich kurz angebunden.

»Wann müssen wir dorthin?«

»Hoffentlich bald.«

»Aber …« Cathe deutete zurück. Sie verstand nicht, weshalb sie es nicht gleich erledigten, wenn sie schon in der Nähe waren.

»Ich komme auf keinen Fall mit leeren Händen. Den Triumph gönne ich ihm nicht.«

Cathe fragte nicht weiter, sie würde es früh genug erfahren. Sie dachte an Sinje, die sich kaum von ihr verabschiedet hatte. Die flüchtige Umarmung war wie die einer Steinstatue gewesen. Cathe fühlte sich furchtbar allein.

Mit jeder Meile näherte sich der dunkle Saum des Argenwalds dem Firnh mehr. Es wurde Mittag, und die Sonne schien so heiß, als wollte der Sommer sich noch ein letztes Mal ins Gedächtnis brennen.

Als der Wunsch nach einer Rast und einem Mittagessen in Cathe immer größer wurde, erreichten sie eine aufrecht stehende Felsnadel, die bestimmt vier Mann hoch und mit zahlreichen groben Runen übersät war. Sie thronte auf einer kleinen Erhöhung am Firnh und war von einer zwölf Schritt durchmessenden Freifläche aus Stein umgeben. Daran schloss sich wieder das dichte Ufergestrüpp an.

»Halt!« Herr Lanzifal sprang von seinem Drachen.

»Was ist das?«, fragte Cathe und stieg ebenfalls aus dem Sattel.

»Das weiß niemand. Er stand schon hier, als Chillos vor über tausend Jahren den Orden gründete.«

Staunend betrachtete Cathe die Felsnadel. Wer hatte damals die Größe oder Kraft besessen, sie aufzustellen? Ihr fielen nur die gefürchteten Vorfahren der Trolle oder Drachen ein, aber die hatten beide keine Schrift.

»Gefällt er dir?«, fragte der Ritter.

Sie wusste nicht, ob gefallen das richtige Wort war, aber sie nickte.

»Gut. Denn wir bleiben erst mal hier.«

»Hier? Was ist hier?«

»Hier wurden schon bedeutende Drachen gefangen. Ihnen gefällt der Fels wohl auch.« Herr Lanzifal nahm sein Seil aus der Satteltasche. »Also stell dich bitte an ihn und leg die Hände auf den Rücken.«

»Sofort? Das Pferd muss gefüttert und abgesattelt …«

»Keine Angst, das übernehme ich«, fiel ihr der Ritter ungewohnt ungalant ins Wort. »Und du kannst essen, wenn wir einen Drachen haben. Hungrig schreit es sich besser.

Also bitte, deine Hände.«Gehorsam stellte sich Cathe an die Felsnadel, und Herr Lanzifal fesselte sie mit einem doppelten Sonnenkreuzknoten. Dabei zählte er launig auf, welche Drachen an diesem Ort schon befreit wurden, aber ihr sagten die meisten Namen nichts. Doch zwei von ihnen – Hammerschnauze und Schwertzahn – waren einst Königen überreicht worden, und das musste etwas bedeuten.

»Woher wisst Ihr, dass jetzt ein Drache in der Nähe ist?«, fragte Cathe.

»Ich weiß es nicht, wir müssen einfach warten und hoffen. Ich weiß nur, dass das nächste Kloster das mit den Zwölf Zinnoberzinnen ist. Wenn wir hier einen fangen, muss ich den Drachen dort abliefern, und nur darauf kommt es diesmal an. Ich werde dem hohen Herrn zeigen, was für ein Ritter ich bin! Also schrei so laut du kannst. Oder am besten noch lauter. Wir brauchen unbedingt einen Fang!«

Und damit zog er sich mit ihrem Pferd und dem Drachen in ein angrenzendes Gebüsch zurück. Das Pferd kaute genüsslich die Blätter und Knospen von den Büschen, der Ritter packte sich den letzten kalten Braten aus Kloster Felsenrot aus.

Cathes Magen knurrte, und sie schrie. Die Sonne stand im Zenit und brannte gnadenlos auf sie nieder. Der Kühle verheißende Schatten der Felsnadel fiel von ihr weg.

Schon bald war Cathes Mund ausgedörrt und die Stimme brüchig. Ihr ganzer Körper war mit Schweiß bedeckt. Zwischen zwei Schreien hörte sie, wie Herr Lanzifal im Schatten des Gesträuchs laut glucksend etwas trank. Donnerkugel soff aus dem Fluss.

Die Luft flirrte, der heiße Stein brannte auf ihrer Haut, aber sie war zu stolz, um zu klagen. Sie wartete und schrie.

Herr Lanzifal raunte: »Lauter.«

Sie krächzte lauter. Die glühende Sonne ließ ihre Gedanken schwerfällig werden, die Hitze machte sie wütend. Kein Lufthauch regte sich, der nahe Fluss brachte keine Kühlung. Stunde um Stunde verging, und irgendwann spürte sie ihren Hunger nicht mehr, nur noch unsäglichen Durst.

Vor einem geflügelten Drachen hatte sie keine Angst, es gab keine Meldung einer Sichtung, wahrscheinlich würde tagelang keiner kommen. Doch sie musste schmoren, weil der werte Herr Ritter einen verhassten Abt beeindrucken wollte. Er wollte um ihn herumscharwenzeln, so wie die Jungfrauenschülerinnen um ihn scharwenzelt waren. Einen anderen Sinn hatte das hier nicht! Es ging um Eitelkeiten, nicht um die Befreiung eines versklavten Drachen. Wo waren die weit und breit besungenen Ideale des Ordens?

Schweiß klebte überall an ihrem Körper, die Haut auf der Stirn platzte auf und schälte sich. Sie konnte sich kaum noch auf den Beinen halten, doch sie würde keine Schwäche zeigen. Nicht vor Herrn Lanzifal, dafür war sie viel zu wütend auf ihn. Sie würde ihm keine Gelegenheit geben, sie als Schande für den Orden zu bezeichnen.

Der Nachmittag verstrich, und ganz langsam ließ die Kraft der Sonne nach, Cathes Zunge war nur noch ein trockener Klumpen Fleisch in ihrem Mund. Herr Lanzifal gab ihr trotzdem nichts zu trinken, er wollte sein Versteck nicht verraten. Für den Fall, dass ein Drache käme.

Und was, wenn keiner käme? Vielleicht tagelang? Wann würde Herr Lanzifal aufgeben? Sie hoffte, bald, denn sie würde es auf keinen Fall tun. Sie war selten stur, aber wenn, dann richtig.

Die Haut unter dem doppelten Sonnenkreuzknoten fühlte sich wund an. Sie versuchte, sich nicht zu rühren und jedes Scheuern zu vermeiden. Sie nahm ihre Umgebung kaum noch wahr, nur, dass die Luft um sie her noch immer flirrte.

Und dann war da plötzlich ein goldener Schimmer am Himmel. Er raste heran, raste herab zu ihr, wurde größer und größer. Es war ein gewaltiger Drache mit goldenen Schuppen, größer als Glutauge, größer als Donnerkugel. Er landete vor Cathe, seine Augen strahlten hell, sie waren klar wie ein Gebirgssee in der Morgensonne und so lebendig wie die von Glutauge, bevor er seine Flügel verloren hatte. Auch in ihnen lag Wut, doch viel mehr noch etwas, das wie Mitleid mit ihr aussah. Plötzlich stieg Angst in ihr auf. Nicht davor, gefressen zu werden, sondern davor, dass das Strahlen der Augen gleich verlöschen würde. War das wirklich Samoths Trug? Sie wusste es nicht, doch sie wollte es nie wieder erleben.

»Warte«, brummte der Drache derweil, »das hab ich gleich.« Mit spitzen Klauen griff er nach ihren Fesseln.

Cathe sah, wie Herr Lanzifal und Donnerkugel lautlos aus dem Gebüsch kamen. Der Ritter hob die schimmernde Blausilberklinge, und Cathes Angst wurde übermächtig. Ohne nachzudenken, brüllte sie: »Pass auf! Hinter dir!«

Der goldene Drache wirbelte herum, und Herr Lanzifal war von ihrem Verrat so überrascht, dass er völlig vergaß, anzugreifen. Mit einem wuchtigen Klauenhieb schlug der goldene Drache ihm das Schwert aus der Hand, dann stieß er ihn zu Boden. Lange, gekrümmte Krallen hingen drohend über dem Kopf des Ritters. Der Helm wirkte so winzig, Cathe wusste nicht, wie er irgendeinen Schutz bieten sollte.

»Halt!«, schrie sie. Was hatte sie nur getan? »Nein! Lass ihn leben!«

Der Drache legte dem Ritter die Klaue auf die Brust und hielt ihn fast beiläufig zu Boden gepresst. Sein drohender Blick galt Donnerkugel, der mit gefletschten Zähnen Abstand hielt. Er schien zu wissen, dass der Goldene Herrn Lanzifal schnell wie ein Wimpernschlag zerquetschen konnte.

»Miese Verräterin!«, keuchte Herr Lanzifal, der seine Stimme wiedergefunden hatte. »Du bist tot! So tot! Ich lass dich hinrichten!« Alles Galante war von ihm gewichen, er bestand nur noch aus Angst und Wut. Dabei schien er fest davon auszugehen, die Situation zu überleben.

Fragend sah der wilde Drache Cathe an.

»Nein«, sagte sie noch mal mit Nachdruck, weil sie keine Mörderin war. »Töte ihn nicht.«

»Der Rückzieher hilft dir auch nicht mehr!«, spuckte der Ritter aus. Geifer rann ihm aus dem Mundwinkel. »Du bist tot, Kindchen! Tot!«

»Bist du dir sicher?«, fragte der Drache völlig unbeeindruckt von der ritterlichen Tirade.

»Nein. Also ja. Lass ihn leben.« Was hatte sie nur getan? Sie war eine Jungfrau des Ordens, sie hatte Jungfrau Sironia versprochen, ihre Zweifel zu besiegen. Sie hatte Sinje geschworen, ihr bei ihrer Rache zu helfen. Sie hatte einen Blutschwur gebrochen, etwas furchtbar Schreckliches würde gleich geschehen.

»Meinetwegen«, brummte der Drache. »Du hast mich gerettet, dann sollst du deinen Wunsch haben. Aber du kommst mit mir. Ich lasse nicht zu, dass der Blechmann dich wieder an den Pfahl bindet und deine Hinrichtung diesmal zu Ende bringt.«

Bevor Cathe auf diese verwirrende Rede reagieren konnte, hatte er Herrn Lanzifal losgelassen und sie mit der rechten Vorderklaue gepackt. Ohne auch nur einen Moment zu zögern, sprang er mit ihr in den Himmel und breitete die schillernden Flügel aus.

Donnerkugel hechtete mit aufgerissenem Maul nach ihnen, doch er kam viel zu spät und klatschte auf den Steinboden. Neben ihm rappelte sich Herr Lanzifal fluchend auf, packte das Schwert und schleuderte es ihnen hinterher. Doch sie waren längst zu hoch, die Klinge wirbelte unter ihnen hindurch und stürzte in den Firnh.

Herr Lanzifal fluchte noch viel lauter als vorher und schrie ihnen hinterher: »Du bist tot, Cathe! Tot!«

Die kräftigen Flügelschläge des Drachen ließen sie rasch aufsteigen. Hilflos hing Cathe in den großen Drachenklauen und starrte auf den Boden hinab, der sich immer schneller entfernte. Der Firnh glitzerte in der Sonne. Mit etwas Glück würde sie im Wasser landen, wenn der Drache sie fallen ließ. Aber schon bald waren sie so hoch, dass es egal war, wo sie landen würde, sie würde auf jeden Fall zerschmettert werden. Ihr wurde furchtbar flau im Magen, und rasch wandte sie den Kopf ab. Der Wind blies ihr die offenen Haare ins Gesicht.

Sie wischte sie fort und sah in Richtung Himmel, in Richtung Drache, und blickte direkt auf die spitzen, krummen, unterarmlangen Drachenzähne. Das gewaltige Maul befand sich nur einen halben Schritt von ihrem Gesicht entfernt. Sie konnte sehen, wie sich Speichel auf der langen roten Zunge bildete.

Was, bei Hellwah, hatte sie nur getan? Wie hatte sie sich selbst in diese Lage bringen können? Die Felsnadel und

Herr Lanzifal waren schon nicht mehr zu sehen, so weit waren sie bereits geflogen. Sie war allein mit dem wilden Drachen, vollkommen allein.

»So ein Kampf macht hungrig«, knurrte der Drache plötzlich und öffnete das Maul.

Cathe würde ohne Probleme im Ganzen hineinpassen! Sie war ein Häppchen, nicht mehr als ein großes Häppchen! Sie versteifte sich vor Angst und beschimpfte ihre eigene Dummheit stumm und wüst. Warum hatte sie der erfahrenen Jungfrau Sironia nicht zugehört?

»Dann mal runter«, sagte der Drache wie zu sich selbst und stürzte wieder hinab. Statt sie einfach in der Luft zu verschlingen, würde er sie jetzt absetzen und hetzen, wie der Ritter ihr gesagt hatte? Damit ihr Fleisch schön zart wäre?

Nein, sie würde sich wehren. Sie würde fliehen und sich irgendwo im Schatten verstecken, darin war sie gut. Sie würde einen Ausweg finden. Doch bevor sie einen Plan fassen konnte, rief der Drache laut: »Halt die Luft an!«

»Was?«, stammelte sie.

»Luft anhalten!«

Und er stürzte nicht ans Ufer, sondern mitten in den Firnh. Cathe versank in den kühlen Fluten und wand sich mit aller Kraft im Griff des Drachen, um sich loszureißen, aber der Griff war viel zu fest. Sie strampelte und schlug um sich. Wasser lief ihr in Ohren, Nase und Mund. Sie bekam keine Luft, doch zugleich tat es nach der unsäglichen Hitze einfach gut. Aus dem Klumpen in ihrem Mund wurde beinahe wieder eine Zunge.

Wollte er sie ertränken?

Dann waren sie wieder in der Luft, Cathe japste und

atmete tief ein. Aus dem Drachenmaul ragte eine silberne Fischflosse.

»Ah, lecker.« Er grinste. »Willst du auch einen?«

»Nein danke«, keuchte sie. Tatsächlich sagte sie Danke zu einem wilden Drachen. Warum? Ihr Magen knurrte wieder, und sie hörte sich selbst: »Oder vielleicht doch.«

Belustigt sah er sie mit seinen strahlenden Augen an, und plötzlich verstand sie wieder, warum sie das hier getan hatte.

»Luft anhalten!«

Erneut tauchten sie hinab, und Cathe schloss die Augen und öffnete den Mund, um möglichst viel Wasser aufzunehmen. Gierig schluckte sie. Als sie wieder auftauchten, fragte der Drache: »Und? Hast du einen erwischt?«

»Was?«, fragte sie überrumpelt.

»Einen Fisch.«

»Ich dachte, du würdest …«

»Ich? Ich dachte, du hast Hunger?«

»Ja«, sagte sie schwach. Ihr Magen knurrte laut. »Aber ich … ich bin zu langsam dafür. Ich bräuchte eine Angel.«

»Eine … Angel?«, fragte der Drache. »Was ist das?«

»Eine Schnur mit Haken, auf den man einen Wurm pikst, um Fische zu fangen.«

»Klingt aufwändig.«

»Ja.« Ihr Magen knurrte immer lauter. »Könntest also du mir einen Fisch fangen? Bitte?«

»Mit dem größten Vergnügen. Du hast mich gerettet.«

Wieder stürzten sie in den Fluss, wieder trank Cathe so viel wie möglich. Der Drache fing mit der linken Klaue einen Fisch, der so lang war wie ihr Arm. Als sie sich wieder in die Luft erhoben, reichte er ihn ihr im Flug herüber. Davon würde sie drei Tage lang satt werden.

»Und jetzt?«, fragte der Drache. »Wo willst du hin?«

»Könnten wir einfach mal landen?«, bat sie. »So herumbaumelnd kann ich den Fisch nicht ausnehmen und braten.«

»Ausnehmen?« Der Drache klang verwirrt, sank aber hinunter. Dort sah er amüsiert zu, wie sie den Fisch in aller Hast zubereitete und zu einem Fünftel verputzte. »Fisch essen ist echt aufwändig bei euch Menschen.«

Kauend nickte sie. »Magst du probieren?«

Mit zwei Krallen nahm er vorsichtig ein Stückchen auf und schob es ins Maul. »Mhm, lecker.«

»Du kannst aufessen, wenn du magst. Ich bin satt.«

»Gut.« Er warf sich das gebratene Stück mitsamt Gräten ins Maul und schluckte es im Ganzen runter. Dann fraß er versonnen die Schuppen und den rohen Kopf. »Das Beste immer zum Schluss.«

Nun sah Cathe ihm amüsiert zu. Ihr Bauch drückte, so viel hatte sie gegessen.

»Und jetzt?«, fragte er. »Wo willst du jetzt hin?«

Sie wusste es nicht. Zum Orden zurück konnte sie nicht, wenn sie an Lanzifals Drohung dachte. Sie konnte auch nicht zu ihrer Familie, dort würden sie sie zuerst suchen. Plötzlich wurde ihr mit aller Wucht bewusst, dass sie nun eine Geächtete war. Im ganzen Großtirdischen Reich würde der Orden fortan hinter ihr her sein. Vor den Augen eines Ritters hatte sie sich mit Samoths Kreatur verbündet. Cathe schluckte. Nirgendwo war sie mehr sicher, außer vielleicht … »Kennst du den schrecklichen Ben? Den Jungen, der sich der Drachenflüsterer nennt?«

»Drachenflüsterer?«, wiederholte der goldene Drache überrascht. »Ein Drachenflüsterer?«

»Ja. Warum fragst du?«

»Wegen der alten Sage? Dem namenlosen Helden, der Firbentorhs Freund wurde?«

»Welcher Firbentorh?«

Verdutzt sahen sie sich an, dann begannen sie gleichzeitig zu grinsen. Cathes Angst vor geflügelten Drachen war endgültig fort. Zumindest vor diesem fürchtete sie sich nicht mehr.

»Er war der allererste Drachenflüsterer, doch das ist viele, viele Jahrhunderte her. Nur wenige folgten auf ihn. Bist du sicher, dass es heutzutage wieder einen gibt?«

»Zumindest gibt es jemanden, der sich so nennt.«

»Ein Drachenflüsterer«, wiederholte der riesige Drache, und seine Stimme klang sanft und ehrfürchtig. »Was willst du von ihm?«

»Ich weiß es nicht«, antwortete sie ehrlich. Sie war nun ebenfalls geächtet, bei ihm schien der einzig sichere Ort für sie zu sein, denn er wurde seit über einem Jahr nicht gefunden. Oder aber er war doch für Tharas' Tod verantwortlich, und dann wollte sie erst recht zu ihm. Dann trieb sie ihr Schwur zu ihm. Entweder würde sie sich Ben anschließen oder ihren Schwur erfüllen. Doch das sagte sie nicht laut, zu ehrfürchtig hatte der goldene Drache bei der Bezeichnung Drachenflüsterer geklungen. »Aber wenn du nicht mal weißt, dass es ihn gibt, weißt du sicher nicht, wo er zu finden ist, oder?«

»Nein. Aber vielleicht weiß ich, wo man uns weiterhelfen kann.« Der Drache lächelte ein lippenloses Lächeln. »Spring auf.«

Cathe sprang auf. »Wo?«

»Auf einer Insel mit einer großen Festung, gar nicht weit

von der Küste entfernt. Da habe ich aus der Luft geflügelte Drachen und Menschen einträchtig beieinander gesehen. Vielleicht wissen die dort weiter.«

»Das meinte ich nicht. Wo soll ich aufspringen?«

»Auf meinen Rücken. Direkt hinter den Flügeln.«Vorsichtig kletterte sie hinauf und hielt sich fest. Das war ihr viel lieber, als von der Klaue gepackt zu werden. Die Flügel waren ungewohnt, sie kannte nur die Drachen aus dem Kloster, aber sie fand einen bequemen Sitz.

»Wie heißt du eigentlich?«, fragte sie. »Ich bin Cathe!«

»Ich weiß, der Ritter war laut genug. Ich bin Zalhqualradho.«

»Äh«, sagte Cathe. »Gut.«

Der Drache lachte und wiederholte: »Zalhqualradho.«

»Hast du keine Kurzform?«, fragte sie vorsichtig. »Zali oder …?«

»Nein. Zalhqualradho.«

»Zalhqualradho«, wiederholte Cathe. Sie murmelte es noch ein Dutzend Mal, während der Drache sich in die Luft erhob. Der Wind ließ ihre Haar flattern. Sie schmiegte sich eng an den Drachen, um nicht heruntergeweht zu werden. Weil ihr zuvor flau geworden war, flog Zalhqualradho nicht besonders hoch – höchstens zweihundert Schritt über dem dahinrasenden Boden.

Doch jetzt, da keine Klaue sie umklammert hielt und sie frei atmen konnte, packte sie ein rauschartiges Glücksgefühl. Wie konnte etwas, das so wunderschön war, durch einen Fluch hervorgerufen sein? Wie konnte man glauben, dass dieses Gefühl von Freiheit vom lügnerischen Gott der ewig dunklen Orte stammte? Wäre es wirklich ein Fluch, Cathe würde sich mit Freuden verfluchen lassen.

Nein, es konnte nicht sein, dass Hellwah gegen dieses überwältigende Gefühl war. Wie konnte er etwas dagegen haben, dass man sich in Richtung seiner Sonne erhob?

Der Wind trug den Geschmack des Meeres in sich, und nach einer Weile konnte Cathe ein Glitzern am Horizont ausmachen. Sie überflogen kaum besiedelte Landstriche und eine einsame Zirbelschafherde, krächzende Vögel tauchten unter ihnen hindurch, und Cathe lachte vor Glück. Zalhqualradho stimmte mit ein, und kleine Vögel stoben davon.

Nein, dachte sie wieder und wieder, *Fliegen kann keine Ketzerei und kein Fluch sein. Flügel versklaven einen nicht, sie machen einen frei.*

Näher und näher kamen sie dem Meer, über dem die Sonne glühend rot versank. In Cathes Bauch rumorte es, aber das war ihr egal. Sie reckte den Hals, um die besagte Insel zu entdecken, doch sie konnte nichts erkennen. Was verstand ein so gigantischer Drache auch unter *nicht weit entfernt?*

Eine erste Dämmermöwe ließ einen Klageschrei hören, als sie die Küste beinahe erreicht hatten. Cathe achtete nicht auf das, was unter ihnen war, sondern hatte den Blick fest auf den Horizont gerichtet, dorthin, wo Meer und Himmel ineinander verschwammen.

Da plötzlich bohrte sich ein gewaltiger Pfeil in Zalhqualradhos Brust. Er war irgendwo im Gesträuch unter ihnen mit solcher Wucht abgefeuert worden, dass die Spitze den mächtigen Körper durchschlug und nur eine Handbreit vor Cathe wieder aus den Schuppen stieß. Die blutige Spitze schimmerte blausilbern in den Strahlen der Abendsonne.

Cathe schrie vor Schreck und Angst, und dann schoss es ihr durch den Kopf: *Herr Thaler! Er hat solche Pfeile besessen!*

Brüllend vor Schmerz brach Zalhqualradho zur Seite aus. Der rechte Flügel zuckte wild und schlug dann nur noch kraftlos, und der Drache geriet ins Taumeln.

»Zalhqualradho!«, kreischte Cathe, und dann dachte sie schuldbewusst: *Mein Schwur, mein Blutschwur! Es ist meine Schuld, das furchtbar Schreckliche ist geschehen.*

Und sie stürzten in die Tiefe. Zalhqualradho versuchte alles, um den Sturz abzufangen, doch Blut quoll weiter aus der Wunde, und sein rechter Flügel hing unbrauchbar herab.

»Halt dich fest!«, knirschte er, während er weiter in die Tiefe taumelte. Mit einem Flügel war es unmöglich, in der Luft Halt zu finden, unkontrolliert wirbelte er um die eigene Achse.

Cathe klammerte sich mit aller Kraft an seine Schuppen. Die blutverschmierte Blausilberspitze hing drohend vor ihrem Gesicht.

»Ich schaffe es nicht, ich schaff es nicht«, presste Zalhqualradho heraus, aber irgendwie konnte er den rechten Flügel doch noch ausstrecken und sich fangen. Unruhig glitten sie hinaus aufs offene Meer, Wellen rollten unter ihnen aufs Land. Wieder gerieten sie ins Trudeln, Blut quoll und quoll, und Cathe versuchte vergeblich, es mit bloßen Händen zu stoppen.

»Zalhqualradho! Stirb jetzt bloß nicht.«

Er schaffte einen weiteren Flügelschlag, einen letzten, doch gewannen sie keine Höhe. Zalhqualradho kämpfte nur noch darum, sich weiter vom Ufer zu entfernen. So würden sie zwar ihrem hinterhältigen Angreifer entkommen, falls der kein Boot hatte, doch sie würden elendig ertrinken.

Die Sonne berührte tiefrot den Horizont, und den Drachen verließen die letzten Kräfte. Er trudelte ins Meer hinab. Die Küste war zu weit weg, um sie noch schwimmend zu erreichen.

»Insel«, keuchte Zalhqualradho nur noch. »Drachenflüsterer. Hilfe.«

»Ich seh keine Insel!«, schrie Cathe.

Stöhnend raffte sich Zalhqualradho zu zwei weiteren Flügelschlägen auf.

»Da!« Cathes Stimme überschlug sich. »Da! Ich sehe sie!«

Aber sie war noch viel zu weit entfernt. Der goldene Drache stürzte mit Cathe ins Meer.

Das furchtbar Schreckliche war geschehen.

ZWEITER TEIL

Die Prophezeiung

EINE GOLDENE STERNSCHNUPPE

Ben saß mit Gibor auf einem Uferfelsen ihrer Insel und starrte ungeduldig aufs Meer hinaus. Sein Fuß zuckte unruhig. Akse, Vilette und Byasso waren auf seine Bitte hin dort draußen und sollten schon längst zurück sein. Sie waren mit dem kleinen Segelboot unterwegs, weil jeder geflügelte Drache in ihrer Nähe zu verräterisch gewesen wäre.

»Wo bleiben die?«, fragte Ben. »Ich hätte mitgehen sollen.«

»Meinst du nicht, die hätten dein Gesicht erkannt?«

»Nicht mit den ganzen Kratzern«, behauptete Ben, obwohl die meisten Schnitte gut verheilt waren.

»Die sieht man kaum noch, nur ein paar rote Linien und zwei bläuliche Flecken.«

»Das hat Anula auch gesagt«, brummte Ben unwillig. Er wusste, dass sie recht hatte. Trotzdem wollte er nicht untätig herumsitzen. Die drei waren dort draußen, um dem Orden eine Lieferung bunter Glasscheiben abzuluchsen, von der Nesto zufällig erfahren hatte. Ben hatte Anula Glas aus Venzara versprochen, und das würde sie bekommen! Egal, wie sehr sie abwiegelte und von Fensterläden sprach, er würde nicht zulassen, dass sie im Winter im Dunkeln saß. Sie war seine Freundin, und jetzt war er nicht mal dabei!

In der Nacht hatte er wenigstens geholfen, die Frachtpapiere und Dokumente zu fälschen, mit deren Hilfe sie den Orden übers Ohr hauen wollten. Doch jetzt tauchten die drei einfach nicht auf.

»Sie werden schon kommen«, sagte Gibor, und damit hatte er sicher recht. Mit einem Boot dauerte es einfach länger als auf Drachen. Nur für das letzte Stück würden sie von Drachen abgeholt werden, da sich ja kein Schiff oder Boot der Insel gefahrlos nähern konnte.

Rechter Hand versank die Sonne bereits im Wasser und färbte den Himmel rot. Bens Blick fiel auf Garho, der fünfzig Schritt von ihnen entfernt stand und allein den Sonnenuntergang beobachtete. Den Schmutz hatte er sich längst gründlich abgewaschen, aber mager war er noch immer, und sein Blick huschte oft ängstlich hin und her wie bei einem Tier auf der Flucht.

»Was hältst du von ihm?«, fragte Ben plötzlich.

»Scheint in Ordnung zu sein. Sidhy ärgert ihn manchmal, aber der Kleine lässt sich nichts gefallen.«

»Schlimm?«

»Sidhy?« Gibor schüttelte den Kopf. »Nein, du weißt doch, wie er ist.«

Ben nickte. Er wusste auch, wie Sidhy früher gewesen war, ein selbstgefälliger, arroganter kleiner Tyrann. Doch das wussten die wenigsten hier. Ben blickte noch mal kurz zu Garho rüber, der völlig vertieft wirkte. Was sah er in dem Sonnenuntergang?

»Da!«, rief Gibor plötzlich aufgeregt und riss Ben aus seinen Gedanken. »Hast du das gesehen?«

»Was?«

»Ich weiß nicht. Wie eine goldene Sternschnuppe, die ins Meer gefallen ist.«

»Eine Sternschnuppe am Tag? Und noch dazu golden?« Ben lachte. Der Junge hatte ausgezeichnete Augen, aber auch eine ausgezeichnete Einbildungskraft.

»Der Tag ist fast vorbei!«, protestierte Gibor. »Und ich hab sie gesehen!«

»Eine goldene Sternschnuppe? Wirklich?«

Nickend starrte Gibor in den Himmel knapp über dem Horizont, als würde sie sich gleich noch mal zeigen. Doch nichts geschah. »Dann war's eben keine! Aber irgendwas habe ich gesehen! Da ist was vom Himmel gefallen!«

»Und du bist sicher, dass es keine Möwe war, die nach einem Fisch taucht?«

»Die sind nicht golden!«, beharrte Gibor, doch wer wusste schon, wie sie in der untergehenden Sonne erscheinen konnten, wenn das Licht verschwand und sich die Wellen rot färbten. Oder sie hatte eine blitzende Münze im Schnabel gehabt, oder es war ein Vogel mit hellgelbem Gefieder.

»Dafür war es viel zu weit weg!«, behauptete Gibor.

Gemeinsam starrten sie hinaus, doch es zeigte sich nichts Goldenes, überhaupt nichts Außergewöhnliches. Das Meer plätscherte friedlich, die Dämmermöwen rasten im Zickzackkurs über den Himmel.

Für einen Moment dachte Ben daran, einen Drachen zu bitten, nachzusehen, aber dann ließ er es sein. *Weit weg* hatte Gibor gesagt, und wahrscheinlich hatte er es sich sowieso nur eingebildet. Alle Drachen waren müde von den zahllosen Nachtflügen mit Flugschriften und den Bitten nach Feuerholz und Vorräten, sie hatten sich ihre Ruhe verdient. Auf dem Meer glitzerte immer etwas, und sie würden sowieso gleich los müssen, um Byasso, Vilette, Akse, das Boot und die Fenster abzuholen.

Wind kam auf und wehte vom Großtirdischen Reich herüber.

Die Sonne versank vollständig im Meer, und Garho schlenderte langsam zurück zur Festung. Er wirkte tief in Gedanken und verloren.

Ben schickte auch Gibor hinein. Er selbst blieb sitzen und wartete. Das kleine Segelboot war mit einer großen Glocke ausgestattet, um seine Ankunft bei Dunkelheit anzukündigen. Ihr Klang trug weiter, als der Schutzzauber des Verlieses wirkte.

Wo blieben die drei nur? Ben hoffte, dass ihnen nichts zugestoßen war. Er hätte einfach selbst gehen sollen, es waren seine Glasscheiben, er war es gewesen, der sie Anula versprochen hatte, nicht die drei dort draußen. Auch wenn er leichter erkannt wurde, er hätte keinen Freund um so einen Gefallen bitten sollen, auch keinen, der sich selbst aufdrängte.

Lachen drang aus dem Verlies der Stürme in seinem Rücken und Nicas Aufschrei: »Yanko!«, gefolgt von weiteren Lachern.

Wellen schwappten zu Bens Füßen gegen den Stein, eine einsame Dämmermöwe klagte.

Aiphyron trottete gemütlich herbei und brummte: »Geh rein, ich pass auf.«

»Schon gut, ich kann sowieso nicht schlafen.«

»Und ich muss sowieso warten, bis sie kommen.«

Schweigend lauschten sie gemeinsam in die Nacht. Die Wellen rauschten unermüdlich heran, doch sie brachten das erwartete Boot nicht.

Nach einer Weile fragte Ben: »Ihr Drachen habt keine Anführer, oder?«

»Das weißt du doch.«

»Eben.« Er schwieg wieder und starrte in die hereinbrechende Nacht. Viel konnte er nicht mehr erkennen.

»Warum fragst du?«

»Weil Anula glaubt, dass man einen braucht. Aber ihr seid der Beweis, dass das falsch ist.«

»Mhm«, brummte Aiphyron.

»Was?«

»Ihr seid Menschen, ihr lebt in Gruppen zusammen – in Städten und Dörfern, in Häusern, Ländern und Familien. Wir leben meist allein und überall, und allein bist du immer dein eigener Anführer und Angeführter zugleich.«

»Aber hier lebt ihr mit anderen zusammen«, widersprach Ben. »Wir leben hier alle zusammen, oder nicht?«

»Stimmt.«

»Und brauchst du dafür einen Anführer?«

»Nein.«

»Da siehst du es«, sagte Ben mit Nachdruck. Genau das würde er Anula berichten: Hier brauchte man keinen Anführer. Aiphyrons Meinung schätzte sie, das würde sie überzeugen.

Die ersten Sterne zeigten sich am Himmel. Keiner von ihnen war golden. Aiphyron sah zu ihnen hinauf. »Auch wenn wir jetzt bei euch leben, bin ich immer noch ein Drache und du ein Mensch. Wir unterscheiden uns.«

»Aber nicht allzu sehr.«

»Ich kann fliegen und du nicht.«

»Auf deinem Rücken schon«, widersprach Ben.

»Pff«, schnaubte Aiphyron. »Lass doch die Spitzfindigkeiten!«

»Und was ist mit den Drachen des Ordens, die keine Flügel mehr haben?«, setzte Ben nach. »Sind die dadurch Mensch geworden?«

»Unsinn! Oder wirst du zur Ziege, wenn ich dir Hörner

und einen Euter annähe? Wir werden anders geboren als ihr, ohne Vater und Mutter, wir haben Schuppen und keine Kleidung oder Haare, wir leben viel länger und ganz ohne Besitz, ihr …«

»Ja, ich weiß«, unterbrach ihn Ben. Das wusste er natürlich. Trotzdem verband ihn seine Gabe in gewisser Weise stärker mit Drachen als mit Menschen, denn er konnte nur Drachen heilen. Einmal hatte sich sein und Aiphyrons Blut dabei sogar verbunden. Es war nicht geplant gewesen, doch änderte das nichts daran, dass sie nun verbrüdert waren, nicht nur Freunde. Er kannte ihn besser als die meisten Menschen. Leise sagte er: »Aber manchmal frage ich mich, ob ich nicht genauso zu euch gehöre wie zu uns.«

Aiphyron schmunzelte.

»Was?«

»Du hast *uns* gesagt. Das ist eindeutig, oder?«

»Wer ist jetzt spitzfindig?«, stieß Ben verärgert hervor. »Das ist mir nur so rausgerutscht! Das kann doch passieren!«

»Natürlich, aber … Vorsicht, Mücke.« Aiphyron patschte Ben mit der flachen Klaue auf die Schulter. Er schlug nicht fest, aber Ben kippte trotzdem zur Seite um.

»Erwischt«, sagte Aiphyron stolz.

»He!« Ben rappelte sich auf und rieb sich die Schulter.

»Siehst du?«, sagte Aiphyron. »Wäre ich ein Mensch, wäre das nicht passiert.«

»Aber wenn ich das bei Ellyhmottheen mache, kippt der auch um.«

Aiphyron verdrehte die Augen. »Trotzdem hast du zu den Menschen *uns* gesagt. Und auch wenn es dir nur rausgerutscht ist, bedeutet das etwas.«

»Vielleicht. Vielleicht ist es auch nur Gewohnheit. Du und Feuerschuppe, ihr alle seid mir viel näher als der verfluchte Orden. Ich bin nicht wie der Hohe Abt, ganz und gar nicht!«

Aiphyron schüttelte sanft den Kopf. »Das habe ich nie gesagt, und ich bin auch nicht wie Juri oder Quobemhonn. Jeder macht etwas anderes aus sich. Aus dem, was er ist, egal ob Drache oder Mensch. Aber du liebst Anula, oder? Und sie ist ein Mensch.«

»Ja«, sagte Ben. »Sie ist ein Mensch, der vom Hauch des weißen Drachen verändert wurde. Auch sie trägt etwas von einem Drachen in sich.«

»Als du dich in sie verliebt hast, hatte sie das noch nicht.«

Widerstrebend nickte Ben.

»Aber darauf wollte ich gar nicht hinaus. Darauf kommt es überhaupt nicht an. Entscheidend ist, dass du dich überhaupt verliebt hast. Dass dieses Gefühl für dich möglich ist. Drachen tun das nicht, Drachen sind von ihrem ganzen Wesen her Einzelgänger.«

»Und doch seid ihr bei uns geblieben. Warum?«

»Weil wir es wollten, weil uns irgendetwas gehalten hat.« Aiphyron sah ihn nachdenklich an. »Genauer kann ich es dir nicht erklären. Ich vermute, das liegt daran, dass wir alle von deiner Gabe berührt und geheilt wurden. Wir verdanken dir unsere Freiheit.« Er grinste. »Vielleicht hast du uns mit deiner Gabe auch ein wenig menschlich gemacht und eine Verbindung geschaffen, die es für uns sonst nicht gibt, ein Gefühl für Gemeinschaft. Nicht nur wir haben dich verändert, sondern du auch uns.«

Auf diesen Gedanken wäre Ben nie gekommen, er hatte doch nur Wunden verschlossen und die Flügel nachwachsen lassen. Er hatte sie berührt, aber nie versucht, sie zu verändern. Im Gegenteil, er hatte doch immer versucht, sie wieder zu dem zu machen, der sie zuvor gewesen waren. Aber vielleicht gab es kein Zurück, es war immer ein neuer Flügel, nie der alte. Und dann dachte er wieder an seine Frage nach dem Anführer. Er brauchte noch immer eine Antwort. »Du meinst also, Menschen brauchen Anführer, weil sie nicht fliegen können und sich verlieben?«

»Ich weiß nicht, ob sie tatsächlich Anführer brauchen, ich bin kein Mensch. Aber ich sehe, dass sie überall welche haben.«

»Aber sicher bist du nicht, dass man einen braucht?«, triumphierte Ben. »Weil …«

»Leise!«, zischte Aiphyron

Ben schwieg und lauschte. Über das Leben aus der Festung, die leisen Wellen und rufenden Dämmermöwen hinweg konnte er ganz in der Ferne das wilde Schlagen einer Glocke hören. Der Wind trug ihren hellen Klang herein, und Ben wurde von Erleichterung überflutet.

Endlich!

Sie waren wohlbehalten zurück. Die Schwere fiel von seinen Gedanken ab, und erst jetzt wurde ihm wirklich bewusst, wie viele Sorgen er sich gemacht hatte.

Weiter und weiter schlug die Glocke, wild und schnell und verzweifelt. Das war keine einfache Rückmeldung. Es klang, als wäre etwas passiert!

»Los!« Ben sprang auf und warf sich auf Aiphyrons Rücken.

»Kein Anführer, was?«, brummte der, breitete aber unverzüglich die Schwingen aus.

»Marmaran! Juri!«, rief Ben. »Feuerschuppe! Schnell!«

»Überhaupt kein Anführer«, knurrte Aiphyron. »Gibst keine Befehle, nie und niemandem.«

»Schneller!«, forderte Ben, doch das war überflüssig. Aiphyron raste nur wenige Schritt über dem Meer dahin, stürmte mit aller Kraft gegen den Wind. Ben presste sich eng an den Drachen und klammerte sich fest, die Augen weit aufgerissen.

»Akse?«, schrie er. »Vilette? Byasso?« Doch der Wind verwehte die Namen sofort und trug sie in die falsche Richtung.

Der Glockenschlag wurde lauter, doch niemand antwortete. Vor ihnen breitete sich Dunkelheit aus. Dann endlich entdeckte Ben eine Lampe, die über den Wellen hin und her schaukelte. Irgendwas glitzerte groß und golden hinter ihr in der Dunkelheit. Aiphyron stürzte darauf zu, die anderen Drachen waren nur wenige Flügelschläge zurück.

Über ihnen fiel eine Sternschnuppe weiß vom Himmel. Ben dachte nur: *Hoffentlich ist niemandem was passiert!*

Es war das erwartete Boot, doch es hing schief im Meer, als wäre es halb gekentert. Neben dem eigentlichen Segel ragte ein zweites aus seltsamen, goldenen Stoff in die Höhe. Es flatterte auf einer Seite wie ausgerissen im Wind, und Ben wurde an einen Drachenflügel erinnert.

Einen Augenblick später waren sie heran, und die erschöpfte Vilette hörte auf, die Glocke zu schlagen. Kraftlos keuchte sie: »Schnell, Ben, komm schnell!«

Ben erkannte, dass es sich bei dem goldenen Segel tatsächlich um einen Drachenflügel handelte, den Akse und Byasso mühsam im Wind hielten. Trotz der gewaltigen Segelfläche und des günstigen Winds kamen sie jedoch kaum voran, denn zu dem Flügel gehörte noch ein ganzer Drache.

Ein großer goldener Drache, der reglos und wie tot über der Reling hing und als schwerfälliger Ballast mitgeschleift wurde. In seiner blutverkrusteten Brust steckte ein gewaltiger Pfeil.

»Nein!« Ohne nachzudenken, sprang Ben von Aiphyrons Rücken, platschte neben dem Boot ins Meer und kraulte mit drei schnellen Zügen zu dem Drachen hinüber. Salzwasser schwappte in seinen Mund. Er berührte die offene Wunde mit der flachen Hand und spürte nichts. Das durfte nicht sein! Er spuckte das Salzwasser aus und verschob die Hand ein Stück nach oben. Wieder nichts. Oder? Da!

Ja!

Er ertastete ein schwaches Kribbeln in der Wunde, letzte Reste von Leben, die aus ihm herausrannen. Er musste ihn retten, aber wie sollte er den Drachen heilen, solange der Pfeil noch in ihm steckte? Den Pfeil auf dem offenen Meer herauszuziehen, war viel zu riskant.

Etwas funkelte in dem Drachenauge auf Bens Seite, und er raunte: »Halte durch. Ich rette dich, halte nur noch eine Weile durch.«

Und der Drache zwinkerte einmal ganz langsam.

Ben legte die Hände auf die Wunde, um sie zu verschließen. Jede Bewegung, jede Welle ließ frisches Blut herausrinnen, das musste er stoppen. Dabei fragte er Aiphyron: »Kannst du das Boot ziehen? Wir müssen schneller sein!«

»Schon dabei.« Aiphyron fing das Seil, das Byasso ihm zuwarf, und zog. Feuerschuppe, Marmaran und Juri waren auch längst heran, packten weitere Seile und halfen. Akse ließ den Flügel sinken, den sie als Notsegel verwendet hatten, und ließ sich völlig ausgelaugt auf die Planken fallen, auf denen irgendetwas im Lampenschein glitzerte. Neben ihm lag ein fremdes Mädchen oder eine junge Frau, doch das war Ben im Moment völlig egal. Er schloss die Augen und heilte.

Im Schlepptau der Drachen schwappte das Boot über die Wellen und durchpflügte ihre Täler.

Mit all seinem Willen gelang es Ben, die Austrittswunde zu verschließen. Das Fleisch unter seinen Händen pochte regelmäßig und schwach. Doch das Schwerste stand nun bevor, denn eingedrungen war der Pfeil in die Brust, und die lag unterhalb der Wasseroberfläche. Ben holte tief Luft und zog sich an den Schuppen hinab. Das Wasser brannte ihm in den Augen und drang in Nase und Ohren, die Strömung drohte ihn wegzudrücken, doch er klammerte sich fest. Seine vollgesogene Kleidung hing schwer an ihm. Mühsam erreichte er die Wunde, aus der die letzten zwei Handbreit des Pfeils herausragten. Mit der Linken hielt er sich daran fest, während er die Rechte heilend daneben legte. Er spürte, wie das letzte Leben weiterhin aus dem Drachen floss, und dachte nur: *Du darfst nicht sterben, du darfst nicht sterben, du darfst nicht sterben.*

Wieder und wieder dachte er das, wieder und wieder kämpfte er sich nach oben, um Luft zu holen, und wieder nach unten, um zu heilen. Er wusste nicht, wo sie waren, er sah nur Dunkelheit, schmeckte salziges Wasser und rang nach Luft. Er zwang seine letzten Kräfte in die Heilung, verlangte seiner Gabe alles ab, bis sich endlich die Wunde um den Pfeilschaft schloss. So würde der Drache hoffentlich durchhalten, bis sie das Verlies der Stürme erreichten. Mehr konnte Ben jetzt nicht tun, alles andere würde sich an Land entscheiden.

Ben tauchte auf und klammerte sich an die Reling. Er war viel zu erschöpft, um sich darüber zu hangeln. Schwer atmend blieb er einfach hängen, bis Vilette ihn entdeckte und an Bord zog.

Hustend ließ er sich zu Boden sinken und kam direkt neben der Fremden zu liegen. Ihr bleiches Gesicht war nur eine Handbreit von seinem entfernt und wies mehrere frische Kratzer und kleine Schnitte auf. Trotzdem war es schön. Ihr Haar war durchnässt, und irgendwas schimmerte darin wie Schmuck aus Edelsteinen oder buntem Glas.

»Ist sie tot?«, fragte er und würgte Salzwasser auf die Planken.

»Nein«, antwortete Vilette. »Hoffe ich zumindest, vorhin war sie es nicht.« Sie prüfte den Puls und nickte zufrieden. »Sie wollte zu dir.«

»Zu mir?«

»Bevor sie ohnmächtig wurde, hat sie verzweifelt nach dem Drachenflüsterer gefragt. Wahrscheinlich für den Drachen.«

»Gut«, sagte Ben, obwohl er nicht wusste, ob es gut war. Er wusste gar nichts mehr, er war zu müde für alles.

»Sie sind einfach vom Himmel gefallen«, sagte Vilette. »Direkt auf die Fensterscheiben, die wir für dich geholt haben. Sie sind alle kaputt.«

Ben schloss die Augen und blieb liegen.

»Es tut mir leid«, sagte Vilette noch, aber Ben reagierte nicht. Er war so erschöpft, dass er nichts fühlte und für nichts Kraft hatte.

Dann hatten sie den Bereich der lauernden Stürme erreicht. Die vier Drachen hoben das Boot einen Schritt weit aus dem Wasser und trugen es über das Meer hinweg. So galt es für die Magie der schützenden Stürme nicht mehr als Boot, sondern als eine Art offene Transportkiste, die von fliegenden Wesen geschleppt wurde. Ein einfacher Trick, doch oft war gerade das Einfachste am besten geeignet, um Magie auszutricksen.

Nur die wenigsten schliefen, als sie ihre Insel erreichten. Unruhig warteten Anula, Yanko, Quobemhonn und die anderen am Ufer und riefen wild durcheinander, als sie die merkwürdige Prozession erspähten.

»Platz da!«, schnaubte Aiphyron, und alle tippelten zwei Schritte zur Seite.

»Ist wer …?«

»Nein, allen geht es gut, auch wenn manche erschöpfter sind als der legendäre erste Läufer von Chybia, dessen Name mir jetzt dummerweise entfallen ist«, versicherte Juri gewohnt weitschweifig, während die Drachen das Boot und den daran hängenden Drachen vorsichtig auf dem felsigen Boden absetzten. »Nur unsere beiden Überraschungsgäste sind schwer angeschlagen. Ben wird sich um den Drachen kümmern, braucht dafür aber Ruhe und Platz.«

Alle nickten, irgendwer tuschelte aufgeregt: »Der ist ganz aus Gold.«

»Mensch, Juri, das enttäuscht mich jetzt wirklich«, sagte Sidhy mit einem Anflug der früheren Hochnäsigkeit. »Vasdheen.«

»Was?«

»Der Name des Läufers. Weiß doch jeder.«

»He, jeder!«, raunzte Feuerschuppe Sidhy an. »Dann mach mal hurtig den Vasdheen. Ben braucht Platz, hat Juri gesagt. Viel Platz!«

Erschrocken stolperte Sidhy davon, auch die anderen wichen weiter zurück.

»Sehr schön«, sagte Juri liebenswürdig. »Und während Ben hier heilt, magst du dich um das Mädchen kümmern, Dolna?«

Dolna, die sechzehnjährige Tochter eines Apothekers, trat herbei und nahm die Ohnmächtige von Byasso und Akse in Empfang. Sofort sprang Yanko ihr bei, und gemeinsam trugen sie sie in die Festung.

Irgendwer murmelte: »Wow, ist die schön.«

Zahlreiche Hälse wurden gereckt, aber Yanko und Dolna bahnten sich ihren Weg. Nica folgte ihnen.

Ben nahm das alles kaum wahr. Er atmete mehrmals tief durch und versuchte, Kraft zu schöpfen.

Die Umstehenden murmelten gespannt.

»Schick sie weg«, bat Ben Aiphyron leise, und der tat es.

Einige zögerten, andere folgten rasch dem bewusstlosen Mädchen, um bei ihr mehr zu erfahren. Anula blieb, doch Aiphyron drängte sie sanft: »Bitte. Ben ist wirklich erschöpft und braucht alle Konzentration. Wenn du bleibst, nehmen die anderen das als Vorwand, auch zu bleiben. Ihm geht's gut, wirklich, aber der Drache …«

Anula schenkte Ben ein Lächeln und ging hinein. Wer noch hier war, folgte ihr, auch Byasso, Akse und Vilette. Wahrscheinlich würden die meisten von den Fenstern aus zusehen.

Ben holte noch mal tief Luft, dann nickte er Marmaran und Aiphyron zu. Sie rollten den goldenen Drachen auf die Seite und drückten ihn zu Boden, während Feuerschuppe ihm vorsichtig den Pfeil aus dem Körper zog. Blut rann oben und unten aus der Wunde, und Ben presste sofort beide Hände auf die erste, um sie zu heilen. Aiphyron verschloss die zweite, so gut er es mit seinen zwei großen Klauen vermochte. Der goldene Drache hatte schon viel zu viel Blut verloren, mehr würde ihn töten.

Es rauschte Ben in den Ohren, das vertraute Kribbeln, das er von jeder Heilung kannte, wanderte über die Ellbogen hinauf bis zu den Schultern. Sein Herz schlug schneller und schneller, er spürte, wie die Gabe ihn auslaugte. Er legte den Kopf in den Nacken und starrte in den nächtlichen Himmel. Zum Heilen brauchte er die Augen nicht, sie lenkten ihn nur von dem ab, was er tastete und fühlte. Mit jedem Atemzug schienen die Sterne blasser zu werden, als würde sich die Dunkelheit über sie legen und sie schlucken.

Endlich hatte sich die Wunde geschlossen. Weiches helles Fleisch bedeckte die Stelle, die vor Kurzem noch ein Loch gewesen war. Nur die Schuppen hatten sich noch nicht nachgebildet.

Ben war vollkommen erschöpft, er zitterte am ganzen Körper. Er wollte nichts als schlafen, doch das ging jetzt nicht. Mühsam torkelte er auf die andere Seite des Drachen, stieß Aiphyrons Klauen beiseite und legte die Hände auf die Wunde. Blut quoll ihm zwischen den zitternden Fingern hindurch.

»Nein«, keuchte er und zwang die Finger zusammen, sodass kein einziger Tropfen mehr heraus konnte. »Du wirst nicht sterben, nicht heute, nicht hier, nicht jetzt und auch nicht nachher oder morgen. Hörst du, du fliegender Gulden?«

Aber der Drache hörte nichts. Ben stand wankend neben ihm und sandte seine Heilkräfte durch die verkrampften Hände. Bald verlor er jedes Gefühl in den Beinen, jede

Kraft. Er wusste nicht, wieso er überhaupt noch stand, da bemerkte er Aiphyrons Klauen, die ihn sanft aufrecht hielten. Lächelnd heilte er weiter. Jetzt wusste er, dass er durchhalten würde.

Er heilte, bis alles vor seinen Augen verschwamm, bis er nur noch ein Rauschen im Ohr hörte. Er heilte, bis sein linker Arm kraftlos hinuntersackte, und dann heilte er nur noch mit der Rechten. Er heilte, bis endlich das Blut nicht mehr floss. Sein ganzer Körper war taub.

Langsam ließ Aiphyron ihn zu Boden sinken, und Ben fiel auf die Knie.

»Rührt er sich?«, flüsterte er.

»Nein«, antwortete Aiphyron. »Aber sein Herz schlägt, und er atmet, wenn auch schwach.«

»Dann lass mich noch mal …«, fing Ben an, kam aber nicht mehr auf die Beine. Er brach einfach zusammen und verlor das Bewusstsein.

DER DRACHE AM WASSER

Ben erwachte in seinem Bett, aber Anula war nicht bei ihm. Warm schien die Sonne zum offenen Fenster herein, es musste schon spät am Vormittag sein, trotzdem war er noch hundemüde. Gähnend drehte er sich noch mal um, dann erinnerte er sich mit einem Schlag an alles. Er sprang aus dem Bett und lief zum Fenster. Der goldene Drache lag noch immer reglos am Ufer, um ihn herum standen Neugierige. Quobemhonn marschierte eifrig hin und her und hielt alle auf zwei, drei Schritt Abstand.

Garho saß weiter weg und beachtete den Drachen nicht. Er blickte aufs Meer hinaus.

Hastig schlüpfte Ben in das fleckige Hemd und die Hose und stürzte die Treppe hinunter.

»He, Ben«, grüßte irgendwer, als er auf den Hof stürmte, dann noch einer.

Ben achtete nicht darauf und rannte weiter.

»Morgen, Ben«, klang es hier, und da: »Hallo, Schreckensbringer.«

Er grüßte kaum zurück, sondern eilte zu dem fremden Drachen hinüber. Warum hatte ihn niemand geweckt, wenn der Drache noch nicht wieder erwacht war? Er würde doch nicht …?

Nein!

Als Gibor gestern die goldene Sternschnuppe gesehen hatte, hatte Ben nicht nachsehen wollen. Das musste der

Drache gewesen sein! Sie hätten viel früher dort sein können, so viel früher! Wenn der Drache starb, war es allein Bens Schuld.

Der Drache hatte die Augen geschlossen, doch als Ben ihn berührte, konnte er das Leben in ihm spüren, wenn auch ganz schwach. Das Herz schlug nur zögernd, sein Atem ging kaum hörbar.

»War er schon mal wach?«, fragte er Quobemhonn, der noch immer pflichtbewusst vor dem Drachen auf und ab lief.

Der Wachdrache blieb kurz stehen und meldete zackig: »Nein, Ben.«

Dann stapfte er wieder breitbeinig seine Runden um den goldenen Drachen, den drohenden Blick auf die Neugierigen gerichtet. Er knurrte: »Hier gibt's nichts zu sehen!«, aber das glaubte ihm natürlich keiner.

Ben tastete den bewusstlosen Drachen ab, suchte mit seiner Gabe nach inneren Verletzungen und Brüchen und spürte hier und da welche auf. Er sandte seine heilenden Kräfte aus und fühlte, wie sie nur ganz langsam wirkten. Er wusste nicht, ob das an seiner Schwäche lag oder daran, dass der Drache an der Grenze zum Tod stand. Doch wenn auch langsam, sie wirkten. Viel mehr Sorgen machte ihm, dass er nicht wusste, wie er ihm das verlorene Blut wiedergeben konnte. Wieso gelang ihm das nicht, wenn er sogar Flügel wachsen lassen konnte?

Sein Blick fiel auf den riesigen, blutverschmierten Pfeil, der neben dem Drachen lag. Er musste über zweieinhalb Schritt lang sein, die Spitze war aus makellosem Blausilber gefertigt. Er war allein dazu gemacht, einen Drachen zu töten. Einen fliegenden Drachen vom Himmel zu holen. Dass dies so nah an ihrem Versteck geschehen war, konnte kein Zufall sein. Und wenn er das Gemurmel der Umstehenden richtig deutete, dann war er mit seiner Vermutung nicht allein. Anders als gestern hörte er heute ausnehmend gut, während er seine Heilkräfte in zwei zersplitterte Rippen sandte. Ohne dass er die Stimmen groß unterschied, prasselten sie auf ihn ein.

»Das schöne Mädchen hätte auch jeder von uns sein können«, murmelte irgendwer.

»Wie geht es ihr?«

»Bewusstlos wie der Drache. Aber Ben kann nur Drachen heilen, nicht sie und keinen anderen Menschen.«

»Dolna kann das.«

»Nicht mit einer Gabe. Nur mit Verbänden und Kräutern und so. Das kann jeder.«

»Du auch?«

»Nein! Es ist keine Gabe, du weißt genau, was ich meine.«

»Ja, aber … schau dir den Drachen an. Er ist riesig und trotzdem gleich tot. Was haben wir Menschen so einem Pfeil entgegenzusetzen?«

»So einem Pfeil? Nichts.«

»Aber er ist nicht tot, Ben wird ihn heilen! Er hat es immer geschafft!«

»Ich weiß nicht, schau dir doch …«

Klatsch! Irgendwer hatte gerade irgendwem eine gescheuert, und zwar gewaltig. Ben schloss die Augen. Er durfte nicht hinsehen, durfte sich nicht ablenken lassen.

»He!«

»Ben schafft das!«

»Und wenn nicht?«

Irgendwer schubste irgendwen, irgendwer fiel, irgendwer schrie, andere schrien, zerrten, rauften, mischten sich ein. Es war ein einziges Durcheinander. Ben konnte nicht heraushören, wer hier gegen wen stand, es war im Moment auch egal. Er konnte die Zweifel an ihm nicht einfach wegreden. Sie würden nur verschwinden, wenn er den Drachen rettete, und nicht mal dann war das sicher.

»Gib zu, dass er es schafft!«, verlangte irgendwer. »Los!«

»Ja, gut, Ben schafft's«, keuchte der Unterlegene, aber auch das würde nicht für immer helfen. Wirkliche Überzeugung konnte man nicht erzwingen, nur Gehorsam.

»Gut«, keuchte der Sieger zufrieden.

»Ja, gut, aber was ist mit uns? Uns kann Ben nicht helfen.«

Einen Augenblick lang herrschte Stille, nur die Wellen plätscherten unermüdlich.

»Nica hatte recht«, murmelte dann irgendwer. *»Lebend oder tot* auf den Steckbriefen, das macht einen großen Unterschied.«

Ben konnte die Angst der anderen förmlich spüren. Doch darum musste er sich später kümmern, auch wenn er noch nicht wusste, wie. Erst musste er den Drachen retten – unbedingt. Er war so groß und wunderschön, die Schuppen glitzerten in der Sonne. Wo mochte er herangewachsen und geboren worden sein? Unter dem Versteck eines gewaltigen vergessenen Piratenschatzes oder mitten in einer Goldader? Wo hätten sich seine Schuppen sonst so gefärbt?

Egal, woher er stammte, er musste weiterleben. Ben würde es nicht ertragen, an seinem Tod schuld zu sein. Er durfte nicht aufgeben! Würde er versagen, würde nicht nur der Drache sterben, sondern die Angst der anderen würde ins Unermessliche wachsen.

Wachst zusammen, befahl er den Knochen lautlos. *Heilt end-*

lich! Und er konzentrierte sich so sehr, dass er nichts mehr um sich wahrnahm.

Dann war plötzlich Anula bei ihm. Nachdrücklich zog sie ihn von dem Drachen weg. »Setz dich.«

»Aber ich muss …«

»Essen. Bevor du wieder umkippst. Also setz dich.«

Ben gehorchte, sein Magen knurrte. »Und ich dachte, ich soll hier der Anführer sein?«

»Auch Anführer müssen essen«, bestimmte Anula ungerührt. Sie hatte ihm ein Frühstück und ein Mittagessen mitgebracht, und Ben verschlang alles gierig, ohne auf irgendetwas anderes zu achten, würzigen Ziegenkäse zu dunklem Brot, in Zwiebeln geröstete Muscheln an gebratenen Apfelscheiben. Anula aß stumm mit ihm und sah ihm kopfschüttelnd zu.

»Danke.« Er beugte sich vor und flüsterte ihr ins Ohr: »Kannst du bitte rausfinden, wer da eben gezwungen wurde, an meine Gabe zu glauben? Ich muss mit ihm reden.«

Anula nickte. Noch immer standen ein paar Geächtete herum, aber Ben wusste nicht, ob auch die Streithähne dabei waren. Langsam erhob er sich wieder und legte die Hände suchend auf den Drachen.

»Ben?«, fragte Gibor vorsichtig. »Wird er wieder gesund?«

»Ich hoffe es. Ich tu mein Bestes.«

»Dann ist es gut.« Er flitzte davon.

Anula beugte sich zu Ben und sagte so leise, dass es sonst niemand hörte: »Er wird ganz sicher gesund, er ist in deinen Händen.«

Und Bens Zweifel schwanden.

Am Nachmittag war der Drache noch immer nicht aufgewacht, aber er wirkte kräftiger. Nun sah er aus, als würde er schlafen, nicht mehr so, als läge er im Sterben. Ben gönnte sich eine Pause und setzte sich ausgelaugt ans Meer. Er zog die Schuhe aus und hängte die Füße ins Wasser.

Akse kam zu ihm: »Ich muss dir noch etwas erzählen.«

Ben seufzte.

»Es geht um gestern. Bevor wir das Glas geholt haben, waren wir kurz in dem Fischerdorf mit der schönen Schwarzfelsenbucht. Du erinnerst dich? Da, wo der kleine graubärtige Fischer lebt, der im Sommer zweimal sein Boot nachts draußen gelassen hat, damit die Drachen es mit ihrer Kraft und Thylos' Geschick reparieren können, ohne dass die anderen es mitbekommen? Der uns dafür die leckeren gepökelten Krebse hingelegt hat?«

Ben nickte.

»Uns drei kennt dort niemand, ich war nur nachts dort, die anderen gar nicht. Aber das Haus des Graubärtigen war verrammelt, sein Schiffsmast gebrochen. Und auf der Straße haben kleine Kinder gespielt. Einer ist mit einem Besen zwischen den Beinen herumgerannt, die anderen haben ihn gejagt und umgestoßen. Johlend haben sie ihm den Arm auf den Rücken gebogen, und er hat sich beschwert: *Das ist nicht fair, der Besen kann gar nicht wirklich fliegen. Ich will nicht immer der Samothanbeter sein, ich will jetzt auch mal Kopfgeldjäger sein. Ich will auch reich werden!*

Aber kein anderer wollte Samothanbeter sein, und so musste er wieder auf den Besen und fortlaufen. Die anderen sind ihm hinterher, und der Anführer hat geschrien: *Ich bin der große Herr Thaler, und ich krieg dich.* Und er hat ihn bekommen.«

Ben wusste nicht, ob er lachen sollte oder nicht. Den Namen Thaler hatte er schon mal gehört, aber er erinnerte sich nicht mehr, wann. Er war so furchtbar erschöpft. Eigentlich sollte ihn die Geschichte nicht groß kümmern, kleine Kinder wollten jeden Tag etwas anderes sein, aber es traf ihn doch, dass keins auf ihrer Seite stand. Dass alle ausgerechnet Kopfgeldjäger sein wollten. Reich werden, egal, wie. »Besonders beliebt sind wir da nicht, oder?«

Akse schüttelte den Kopf. »Nein. Aber die wissen es eben nicht besser. Noch nicht.«

»Noch nicht.« Ben nickte müde.

»Und Ben?« Akse sah ihn an. »Es tut mir leid mit dem Glas.«

»Schon gut«, sagte Ben. »Ihr habt einen Drachen gerettet. Das ist wichtiger.« Und damit erhob er sich, um nach ihm zu sehen.

Das gemeinsame Essen am Abend war nicht so ausgelassen wie sonst. Yanko lachte laut und oft, aber er allein konnte die Angst nicht vertreiben, die wie ein unsichtbarer Schatten zwischen ihnen saß, seit der leblose Drache am Meer lag.

Ben setzte sich zu Thylos, dem großen rothaarigen Flößergehilfen, der vom Mittagsstreit ein blaues Auge und ein paar kleinere Schrammen zurückbehalten hatte. Er sagte: »Ich wollte dir nur versichern, dass du gern an mir zweifeln darfst, wenn du magst. Ich würde dich dafür nie schlagen, das weißt du, oder?«

»Ich zweifle nicht an dir, Ben, bestimmt nicht.« Er zuckte mit den Schultern. »Nur daran, dass du den Tod besiegen kannst.«

»Das klingt vernünftig, denn das kann niemand.«

»Dann … Ich bin auch kein Drache, du … Ich …« Verschämt sah Thylos zu Boden. »Ich will nicht sterben.«

»Ich auch nicht. Ich glaube, keiner hier.«

»Ja, aber jemand wie Yanko oder Anula oder du haben keine Angst.«

»Da täusch dich mal nicht.«

»Ehrlich?«

»Ja. Die Angst hilft uns, am Leben zu bleiben. Sie macht uns vorsichtig, wenn …«

In diesem Augenblick sprang Yanko auf den Stuhl und rief: »Wisst ihr, was mich diese hohlköpfigen Ritter mal können? Sind doch nur laufende, saufende Rüstungen mit nichts drin. Denen werde ich's zeigen! Die schüchtern mich nicht ein! Nachher, wenn es dunkel ist, fliege ich nach Rhaconia und hänge ein paar freundliche Pergamente an ihre Lieblingswirtschaft. Plumpe Drohungen wirken nicht bei uns!«

»He, Yanko, seit wann kannst du fliegen?«, dröhnte Feuerschuppes Stimme von draußen herein. »Auf Nicas Balkon musstest du damals noch hochklettern.«

»Ja, ja.« Yanko lachte. »Wie sieht's aus, alter Junge? Schleppst du mich nachher hinüber?«

»Wenn du dir den Bauch nicht zu sehr vollschlägst.«

»Heißt das, du bist zu schwach, mich zu tragen? Soll ich lieber den großen Ellyhmottheen fragen?«

Manche lachten, bei anderen zuckten wenigstens die Mundwinkel.

»Du bist sicher, dass Yanko Angst kennt und vorsichtig ist?«, fragte Thylos Ben, und der grinste. »Yanko hat eine ziemlich eigene Art, mit Angst umzugehen.«

Während Yanko und Feuerschuppe weiterplänkelten, kam Dolna an den Tisch. Nica hatte sie bei der Ohnmächtigen abgelöst, damit sie auch etwas essen konnte, doch sie ging zuerst zu Ben. Sie wirkte verstört.

»Alles in Ordnung?«, fragte er. »Ist sie wach?«

Sie schüttelte den Kopf und flüsterte: »Sie schläft tief und fest. Ich glaube, sie hat sich beim Aufprall heftig den Kopf gestoßen. Ein paar Schwellungen habe ich verbunden. Auch die offenen Wunden, aber die waren nicht tief. Ich vermute, das Meiste hat der Drache abgefangen.« Unruhig huschte ihr Blick herum, dann fuhr sie noch leiser fort: »Manchmal spricht sie im Schlaf. Ganz undeutlich. Nur einen Namen habe ich dreimal verstanden, den hat sie beinahe ausgespuckt. Nica glaubt auch, dass dreimal kein Zufall sein kann, und ich soll ihn nur dir sagen, niemandem sonst.«

»Welcher Name?«

»Herr Thaler.«

Überrascht sah Ben sie an. Er wusste noch immer nicht, wer das sein sollte, aber so kurz nachdem Akse ihn erwähnt hatte, konnte das kein Zufall sein. »Wer?«

»Herr Thaler. Wie der Kopfgeldjäger, den Yanko als Kinderschreck verlacht hat.«

Jetzt endlich erinnerte er sich, und ein Schauer überlief ihn. Das konnte doch nicht wahr sein, oder? »Nica hat recht. Kannst du das bitte noch für dich behalten? Bis morgen?«

»Gut.«

»Ich schweige auch«, versprach Thylos, der anscheinend doch alles gehört hatte. Er wirkte beunruhigt.

Gute Ohren, dachte Ben. Morgen würden es alle wissen. Und wenn bis dahin der goldene Drache nicht wach war, würde die Angst weiter wachsen. Nur wegen eines gemurmelten Namens. Vielleicht hieß so nicht nur ein Kopfgeldjäger, sondern auch der Arzt des Mädchens, und es hatte nichts zu bedeuten. Aber das glaubte Ben eigentlich selbst nicht.

Dolna setzte sich zum Essen und wurde sofort von mehreren Geächteten umringt, die sie offenbar mit wichtigen Fragen bedrängten. Sie nickten und wirkten besorgt, jeder schien ihr Hilfe anzubieten. Ben lächelte. Es war schön, dass alle bereit waren, einen Fremden einfach anzunehmen. Schließlich waren sie alle hier irgendwann gestrandet.

Nach dem Essen ging Ben noch mal hinaus, um nach dem goldenen Drachen zu sehen, aber er konnte nicht viel tun. Das Blut musste allein zurückkommen, wenn das überhaupt möglich war.

Ben zerrte seine Strohmatratze aus dem Turm und legte sie neben den Drachen. Zu Anula sagte er: »Ich bleibe draußen. Falls etwas passiert.«

»Wenn du meinst.« Ohne ein weiteres Wort verschwand sie im Turm. Kurz darauf kehrte sie mit ihrer Matratze im Schlepptau zurück. »Aber wenn du bleibst, dann bleibe ich auch.«

Eine Stunde später war die Sonne untergegangen, und Yanko und Feuerschuppe verabschiedeten sich unter großem Gejohle. Ellyhmottheen begleitete sie, um nach einer Nachricht von Nesto zu schauen. In der rechten Vorderklaue hielt er ein Stück Käse als Proviant, links ein Stück Kuchen.

»Und falls ich doch unter Yankos Wampe schlappmache, übernimmt er das Tragen«, verkündete Feuerschuppe grinsend.

Vergnügt mampfte Ellyhmottheen Käse und Kuchen abwechselnd.

»He, Yanko, was hast du für die Ritter dabei?«, rief Byasso. »Lies vor.«

Garho brachte eine brennende Fackel, und Yanko entrollte mit großer Geste ein Pergament. Mit der dröhnenden Stimme eines Ausrufers trug er vor.

RITTER ENTLAUFEN

50 Gulden Belohnung

Leuchtend blaues Metallfell, gut abgerichtet, kann Männchen und Sitz machen. Hat Angst vorm Fliegen, weil nicht schwindelfrei. Wurde versehentlich im Wald ausgesetzt und findet nicht allein nach Hause. Wer bringt mir mein Schoßtierchen wieder?

Gezeichnet: Morghon
Hohler Abt von Kloster Tränenflut

Byasso lachte, die anderen auch, und am lautesten der kleine Garho, der gerade erst dem Abt entkommen war. Er schüttelte sich richtig vor Lachen, sodass die Fackel wild wackelte und beinahe das Pergament und Yankos Haare in Brand gesteckt hätte. Daraufhin lachte Sidhy am lautesten. Aiphyron packte Garho und die Fackel und warf sie ins Meer. Er schrie: »Feuer!«

Prustend tauchte der völlig verdutzte Garho wieder auf. Er spuckte Wasser. »He! Was soll das?«

»Ich hab dich gelöscht.«

»Aber … ich hab doch gar nicht gebrannt!«

»Noch nicht. Aber so wie du mit der Fackel rumgewedelt hast, war da nicht mehr lange hin.«

»Ich hab nicht gebrannt«, wiederholte Garho und stapfte wieder an Land. Die Fackel war verloren.

»Das sagen sie alle«, brummte Aiphyron. »Bis es zu spät ist. Lieber einmal zu oft nass als verbrannt.«

»Na dann«, knurrte Garho und warf eine Handvoll Wasser nach dem Drachen. Harmlos verteilten sich die Tropfen reihum.

»Bevor wir auch noch gelöscht werden, verschwinden wir besser«, rief Yanko und kletterte auf Feuerschuppe. Zusammen mit Ellyhmottheen flogen sie davon.

Die ersten Geächteten gingen schlafen. Auch Byasso wünschte Ben eine gute Nacht. »Mit den Büchern aus Venzara komme ich gut voran. *Die Schrift von Hammer und Feuer* ist wirklich gut, bei den *Trollkriegen* bin ich nicht sicher. Aber die Bilder sind toll.«

»Wie weit bist du mit der *Schrift?*«

»Zur Hälfte durch. Da stehen Geschichten drin, die habe ich noch nie gehört, oder ganz anders. Viele Sagen und ein paar Prophezeiungen und manches, das wie die Wahrheit klingt. Wenn ich fertig bin, gebe ich es Yanko. Könnte ihm gefallen, weil sein Vater doch Schmied ist.«

»So gut ist er auf den aber nicht mehr zu sprechen.«

»Vielleicht liest er es genau deshalb«, sagte Byasso. »Die meisten Leute reden ständig über die, die sie nicht leiden können.«

»Vielleicht«, sagte Ben unbestimmt, obwohl er das nicht glaubte. Aber das mussten die beiden ausmachen, er war jetzt zu müde für eine Diskussion und noch immer ausgelaugt vom Heilen. Er verabschiedete Byasso und räumte den gewaltigen blutigen Pfeil beiseite, weil er nicht neben ihm schlafen wollte. Dann legte er sich auf seine Matratze. Anula legte sich neben ihn. Das Mondlicht glitzerte auf den goldenen Schuppen des Drachen.

»Tut mir leid, dass du schon wieder keine Fenster bekommen hast«, murmelte Ben.

»Das macht doch nichts.« Anula berührte sein Gesicht mit der Hand. »Noch ist es warm.«

»Ja, aber so fern ist der Winter nicht mehr.«

»Wir finden schon irgendwas.«

»Nicht irgendwas! Vezara-Fenster, das hab ich dir versprochen.«

Schweigend lauschten sie auf den Atem des Drachen, aber der blieb unverändert schwach. Dann erzählte Ben, dass die Ohnmächtige Herrn Thalers Namen vor sich hingemurmelt hatte.

»Findest du sie eigentlich auch so schön wie alle?«, fragte Anula.

»Wen?«

»Aha.«

»Was?«

»Du findest sie also schön.«

»Dolna?«

»Nein. Die Ohnmächtige.«

Ben zögerte. Was sollte er bloß sagen? Natürlich war sie schön. Mädchen fragten so was in diesem Ton nur, wenn jemand wirklich schön war.

»Alle Jungs finden sie schön. Die ersten planen schon, wie sie ihr den Hof machen können. Dolna hat so viele freiwillige Helfer wie sonst nie«, sagte Anula bissig.

Ja, Ben erinnerte sich, wie sich beim Abendessen alle

Jungs um Dolna geschart und in die Brust geworfen hatten. Die eher unscheinbare Dolna war das gar nicht gewohnt, aber klug genug, es einschätzen zu können.

»Sonst muss Dolna auch keine Bewusstlosen verarzten«, versuchte Ben einen schwachen Einwand.

Aber Anula schüttelte nur den Kopf. »So hübsche Mädchen bedeuten immer Ärger, glaub mir.«

»Dann müsstest du noch viel mehr Ärger bedeuten.«

»Charmeur.« Anula lächelte. »Aber meine Haut …«

»Hör auf mit deiner ewigen Haut!«, fauchte Ben. »Du bist wunderschön!«

»Aber ich bin die Freundin des Anführers. Das gibt keinen Ärger, von der lässt jeder die Finger.«

»Von den Mädchen seiner Freunde lässt man auch die Finger!«

»Meinetwegen.« Anula schmiegte sich an ihn. Ihre Haut war warm, und doch hatte sie eine Gänsehaut. Nach der Ohnmächtigen fragte sie nicht mehr.

Sie versuchten zu schlafen, doch kaum hatten sie die Augen geschlossen, war Nica bei ihnen.

»Ben!«

»Ja?«

»Cathe ist wach.«

»Wer?«

»Das Mädchen, das mit dem goldenen Drachen gekommen ist. Sie heißt Cathe.«

Ben schob seine Müdigkeit beiseite und rappelte sich auf. Anula war vor ihm auf den Beinen und zog ihn hoch. Gemeinsam mit Nica eilten sie in die Festung.

»Ich hol noch mal Wasser und was zu essen«, sagte Dolna, als Ben mit Nica und Anula ins Krankenzimmer stürzte und verschwand. Neben der Matratze stand eine kleine Öllampe und beleuchtete Cathes bleiches Gesicht. Die Augen waren verquollen und glasig wie von Fieber, das Haar strähnig und verstrubbelt. Schweiß glänzte auf ihrer Stirn.

»Bist du Ben?«, empfing sie ihn mit matter Stimme. Die Lippen waren dick und rissig.

»Ja.«

Sie seufzte. »Wie geht Drachen?«

»Noch ist er bewusstlos.«

»Aber lebt?«

»Ja.«

Sie schloss die Augen und atmete durch. »Wollte unbedingt zu dir. Alte Sage«, murmelte sie schwach.

»Im Schlaf hast du einen Namen gemurmelt«, wechselte Ben das Thema. Die Sage vom ersten Drachenflüsterer kannte er längst, und er musste es wissen, bevor sie wieder einschlief. »Herr Thaler. Warum?«

»Weil er …« Sie öffnete die glasigen Augen und stieß einen röchelnden Husten aus. »Er uns abgeschossen. Einfach so, keine Vorwarnung.«

»Feiger Trollpopelfresser!«, fluchte Ben.

Über Cathes Gesicht huschte ein winziges Lächeln. Neue Schweißtropfen rannen ihr über die Schläfen. Nica tupfte sie fort, und Cathe sah sie dankbar an.

»Und du bist sicher?«, hakte Ben nach. Er konnte nicht alle in Angst versetzen, wenn sie nur im Fieber fantasierte. »Du hast ihn bestimmt erkannt?«

Langsam schüttelte sie den Kopf. »Nicht gesehen. Er war versteckt. Hat aus einem Versteck gefeuert und …«

»Woher weißt du dann, dass er es war?«

Sie schloss kurz die Augen und befeuchtete mit der Zunge ihren trockenen aufgeplatzten Lippen. Das Reden bereitete ihr sichtlich Mühe, vielleicht auch das Erinnern. »Er war vor Wochen in unserem Dorf und hatte Armbrustkatapult … riesig … um geflügelte Drachen … Er … er … war auf Suche nach dir.«

»Warum?«, rutschte es Ben heraus, obwohl er es wusste. Aber das Warum fragte nach so viel mehr, nach dem Armbrustkatapult und warum er Drachen abschoss. Er fragte, weil er nicht begreifen wollte, wie jemand seinen Lebensunterhalt damit verdienen konnte, andere Menschen gegen Geld zu jagen.

»Kopfgeld«, flüsterte Cathe.

»Stinkender Guldenkriecher!« Nichts hatte er diesem Thaler getan, niemand von ihnen, aber der machte trotzdem einfach Jagd auf sie. »Und wo wollte er suchen?«

»Überall. Wollte Morghon fragen, dann Küste anfangen.«

Ben dachte an den Angriff vor Venzara. Das war keiner der Geier gewesen, sondern Herr Thaler. Kein Schnabel, sondern eine Pfeilspitze hatte Juri an der Brust getroffen. Glücklicherweise waren sie deutlich höher geflogen als der goldene Drache, und so hatte der Pfeil nicht mehr viel Schwung gehabt. Und den letzten Schwung hatten ihm die zahlreichen dicken Fensterscheiben mit ihren Metallrahmen und Verstrebungen genommen, eine schützende Rüstung aus Glas und unverschämten Glück. Ja, so musste es gewesen sein.

»Müde«, sagte Cathe und schloss die Augen, gerade als Dolna wieder eintrat.

»Nur noch eins«, bat Ben, aber Dolna drängte ihn zur Seite.

»Erst wird getrunken«, stellte sie fest und hielt Cathe einen Becher an den Mund. Die schluckte gierig.

»Wie heißt der Drache?«, fragte Ben ungeduldig.

Cathe leerte den Becher, doch die Hälfte ging vorbei. Wasser rann ihr über Wangen und Hals auf die Matratze hinab. Sie hustete und zitterte. Verwirrt sagte sie: »Ich … ich weiß nicht …«

»Du weißt es nicht?«

»Wir … wir hatten uns gerade erst getroffen, und …«

»Aber man stellt sich doch als Erstes vor!«

»Ja. Aber so lang und fremd.« Sie hustete wieder. »Hab vergessen.« Sie wirkte traurig. »Irgendwas Zack … oder Qual … oder …«

»Denk nach!«, drängte er. Vielleicht half es, beim Heilen seinen Namen zu nennen. Vielleicht konnte man ihn so wieder aufwecken. Er musste nach jedem noch so kleinen Strohhalm greifen.

Cathe schüttelte verzweifelt den Kopf, Tränen glitzerten in ihren Augen. Sie presste sie zu.

»Lass sie, Ben«, verlangte Nica, und Dolna nickte. »Sie braucht ihre Ruhe.«

»Und du auch«, fügte Anula an, und zog ihn mit sich aus dem Zimmer. Als sie außer Hörweite waren, fragte sie: »Hast du gesehen, wie sie dich angeschaut hat?«

»Krank und müde?«

»Nein, da war mehr. Ihre Augen haben geglänzt.«

»Das war das Fieber.«

»Vielleicht. Aber ich glaube, da war mehr. Mich hat sie gar nicht beachtet.«

»Weil ich mit ihr geredet habe.«

»Vielleicht«, sagte Anula wieder.

Dann waren sie bei dem weiterhin namenlosen Drachen angekommen und legten sich wieder hin, ihre Gesichter nur eine Handbreit voneinander entfernt.

Auch beim nächsten Versuch zu schlafen, kamen sie nicht weit. Ben dämmerte gerade weg, als er das Geräusch leiser Schritte neben sich hörte. Viel zu leise für einen Menschen, vermutlich eins der frei laufenden Hühner, das wieder aus der Festung entwischt war. Hauptsache, es zupfte ihm nicht hungrig an den Haaren, so wie Celber das mal erzählt hatte, er wollte nur schlafen, nicht Hühner einfangen, er …

»Ein Brief von Nesto!«, trötete jemand direkt in sein Ohr.

Schreiend schreckte Ben hoch. »Was?«

»Was?«, rief auch Anula neben ihm und wirbelte herum.

»Ein Brief von Nesto«, wiederholte Ellyhmottheen, der auf den Hinterbeinen neben Bens Matratze stand und grinsend ein gerolltes Pergament in den vorderen Pranken hin und her wedelte.

»Mann, El, warum schreist du mir so ins Ohr?«, fauchte Ben.

»Wo soll ich denn sonst hinschreien?«, fragte der Drache verwundert. »In deinen Fuß, die Nase oder den Bauchnabel?«

»Was?« Ben starrte ihn an.

»Ich denke, ihr Menschen hört auch mit den Ohren?«

»Gib her!« Ben riss ihm den Brief aus der Klaue.

Beleidigt brummte der Drache: »Außerdem heiße ich Ellyhmottheen, nicht El. Zu Aiphyron sagst du ja auch nicht Ai, oder?«

»Ja, ja«, brummte Ben, und Anula murmelte: »Danke, Ellyhmottheen.«

Freunde,

ihr seid die Besten! Der Orden tobt wie verrückt über die missratene Hinrichtung. Auf den Straßen und in den Gasthöfen kursieren die wildesten Gerüchte. Es heißt, der werte Herr Abt hätte am liebsten alles verschwiegen und irgendein anderes Kind hingerichtet – einen Bettler oder einen Straßenjungen. Auf keinen Fall wollte er sein Gesicht wegen einer abgesagten Hinrichtung verlieren. Aber er wäre gerade noch rechtzeitig zur Vernunft gekommen, sagen die meisten, Hellwah habe ihm eine Vision geschickt. Andere behaupten, er habe einfach nur kein Kind rechtzeitig erwischt. So oder so, er kocht vor Wut und verlangt jede Stunde nach mehr Kopfgeldjägern. Und sie kommen. Ich habe einige Männer und Frauen mit Steckbriefen in der Hand gesehen, die letzte Woche noch als Bäcker, Lotse oder Magd gearbeitet haben. Jetzt tragen sie Waffen, schauen in jedes leere Fass im Hafen und träumen lautstark von tausend oder gar fünfzigtausend Gulden. Sie wollen so berühmt werden wie der legendäre Herr Thaler.
Ich weiß nicht mehr, ob ich es schon geschrieben habe, aber Morghon soll einem fahrenden Händler, Erfinder oder so schon vor Wochen etwas Teures abgekauft haben, einen Konstruktionsplan oder eine Idee oder so. Aber er soll auch ein goldenes Zaumzeug für seinen Drachen und eine doppelstöckige Prunkkutsche für Ausflüge gekauft haben; dem reichen Geldsack wird ständig nachgesagt, irgendwas zu kaufen.
Aber eigentlich schreibe ich, weil ich endlich weiß, was der hiesige Schmied herstellen soll: mindestens zwei Dutzend übergroße Pfeilspitzen. Ich habe zufällig eine Skizze gesehen. Die Spitze war drei Ellen lang und würde auf einen Schaft mit drei Handbreit Durchmesser passen. Das ist sinnlos, einen

so gewaltigen Bogen könnte niemand spannen, die Titanen und Vorfahren der Trolle sind alle tot. Doch das Blausilber soll in zwei Tagen hier sein, für irgendetwas muss es also gut sein. Vielleicht habt ihr ja eine Vermutung?

N.

P.S. Auf den geflüchteten Jungen ist ein Kopfgeld von 1000 Gulden ausgesetzt.

Ben ließ das Pergament sinken. Das Maß für die Pfeilspitze war beinahe doppelt so groß wie die, die sie aus der Brust des goldenen Drachen gezogen hatten.

»Das war kein fahrender Händler«, murmelte er fassungslos. »Sondern Herr Thaler.«

Jetzt wusste er endlich, welchen Zweck der hölzerne Turm erfüllen sollte, der gerade im Kloster Sonnenflut gebaut wurde.

ZOTTEL FRISST UND YANKO KNEIFT

Leg dich hin«, drängte Anula. »Du brauchst den Schlaf.«

»Zwei Tage«, rief Ben, packte einen herumliegenden Stein und warf ihn ins Meer. »Zwei läppische Tage!« Er schleuderte noch einen. Irgendwo in der Richtung lag das Kloster Sonnenflut. Unweit hinter ihnen meckerte eine der Krummhornziegen verärgert.

»Schnauze!«, knurrte Ben.

»Jetzt kannst du sowieso nichts tun«, sagte Anula.

»Ich muss!«, rief Ben. »Wir haben nur zwei Tage, um das zu verhindern!« Weil er aber nicht wusste, was er tun konnte, packte er zwei weitere Steine und schleuderte sie voller Wut weg. Den zweiten warf er mit links, und das misslang ihm völlig. Er traf den goldenen Drachen direkt auf die Schnauze. Ein kurzes Schnauben ertönte, dann ging der Atem wieder regelmäßig.

Die Ziege meckerte und stakste davon.

»Hast du das gehört?«, jubelte Ben. »Er hat sich geregt.«

Hoffnungsvoll sprang er zu dem Drachen und stieß ihn gegen die Schnauze. Er hob das Augenlid und zog ihn am Ohr.

»Was machst du da?«, stieß Anula hervor.

»Neue Heilmethoden.«

»Heilen durch Pieksen und Ohrenziehen?«

»Das ist ein Drache«, erklärte Ben. »Dem tut das nicht

weh. Aber er spürt es, und das ist ausgezeichnet. Jedes Lebenszeichen ist im Moment gut, und sei es auch nur die Wut über mein Piesacken.«

»Dann mach das aber nicht unbedingt in Reichweite seiner Zähne«, riet ihm Anula trocken. »Nur für den Fall, dass er wütend aufwacht und erst zuschnappt, bevor er Fragen stellt.«

»Oh.« Daran hatte Ben nicht gedacht. Schnell kletterte er auf den Drachen, stieg ihm über den langen Hals auf die Stirn, beugte sich vor und drückte ihm mit dem Zeigefinger auf die geschlossenen Augen. »Aufwachen!«

»Au«, zischte Anula mitfühlend.

»Das war nicht fest«, versicherte Ben.

»Und das spürt er trotzdem?«

Ben zuckte mit den Schultern, der Drache atmete ungerührt weiter.

»Ich versuch es mal fester«, sagte Ben. Um sich selbst zu überzeugen, dachte er: *Wenn was kaputt geht, kann ich ihn ja immer noch heilen. Hauptsache, er wacht auf.*

Anula trat zwei Schritte zurück, Ben pochte mit der Faust gegen das Augenlid, der Drache schnaubte kurz und schlief weiter. Ben klopfte noch einmal fester, und noch einmal und noch einmal, aber der Drache erwachte nicht. Enttäuscht packte Ben ein Lid und zog es auf; das Auge darunter war noch immer dumpf, sein Blick ging ins Leere.

Warum nur hatte er nicht auf Gibor gehört, als der die goldene Sternschnuppe hatte fallen sehen? Hundertmal hatte er sich das schon gefragt, und er fragte es sich noch immer. Langsam kletterte er wieder von dem Drachen runter. Wind kam auf und wehte frisch vom Festland herüber.

Anula zitterte. Ben wagte nicht zu fragen, ob ihr kalt war. Er würde ihr diese elenden Fensterscheiben besorgen!

Es war, als wäre alles bisher nur ein Spiel gewesen, und plötzlich drohte die Kälte des kommenden Winters, und sie bekamen die wahre Macht des Ordens zu spüren. Neue Waffen, größere Waffen und immer mehr Kopfgeldjäger. Die Macht des Geldes, wenn Ben an die gewaltige Zahl an Kopfgelder dachte. Und ein Jäger, der Drachen vom Himmel holen konnte.

»Was sollen wir nur machen?«, murmelte er. Er wusste nicht, wo anfangen, er wusste nur, dass sie nicht fliehen durften.

»Auf der Insel sind wir sicher«, erinnerte ihn Anula.

»Aber auch gefangen, wenn wir uns nicht mehr herauswagen dürfen, nicht mal mehr hoch in der Luft. Dann ist es in der Tat ein Verlies für uns.«

Der Wind wurde stärker, die Wellen plätscherten lauter.

»Zwei Tage sind einfach zu kurz«, wiederholte Ben. »wir brauchen mehr Zeit.«

»Wir haben doch länger«, gab Anula zu bedenken. »In zwei Tagen kommt erst das Blausilber. Es muss noch geschmiedet werden, und der Turm mit dem Armbrustkatapult ist auch noch nicht fertig.«

Ben schüttelte den Kopf. »Es geht immer um das Blausilber. Sobald das geschmiedet ist, ist der tödliche Pfeil fertig. Alles andere ist zweitrangig.«

»Dann darf das Blausilber nicht in Rhaconia ankommen. Dann müssen wir es eben unterwegs abfangen.«

»Und wie? Wir wissen nicht, woher es kommt.«

»Nesto?«

»Nein. Wenn er es wüsste, hätte er es geschrieben.«

Sie schwiegen. Ellyhmottheen war längst verschwunden, wahrscheinlich in die Küche oder einen der Vorratsräume.

»Was, wenn wir einfach alle Handelsrouten überwachen?«, schlug Anula vor. »Blausilbertransporte sind auffallend gut bewacht, weil jede Räuberbande es darauf abgesehen hat. Wir schnappen uns einfach den Wagen, der am stärksten bewacht wird.«

»Und wie sollen wir aufgeteilt gegen eine solche Übermacht bestehen?« Ben war zu müde, um klar zu denken.

»Mit List, wie immer.«

»Gold und Edelsteine werden auch bewacht. Was, wenn wir uns die falschen aussuchen?« Ben schüttelte den Kopf. »Vielleicht kommt das Blausilber ja auch übers Meer.«

»Was dann?«

Ja, was dann? Schweigend starrten sie auf das schwarze Wasser. Die Ziege kam wieder angestakst und zerrte mit den Zähnen an Bens Matratze herum. Sie versuchte, an das Stroh darin zu kommen.

»He!«, schrie Ben sie an.

»Mäh!«, meckerte die Ziege zurück, ließ ihren Fang jedoch nicht los. Es war die größte und vorlauteste der Ziegen. Gibor hatte sie Zottel getauft, weil sie einen langen verfilzten Bart hatte.

Wütend packte Ben das andere Ende der Matratze und zog. Hatte sich heute denn alles gegen ihn verschworen? Die Ziege zog ihrerseits und senkte angriffslustig den Kopf. Die gewundenen Hörner waren spitz und ein gutes Stück länger als Bens Unterarm.

»Das darf doch nicht wahr sein!« Ben packte die Matratze fester. »Aus, Zottel!«

Schnaubend stemmte die Ziege die Hufe in den Boden.

Anula lachte.

»Hilf mir lieber!«, verlangte Ben, und Anula lachte lauter und lauter, bis Ben schließlich in ihr Lachen einfiel und die Matratze losließ.

Stolz schleppte die Ziege ihre Beute davon.

»Gönn's ihr«, sagte Anula, und sie sahen ihr hinterher. »Wir haben noch andere.«

»Die hat echt gewartet, bis wir wegschauen, oder?«, fragte Ben.

»Sie sind schlauer, als man denkt. Besonders Zottel.«

Die Ziege hatte ein Loch ins Fußende der Matratze gebissen und knabberte nun zufrieden am Stroh.

»Wir müssen es machen wie die Ziege«, sagte Anula.

»Dem Orden die Matratzen klauen?«

»Nein. Überraschend zuschlagen. Wenn der Blausilbertransport schwer bewacht ist, weil sie jederzeit mit einem Überfall rechnen, können wir sie da nicht überraschen. Aber womit rechnen sie nicht?«

Ben zuckte die Schultern.

»Wir haben schon mal darüber gesprochen.«

»Sag schon.« Er wusste nicht, worauf sie hinauswollte, und hatte keine Lust auf Ratespielchen. Sie hatten schon über so vieles gesprochen.

»Das Feuer. Faystos Ewiges Feuer in der Schmiede. Wenn wir es stehlen, dann ist es egal, wie viel Blausilber sie herbeischaffen. Denn dann kann es niemand verarbeiten.«

Der Wind trug loses Stroh davon, und Zottel meckerte.

Ben erinnerte sich. Es war einer von hundert Plänen gewesen, die sie über den Sommer hinweg gehabt und wieder verworfen hatten. »Damals war es uns zu riskant.«

»Damals hat niemand ein solches Katapult gebaut. Damals war es nicht so dringend.«

Ben nickte. Solange das Blausilber die Schmiede noch nicht erreicht hatte, war sie nicht besonders bewacht. Niemand hatte je Faystos Feuer gestohlen. Das gefiel ihm. Ja, mit jedem Moment gefiel ihm der Gedanke besser, auch wenn er noch nicht wusste, wie sie es anstellen sollten. Damit würden sie den Orden wirklich überraschen! Der verrückte Morghon würde sehen, dass sie auf alles eine Antwort hätten. Zumindest fürs Erste. Warum war er nicht selbst darauf gekommen? »Du bist großartig, Anula.«

»Ich dachte, das wusstest du schon?« Sie zwinkerte.

»Wusste ich auch.« Er küsste sie flüchtig.

»Natürlich gewinnen wir nur Zeit«, sagte sie. »Er wird neues Feuer vom Berg Arknon bekommen.«

»Ja, aber das dauert länger als Blausilbernachschub. Frag Yanko, er weiß es von seinem Vater. Das Feuer darf nur zu bestimmten Zeiten genommen werden, es gibt ein kompliziertes Ritual und so. Damit gewinnen wir Zeit, und zwar deutlich mehr als zwei Tage.«

Natürlich könnte der Abt einen anderen Schmied des Ordens beauftragen, etwa den von Venzara, aber Ben war überzeugt, dass er das nicht tun würde. Dann müsste er den Diebstahl des Feuers öffentlich eingestehen, und so viel Schande wollte er nicht auf seine Stadt kommen lassen. Jemand, der so rasch Standbilder von sich selbst aufstellen ließ, war viel zu sehr auf einen heldenhaften Ruf und den Anschein bedacht.

Ben atmete durch. Sie hatten einen Plan. Jetzt war er bereit, sich noch ein paar Stunden hinzulegen, um Kraft zu schöpfen. Viele waren es sowieso nicht mehr bis Sonnenaufgang. Aber er würde alle Kraft für die Feinheiten im Plan und vor allem die Durchführung brauchen.

»Komm mit auf meine Matratze«, bot Anula an, doch die erwies sich bald schon als zu schmal für zwei. Einer rollte immer auf den Fels hinunter. Also erhob sich Ben murrend und stapfte entschlossen zur kauenden Ziege hinüber. Sie sah ihn kommen und senkte die Hörner.

»He, Zottel, alter Junge. Machen wir halbe-halbe?«, fragte Ben freundlich.

»Mäh!« Es klang nicht zustimmend. Nachdem der Wind schon die Hälfte ihres frisch gerupften Futters davontrug, war sie offenbar nicht bereit, noch mehr zu teilen.

»Komm her, ich zeig dir was.« Schnell schichtete Ben eine Handvoll Steine zu einer Schutzmauer auf, damit der Wind das Stroh nicht fortwehen konnte, und legte der Ziege zwei Büschel hinein. Die Ziege legte den Kopf schief, hielt aber die Vorderhufe besitzergreifend auf der Matratze. Ben packte noch zwei Handvoll Stroh dazu, und Zottel stieg langsam von der aufgerissenen Matratze herunter. Genüsslich machte er sich am windgeschützten Stroh zu schaffen.

Ben warf sich die Matratze über die Schulter und schlurfte zurück zu Anula.

Die hatte sich auf die andere Seite des Drachen gelegt, sodass dessen gewaltiger Körper den Wind abhielt.

»Schlau«, sagte Ben und legte seine Matratze direkt neben ihre. Sie war kürzer geworden, doch zumindest sein Kopf und der Hintern lagen noch weich. Die Beine hatten nur noch den dünnen Stoff als Unterlage über dem Fels, aber das war auszuhalten.

»Streck sie zu mir rüber«, sagte Anula. »Füße passen hier noch drauf.«

Und so schliefen sie endlich ein.

Doch wieder dauerte es nicht lang, bis sie geweckt wurden – diesmal von Yankos und Feuerschuppes Rückkehr. Ben stöhnte auf und drehte sich um.

»Unmengen Ritter!«, rief Yanko, ohne Zeit für eine Begrüßung zu verschwenden.

»Was? Wo?« Ben wirbelte wieder herum und sprang auf. Wankend und mit schlafverklebten Augen tastete er vergeblich nach einer Waffe.

»In Rhaconia.«

»Was?« Ben brauchte eine Weile, bis er begriff, dass keine unmittelbare Gefahr drohte. Fluchend setzte er sich. »Und dafür weckst du mich?«

»Ihr wart wach. Ich hab genau gesehen, wie du dich bewegt hast.«

»Hast du«, stimmte Feuerschuppe zu.

»Ah!« Ben ließ den Kopf in den Nacken sacken. »In Rhaconia sind immer Ritter.«

»Nicht so viele. Das Wirtshaus *Zum Drachen* ist aus allen Nähten geplatzt. Der ganze Vorplatz war mit angebundenen flügellosen Drachen überfüllt. Und du weißt ja, die Drachen gehören auswärtigen Rittern, die aus dem Kloster nehmen immer das Pferd. Davon standen übrigens auch genug herum. Die Gasthoftür und die drei Bäume auf dem Platz waren mit unseren Steckbriefen übersät. Sie hingen überall.«

»Was hast du dann gemacht?«

»Ich … ich hab gekniffen.«

»Was?«, stieß Ben hervor. Das war schwer vorstellbar, Yanko hatte seine Tat groß angekündigt.

»Vernünftig«, sagte Anula.

»Ich hab mich einfach nicht reingetraut. Die Ritter waren von überall her, und ich dachte, ich würde durch die Fenster sogar einen oder zwei erkennen. Wenn sie mich auch erkannt hätten, dann … Die Fenster sind übrigens aus Venzaraglas, wenn du dich erinnerst, Ben?«

»Stimmt!«

»Nein!«, fuhr Anula auf. »Wag es bloß nicht!«

Ben öffnete den Mund, sagte aber nichts. Selbst im Dunkeln konnte er das eisig zornige Funkeln in Anulas Augen erkennen.

»Du bist also unverrichteter Dinge wieder abgezogen?«, fragte Anula Yanko, um das Thema Fenster zu beenden.

»Ich? Nein, natürlich nicht. Ich habe bis nach Mitternacht gewartet, bis es etwas ruhiger wurde. Dann habe ich meine Suchmeldung an das große Denkmal des Ritters Gekkin gehängt. Auf drei Seiten konnte ich sie so einklemmen, dass der Wind sie nicht fortweht. Ich habe sie über unsere Steckbriefe auf der schattigen Seite der Bäume genagelt und in verschiedene Satteltaschen der Drachen gesteckt. Dann habe ich noch eine auf die Rückseite der Wirtschaft gehängt.«

»Das nennst du kneifen?«, fragte Anula.

»Ich hab mich nicht an die Vordertür getraut. Zu viele Ritter, zu viel Licht. Und hinten habe ich zu laut gehämmert, sodass sich drinnen Protest erhob. Irgendwer hat wütend gegen das Fenster geklopft, irgendwer schrie, wenn jetzt keine Ruhe sei, würde er rauskommen. Und der Wirt rief, er hätte gar keine Handwerker bestellt. Ich bin weggerannt. Die letzten drei Pergamente habe ich einfach in Nebengassen gehängt, auch wenn sie da nicht so auffallen.«

»Gekniffen, so so«, wiederholte Anula.

»Wir könnten ein paar mehr Kneifer wie dich gebrauchen«, sagte Ben.

Darauf ging Yanko nicht ein, und das bedeutete, er machte sich wirklich Sorgen. »Es waren verdammt viele Ritter von auswärts da. Ich fürchte, die sind alle wegen uns gekommen. Sie müssen ahnen, dass unser Versteck irgendwo hier ist.«

»Oder sie wollen nur bei dem Hohlen Morghon sein, weil der unermesslich reich ist und überall Standbilder aufstellen lässt«, warf Feuerschuppe ein. »Menschen werden meiner Erfahrung nach von Geld und Ruhm angezogen wie Motten vom Licht, weil sie hoffen, dass etwas davon für sie abfällt. Vielleicht wollen sie wirklich das Kopfgeld kassieren, vielleicht aber auch nur Aufnahme im Kloster Sonnenflut finden, um in der Nähe des Abts zu sein. In der Nähe der Macht.«

»Herr Thaler sucht uns auch hier«, sagte Ben und berichtete, was geschehen war und welchen Plan Anula und er gefasst hatten.

»Ich bin dabei!«, versicherte Yanko.

»Ich auch«, sagte Feuerschuppe.

Ben nickte dankbar und gähnte. Sie legten sich hin, obwohl ihnen gerade noch eine Stunde bis Sonnenaufgang blieb. Doch wenigstens wurden Ben und Anula in dieser Stunde nicht mehr gestört.

UNVERHOFFTES WIEDERSEHEN UND EINE HOCHTRABENDE PROPHEZEIUNG

Cathe dämmerte vor sich hin. Mal war sie wach, mal nicht, mal irgendetwas dazwischen. Sie schwitzte, und dann wieder nicht. Ihr war schwindlig, der Kopf dröhnte, der ganze Körper schmerzte. Immer wieder sah sie sich auf dem goldenen Drachen in die Tiefe stürzen, in strudelnde, tobende schwarze Wasser.

Warum kannte sie seinen Namen nicht? Hatte sie ihn vergessen oder nie gekannt? Sie erinnerte sich nicht, alles war durcheinander.

Sie fror, und ihr war heiß.

Sie stürzte und stürzte.

Sie hörte sein Brüllen.

Sie sah sein Blut auf der schimmernden Pfeilspitze.

Herr Thaler!

Und sie war es gewesen, sie selbst hatte ihm die Hinweise auf den Süden gegeben, oder? Hatte sie damit den Kopfgeldjäger auf sich selbst gehetzt?

Was für ein Hohn!

Nein, nein, nein! Nicht sie allein. Das ganze Dorf hatte es ihm verraten. Ihr Vater, ihre Brüder und alle. Alle, alle waren es gewesen. Aber sie hatten doch nicht gewollt, dass sie – Cathe – abgeschossen wurde, oder? Warum war es also geschehen?

Vergeblich versuchte sie, irgendwelche Zusammenhänge herzustellen, Erklärungen zu finden. Sie hustete und zog die Decke hoch über die zitternden Schultern. Es konnte doch nicht einfach Zufall oder Pech gewesen sein, es musste einen Sinn geben.

Warum, Hellwah, warum?

Der Kopf dröhnte und dröhnte.

War es schon hell draußen?

Wo war sie überhaupt?

Vorsichtshalber hielt sie die Augen geschlossen. Wenn sie sie öffnete, drehte sich die Welt, und sie hatte nichts mehr im Bauch, das sie erbrechen konnte.

Du bist eben etwas Besonderes, sagte ihre Mutter in ihrem Kopf. Die Stimme klang fern und hallte wie in einer tiefen Höhle.

Nein, nur eine kleine undankbare Ausreißerin, knurrte ihr Vater.

Cathe presste die Augen fester zu, obwohl das überhaupt nichts half. Schwarz-orangene Muster waberten über die Innenseite der Lider.

Und Sterne.

War das die Sonne, oder schien nur der Mond? Verwirrt döste sie wieder ein. Der Mund war trocken, die Zunge schwer, und die Beine zitterten.

Wie von fern hörte sie plötzlich Tharas' Stimme. Wie aus einem Traum, aus dem Schattenreich, aus dem Land der Toten. Nachdrücklich forderte er furchtbare Rache. »Der hat nicht das kleinste Problem damit, unschuldige Kinder zu töten! Die Straßenjungen ebenso wie mich!« Alle anderen Worte wurden verweht, aber was gab es auch noch zu sagen?

Töten!

Wie mich!

Dann war Tharas also wirklich tot. Tot, tot, tot.

Fester und fester presste Cathe die Augen zusammen, um nicht zu weinen. Nicht hier, nicht vor ihnen, den Mördern. Sie wusste wieder, wo sie war, bei Ben und seinen verlogenen Mörderdrachen. Das eine Mädchen hatte nett gewirkt, hatte ihr Wasser gebracht, aber Ben hatte sie ausgefragt. Sie wusste nicht mehr, über was, und das machte ihr Angst. Hatte sie sich im Dämmerzustand verraten? Oder hatte sie das alles doch nur geträumt? Nein, sie erinnerte sich genau an die misstrauischen Augen der jungen Frau mit der unmenschlich schneeglitzernden Haut. In ihnen hatte eine unheimliche Kälte gestanden.

Rache hatte Tharas verlangt, sie hatte es genau gehört. Fürchterliche, schreckliche Rache.

Sie krallte sich in die Decke und zerquetschte jede heraufdrängende Träne mit ihren Lidern.

Warum hatte sie nicht besser aufgepasst und Tharas nicht aus den Augen gelassen? Warum war sie Herrn Lanzifal in der Rücken gefallen? Hatte sie das wirklich getan? Ihr war übel, das Fieber schüttelte sie, es war schwer, einen klaren Gedanken zu fassen. Alles hatte sie falsch gemacht. Sie hatte ihren Blutschwur gebrochen. Niemand brach ungestraft einen Blutschwur, die Folgen waren schrecklich.

Es tut mir leid, Sinje, schrecklich leid.

Sie hatte ihre Schwester verraten, hatte alles und jeden verraten. Nur mit Glück hatte sie überlebt.

Glück oder Schicksal? Wollte das Schicksal ihr eine neue Chance geben, die geschworene Rache durchzuführen? Sie war hier, bei ihm. Bei ihnen. Das musste ein Zeichen sein.

»Rache«, murmelte sie lautlos. »Rache.«

Vorsichtig öffnete sie die Augen, das Schwindelgefühl war verschwunden. Draußen schien die Sonne, es war niemand in ihrem Zimmer.

Langsam richtete sie sich auf. Alles drehte sich für einen Moment, doch dann hatte sie sich unter Kontrolle. Ihr Magen knurrte. Sie war noch immer schwach vom Fieber, aber das Überraschungsmoment war auf ihrer Seite. Sie durfte nicht zögern, nicht zweifeln, nicht schon wieder! Wenn der Drache noch nicht wieder erwacht war und sie sich nicht verplappert hatte, wusste hier niemand, dass sie eine Jungfrau des Ordens war.

Gewesen war.

Was war sie dann jetzt? Sie wusste es nicht, aber Tharas' Forderung nach Rache hallte noch immer in ihrem Kopf wider, die dünne Narbe ihres Blutschwurs juckte.

Wenn sie es in die Küche schaffte, könnte sie heimlich ein Messer entwenden und Ben erstechen. Sie könnte Tharas rächen. Ihren Verrat an Sinje und dem Orden wieder gutmachen. Wahrscheinlich würde sie selbst sterben, aber sie hätte die Achtung ihrer Freunde zurückgewonnen und den schlimmsten Samothanbeter des Großtirdischen Reichs aufgehalten.

Mühsam erhob sie sich und verharrte. Schweiß brach ihr aus, und sie wusste nicht, wo die Küche war.

Sie wusste überhaupt nichts mehr. Die Geächteten hatten sie gerettet, hatten sie versorgt, wie kam sie nur auf die Idee, einen von ihnen zu töten?

Beim Gedanken daran, jemandem wirklich ein Messer in den Bauch zu rammen, wurde ihr übel, und sie ließ sich wieder auf die Matratze sinken.

Rache!

Tharas' Stimme hatte ein ewiges Echo in ihrem Kopf hinterlassen, das einfach nicht verklingen wollte.

Rache.

Rache.

Rache.

Sie schloss die Augen und atmete tief durch. Noch immer war sie nicht klar im Kopf, doch eines wusste sie: Sie hätte den Blutschwur auf keinen Fall brechen dürfen. Das brachte nur furchtbares Unglück.

Rache.

Rache.

Rache.

Sie hatte Tharas' Wunsch aus dem Totenreich gehört, sie schuldete es ihm. Ihr Herz krampfte sich zusammen, sie fühlte sich innerlich wie ein alles verschlingendes schwarzes Moor. Sie hatte jeden Menschen enttäuscht, der ihr je etwas bedeutet hatte. Erst ihre Familie, dann Sinje. Sie hatte den Orden der Drachenritter enttäuscht, der sie aufgenommen hatte und dem sie sich verschrieben hatte, und Herrn Lanzifal, der sie unter all den Bessergeborenen erwählt und sich für sie eingesetzt hatte. Das alles konnte sie nicht ungeschehen machen, aber sie konnte wenigstens Tharas' Rache ausführen.

Rache.

Rache.

Furchtbare Rache.

Schweren Herzens erhob sie sich und tapste zur Tür. Mit jedem Schritt trat sie fester auf. Sie würde es durchziehen, sie durfte keine Zweifel haben, wenigstens diesmal nicht. Zweifel hatten sie erst in diese Lage gebracht! Mit zitternder Hand öffnete sie die Tür und machte sich auf die Suche nach einem Messer. Ihr Kopf war heiß, alle Gedanken wie ein einziger Brei.

Messer, war alles, was sie klar denken konnte. *Messer, Messer, Messer.*

Sie stieg eine gewaltige Treppe hinab, deren hohe Stufen nur durch neu eingefügte Zwischenstufen auf ein menschliches Maß gebracht worden waren. Plötzlich kamen ihr Schritte entgegen, und sie drückte sich in eine Türlaibung, presste sich ganz eng in den Schatten. Sie brauchte viel Glück, um nicht gesehen zu werden, und sie hatte es. Zwei Jungen stapften an ihr vorbei nach oben, vertieft in ein albernes Gespräch über eine große Schönheit und wie sie zu beeindrucken sei.

Als sie verschwunden waren, huschte Cathe weiter hinab. Unten folgte sie einem hohen, traumgrauen Flur und trat blinzelnd in die Sonne hinaus.

Messer, wo kriege ich jetzt bloß ein Messer her?, dachte sie noch immer, als ihr Blick auf einen Stapel gespaltener Holzscheite an der Wand neben der Tür fiel. Davor türmten sich mehrere Baumstämme und Äste, die noch nicht zerkleinert waren. Und daneben kauerte ein breiter Hackstock, in dem ein handliches Beil und eine große Axt steckten. Sprachlos starrte Cathe auf die beiden Werkzeuge, jeder Gedanke an ein Messer war verschwunden.

War das ein weiteres Zeichen?

Ganz langsam ging sie auf den Hackstock zu und griff nach dem Stiel des kleineren Beils. Wie in Trance hebelte sie es heraus. Seit sie acht war, wusste sie damit umzugehen. Bedächtig wog sie es in der Hand. Sie war ausgezogen, um Drachen zu befreien – würde sie nun wirklich einen Menschen töten?

Nicht irgendeinen Menschen, Tharas' Mörder!

Sinje hätte es bestimmt geschafft, aber sie? Sie war immer zögerlich gewesen. Das Beil wog viel schwerer als gedacht.

Plötzlich hörte sie eine Stimme hinter sich: »He, kann ich dir helfen?«

Sie erstarrte, ihr Herz wurde eiskalt. Das konnte doch nicht wahr sein! Hilfe von ihm? Am helllichten Tag? Ganz langsam drehte sie sich um und wappnete sich, Tharas' durchscheinende Gestalt zu sehen, einen Geist. Aber wo sollte ein Geist denn sonst spuken, wenn nicht in der Nähe seines Mörders? Sie machte unwillkürlich ein Schutzzeichen und hoffte, man würde keine offenen Wunden sehen.

Und sie sah keine Wunden, nicht einmal eine durchscheinende Gestalt. Der Tharas vor ihr sah aus wie ein Lebender. Er war bleicher und magerer als vor seinem Verschwinden, aber er schien aus unversehrtem Fleisch und Blut zu bestehen. Ihr fiel das Beil aus der Hand, klirrend schlug Stahl auf Stein. Cathe wankte, ihr wurde schummerig vor Augen. Konnte das sein?

»Du?«, stammelte Tharas.

Konnte er wirklich am Leben sein? Sie blinzelte, aber er verschwand nicht. »Du … du lebst?«

Einen Augenblick standen sie sich noch fassungslos gegenüber, dann fielen sie sich ungestüm in die Arme. Tharas schluchzte vor Freude, und damit war der Damm ihrer Tränen gebrochen. Aneinandergeklammert standen sie weinend und lachend in der Sonne, bis er sich irgendwann von ihr zu lösen versuchte. Aber sie ließ ihn nicht los, dazu war sie noch nicht bereit. Jedes andere Gefühl wurde von der Erleichterung und der Freude überlagert, dass er noch lebte.

»Du bist also die, die mit dem goldenen Drachen ins Meer gestürzt ist?«, fragte Tharas.

»Ja.«

»Seit wann willst du dich Ben anschließen?«

»Ich …« Sie schüttelte den Kopf. Das Denken fiel ihr noch immer schwer, jeder Satz strengte sie an. Sie konnte Tharas nicht anlügen, aber für die ganze Wahrheit fehlte ihr die Kraft. Sie wusste nicht, wie sie das Beil in ihrer Hand erklären sollte, und dass sie eigentlich Jungfrau geworden war. Also sagte sie nur: »Später. Wir dachten alle, du bist tot.«

»Wäre ich auch fast gewesen. Aber die Geächteten haben mich gerettet.« Und er erzählte, wie er Ben und den Drachen geglaubt hatte, wie er gegen den Willen seines Vaters gegangen war, wie der Hohe Abt ihn eingekerkert hatte und wie Ben und Akse in den Kerker gekommen waren. »Und jetzt will ich mich an Morghon rächen.«

Ihr Kopf drehte sich bei so vielen Namen und kleinen Geschichten. Wenn Ben ihn gerettet hatte und der Orden ihn töten wollte, dann war ihr und Sinjes Blutschwur falsch gewesen, völlig falsch. Alles war falsch. Warum nur hatte sie damals nicht an der Schuld der Geächteten gezweifelt? Es war unmöglich, einen solchen Schwur wieder aufzuheben, und erfüllen konnte sie ihn jetzt erst recht nicht. Das Schreckliche würde ihr das ganze Leben lang folgen. Auch wenn ihr ganzes Leben deshalb wohl nicht besonders lang sein würde.

Aus Tharas dagegen sprudelten die Worte nur so hervor, und er strahlte vor Glück. Ausgelassen packte er sie an der Hand und zog sie mit sich. »Komm, ich stell dich allen vor. Aber sag erst mal nichts, ich muss ihnen noch etwas gestehen.«

Ben saß mit Yanko und Aiphyron am Meer und überlegte, wie man das Ewige Feuer aus der Schmiede von Nestos Vater stehlen konnte. Es mit bloßen Händen fortzutragen, war unmöglich, selbst für einen Drachen. Seine Hitze konnte sogar Blausilber schmelzen.

Byasso war in der *Schrift von Feuer und Hammer* auf nichts gestoßen, hatte am Morgen aber sofort versprochen, alle anderen Arbeiten liegen zu lassen und nach Hinweisen zu suchen.

»Dann müssen wir eben den ganzen Boden der Esse herausreißen und ihn mit dem brennenden Feuer auf einen Karren packen«, sagte Ben verzweifelt, dem einfach nichts einfallen wollte. Er war zu müde.

»Und dann das Feuer quer durch Rhaconia ziehen?« Yanko schüttelte den Kopf. »Das fällt auf, sogar nachts.«

»Wie hat dein Vater denn das Feuer bekommen?«, fragte Ben. »Man muss es transportieren können!«

»Er hat es von seinem Vater geerbt, und der von seinem. Ich weiß nur, dass es auf einem besonderen Wagen aus Marmor gekommen ist, aber den hat der Orden natürlich wieder mitgenommen.«

»Und wo ist er jetzt?«

»Keine Ahnung. Bestimmt im Kloster am Ewigen Feuer auf dem Vulkan Arknon. Von da wird das Feuer schließlich in die Welt gebracht«, erklärte Yanko.

»Dann müssen wir den Wagen eben dort stehlen!«

»Unsinn«, widersprach Aiphyron. »Das Kloster ist viel besser bewacht als die Schmiede. Und etwas besser Bewachtes stehlen, um damit etwas weniger gut Bewachtes zu stehlen, ist nie ein guter Plan.«

»Aber wenn man das besser Bewachte dafür braucht?«, fragte Ben.

»Dann finden wir besser einen anderen Weg«, beharrte Aiphyron. »Wir wissen schließlich nicht, ob dieser Wunderwagen überhaupt dort ist. Und auch nicht, ob er nicht gerade zufällig irgendwohin unterwegs ist, Ewiges Feuer ausliefern.«

»Aber die haben bestimmt mehrere Wunderwagen und …«

»Er hat recht, Ben«, unterbrach ihn Yanko. »Wir haben nicht mal mehr zwei Tage, und das heißt, wir müssen das Feuer heute Nacht stehlen. Bis dahin finden wir nie raus, wo ein solcher Wagen gerade ist.«

»Wir graben es wirklich aus, wie Ben vorgeschlagen hat«, sagte Aiphyron. »Wenn wir eine Platte darunterlegen, dann trage ich sie im Flug.«

»Und wenn du dir daran die Klauen verbrennst?«

»Dann verbrenne ich sie mir eben.«

»Du hasst Feuer.«

»Eben drum muss es weg.« Er zeigte sein lippenloses Drachengrinsen. »Lieber die Klauen verbrannt als von einem Pfeil durchbohrt, oder?«

»Aber …« Weiter kam Ben nicht, denn in dem Moment stürmte Garho lachend auf sie zu. Er zog das abgestürzte Mädchen mit, das noch immer bleich war und mehr taumelte als rannte.

Garho strahlte übers ganze Gesicht und rief: »Wisst ihr, wer das ist?«

»Cathe?«

»Meine Schwester!«

»Deine … Was? Das gibt's doch nicht!« Verblüfft schüttelte Yanko den Kopf.

Ben musterte sie. Er konnte keine Ähnlichkeiten zwischen Garho und Cathe feststellen. Sie wich seinem Blick aus wie eine verschämt Verliebte. Hatte Anula doch recht gehabt mit ihrer Beobachtung? Cathe wirkte innerlich aufgewühlt.

»Nicht meine richtige Schwester«, stellte Garho klar. »Aber ihre beste Freundin. Nach Mutters Tod war sie immer für mich da, sie ist es also freiwillig geworden, nicht von Geburt her.«

Cathe hob vorsichtig den Blick.

»Na, dann willkommen.«

Ben und Yanko lächelten ihr zu, und sie lächelte zurück. Dabei blinzelte sie nervös. Ihre Augen waren glasig.

Aiphyron glitt ins Wasser, um sich schnell einen Fisch als Happen zwischendurch zu fangen.

»Und ich heiße übrigens Tharas. Nicht Garho.«

»Was?«, riefen Ben und Yanko gleichzeitig.

»Ja, ich weiß auch nicht, ich habe gelogen, tut mir leid. Ich wollte einfach einen neuen Namen, einen, den der Orden nicht kennt, nur um sicher zu sein. Falls Morghon mich suchen lässt …« Er sah zu Boden. »Aber jetzt, wo Cathe hier ist …«

Yanko lachte und wuschelte ihm durchs Haar wie einem kleinen Bruder. Tharas ließ es zu, auch wenn er die Nase kraus zog. Yanko fragte: »Aber sie heißt wirklich Cathe?«

»Ja.« Tharas nickte wild. Mit freudeglänzenden Augen wandte er sich wieder seiner Schwester zu. Er wirkte aufgekratzt und so viel lebendiger als in den letzten Tagen. Plötzlich konnte Ben den Jungen sehen, der er vor der Gefangenschaft gewesen sein musste. »Wo ist Sinje eigentlich? Ihr wart immer unzertrennlich.«

»Sie hält dich für tot.«

»Aber geht's ihr sonst gut?«

»Gut?«, platzte es unvermittelt aus Cathe heraus. »Tot, Tharas! Sie hält dich für tot! Alle tun das! Dein Vater ist … Er … Sinje hat wie besessen nach dir gesucht! Auch dann, als alle anderen aufgegeben hatten. Sie hat einen Blutschwur geschworen, so wie ich! Wir sind weggelaufen, und ich konnte den Schwur nicht halten! Einen Blutschwur! Wir haben uns … getrennt. Wir …« Verzweiflung zeigte sich auf ihren Zügen. »Nein! Ihr geht's nicht gut, ganz und gar nicht! Du bist ihr kleiner Bruder!«

Tharas sah sie entsetzt an, Ben und Yanko schwiegen betreten.

Aiphyron tauchte prustend hinter ihnen auf und knurrte: »Feuerfisch! Bist du ein Feuerfisch?«

In seinen Klauen zappelte ein leuchtend rot geschuppter Watschenbutt, der mit seiner großen Schwanzflosse kräftig um sich schlug.

»Sag schon!« Aiphyron schüttelte den stummen Fisch, das Gespräch über Feuer musste seine Angst wieder hervorgerufen haben.

Der Fisch blieb stumm, und Aiphyron schleuderte ihn weit raus ins Wasser.

»Dann brenn doch da!« Platschend tauchte der Drache wieder unter, auf der Suche nach einem farblich passenderen Happen.

Tharas und Cathe starrten ihm verwirrt hinterher, sie hatten einen solchen Ausbruch noch nie erlebt. Dann sank Cathe erschöpft zu Boden, während Tharas sie flehend ansah.

»Das … ich …«, stammelte er. Beide sahen völlig fertig aus, die Freude über das Wiedersehen schien wie weggeblasen. Tharas' Gefangenschaft und ihr fast tödlicher Sturz lagen nicht lange zurück und hatten tiefe Spuren hinterlassen. Und wenn sie einen Blutschwur nicht halten konnte, dann stand ihr noch viel Schlimmes bevor.

Mitleidig sah Ben sie an. Gerade wollte er vorschlagen, sie sollten sich in der Küche etwas zu essen holen, als Byasso aus der Festung gestürmt kam.

»Ben!«, schrie er, während er so schnell rannte, dass er beinahe stolperte. Er hielt ein Buch gegen die Brust gepresst. »Ben! Ich hab was!«

»Endlich!«

Tharas ging neben Cathe auf die Knie und murmelte: »Das habe ich nicht gewollt.«

»Ich weiß«, antwortete Cathe und schloss ihn wieder in die Arme. »Hauptsache, du lebst.«

Byasso kam keuchend neben ihnen zum Stehen, ohne groß darauf zu achten, wer da war. Er hatte nur Augen für Ben und Yanko.

»Du weißt, wie man das Ewige Feuer transportiert?«, fragte Ben.

»Nein, besser. Oder verrückter. Natürlich nur, wenn es stimmt.«

»Wenn was stimmt? Spuck's aus!«, drängte Yanko. »Oder traust …?«

»Lass ihn reden!«, unterbrach Ben ihn scharf. Byasso ließ sich mit der Frage, ob er sich etwas nicht traute, zu leicht zu allem Möglichen hinreißen. Und solange sie nicht wussten, was dieses Verrückte war, von dem er gerade gesprochen hatte, war es besser, nichts zu riskieren.

Byasso atmete noch immer heftig und deutete auf das Buch in seiner Hand. Es war die *Schrift von Feuer und Hammer.* »Darin … darin steht eine alte Sage oder eher Prophezeiung, wie der Vulkan Arknon zum Verlöschen gebracht wird. Das Ewige Feuer ist überhaupt nicht ewig. Oder muss es nicht sein.«

»Was?« Ben starrte ihn fassungslos an. »Erzähl!«

»Na ja, es ist nicht ganz klar und etwas schwammig, wie solche Geschichten immer sind, aber hier …« Umständlich schlug er das Buch weit hinten auf und blätterte noch ein Stück weiter. »Hier … hier heißt es: *Doch wenn das verlorene, fehlende Stück des heiligen Vulkans Arknon heimkehrt, wenn das Verschollene gebracht wird von der schillernden Frau, die stolz das erkaltete Herz des Ewigen Eises in den Händen trägt, wenn das erkaltete Herz des Ewigen Eises zischend hinab in die glutsprudelnde Quelle des Feuers taucht, dann wird Arknons Feuer seine heilige Hitze verlieren, dann wird Faystos Schmiede für immer erkalten, dann werden die Feuer von Arknon verlöschen.*«

»Anula«, flüsterte Ben verblüfft. »Das …«

»Das habe ich bei der schillernden Frau auch gedacht«, sagte Byasso.

»Das kann doch nicht sein, nein. Wie alt ist das Buch?«, rief Yanko.

»Hundert Jahre?«, riet Byasso. »Zweihundert? Dreihundert? Tausend? Ich weiß es nicht, es ist eine alte Handschrift, das Pergament ist vergilbt. Und die ursprüngliche Prophezeiung ist bestimmt noch älter.«

»Zeig her«, verlangte Ben, und Byasso hielt ihm das Buch entgegen. Er musste es noch mal lesen, die hochtrabenden Worte waren nicht besonders klar gewesen. Neben der Prophezeiung fand sich die filigrane Zeichnung eines erloschenen Vulkans. Es handelte sich um den gewaltigen Berg Arknon, den Ben schon mehrmals aus der Ferne gesehen hatte, wenn sie die Wahrheit nach Nordosten gebracht hatten.

»Und der Rest?«, murmelte er, noch immer wie vor den Kopf gestoßen. »Was bedeutet der Rest?«

»Ich weiß es nicht. Das Ewige Eis ist klar, es liegt ganz im Norden, aber wo hat es sein Herz? Erkaltet ist dort sowieso alles.«

»Viel schwieriger ist es wohl, das verlorene Stück aus dem Vulkan zu finden«, wandte Yanko ein. »Davon wissen wir nur, dass es nicht am Vulkan ist. Ein Steinbrocken kann überall sein, und wenn er einfach nur grau ist, wie sollen wir ihn da erkennen? Vielleicht kennt niemand mehr seine Bedeutung, und er ist jetzt mit tausend anderen eine Straßenbefestigung auf dem Weg nach Trollfurt?«

»Wir wissen nicht mal, ob diese Prophezeiung überhaupt wahr ist. Die Legende vom Fluch in den Drachenflügeln ist es auch nicht«, sagte Ben, der eigentlich keiner Geschichte aus der Ordensbibliothek glauben wollte, und schon gar keiner Prophezeiung.

»Aber die Sage vom Drachenflüsterer ist wahr«, hielt Byasso dagegen.

»Eine Sage der Drachen.«

»Die Sage vom Verlies der Stürme ist auch wahr, oder nicht?«

»Fast«, brummte Yanko. »Nur dass es kein richtiges Verlies unter der Festung gibt.«

»Aber die Stürme gibt es, und nur darauf kommt es an. Der Rest ist irgendwas, das mit den Jahren dazugedichtet wird. Das passiert mit allen Sagen und Legenden, und vielleicht auch mit Prophezeiungen. Wenn das Herz des Ewigen Eises am Ende die Form eines Bauchs oder einer Leber hat, kann uns das egal sein, oder? Hauptsache, es hat die Macht, das Ewige Feuer zu löschen.«

»Bei Herz denkst du als Nächstes an einen Bauch?«, brummte Yanko. »Vielfraß.«

»Na ja, ist auch ein Organ. Woran denkst du? Die Leber?«

»An Nica.«

»Pffff«, machte Byasso. »Dann such eben das nicaförmige Herz und wirf es in den Vulkan.«

»Ich werde Nica in keinen Vulkan werfen!«, brauste Yanko auf.

»Egal, wie es aussieht«, mischte sich Ben ein. »Das Herz liegt immer in der Mitte.«

»Na ja, eher ein Stück weiter links«, korrigierte ihn Byasso. »Habt ihr beide keine Ahnung von Organen, oder …?«

»Symbolisch!« Verzweifelt warf Ben die Hände in die Luft. »Das Eis hat doch kein wirkliches Herz, wir suchen seine Mitte.«

»Und wo ist die?«, fragte Yanko.

»Ich weiß es nicht!«

»Du weißt nicht, wo, und du weißt nicht, was du suchen willst?« Yanko schnaubte. »Und dabei reden wir noch gar nicht von dem verschollenen Steinbrocken.«

Zweifelnd sahen sie sich an. Ben dachte immerzu an Anula. War wirklich sie gemeint? Doch wer sonst? Der Gedanke war ihm unheimlich.

»Vielleicht ist das ja doch alles Unsinn«, gab Byasso nach und zuckte mit den Schultern. Er wirkte geknickt. »Ich hatte nur gedacht, vielleicht ist die Bibliothek doch einmal hilfreich …«

Da erklang Tharas' Stimme dumpf aus Cathes Umarmung heraus. Die beiden hatte Ben beinahe vergessen. »Wissen können wir es erst, wenn wir dort waren, oder? Was haben wir denn zu verlieren?«

Yanko sah ihn verblüfft an, dann lachte er los. »Hört euch den Kleinen an!«

Cathe hob den Kopf mit einem Ruck und blitzte ihn an. »Was ist mit dem Kleinen? Er hat wohl mehr Mut als ihr alle zusammen! Traut ihr euch nicht, oder was?«

»Was?« Byasso lief knallrot an. Wütend ballte er die Fäuste. Yanko grinste breit, Ben schmunzelte, und Tharas murmelte: »Lass gut sein. Das ist übrigens Byasso.«

Byasso schnaubte.

»Und Yanko.«

Yanko grinste. »Große Schwester, oder?«

»Wieso?«

»Beschützerinstinkt.«

»Was dagegen?« Cathe runzelte die Stirn.

»Nein, bestimmt nicht.« Yanko hielt ihr noch immer grinsend die Hand entgegen. »Der Kleine hat vollkommen recht. Wir sollten es einfach versuchen. Mehr als erfrieren können wir nicht.«

Irritiert nahm sie seine Hand. »Cathe. Und ich hab's nicht so gemeint.«

»Sag das Byasso.«

Sie sah ihn an, und er schaute zu Boden und lief rot an. Kurz nickte er. »Schon gut.«

»Dann geht's also in den Norden?« Yanko rieb sich die Hände, seine Tatkraft war zurück.

»Später«, sagte Ben. »Erst stehlen wir heute Nach das Feuer aus Rhaconia. So gewinnen wir Zeit. Und wenn der Vulkan wirklich verlöschen kann, bekommt die Schmiede nie wieder Nachschub an Ewigem Feuer. Keine Schmiede im gesamten Großtirdischen Reich. Niemand wird je wieder Blausilber zu Waffen verarbeiten.«

EWIGES FEUER

Nesto hatte ihre Nachricht durch Ellyhmottheen erhalten und wartete um Mitternacht in einer verlassenen Seitenstraße auf Ben, Yanko, Vilette und Nica. Die Färbergasse war kaum erleuchtet, und die alte Weide an ihrem oberen Ende seit Monaten ihr geheimer Treffpunkt. Der nahe Bach plätscherte, eine Ratte huschte durch den verdreckten Rinnstein. Menschen waren nicht zu hören.

Nach einer knappen Begrüßung drückte Nesto ihnen einen Nachschlüssel für die Schmiede seines Vaters in die Hand und zeigte ihnen sicherheitshalber noch mal den Weg. Er wirkte nervös, sein Blick huschte hin und her. Seit Monaten war er ihr Spion.

»Es ist wirklich in Ordnung für dich, wenn wir deinen Vater bestehlen?«, fragte Ben. »Der Orden wird ihm die Schuld geben.«

»Er hat mir immer die Schuld an allem gegeben. Es geht um die Freiheit der Drachen. Euch schulde ich viel, ihm nichts mehr.«

Eine Querstraße vor der Schmiede verabschiedeten sie sich von ihm, damit er nicht gesehen wurde. Niemand durfte von seiner Beteiligung hier erfahren, von seiner Freundschaft zu ihnen.

Er muss einsam sein, dachte Ben, obwohl sich Nesto nie beklagt hatte. Lautlos schlich er davon, bewegte sich fast unsichtbar in den Schatten der Häuser und Bäume. Das monatelange Spionieren hatte ihn geschickt gemacht und verändert. Ben berührte den Groschen um seinen Hals und wünschte Nesto lautlos Glück.

Mit verhüllten Gesichtern erreichten sie die Schmiede, schlossen rasch auf und huschten hinein. Sie hatten einen Handwagen dabei, dessen Räder Vilette den ganzen Nachmittag eingefettet hatte, damit sie nicht quietschten. Um nicht überrascht zu werden, ließen sie den Wagen gleich hinter der Tür stehen und schlichen als Erstes ins Schlafzimmer hinauf. Bevor der schnarchende Schmied richtig zu sich gekommen war, hatten sie ihn gefesselt und geknebelt. Angstvoll starrte er sie an und zerrte vergeblich an den Knoten um sein Handgelenk.

»Sei ruhig«, knurrte Ben, und er war ruhig. Wortlos schleiften sie ihn in die Arbeitsräume hinab und banden ihn dort an zwei Wandhaken. Seine Angst wuchs, gehetzt blickte er von einem Geächteten zum anderen. Hatte er sie erkannt?

»Wenn du ruhig bist, passiert dir nichts«, versprach Nica und begann, die steinernen Bodenfliesen um die Esse herum zu lockern.

Ben und Yanko schleppten die mitgebrachte Stahlplatte und die Ketten vom Handwagen herein, während Vilette behände hoch zum Dach stieg, um es abzudecken.

Langsam begriff der Schmied, dass es nicht um sein Leben ging, und auf einmal stand lodernde Wut in seinen Augen. Mit der Zunge stieß er gegen den Knebel, und als er ihn nicht herausbekam, kaute er unverständliche Flüche und Drohungen in den Stoff.

Ben half Nica und trug die Platten ab, während Yanko die Dachziegel auffing, die Vilette herunterwarf. Sie mussten dabei nicht vollkommen still sein, doch zu viel Lärm durften sie nicht machen, um die Nachbarn nicht zu alarmieren. Sie schufteten schweigend und schnell.

Das Loch im Dach wurde immer größer, Sterne und der Mond wurden am klaren Himmel sichtbar. Die Steinplatten waren beiseitegeschafft, und das Feuer flackerte, als Ben und Nica begannen, sich in die Erde darunter zu graben. Die Flammen brannten heiß, und Ben und Nica tropfte der Schweiß wie Wasserfälle von der Stirn, ihre Kleidung war durchtränkt, die Haut knallrot von der Hitze. Unermüdlich gruben sie weiter.

Kann mit dem verlorenen Stück aus dem Vulkan auch Ewiges Feuer gemeint sein?, grübelte Ben. Das war es doch, was der Orden seit Jahrhunderten von dort fortschleppte. Doch dann wären es Hunderte von verlorenen Stücken, nicht eines, wie in der Voraussage. Es musste sich um ein ganz bestimmtes, besonderes Stück handeln. Ein eindeutiges.

Nur welches?

Er erinnerte sich nicht daran, je von einem solchen Vulkanstein gehört zu haben, an keinem echten Ort und in keiner Sage. Morgen sollten sie alle anderen Geächteten fragen. Doch was sollten sie tun, wenn niemand wusste, wo mit der Suche beginnen?

Der Schmied zappelte hin und her und zerrte vergeblich an den Fesseln, die Seile und Haken hielten. Er fluchte und drohte weiterhin unverständlich, aber sie achteten kaum darauf. Die Angst war in seine Augen zurückgekehrt, er wusste nun, was sie vorhatten, und sah, dass sie gut vorankamen. Das Ewige Feuer war sein wichtigster Besitz, seine Ehre, seine Verbindung mit dem Orden, aber er konnte es nicht schützen.

Alles lief viel reibungsloser als gedacht. Bald war das Loch im Dach groß genug, und Vilette kletterte herunter, um am Boden zu helfen. Die Erde war weit genug gelockert, sodass sie gemeinsam die Platte darunterschieben konnten. Mit vereinten Kräften hebelten sie das Feuer Stück für Stück aus der Esse und auf den Stahl. Dabei verbrannte sich jeder woanders die Haut, und jeder fluchte anders.

Dem Schmied rannen Tränen über die Wangen. Tränen der Wut oder von Selbstmitleid.

»Tut mir leid, alter Mann«, sagte Ben kalt. Er verspürte nicht das geringste Mitleid, denn der Schmied hatte seinen Sohn Nesto hängen lassen. Er hatte ihn verraten, so wie Bens Vater Ben. Wahrscheinlich noch schlimmer, denn Ben erinnerte sich kaum an seinen Vater, der ihn vor vielen Jahren verlassen hatte, während Nesto noch genau von jeder Demütigung wusste. »Aber du wirst nie wieder Waffen gegen Drachen schmieden.«

Verzweifelt zerrte der Schmied an seinen Fesseln und flehte dumpf.

In die vier Löcher an den Ecken der Stahlplatte hängte Yanko je eine der vier mitgebrachten Ketten, und Vilette nahm sich das andere Ende und hangelte sich damit zum Dach hinauf. Alle vier Ketten brachte sie hinauf, dann winkten sie die Drachen herbei, die weit oben im Nachthimmel kreisten und zu ihnen herabsahen. Marmaran hatte außergewöhnlich scharfe Augen.

»Grüß den Hohlen Abt von uns«, sagte Yanko zum Abschied. »Am Morgen befreit dich schon jemand.«

Der Schmied biss in den Knebel, seine Augen quollen wütend hervor.

Die vier Freunde kletterten zum Dach hinauf und warteten. Irgendwo sang ein Betrunkener, der Schatten eines kleinen Tiers huschte durch die Gasse. Dann waren die Drachen auch schon da, und der Schmied schrie voller Panik in den Knebel. Nur ein dumpfes Gurgeln drang zu ihnen herauf, und Juri grinste mit breit entblößten Zähnen herein. Der Schmied verstummte.

Aiphyron und Feuerschuppe packten die Kettenenden, während Marmaran und Juri je zwei Geächtete auf den Rücken nahmen. Langsam erhoben sie sich in die Luft, das Feuer wankte bedenklich hin und her. Aiphyron knurrte es an, es solle bloß stillhalten. Immer wieder drohte es von der Platte herunterzurutschen, bis Feuerschuppe und Aiphyron endlich einen gemeinsamen Rhythmus beim Flügelschlag fanden.

Aus einem Fenster tönte die Stimme eines Kindes: »Da, Mama, fliegende Drachen!«

»Träumst du?«, kam es müde zurück.

»Nein.«

»Lüg nicht. Geh wieder schlafen.«

»Aber sie sind da!«

Höher und höher flogen sie, über das Dach des scharfäugigen Kindes hinweg, als erneut die müde Stimme der Mutter erklang. Sie war so weit unter ihnen und leise, dass sie kaum noch zu verstehen war. »Wo? Zeig.«

»Jetzt sind sie weg.«

»Balg!« Eine Ohrfeige klatschte, ein zorniges Schluchzen heulte, und ein Fenster wurde zugeschlagen.

Ben sah unvermittelt in Richtung Kloster Sonnenflut. Es war nur ein ferner dunkler Schemen gegen den Himmel. In seiner Mitte erhob sich drohend ein gewaltiger Turm. Sie hatten fleißig weitergebaut.

»Vergeblich«, murmelte er. »Du wächst vergeblich.«

Als sie das Verlies der Stürme erreichten, war es noch immer dunkel. Die Flamme war kleiner geworden, doch trotz Wind flackerte sie munter. Um sicherzugehen, dass sie auch wirklich unzerstörbar war, versenkten sie die Stahlplatte mit dem Ewigen Feuer unweit des Ufers im Meer. Es zischte und brodelte, das Wasser verschluckte das Feuer, und es wurde mit einem Schlag dunkel. Doch nicht vollständig, ein allerletztes Glimmen wollte auch unter den Wellen einfach nicht verlöschen.

»Das kann doch nicht wahr sein!«, rief Yanko und hechtete von Juris Rücken aus hinterher. Die anderen landeten an Land.

Prustend tauchte Yanko wieder auf und watete aus dem Wasser. »Unglaublich.«

»Es brennt immer noch?«

»Nur eine letzte Glut, aber die will einfach nicht ausgehen. Und das Wasser außen herum ist wärmer als zwei Schritte weiter.«

Vorsichtig zogen Aiphyron und Feuerschuppe die Platte wieder aus dem Wasser. Darauf lag ein heiß glühender Stein. Als Yanko ein paar Ästchen darauflegte, wuchs die Flamme rasch in die Höhe und brannte prasselnd wieder hell und hoch. Zischend verdampfte das Wasser von der Stahlplatte, weiße Salzflecken blieben zurück. So weit stimmte die Sage vom Ewigen Feuer also tatsächlich.

»Und was tun wir jetzt?«, fragte Vilette.

»Bringen wir das Feuer hinein«, bestimmte Ben. Auch wenn hier nur selten Schiffe vorbeikamen, vermieden sie doch offenes Feuer dort, wo es leicht zu sehen war.

»Und wie?«

»Na, auf dem Wagen.«

»Dem Wagen?« Nica schnaubte amüsiert. »Der ist noch in der Schmiede.«

Ganz zu Ende gedacht hatten sie den Plan wohl nicht.

Da die Drachen zu groß für die Festung waren, zumal mit ausgebreiteten Schwingen, übernahmen die vier Menschen die Ketten. Das Meerwasser hatte sie abgekühlt, doch angestrahlt von der Flamme wurden sie schon wieder heiß. Ben holte nasse Stofflappen aus der Festung, um damit die Ketten zu umwickeln. Keuchend und schwitzend schleppten sie das Feuer in die Küche. Sidhy würde sich über größere Hitze beim Kochen sicher freuen. Und leichter hatte sich ein Ofen noch nie anfeuern lassen.

Dann kümmerte sich Ben um die schweren Verbrennungen der Drachen, und Vilette weckte Dolna, um sie nach einer Heilsalbe für die Menschen zu bitten. Sie alle hatten rote Striemen auf Händen und Armen, bei Yanko und Vilette bildeten sich sogar stellenweise Blasen. Die Haut spannte.

Bis Dolna die Salbe gähnend zubereitet hatte, kühlten sie die Wunden in frischem Regenwasser. Sie standen vorgebeugt um eine einzige Tonne, ihre Köpfe berührten sich beinahe.

»An deinem linken Unterarm wird eine Narbe bleiben, so wie das aussieht«, prophezeite Yanko Vilette.

»Dann auf deiner rechten Hand auch«, sagte sie.

»Stört dich das nicht?«

»Sie wird mich daran erinnern, wie wir Faystos Feuer gestohlen haben. Das ist eine gute Erinnerung. Meine anderen Narben rufen nur schlechte hervor.«

Darauf sagte niemand etwas.

Dolna brachte die Salbe und versprach nach einem kurzen Blick auf die Wunden: »Morgen wird das jucken.«

Die Salbe kühlte noch mehr und stank furchtbar. Ben entdeckte keine Bläschen auf seiner Haut. Das war gut, doch es verschaffte ihm auch das Gefühl, sich weniger eingesetzt zu haben als Vilette und Yanko.

Draußen gackerte ein Huhn, und sie gingen hundemüde schlafen. Als Ben ins Bett kroch, drehte sich Anula zu ihm um.

»Bist du noch wach?«, fragte er.

»Hat es geklappt?«, fragte sie.

»Ja. Und jetzt haben wir wärmendes Feuer für den Winter, das jeden Sturm übersteht.«

»Gut.« Sie rümpfte die Nase. »Du stinkst nach Feuer und Ziegendreck.«

»Ähm, ja.«

Sie drehte sich um und war beinahe sofort eingeschlafen.

Feuer hin oder her, die Fenster fehlen trotzdem noch, dachte Ben, dann war auch er weg.

»Hat einer von euch schon mal von einem besonderen Bruchstück aus einem Vulkan gehört, dem irgendwelche Kräfte nachgesagt werden?«, fragte Ben beim Frühstück, nachdem der gelungene Raub des Ewigen Feuers ausgiebig gefeiert worden war.

Alle schüttelten die Köpfe.

»Vielleicht von irgendeinem Vulkanbruchstück ohne Kräfte?«, hakte Ben nach.

Auch darauf meldete sich niemand.

»Schade.« Ben setzte sich. Dennoch würde er nicht aufgeben, er wollte der Voraussage unbedingt folgen. Ja, es war nur eine schwammige Prophezeiung und mehr als unsicher, ob sie in Erfüllung gehen würde. Aber was, wenn doch?

Was, wenn sie wahr war und Anula tatsächlich die schillernde Frau? Dann konnten sie so viel gewinnen!

Was war denn ihre Alternative? Weitermachen wie bisher und weitere hundert Pergamente mit der Wahrheit aufhängen, die der Orden dann mit tausend Steckbriefen und hunderttausend Lügen überdeckte? Drachen und unschuldige Kinder befreien, nachdem der Orden sie sich gekrallt hatte? Ben war es einfach leid, nur immer auf die Taten und Untaten des Ordens zu reagieren, er wollte von sich aus handeln. Er wollte nicht mehr das Gefühl haben, in die Ecke gedrängt zu sein, er wollte den Orden in die Ecke drängen. Sollte es ihnen wirklich gelingen, den Vulkan zum Verlöschen zu bringen, hätten sie den machtgierigen Rittern die schlimmste Niederlage seit Jahrhunderten beschert.

Der Orden hat nur seine Macht, sonst nichts, hatte Aiphyron gesagt. Jetzt wurde es Zeit, ihm auch die zu nehmen, zumindest so weit es eine Handvoll Geächteter vermochten.

Ben ließ den Blick über den Raum schweifen. Viele wirkten ein wenig gelöster als gestern, der gelungene Feuerraub hatte ihnen wieder ein wenig Hoffnung gegeben. Nun glaubten sie auch wieder daran, dass der goldene Drache aufwachen würde; sie fürchteten nicht mehr, dass er starb, dass Ben versagte und sie alle vom Himmel geschossen wurden, einer nach dem anderen.

Auch Cathe hatte ihren Teil beigetragen, stellte Ben amüsiert fest. Zum ersten Mal aß sie mit ihnen allen, und mehrere Jungen scharwenzelten um sie herum, jeder versuchte, sie zu beeindrucken. Sie wirkte noch immer durcheinander und angeschlagen, aber sie hatte sich ein wenig zurechtgemacht. Und ja, sie war schön.

Schnell wandte Ben den Blick ab, bevor Anula es bemerkte. Er sah aus dem Fenster und entdeckte Tharas. Wieder stand er allein am Ufer und starrte aufs Meer hinaus. Er sah in Richtung Sonnenaufgang, auch wenn sich die Sonne schon längst vom Horizont entfernt hatte. Die Wellenkronen glitzerten hell.

Kurz entschlossen erhob sich Ben und lief hinaus. Die Hühner staksten gackernd über den Innenhof, während Zottel das Küchenfenster fest im Blick hatte. Quobemhonn beobachtete misstrauisch die tief fliegenden Möwen und grüßte knapp, als der die Festung verließ: »Drachenflüsterer.«

»Alles in Ordnung?«, fragte Ben.

Quobemhonn nickte kurz in Richtung Möwen. »Meinst du, das sind Spione des Ordens oder verkleidete Kopfgeldjäger?«

»Ich glaube nicht«, sagte Ben.

»Aber sicher bist du nicht?«, bohrte der Wachdrache nach.

»Eigentlich schon.«

»Siehst du? Genau das wollen Spione immer. Dass man sich sicher fühlt.« Quobemhonns Blick huschte aufmerksam hin und her. »Kann alles Tarnung sein. Besser, ich behalte sie im Auge.«

»Ähm, ja, dann tu das«, sagte Ben und lief zu Tharas hinüber, während Quobemhonn zu einem Kontrollflug um die Türme aufbrach. Ben stellte sich neben den Jungen, sah selbst aufs Wasser und fragte freundlich: »He, Tharas, was machst du hier? Brauchst du eine Angel?«

Tharas schüttelte den Kopf.

»Heimweh?«, fragte Ben.

»Nein.« Er sah Ben an, dann wieder in die Ferne. »Ich will

die schillernde Fontäne eines schnatternden Regenbogenwals sehen, die einem unverschämtes Glück bringt.«

»Was?« Damit hatte Ben nicht gerechnet.

»Ja. Alle reden davon, wie viel Glück ihr deswegen hattet.«

»Das schon, aber man kann ihr nicht auflauern, das klappt nie«, sagte Ben. »Man muss sie zufällig sehen.«

»Zufällig?«, fragte Tharas zweifelnd. »Du meinst, man braucht Glück, um Glück zu bekommen?«

Ben nickte. »Das klingt vielleicht komisch und ungerecht, aber so ist es nun mal. Glück ist eben Glück, das hat nichts mit Verdienst oder Gerechtigkeit oder Planung zu tun. Man hat es oder hat es nicht.«

»Aber ich brauche es!«, stieß Tharas hervor. »Ich brauche es wirklich.«

»Wofür?«

»Um mich an Morghon zu rächen!« Grimmig spuckte Tharas aus. »Wie soll ich das ohne Glück schaffen?«

»Gar nicht«, gab Ben zu. »Aber wenn du einen guten Plan und ein paar Freunde hast, dann brauchst du kein unverschämtes Glück, sondern nur ein bisschen.« Spielerisch stieß er ihm die Faust gegen die Schulter.

»Ich hab keinen Plan.«

»Aber Freunde.«

Tharas sah ihn dankbar an. »Ich … ich will das Glück noch für was anderes. Aber du darfst es niemandem verraten. Versprochen?«

»Versprochen.«

»Wirklich niemandem. Auch nicht Anula oder Aiphyron oder Yanko oder Cathe oder …«

»Niemandem. Versprochen.«

Tharas sah wieder aufs Meer hinaus, jedoch weniger suchend als zuvor. Möwen stürzten sich auf der Jagd nach Fischen in die Wellen. »Ich würde auch gern eine siebenfache schwarze Eichel einer Toteneiche finden. Sie vertreibt Albträume.«

Ben nickte langsam. Die siebenfache schwarze Eichel vertrieb sogar die schlimmsten Albträume. Allerdings war sie ebenso selten wie die Fontäne, auf die Tharas wartete. Ben war im Jahr nach dem Tod seiner Mutter fast jeden Tag auf dem Friedhof gewesen, um eine siebenfache Eichel zu finden, doch sein größtes Glück war einmal eine vierfache gewesen. Die hatte jedoch keine Albträume vertrieben, sondern nur für heftigen Durchfall gesorgt.

Er fragte: »So schlimm, die Albträume?«

»Du hast gesagt, du verrätst es niemandem!« Tharas verschränkte die Arme. »Ich will nicht, dass mich alle für ein Baby halten.«

Ben war sich sicher, woher Tharas' Albträume kamen. Er legte ihm den Arm um die Schulter. »Es tut mir leid.«

»Was?«

»Die Albträume, alles. Dass ich dich in die ganze Geschichte reingezogen habe. Ohne mich hätte der Abt dich nie gefangen und mit dem Tod bedroht.«

»Was? Du hast mich gerettet!« Entrüstet starrte Tharas ihn an. »Ohne dich wäre ich hingerichtet worden. Du warst nicht schuld an meiner Gefangenschaft, das war der Abt.«

»Ohne unseren Besuch in deinem Dorf …«

»… wüsste ich immer noch nichts von der Wahrheit.«

»Du gibst mir wirklich keine Schuld?«

»Dir? Bist du verrückt?« Misstrauisch sah Tharas ihn an. »Bist du von Aiphyron gefallen und hast dir den Kopf gestoßen wie Cathe? Die ist auch noch ganz wirr.«

»Nein.« Ben lachte erleichtert auf. Tharas' Entrüstung war aufrichtig, und wenn er ihm keine Schuld gab, beinahe hingerichtet worden zu sein, dann musste Ben sich selbst vielleicht auch keine geben.

»Wie geht's Cathe?«

»Ich weiß es nicht. Sie ist irgendwie traurig. Ich glaube, es ist wegen Sinje. Die zwei waren immer wie Schwestern, und jetzt will sie nicht mal mehr über sie sprechen. Irgendetwas ist da passiert.«

»Ich rede mit ihr«, versprach Ben. »Vielleicht fällt ihr das leichter, du bist Sinjes Bruder.«

»Danke.« Tharas rieb sich die Augen und sah wieder aufs Meer hinaus. »Aber ich probier es trotzdem noch mal wegen der Fontäne. Vielleicht kann man sein Glück ja doch erzwingen.«

Als Ben zurückkehrte, war Cathe nicht mehr am Tisch. Nach kurzer Suche fand er sie im Saal mit dem riesigen Krakenthron. Sie war allein und stand mit nackten Füßen im Sand, der dort den Boden bedeckte. Sie wackelte mit den Zehen und betrachtete gedankenverloren den Thron. Die ineinander verschlungenen Arme der gewaltigen ausgestopften Kreatur bildeten eine fast zehn Schritt hohe Lehne. Die Augenhöhlen waren schwarz und leer.

»Beeindruckend, oder?«, fragte Ben von der Tür her.

Sie warf einen kurzen Blick zurück, nickte und sah wieder zum Thron. »Ist das deiner?«

»Nein.« Langsam ging Ben zu ihr. Wie kamen nur immer alle darauf, dass er ein Herrscher sein wollte? Elender Orden! »Der gehörte einst dem König der Seetrolle, aber jetzt gibt es hier keinen König mehr. Wer hier sitzen oder herumklettern will, kann das tun.«

»Mhm.«

»Oder du wartest, bis du wieder ganz gesund bist. Du kannst jederzeit. Heißt aber nicht, dass dir dann irgendwer gehorcht.« Er lächelte und fragte: »Geht's dir besser?«

Sie zuckte mit den Schultern. Dann sah sie ihn an. Sie wirkte traurig, fast verzweifelt. Irgendwas gärte in ihr. Trotzdem hatte Anula recht gehabt: Jetzt, wo sie gewaschen und gekämmt war, nicht mehr krankenbleich und die Augen nicht schlafverquollen, war sie tatsächlich ausgesprochen hübsch. Und in ihren Augen brannte etwas, das er nicht fassen konnte.

»Brauchst du noch was?«, fragte er.

Sie schüttelte den Kopf. »Danke, dass du Tharas gerettet hast. Du hast dein Leben für einen Fremden riskiert.«

»Für jemanden, der fast wegen mir hingerichtet worden wäre. Ich finde, das war ich ihm schuldig.«

»So würde nicht jeder denken.« In ihrer Stimme lag Bewunderung.

»Ich schon«, sagte Ben schlicht und gab dem Gespräch schnell eine andere Richtung. »Willst du eigentlich länger bei uns bleiben?«

»Ich … ich weiß nicht, ob ihr mich hier wollt.«

»Warum sollten wir dich nicht wollen?«

»Ich … ich habe einen Blutschwur geleistet, den ich nicht erfüllt habe. Jetzt geschieht mir lauter Schreckliches, und wer weiß, wann ich euch mit reinziehe. Beim Absturz bin ich fast gestorben, und der arme Drache …« Sie verstummte. »Zalhqualradho, das war's. Er heißt Zalhqualradho. Ich habe mich erinnert, wie ich im Sturz seinen Namen geschrien habe.«

»Er wird wieder gesund. Ich tu alles dafür.«

»Du kannst wirklich Drachen heilen?«, fragte sie ungläubig.

»Ja.«

»Der Orden sagt, du verleihst ihnen nur Flügel, so wie es Samoth getan hat. Du würdest sie verfluchen.«

»Ich weiß. Sie können Freiheit und Flüche nicht unterscheiden.«

Über Cathes Gesicht huschte ein kurzes Lächeln, dann waren die Traurigkeit und Unruhe wieder da.

»Kannst du den Schwur nicht doch noch irgendwie erfüllen?«, fragte Ben. »Wir helfen dir, wo wir können.«

Sie biss sich auf die Lippe und schüttelte den Kopf. Dabei stieß sie immer wieder ein Schnauben aus, das wie ein verzweifeltes Lachen klang. »Das geht nicht.«

»Natürlich geht das!«

Sie schüttelte den Kopf.

»Lass es uns wenigstens versuchen!«, drängte er. »Du musst den Fluch des Blutschwurs besiegen, sonst …«

»Ich weiß!«, schrie sie und funkelte ihn an. »Meinst du, ich bin so dumm, das nicht zu wissen?« Das, was sich in ihr aufgestaut hatte, brach mit einem Schrei hervor. Mit aller Kraft sprang sie ihn an, und obwohl sie noch geschwächt vom Fieber war, stieß sie ihn zu Boden. Völlig überrumpelt stürzte er auf den Rücken und schlug mit dem Hinterkopf auf. Der Sand dämpfte den Aufprall etwas, trotzdem sah er weiße Flecken. Sandkörner wirbelten in die Luft und drangen ihm in Nase, Mund und Augen, und er spuckte aus. Es brannte in den Augen.

Im selben Augenblick saß sie auf seiner Brust, die Knie pressten seine Arme in den Sand. Sie packte seinen Kopf grob im Nacken und beugte sich zu ihm hinab. Ihre geöffneten Lippen waren nur zwei Handbreit von seinen entfernt, ihre Hände lagen plötzlich auf seinem Hals, und sie keuchte: »Ich kann nicht!« Dabei betonte sie jedes Wort.

Instinktiv wollte Ben sie abschütteln und nach ihr treten. Er wollte sich an sie klammern, sie umwerfen und zu Boden drücken, aber er tat es nicht. Er sah ihre hervortretende Halsschlagader, spürte ihre Fingernägel und roch ihren Atem, aber er war überzeugt, sie würde ihm nichts tun. Trotz ihrer Wut war da eine Verbundenheit und Vertrautheit, die er nicht verstand. Sie atmete laut und schwer, er fragte ruhig: »Warum?«

Der Sand tränte aus seinen Augen, die kurze Benommenheit des Aufpralls war verschwunden.

Ihr Gesicht war ganz nah vor seinem, und sie fragte: »Springst du für mich aus dem Fenster?«

»Was? Nein.« War sie verrückt?

»Dachte ich mir.« Sie schnaubte und setzte sich auf. »Dann kannst du mir nicht helfen.«

»Warum?«

Sie seufzte und wirkte auf einmal völlig erschöpft. »Aber lass es nicht an Tharas aus, ja?«

»Was?«

»Er weiß nichts davon.«

»Ich mag Tharas«, sagte Ben. Er verstand nicht, weshalb er ihn zum Sündenbock für fremde Taten machen sollte. Er war doch kein Hoher Abt!

»Dann versprich es!«

»Natürlich verspreche ich es! Ich lass es nicht an ihm aus.«

Ihre Knie rutschten von seinen Armen, aber Ben wusste nicht, ob das Absicht war, denn sie blieb auf ihm sitzen. »Ich habe hoch und heilig geschworen, Sinje zu helfen, Tharas an allen geflügelten Drachen und an dir zu rächen«, sagte sie leise. »Wir dachten damals wirklich, er wäre tot und ihr schuld daran. Wenn du mir also helfen willst, müsstest du dich selbst töten.«

Ben sah sie an, um zu sehen, ob sie scherzte, aber das tat sie nicht. Also lachte er.

»Das ist nicht lustig!«

»Doch«, versicherte er.

»Nein!«

»Du bist wirklich auf den Kopf gefallen, oder?«

Wütend stieß sie ihm gegen die Brust. Sie sah aus, als würde sie ihn gleich richtig schlagen.

»Hör auf!« Ben hob schützend die Arme und lachte noch immer. »Denk doch mal nach!«

»Was?«, fauchte sie.

»Du hast geschworen, Tharas' Tod zu rächen, dabei ist er überhaupt nicht tot. Der ganze Schwur ist hinfällig! Er gilt nicht, hat nie gegolten, Blut hin oder her.«

»Aber … aber wir wurden abgeschossen.«

»Das war Pech. Dieser Thaler hat auch schon auf uns geschossen.«

»Dann …« Sie blinzelte ungläubig. Plötzlich breitete sich ein Lächeln auf ihrem Gesicht aus. Es erfasste ihre Mundwinkel ebenso wie ihre Augen und veränderte ihr ganzes Gesicht. Grübchen bildeten sich auf ihren Wangen, als sie loslachte. Mit ausgebreiteten Armen ließ sie sich auf Ben fallen und umarmte ihn. »Danke! Danke! Danke!«

»Schon gut«, murmelte er völlig überrumpelt.

»Ich bin wirklich zu dämlich.« Kichernd löste sie sich von ihm und setzte sich in den Sand.

Ben richtete sich neben ihr auf und blieb ebenfalls sitzen.

»Wo ist diese Sinje jetzt?«, fragte er. »Wo habt ihr euch getrennt?«

»Warum?«

»Sie will mich noch immer umbringen, oder?«

»Ähm, ja.« Überrascht starrte sie ihn an, als hätte sie das vollkommen vergessen. Doch dann sagte sie: »Du hast schon verstanden, dass ich dich auch umbringen wollte? Und jetzt sitzt du hier einfach so neben mir. Willst du mich nicht …? Was …?«

»Du hast es nicht getan, oder?«, stellte Ben fest. »Du hast es nicht mal versucht, dabei hätte es sicher haufenweise Gelegenheiten gegeben, seit du hier bist. Leicht hättest du dir ein Messer aus der Küche nehmen können und mich im Schlaf überraschen. Oder ein Beil oder Akses Dolch, der lässt ihn ständig herumliegen. Stattdessen hast du lieber die Folgen eines fehlgeschlagenen Blutschwurs auf dich genommen. Nein, du wolltest mich nie töten, ganz im Gegenteil: Du wolltest schweigend Schreckliches ertragen, damit du mich nicht töten musst.«

Ben spürte tatsächlich keinen Groll. Im Großtirdischen Reich gab es Tausende, die ihn ohne das geringste Zögern töten würden, und das auch ohne das Kopfgeld, einfach nur, weil sie blind glaubten. Wahrscheinlich gaben sie ihm auch die Schuld an zu viel Regen und zu großer Hitze, an jedem Wetter und jedem Mückenstich. Und nahm man das Kopfgeld hinzu, waren es Hunderttausende, die ihn erledigen wollten. Im Vergleich zu denen, die nicht selbst dachten oder nach Geld gierten, konnte er sie gut verstehen.

»Jetzt weiß ich ja auch, dass du Tharas gerettet hast. Aber

ich hätte daran zweifeln müssen, dass du Tharas getötet haben solltest.«

»An irgendwas hast du gezweifelt, sonst wärst du nicht auf einem fliegenden Drachen hergekommen, oder?«

Sie nickte.

»Aber Sinje weiß nicht, dass Tharas noch lebt. Können wir sie irgendwo finden, um ihr das zu sagen? Dass ihr Blutschwur damit hinfällig ist?«

»Das wird dir nicht gefallen«, sagte Cathe.

»Was soll mir noch weniger gefallen als der Wunsch, mich zu töten?« Ben versuchte ein Grinsen, aber es gelang ihm nur halb.

»Nun, sie ist eine Jungfrau des Ordens.«

»Was?«

Cathe wandte den Blick ab. »Das schien einfach der beste Plan zu sein, um gegen dich vorzugehen.«

»Und du? Warum bist du ihr nicht ins Kloster gefolgt? Du hattest doch den Schwur geleistet.«

Sie schlug die Augen nieder. »Das bin ich. Ich bin auch eine Jungfrau, aber ich bin weggelaufen. Ich habe Zalhqualradho vor Herrn Lanzifal gewarnt, als ich am Pfahl festgebunden war. Darum hat er den Ritter besiegt. Aber ich wollte nicht, dass er ihn tötet, und darum bin ich jetzt auch eine Geächtete.«

»Du hast den Orden verraten?« Ben lachte. »Du bist großartig!«

Sie sah ihn an. »Aber ich war Jungfrau!«

»Akse war mal Knappe. Ich wollte Ritter werden, Yanko sollte die Schmiede seines Vaters mit Faystos Feuer übernehmen und Sidhy … Sidhy war ein ketzerischer, morastschlürfender Trollbollenkopf. Das passiert.«

EIN GROSSER PLAN

Nach dem Gespräch mit Ben wirkte Cathe wie ausgetauscht – freier, offener, glücklicher. Sie trug ein wenig Lippenrot auf, und die Jungs ließen sie kaum mehr aus den Augen. Sie folgten ihr, posierten in ihrer Nähe, erzählten laut von Heldentaten und veranstalteten großspurig Wettkämpfe im Armdrücken und wilde Holzschwertkämpfe. Alle Arbeiten blieben liegen. Nur Sidhy kochte wie besessen – ein Willkommensmahl mit vier Gängen für Cathe.

»Siehst du?«, sagte Anula zu Ben. »Ärger.«

»Lass sie zwei oder drei Tage faul sein. Wenn sie so ihre Angst vergessen, ist alles gut.«

Nach Sonnenuntergang flogen Akse, Vilette, Feuerschuppe und Marmaran ans Festland, um nach einem Bauer namens Ennios zu sehen, dem sie im Sommer beim Pflügen geholfen hatten, als sein einziger Ochse gestorben war. Damit seine Nachbarn nichts merkten, hatte er nachts wie zufällig den Pflug draußen gelassen, daneben ein Fässchen selbst gekelterten Wein als Dankeschön.

Doch jetzt kehrten die vier viel zu früh zurück. Viele liefen zur Begrüßung in den Innenhof, doch schon beim Landen rief Akse: »Thaler!«

»Was?«

»Herr Thaler hat ihn schon vor zwei Wochen nach uns ausgefragt, woher wir kämen, wohin wir fliegen würden. Thaler hat ihm die Finger der rechten Hand einzeln gebrochen und seinen Pflug öffentlich verbrannt – irgendein Nachbar muss ihn doch verraten haben, Thaler hat ihm Geld gegeben. Ennios schwört, dass er nichts gesagt hat.«

»Und jetzt? Was macht er jetzt?«, fragte Ben. Überall um ihn herum wurde auf den Kopfgeldjäger geflucht und getuschelt.

»Er sagt, er kommt schon klar, er ist zäh. Aber ich will nächste Woche noch mal heimlich nach ihm sehen. Und ich weiß nicht, wen Thaler noch gefoltert hat. Ob alle geschwiegen haben, die wir besucht haben.«

»Verdammter Thaler«, fluchte Yanko. Er nannte ihn nicht mehr *Kinderschreck.*

»Und jetzt, Ben?«, stieß Thylos hervor. Er war bleich, und in seinen Augen lagen Angst und Wut. »Was machen wir jetzt?«

»Akse hat doch gesagt, er will nächste Woche …«

»Ich meine nicht Ennios! Ich meine uns! Wie willst du gegen Thaler gewinnen? Wie überhaupt gegen den Orden? Der ist übermächtig!«

»Gewinnen?«, fragte Ben laut. »Wir können nicht gewinnen, nicht in dem Sinn. Aber schau dich doch um! Zähl alle Drachen, die hier sind. Jeder von ihnen wäre sonst versklavt! Darum geht es! Einzelnen die Freiheit zu schenken! Jeder, der befreit wird, ist ein Sieg für uns!«

»Und das ist alles?«, stammelte Thylos. »Wir können nicht gewinnen? Du glaubst, wir kämpfen umsonst?«

Irgendwer nickte, andere murrten.

»Alles?«, schrie Ben wütend. »Umsonst? Frag jeden Drachen, frag Tharas, frag Akse, frag mich, wir alle sind froh, frei zu sein, nicht versklavt oder tot. Was war daran umsonst, uns zu befreien? Es ist kein Spiel, das man einfach gewinnt oder verliert! Wir kämpfen für die Wahrheit. Ich tu es, weil ich nicht anders kann, nicht weil ich glaube, zu gewinnen. Wer nur ans Gewinnen denkt, muss sich immer dem Mächtigsten anschließen. Reicht dir das, wenn du weißt, dass es falsch ist?«

Thylos blickte stur zu Boden und antwortete nicht. Dann sagte er: »Und was ist mit Thaler? Er foltert die Leute und kommt immer näher! Als er Cathe abgeschossen hat, war er an der Küste. Er weiß, dass wir irgendwo hier sind!«

»Dann gehen wir eben einfach eine Weile nicht raus«, mischte sich Sidhy ein. »Verschanzen uns, bis er abgezogen ist. Wir können vielleicht nicht gewinnen, aber auch nicht verlieren. Hier im Verlies sind wir sicher. Es ist uneinnehmbar.«

Thylos schnaubte. »Ben hat immer gesagt, die geflügelten Drachen sind frei. Ich wollte bei euch frei sein, und jetzt sollen wir hier festsitzen? Das ist doch keine Freiheit.«

»Dann kämpf für sie, verdammt!«, rief Yanko. »Jammer nicht rum!«

Viele pflichteten ihm bei, aber Ben sah hier und da auch Zustimmung für Thylos. Erste Hemdsärmel wurden hochgerollt.

»Morgen!«, rief Ben, um die Gemüter zu beruhigen. »Bis morgen überlege ich mir einen Plan. Einverstanden, Thylos?«

Thylos starrte ihn an, dann nickte er. Aber die Angst war noch nicht aus seinen Augen verschwunden.

Der Plan am nächsten Tag war kein neuer. Sie hatten ihn schon in kleiner Runde besprochen, und Ben dann noch mal mit Anula, denn sie war mehr Teil des Plans als jeder andere von ihnen. Er richtete sich nicht direkt gegen Herrn

Thaler, aber es war ein großer Plan, und Thylos und andere erwarteten eben große Taten. Ben las die Prophezeiung zu Faystos Feuer laut vor und verkündete, er würde möglichst rasch mit Aiphyron ins Ewige Eis fliegen, um das Herz zu suchen. »Dann fehlt nur noch ein Stein, um Faystos Feuer für immer verlöschen zu lassen! Ein einziger Stein!«

Die Geächteten jubelten laut und kämpferisch. Viele sahen zu Anula, neugierig, bewundernd oder gar ehrfürchtig. Sie versuchte, es mit einem Lächeln und Achselzucken abzutun, aber das klappte nicht. Die Sonne ließ ihre Haut glitzern.

Thylos starrte Ben fassungslos an, dann applaudierte er mit den anderen. Ein schiefes Grinsen zeigte sich auf seinen Lippen.

»Ich komme mit!«, schrie Yanko begeistert. Er wollte immer dabei sein, wenn etwas passierte. Und Ben hatte ihn dann gern an seiner Seite. Er war sein ältester Freund, auf ihn konnte er immer bauen, auch wenn es noch so gefährlich wurde.

»Ich auch«, sagte Marmaran, und das freute Ben, hatte er doch die besten Augen von allen. Wenn irgendwer etwas im Ewigen Eis finden konnte, dann er.

Auch Akse, Nica, Vilette und Feuerschuppe wollten auf der Stelle mit, aber Ben bat den Drachen, hier zu bleiben, weil die Menschen ohne Drachen die Insel nicht verlassen konnten.

»Juri ist doch hier«, sagte Feuerschuppe.

»Zwei wären mir lieber. Bitte.«

Schnaubend lenkte Feuerschuppe ein.

»Aber uns kannst du das Mitkommen nicht verbieten!«, sagte Akse.

»Ich verbiete niemandem was. Aber wenn euch kein Drache trägt, müsst ihr selbst fliegen. Ihr könnt schlecht laufen, oder?«

»Hey, Aiphyron«, rief Akse. »Du bist jung und kräftig, du kannst leicht zwei tragen, oder?«

»Nicht im Ewigen Eis. Die Kälte macht die Gelenke der Flügel steif, und wenn die Eisstürme aufkommen, dann ist ein menschliches Gepäckstück schon schwer.«

Marmaran nickte.

»He!«, protestierte Yanko. »Ich bin nicht schwer!«

»Ich bin leichter!«, rief Vilette.

»Aber Yanko war das erste Gepäckstück, er hat Vorrang«, bestimmte Marmaran.

Vilette sagte nichts weiter, sondern ging schweigend in die Werkstatt, um sich aus altem Gestänge und überzähligem Segeltuch ein paar mechanische Flügel zu bauen. Sie war niemand, der bettelte, auch nicht darum, durch die Lüfte getragen zu werden. Wenn Ben sagte, sie sollten selbst fliegen, würde sie das eben tun!

Ben und Yanko nähten sich Jacken aus dickem Fell und fütterten alte Stiefel aus, die ihnen zu groß waren. Damit waren sie den ganzen Tag beschäftigt. Im Norden würde es furchtbar kalt werden, und so nahmen sie mehr als nur eine Schicht Fell.

Abends im Bett, wo sie niemand sonst hörte, fragte Anula Ben: »Bist du enttäuscht, dass ich nicht mitkomme? Ich habe das Gefühl, dich im Stich zu lassen.«

»Du mich? Nein! Ich lass dich hier doch allein zurück.« Zärtlich strich er ihr durchs Haar. Der Gedanke an den Abschied gab ihm einen Stich. Er würde länger fort sein als bei den nächtlichen Abenteuern. Und Herr Thaler kam näher und näher. Aber er musste fliegen, er musste es versuchen! »Du sollst niemals wieder in die Kälte müssen. Außerdem musst du doch den Haufen beaufsichtigen, während ihr die Festung winterfest macht. Pass auf, dass die Angst vor Thaler nicht übermächtig wird.«

»So lange bleibt ihr doch nicht fort?« Ihre Stimme zitterte leicht.

»Nein«, versicherte Ben sofort, obwohl niemand wusste, wie schnell sie das gesuchte Herz finden würden, wenn überhaupt. Wann würde er eine Suche abbrechen, wenn sie nichts fanden? »Wir müssen schnell sein, die Zeit drängt! Notfalls drehen wir unverrichteter Dinge um, bevor wir verhungern oder erfrieren. Mit den Drachen sind wir ja schnell zurück.«

»Passt nicht nur auf die Kälte auf, ja? Das Ewige Eis ist ihr Reich.«

Ben nickte. *Ihr Reich.* Anula musste es nicht aussprechen, er wusste, wovor sie sich so sehr fürchtete. Auch er fürchtete die weißen Drachen, die anders waren als die anderen Drachen. Von Geburt an flügellos und anderen gegenüber feindlich eingestellt. Ihre Herzen waren so kalt wie ihr eisiger Atemhauch. Ihre gnadenlos stechende Kälte war lähmend, nie wieder wollte er ihr nahe kommen. Allein der Gedanke daran ließ ihn frieren.

»Komm bloß lebend wieder«, sagte sie noch, dann küsste sie ihn lang und leidenschaftlich und schmiegte sich an ihn. Er vergrub seine Hände in ihren Haaren und erwiderte den Kuss, als wäre es der letzte. Es war der vorletzte Tag des Sommers, und draußen pfiff der Wind, als hätte er nur darauf gewartet, loszuschlagen. Die Wellen rauschten lauter, und in den Fenstern waren noch immer keine Scheiben.

Viel später, als sie noch immer wach lagen und der Wind noch immer pfiff, sagte Ben: »Wenn wir das erkaltete Herz finden und du tatsächlich die schillernde Frau bist, brauchen wir nur noch den verlorenen Vulkanstein. Vielleicht sollten wir morgen an Nesto schreiben, ob er davon gehört hat? Sein Vater ist immerhin ein Schmied.«

»Habe ich schon getan«, sagte sie. »Ellyhmottheen ist gestern rübergeflogen. Aber die Antwort ist noch nicht da.«

Quobemhonn stürmte auf seinen Runden als Wachhabender vor ihrem Fenster vorbei und vertrieb krächzende Möwen.

Grinsend und aneinandergeklammert schliefen Ben und Anula ein, doch ihr Schlaf war unruhig.

Am nächsten Tag machten Ben und Yanko mit ihrer Ausrüstung weiter und nähten sich Hosen aus Fell, dicke Mützen und Tücher für Mund und Hals. Dabei halfen ihnen immer wieder andere Geächtete.

Mittags bemerkte Ben, wie Dolna wiederholt angestrengt und suchend aufs Meer hinausblickte, immer in Richtung Küste. Sie würde doch nicht auch nach der glücksbringenden schillernden Fontäne eines schnatternden Regenbogenwals Ausschau halten?

Ben legte seine Nadel und die halb fertige Fellmütze zur Seite und ging zu Dolna hinüber. Dabei ertappte er sich, wie er selbst rasch in alle Richtungen blickte, ob nicht doch ein Regenbogenwal auftauchte. Dabei würde er das unverschämte Glück nicht heute, sondern im Ewigen Eis benötigen.

»Hallo Dolna«, sagte Ben. »Was gibt's zu sehen?«

»Nichts«, antwortete sie. »Zum Glück nichts.«

»Zum Glück? Was erwartest du zu sehen?«

»Erwarten tu ich es nicht, aber ich befürchte die Flotte des Ordens.«

»Die ganze Flotte?«

Sie zuckte mit den Schultern. »Vielleicht auch nur ein paar Schiffe.«

»Du weißt aber schon, dass sie hier nicht anlanden können?«, erinnerte sie Ben. »Auf der Insel sind wir sicher.«

Dolna zuckte noch mal mit den Schultern.

»Glaub mir, ich habe die tobenden Stürme schon gesehen, die die Insel schützen. Sie haben zwei große Segler zu Kleinholz gemacht und versenkt, während sich auf der Insel selbst kein Lüftchen regte. Kein Schiff kann dieser Kraft widerstehen, nur die Drachen konnten es mit Müh und Not.«

»Doch, das glaube ich. Aber was, wenn sie uns nur belagern? Wenn sie Herrn Thaler und sein Armbrustkatapult mitbringen, und er schießt vom Deck aus auf alle Drachen, die die Insel verlassen wollen?«

Bestürzt sah Ben sie an. Daran hatte er überhaupt nicht gedacht! »Das wird nicht passieren.«

»Bist du sicher?«

»Ja. Sonst wäre Herr Thaler schon längst hier«, sagte Ben nachdrücklich, aber er war nicht überzeugt. Auch wenn er sich ständig in Küstennähe herumzutreiben schien, vielleicht wusste der Kopfgeldjäger einfach nur noch nicht, wo sie sich genau versteckt hielten. Sie würden sich beeilen müssen, um den Bau weiterer Riesenpfeile zu verhindern.

Am Nachmittag hatte Vilette ihre Flügel fertiggestellt und sprang von einem Felsen, der mehrere Schritt hoch war. Sie flog nicht weit, sondern stürzte schlingernd ins Meer. Als Akse und Thylos ihr wieder an Land halfen, spuckte sie wütend Wasser aus und fluchte. Dann lachte sie. »Ich bleib wohl besser hier. So komme ich nicht weit.«

Yanko nickte, wollte aber auch mal springen und hüpfte johlend vom Felsen. Und dann wollte die Hälfte der Geächteten, und einer nach dem anderen stürzte sich mit den Flügeln in die Wellen.

Cathe nicht, obwohl es ihr jeden Tag besser ging. Zalhqualradho war noch immer nicht aufgewacht. Ben sah jede Stunde nach ihm und glaubte, dass sein Herzschlag langsam kräftiger wurde. Viele der Geächteten hatten kleine heilende Talismane und Glücksbringer um den Drachen herum gelegt. Ben bemerkte kleine Münzen, bemalte Steine und eine Wurzel, die an einen Drachen erinnerte. Er bemerkte einen Becher mit einer streng riechenden Flüssigkeit, ein vertrocknetes Stück Kuchen und ein paar Hühnerfedern, die aber auch zufällig hier gelandet sein konnten. Direkt vor Zalhqualradhos Schnauze lag eine tote Ratte. Das war gut, denn tote Ratten halfen gegen fast alles.

»Magst du Sinje eine Nachricht zukommen lassen, wenn du dir einen Ausflug aufs Festland zutraust?«, fragte Ben Cathe, während sie den anderen bei ihren Stürzen ins Meer zusahen.

»Und wie?«

»Ellyhmottheen macht bestimmt gern den Boten. Schick ihr nachts eine geheime Botschaft ins Kloster, und dann trefft euch außerhalb. Frag Feuerschuppe, ob er dich rüberträgt, er wäre gern mit ins Eis geflogen. Vielleicht kommen auch Nica oder Akse mit, wenn ich bis dahin noch nicht zurück bin.«

»Ich frag sie alle«, versprach Cathe.

Am Abend, als alle Jacken und Mützen genäht waren, brachte Ellyhmotthen endlich Antwort von Nesto, aber es war nicht die erhoffte.

Freunde,

leider kann ich euch mit dem verlorenen Stein nicht weiterhelfen. Ich habe ganz vorsichtig auch meinen Vater gefragt, aber er wusste nichts. Wenn er nicht, wer dann?
Dabei hat er mich wieder als »nichtsnutzig« beschimpft, aber es ist mir inzwischen egal. Er ist doch der Nichtsnutz! Er trinkt nur noch von früh bis spät, isst aber nichts. Sie haben ihn sogar beinahe eingesperrt, aber nur beinahe. Sie geben Ben die Schuld, Samoths Sohn, wollen Vater aber trotzdem nicht mehr vertrauen. Nicht weil er ein Verräter oder so ist, sondern weil er zu schwach war, um sich zu wehren.
Die aufgestachelten Büttel zerren jetzt wahllos junge Leute von der Straße, die sie für verdächtig halten, und verhören sie rücksichtslos. Sie durchsuchen Häuser und Keller nach Geächteten. Jeder, dessen Nase ihnen nicht gefällt, ist verdächtig. Außerdem macht der Orden überall Aushänge, dass er wagemutige Erfinder sucht, hellwahtreue Visionäre und findige Mechaniker. Morghon bietet gewaltige Summen für jeden, der in seine Dienste treten will und Ideen für außergewöhnliche Waffen hat. Die Armbrustkatapulte sind wohl nur der Anfang – er ist verrückt nach Waffen.
Die Pläne des Armbrustkatapults hat er übrigens auch an andere Klöster und Äbte weiterverkauft – wahrscheinlich mit Gewinn. Soweit ich weiß, bauen sie seit Tagen im Kloster mit den Zwölf Zinnoberzinnen schon einen Armbrustturm, auch im Jungfrauenkloster Felsenrot und auf einer Insel vor Venzara

haben die Planungen begonnen. Wie es weiter weg aussieht, weiß ich nicht.
Und immer mehr junge Leute wollen Kopfgeldjäger werden, Herr Thaler ist jetzt ihr großer Held.

N.

Ben fluchte. Morghon hatte es wirklich eilig, und er verfügte über das Geld und die Macht, den Kampf voranzutreiben. Ihnen rann die Zeit davon! Wenn erst überall diese Armbrusttürme standen und Hunderte Pfeile geschmiedet waren, war es zu spät.

»Wir müssen sofort los!«, drängte er.

Sidhy rannte auf der Stelle in die Küche und brachte ihnen Vorräte, die lange haltbar waren: Äpfel, Schiffszwieback und für den Anfang Hartkäse und gepökelten Fisch. Rasch packten Ben und Yanko die Satteltaschen und schnallten ihre Fellkleidung für den Norden daran fest.

»Wir finden eine Möglichkeit, die Turmbauten zu verzögern«, versprach Nica.

»Riskiert nicht zu viel«, mahnte Yanko. Er, der keine Angst zu kennen schien, klang plötzlich vorsichtig. »Denk an Herrn Thaler, sei vorsichtig.«

»Das sagt der, der zu den weißen Drachen fliegt.«

»Trotzdem.«

»Ich könnte dasselbe zu dir sagen.«

Sie starrten sich an.

»Warum fliegst du eigentlich ins Ewige Eis?«, fragte Akse scheinheilig, um die Spannung aus dem Abschied zu nehmen. »Da oben sieht dich doch niemand vom Orden, dein Kopfgeld steigt nicht einen Gulden weiter.«

»Schlammkriecher!«, knirschte Yanko, aber auch er grinste und umarmte Akse.

Sie verabschiedeten sich von allen und flogen los. Es war noch früh in der Nacht, und Ben blickte nur einmal kurz zurück. Obwohl es dunkel war, konnte er Anula erkennen; im Schein der Fackeln schillerte ihre Haut. Sein Herz wurde schwer. Er hob die Hand und murmelte lautlos: »Ich liebe dich.«

Dann sah er nur noch nach vorn und tastete kurz nach seinem Glücksgroschen. Er hatte das Gefühl, er würde ihn noch brauchen.

»Wollen wir in Trollfurt haltmachen?«, rief Yanko, nachdem sie eine Weile schweigend nebeneinander hergeflogen waren. Das Land unter ihnen war dunkel, die nächste Stadt fern, und in den Dörfern brannten nachts kaum Lichter.

»Warum?«

»Dann könnte ich meinen Vater fragen, ob er etwas von dem Vulkanstein gehört hat, den Byassos Prophezeiung erwähnt. Schließlich hat auch er Fasytos Feuer bekommen.«

»Du würdest mit ihm reden? Immer noch?«, fragte Ben. Yankos Vater hatte Yanko Zeit seines Lebens zur Erziehung geprügelt. Möglicherweise war er da nicht schlimmer als viele Väter, doch als Schmied war er stärker als die meisten anderen. Auch hielt er Yanko inzwischen für einen Verräter, Lügner und Ketzer, so wie es ihm Priester Habemaas und ganz Trollfurt eingeredet hatten. Er glaubte dem Orden und der Masse mehr als seinem eigenen Sohn. Immer wenn Ben an ihn dachte, dachte er, vielleicht war es gar nicht so schlimm, dass sein eigener Vater abgehauen war, so hatte ihn nur seine Mutter schlagen können.

»Es geht um unser Leben und die Freiheit der Drachen, natürlich rede ich mit ihm«, knurrte Yanko. »Irgendwann muss er doch zur Vernunft kommen.«

»Er war schon immer stur.«

»Das stimmt.« Yanko lachte bitter. »Aber ich auch.«

»Seid ihr wirklich sicher, dass es sich bei dem verlorenen Teil um einen Stein oder Felsen handelt?«, fragte Aiphyron.

»Was soll es denn sonst sein?«, hielt Ben dagegen. »Vulkane bestehen nun mal aus Stein.«

»Dass Yanko nicht darauf kommt, wundert mich nicht, aber du?«

»He, du Echsennase!«, schnauzte Yanko. »Meinetwegen bin ich euer Gepäckstück, aber ein denkendes!«

»Könntest du beim Denken auch ein bisschen weniger herumzappeln?«, fragte Marmaran.

»Alle auf einen. Nur zu, immer alle auf einen!« In gespielter Verzweiflung warf Yanko die Arme in die Luft, was in der Dunkelheit natürlich kaum zu sehen war. Rasch hielt er sich aber wieder fest, denn sie flogen schnell.

»Was meinst du dann, dass es ist?«, fragte Ben, ohne auf Yanko zu achten. »Das Feuer, das der Orden dort herausholt, kann es nicht sein.«

»Überleg doch, sei ein denkendes Gepäckstück.«

»Sei du lieber ein sprechender Drache!«

»Willst du einen Hinweis?«, neckte ihn Aiphyron.

»Ich will eine Antwort!«

Aiphyron lachte, dann sagte er: »Ganz einfach: ein Drache. Es ist ein Drache, der im Vulkan herangewachsen ist.«

»Natürlich!«, stieß Ben hervor. Im Unterschied zu den zahllosen Felsen und Steinen eines Vulkans war ein Drache tatsächlich etwas Besonderes. Drachen wuchsen in der

Tiefe heran, in der Erde, im Fels, in Bäumen oder unter dem Meer, an Seeufern oder in Wüsten. Sie wuchsen an besonders schönen und beeindruckenden Orten und nahmen den Charakter des Ortes an, ihre Schuppen färbten sich nach ihrer Herkunft. Sie waren ein Teil dieses Orts, seine Kinder, und zugleich frei.

So stammte Marmaran aus dem tiefsten, dunklen Moor von Murrh, in dem ein ständiges Dämmerlicht herrschte. Um dort zu sehen, brauchte er ausgezeichnete Augen. Und Juri war am Ufer des klaren Sichelsees herangewachsen, direkt unter dem hohen dichten Schilf, das tagein, tagaus im ständigen Wind wisperte, ohne einmal still zu stehen. Umgeben von unermüdlich ans Ufer plätschernden Wellen, brummenden Käfern, flirrenden Libellen, quakenden Fröschen und anderem Getier war er so geschwätzig geworden, wie er war.

Ben verstand nicht, wieso er nicht von selbst darauf gekommen war. »Ein vulkangeborener Drache! Ich hätte es wissen müssen!«

»Meine Rede, Gepäckstück.«

»Mann!«, rief Yanko zugleich und schlug sich mit der Hand an die Stirn. »Und warum hast du das nicht gleich gesagt?«

»Weil die meisten Menschen nicht wissen, wie wir geboren werden, und das soll auch so bleiben«, sagte Aiphyron eindringlich. »Euch vertrauen wir, auch Nica und Anula, aber es sind einfach zu viele Geächtete. Zu viele, die Angst haben, zu viele, die gefangen genommen und befragt werden könnten. Und der Orden darf niemals erfahren, wie und wo wir entstehen, denn dann könnte er uns bei unserer Geburt auflauern. Bevor der Drache seine Schwingen auch nur zum ersten Mal ausgebreitet hätte, hätte man sie ihm schon abgeschlagen.«

»Dann sollen wir Cathe und Akse nicht fragen?«, wollte Ben wissen. »Sie kommen beide aus einem Kloster und haben einige Drachen gesehen. Vielleicht auch …«

»Nein, gerade Cathe nicht. Sie ist ganz neu bei uns, wir wissen nichts von ihr.«

Auch wenn Ben ihr eigentlich vertraute, hatte Aiphyron recht. Sie würden diesen Drachen schon allein finden. Auch wenn Drachen quer durch die ganze Welt flogen, waren sie doch leichter aufzuspüren als irgendein grauer Stein am Wegesrand, den niemand erkannte. Einen Drachen zu finden, traute er sich zu. Pfeifend flogen sie weiter.

Die Sonne ging gerade auf, als sie Trollfurt am Rand des Wolkengebirges überflogen. Ben sah hinunter auf die Stadt, in der er die ersten fünfzehn Jahre seines Lebens verbracht hatte. Schöne und schlimme Erinnerungen kamen in ihm hoch, an sonnige Angeltage und eine abenteuerliche Floßfahrt auf dem Dherrn, an Prügel und Hunger, an gestohlene Äpfel und frisches Brot, das ihm heimlich zugesteckt wurde, an den Tag, an dem er seinen ersten Drachen gesehen hatte, und den Morgen, an dem er fälschlich für einen Mörder gehalten worden war und vor der aufgebrachten Menge fliehen musste, bevor sie ihn lynchen konnten. Es waren schöne und schreckliche Tage gewesen, aber so oder so war alles viel kleiner gewesen, und das nicht nur räumlich. Damals hatten ihn an schlechten Tagen ein paar andere Jungs verprügelt, heute wollten ihn an jedem Tag tausend Drachenritter tot sehen.

Damals war Yanko sein bester Freund gewesen, und er

war es noch heute. Alles änderte sich also doch nicht. Ben lächelte.

In Trollfurt hatte der Bürgerkrieg zwischen Orden und Ketzern gewütet, und dessen Spuren waren noch nicht ganz beseitigt worden. Manche Mauern waren noch rußverschmiert, die Häuser auf der linken Seite des Dherrn waren wieder verlassen und teils halbe Ruinen. Das Haus, in dem er mit seiner Mutter gewohnt hatte, war eingestürzt, aber Ben spürte kein Bedauern. Schweigend sah er zu Dagwarts Standbild hinab, auf das er oft geklettert war, und zum klaren Fonksee voraus, der ein wenig höher in den Bergen lag, an der einstmals schönsten Bergflanke des ganzen Gebirgszugs. Hier lag die alte, erschöpfte Blausilbermine, in der sein verschollener Vater gearbeitet hatte, und hier hatte Ben die schmackhaftesten Fische seines Lebens gefangen. Schweigend hing er den Erinnerungen nach.

Auch Yanko sprach kein einziges Wort, aber Ben war überzeugt, dass er die ganze Zeit auf sein Elternhaus hinabstarrte.

Nirgendwo entdeckte Ben einen Turm für ein Armbrustkatapult, nicht mal einen Bauplatz. So weit waren die Pläne also noch nicht nach Norden gedrungen.

Und dann stiegen die Drachen höher, um das gewaltige Wolkengebirge zu überqueren. Hier war die Morgenluft kühl, und auf Bens Armen bildete sich eine Gänsehaut. Der Herbst war gekommen, und vor ihnen türmten sich helle Wolken am Himmel.

Als sie die höheren schneebedeckten Gipfel erreichten, löste Ben seine Jacke vom Gepäck und schlüpfte hinein. Dort unten hatten einst wilde Trollhorden gehaust, und vorher ihre mysteriösen und gewaltigen Vorfahren. Er suchte die zerklüftete Landschaft nach steinernen Überresten von ihnen ab, doch vergebens. Nirgendwo konnte er eine Festung wie das Verlies der Stürme entdecken, nirgendwo auch nur die kärglichsten Überreste einer gewaltigen Mauer. Nirgendwo glitzerten große Brocken aus Feuerstein in der Sonne, zu denen die Vorväter der Trolle am Ende ihrer Zeit zerfallen waren.

Es war ein solches Gebirge gewesen, in dem sich der mutige Drache Firbentorh allein den grausamen Vorvätern der Trolle gestellt hatte und auf den ersten menschlichen Drachenflüsterer stieß. Ein Gebirge, aus dem die Vorväter der Trolle gewaltige Bolas nach Drachen geworfen hatten. Heute warf niemand irgendetwas nach ihnen.

Höher und höher waren die nächsten Gipfel, und immer tiefer hingen die Wolken, sodass sie bald mitten hindurchflogen. Ben konnte nun kaum noch etwas erkennen, Nässe legte sich auf sein Gesicht, die Hände und Jacke und sog sich in seine Stoffhose. Wenigstens wusste er jetzt, dass die Fellkleidung Wasser abwies. Yanko und Marmaran an seiner Seite waren nur noch graue Schemen im Weiß.

»Zu nass«, brummte Aiphyron und flog über die Wolken hinaus, wo der Himmel klar war und die aufgehende Sonne und der Flugwind sie trockneten.

Hinter den Bergen überquerten sie ausgedehnte Ebenen, in denen weniger menschliche Siedlungen zu entdecken waren als im Großtirdischen Reich. Ben und Yanko aßen im Flug aus den Satteltaschen.

Dann zog ein raues Meer unter ihnen hinweg, und wechselnde Winde rüttelten an ihnen. Sie erreichten erneut Land, doch hier waren die menschlichen Siedlungen noch seltener. Die Landschaft war von gewaltigen Nadelwäldern geprägt, die nur selten von Dörfern, Feldern oder Äckern unterbrochen wurden. Es gab zahlreiche Seen und immer wieder Lichtungen in den Wäldern. Ben entdeckte eine riesige Herde von mehreren Tausend langhaarigen Kühen mit gewaltigen Hörnern und ein Rudel trabender Wölfe. Graue Wolken schluckten die Sonne, und schon bald schlug ihnen der kalte Wind große Regentropfen ins Gesicht.

Als sie den Regen hinter sich gelassen hatten, war es bereits nach Mittag, und die Drachen landeten an einem beinahe kreisrunden See, um zu trinken und sich auszuruhen. Das Wasser war kalt, aber erfrischend. Weiter weg am Ufer zeigten sich zwei riesige Bären mit grauem Fell und fingen Fische.

Auch die Drachen fraßen Fische. Zudem fingen sie drei, vier dieser langhaarigen Rinder und schlugen sich damit die Bäuche voll. Drachen konnten auf Vorrat fressen, und im Ewigen Eis würden sie nicht viel Nahrung finden.

Voll satter Trägheit flogen sie weiter. Der Regen setzte wieder ein und prasselte heftig auf sie herab. Ben setzte sich die Mütze auf und zog sie tief ins Gesicht.

Sie sahen weitere Herden dieser zotteligen Kühe sowie seltsame hirschartige Wesen mit weit ausladendem Geweih. Sie überflogen weitere Wölfe, Bären, Flüsse und Seen. Bei einer Herde der Hirschartigen bemerkten sie Hirten, die zu ihnen hinauf deuteten.

»Neugierig, nicht feindselig«, sagte der scharfäugige Marmaran.

Als es dunkel wurde, rasteten sie für die Nacht. Ben und Yanko sollten schließlich nicht im Flug einschlafen und vom Drachenrücken fallen. Der Boden war kalt und zeigte

Anzeichen von Frost, die Grashalme waren mit Weiß überzogen.

Ben und Yanko schlüpften unter ihre Decken und schliefen friedlich zwischen den Drachen. Sie waren sicher vor Bären, Wölfen und Menschen, ein Drache konnte nicht überrascht werden.

Ben vermisste Anula.

IM REICH DER WEISSEN DRACHEN

Am nächsten Tag ließen sie bald das Festland hinter sich und flogen wieder über das Meer. Nur selten sahen sie eine kleine Insel, und wenn, dann bestand sie aus schroffen Felsen und war unbewohnt, abgesehen von riesigen Schwärmen schnatternder langhalsiger Vögel und gedrungenen silbergrauen Seebüffeln, die sich am Ufer sonnten.

Der Himmel war klar, und die Luft wurde kälter und kälter. Bald schwammen ihnen große Eisbrocken entgegen, und dann riesige von mehreren Tausend Schritt Durchmesser. Auf einem landeten sie, um sich die Fellhosen anzuziehen. Im Wasser zog ein riesiger Schwarm gelb gestreifter Fische vorbei.

Sie flogen weiter, bis sie nachmittags eine gewaltige Eismasse erreichten, die sich scheinbar endlos Richtung Norden erstreckte. Die Sonne stand außergewöhnlich tief am Himmel.

Ein Schwarm schneeweißer aasfressender Riesensturmenten kam ihnen entgegen. Sie flogen nach Süden und ließen die Kälte hinter sich. Manche Seeleute glaubten, es brächte Glück, wenn ihm eine solche Ente auf die linke Schulter kackte, aber Ben war nicht in der Stimmung, es auszuprobieren. Selbst Yanko sagte nichts.

Der Boden war von tiefen Eisspalten durchzogen, Rissen oder einer Klamm, wie sie Flüsse durch ein Gebirge fraßen. Bald stießen sie auf eine senkrechte Steilwand aus Eis, die sich dreihundert Schritt in die Höhe erstrecken musste, wie eine Klippe zu einem Plateau hinauf. Über sie stürzte ein Wasserfall in die Tiefe, der in der Bewegung eingefroren war und nun aus Hunderten gigantischen Eiszapfen bestand.

Oberhalb der Steilwand erstreckte sich eine Ebene, in der turmhohe Eissäulen in den Himmel wuchsen. Bald folgte ein weiterer Gebirgszug, steil, spitz und scharfkantig. Nur an wenigen Stellen lugte ein Fetzen grauer Fels heraus, sonst dominierte das Weiß.

Vom blauen Meer war nichts mehr zu sehen, das gleißende Weiß war überall um sie, es glitzerte und war so grell, dass es blendete. Ben kniff die Augen zusammen und konnte kaum noch eine Struktur in der Landschaft unter sich erkennen, nur manchmal bewegte sich etwas Weißes im Weißen.

Ein Drache, schoss es ihm jedes Mal durch den Kopf, doch es waren immer Tiere, große Bären oder flinke, hasenartige Hoppler mit einem Horn auf der Schnauze.

Ohne Pause flogen sie weiter nach Norden, gleichmäßig und ausdauernd schlugen die Schwingen der Drachen. Die Sonne raste dem Horizont entgegen. Kälte fraß sich in ihre Lungen und brannte auf der Haut. Ben hatte die Hände in die Ärmel seiner Jacke gezogen, doch die Finger waren noch immer klamm, seine Handschuhe viel zu dünn. Es kam ihm vor, als würden Aiphyrons Flügel knirschen wie die Angeln einer festgefrorenen Tür.

»Macht dir die Kälte nichts aus?«, fragte Ben.

»Es geht schon«, antwortete Aiphyron schlicht, und das bedeutete, er fror.

»Warum hast du dann nichts gesagt?«

»Was hätte das gebracht? Hättest du mir Flügelwärmer aus Kaninchenfell genäht? Weißt du, wie viele Kaninchen du dafür brauchst?«

»Aber …«

»Das dauert Wochen, und wir hatten keine Zeit.«

»Außerdem kann man mit Flügelwärmern nicht fliegen«, fügte Marmaran an. »Zumindest nicht besonders gut.«

»Aber ein Schal würde euch bestimmt gut stehen«, flachste Yanko. »Oder so spitze gestrickte Mützchen auf den Ohren.«

»Ja, das wäre schön«, brummte Marmaran, »dann müssten wir nicht hören, was so ein sprechendes Gepäckstück alles von sich gibt.«

»Wenn ich ein Gep…«

»Ruhig«, würgte Marmaran Yankos weiteres Geplänkel ab. »Da unten.«

Es dauerte einen Moment, aber dann sahen sie, was Marmaran meinte. Ein großer weißer Drache! Mit gesenktem Kopf trottete er durch die schillernde Weite. Seine Schnauze hing direkt über dem Boden, als würde er einer Fährte folgen. Ben dachte an sein einstiges Zusammentreffen mit drei solchen Kreaturen und schauderte. Er dachte an Anula, und nun spürte er die Kälte noch mehr, sie umklammerte sein Herz. Konnte der Drache sie bis hier herauf senden?

Wortlos gewannen Aiphyron und Marmaran an Höhe, als hätten auch sie die innere Kälte gespürt. Ben zog sich das Tuch bis über die Nase, sodass nur noch die Augenpartie frei lag. Auch als sie den weißen Drachen weit hinter sich gelassen hatten, sprach noch immer keiner ein Wort.

Schon bald entdeckte Ben einen weiteren weißen Drachen am Boden, der einen mächtigen Bären erlegt hatte und ihn fraß. Von so weit oben wirkten sie fast wie winzige Kinderpuppen, Einzelheiten waren nicht zu erkennen. Eine große rote Blutlache hatte sich über das Eis ausgebreitet und leuchtete weithin. Der Drache musste den Bär völlig zerfetzt haben, sein ganzer Kopf und die vorderen Klauen waren vollkommen rot.

Das hier ist ihr Reich, dachte Ben frierend. Das Reich der weißen Drachen. Daheim im Süden waren es nur Worte gewesen, eine Vorstellung, in der man tapfer und erfolgreich sein konnte. Und jetzt war die weiße Weite wahrhaftig ewig, und sie wussten nicht, was genau sie suchten, wie dieses Herz aussah. Ben wusste nur, dass sie irgendwann dort hinab mussten, um es zu finden. Dorthin, wo weiße Drachen zu Hause waren, die kein Mitleid kannten und mit ihrem Hauch ein Herz in zerbrechliches Eis verwandeln konnten, das bei nächster Gelegenheit zersprang. Drachen, deren Geruchssinn so ausgeprägt war, dass sie nie eine Fährte verloren, nicht mal über Jahre hinweg. Drachen, die vom Orden auf die mächtigsten Ketzer angesetzt worden waren und Hunde Hellwahs genannt wurden, obwohl sie von einem Menschen nicht unterworfen werden konnten – es sei denn von einem Eisherrscher, deren Gabe ebenso selten war wie die eines Drachenflüsterers.

Angst griff nach Ben, doch sofort befahl er sich: *Reiß dich zusammen!*

Und dann kam plötzlich Wind auf. Wie aus dem Nichts wirbelte er dichtes Schneepulver über das Eis und wuchs innerhalb weniger Augenblicke zu einem wilden Sturm an. Ben klammerte sich eng an Aiphyron, um nicht in die Tiefe gerissen zu werden. Eissplitter und Schneeflocken wurden durch die Luft gewirbelt, und die Drachen tauchten wieder tiefer hinab, wo der Sturm weniger stark blies und sein Toben von Berghängen und Felsnadeln gebrochen wurde.

Dann flaute er mit einem Mal ebenso plötzlich ab, wie er aufgekommen war. So als wäre es nur eine kleine spielerische Bö gewesen. Schnee und Eis legten sich, und Ben entdeckte den dritten weißen Drachen, der ungerührt durch die Weite kroch, als hätte es den Sturm eben überhaupt nicht gegeben.

Und der weiße Drache sah auch sie.

Langsam hob er den Kopf in den Nacken und stieß ein Brüllen aus. Weit in der Ferne antwortete ein anderer Schrei, und dann noch einer.

»Stinkender Trollbollen!«, fluchte Yanko, und sie schwangen sich wieder hoch in die Lüfte. Flugs bogen sie nach Westen ab, um dem weißen Drachen eine falsche Richtung vorzugeben. Es war ein plumpes Manöver, aber was sollten sie sonst tun? Sie waren gesehen worden, da blieb weder Zeit noch Raum für ausgetüftelte Pläne, sie mussten einfach handeln. Es blieb nur die Hoffnung, dass der weiße Drache nicht der schlaueste war.

»Höher!«, rief Ben. »So hoch, dass sie uns nicht mehr sehen können.«

Aiphyron knurrte zustimmend und schraubte sich hinauf, Marmaran folgte ihnen. Bald war der weiße Drache für Ben im Weiß nicht mehr auszumachen.

»Siehst du ihn noch, Marmaran?«, fragte er.

»Ja.«

»Dann noch höher.«

»Ja, das habe ich schon verstanden«, brummte Aiphyron.

Ben ging nicht darauf ein. Seine Lippen waren spröde, im Tuch hing sein gefrorener Atem, er wollte nicht mehr reden als notwendig. »Siehst du noch andere?«

»Nur einen«, sagte Marmaran. »Im Südwesten. Aber die Biester sind weiß auf weiß, wir sind am Himmel leichter zu erkennen.«

»Sag nichts«, knurrte Aiphyron. »Ich weiß selbst. Höher.«

Ben grinste trotz der weißen Drachen. Egal, was sie unten erwartete, hier oben waren sie vor den Bestien sicher, denn diese wurden als einzige Drachen im Eis stets ohne Flügel geboren.

Höher und höher flogen sie, und schnurgerade nach Westen. Die Sonne berührte nun fast den Horizont, und Ben hatte das komische Gefühl, als würde irgendetwas nicht stimmen, dachte jedoch nicht weiter darüber nach. Die Luft wurde kälter und dünner, das Atmen fiel ihm immer schwerer. Trotzdem nahm er das Tuch nicht vom Mund.

»Das reicht«, beschloss Marmaran irgendwann, und sie wandten sich wieder nach Norden. Dabei hielten sie die Höhe, in der sie vermutlich nicht gesehen werden konnten, und in der sie selbst keine Kreaturen erkennen konnten, nur endloses Weiß in der Dämmerung.

Eine Stunde später war die Sonne noch immer nicht untergegangen. Tiefrot wanderte sie einfach am Horizont entlang und weigerte sich, endgültig unterzugehen.

»Was bedeutet das?«, fragte Ben.

»Ich weiß es nicht«, erwiderte Aiphyron. »Ich weiß nur, dass wir uns jetzt der Mitte des Ewigen Eises nähern.«

»Woher?«, rief Yanko.

»Ich spüre es.«

»Ich auch«, bekräftigte Marmaran.

»Dann sollten wir wieder ein Stück runter, solange wir noch etwas sehen«, schlug Ben vor, und Aiphyron stürzte in die Tiefe. Eisige Luft schlug Ben ins Gesicht, die Finger waren steif gefroren, und doch schlich sich ein Lächeln auf seine Züge. Es war, als würde eine unsichtbare Eisschicht von seinen Wangen blättern, das Glück zu fliegen überlagerte für einen Moment alle Ängste und Bedenken. Hinter sich hörte er Yanko lachen.

»Leise!«, rief er.

»Selber leise!« Yanko lachte und lachte, und dann stimmten alle mit ein.

Ben lachte, und die Drachen ließen ein triumphierendes Brüllen hören, bevor schließlich doch alle verstummten. Die Angst, bemerkt zu werden, war stärker als das Lachen.

Tiefer und tiefer kamen sie, und die Sonne wanderte weiter am Horizont entlang. Und endlich begriff Ben, was an ihr nicht stimmte, was er vorhin nicht hatte fassen können: Obwohl die Sonne untergehen sollte, stand sie nicht mehr im Westen.

»Langsam«, zischte Marmaran. »Ich sehe drei weiße.«

Sie stoppten ihren Sturzflug, Ben erkannte keinen Drachen.

»Sie sind alle in der linken Schlucht.«

Die Schlucht konnte Ben erkennen, sie durchzog das Eis auf bestimmt fünfzig Schritt Breite und war so tief, dass ihr Fuß im Schatten lag. Dort unten konnte er mit seinen einfachen Menschenaugen nicht das Geringste bemerken.

»Und jetzt?«, fragte Yanko.

»Kreisen wir«, schlug Ben vor. »Fliegen wir das ganze Gebiet ab, das Aiphyron und Marmaran als Mitte erkannt haben. Vielleicht können wir von hier oben etwas ausmachen, das wie ein Herz aussieht.«

»Aber tiefer unten«, sagte Aiphyron. »Von hier sehen wir zu wenig. Und wenn die Sonne untergeht, gar nichts mehr.«

Ja, was würden sie tun, wenn die Sonne unterging?, fragte sich Ben plötzlich. Die beiden Drachen konnten doch nicht die ganze Nacht kreisen, um in der Dunkelheit nicht von weißen Drachen überrascht zu werden.

Drachen werden nicht überrascht, beruhigte er sich, doch er wusste nicht, ob das auch für Angriffe durch andere Drachen galt. Sie flogen tiefer und suchten den Boden ab, ohne etwas zu finden, das das gesuchte Herz sein könnte.

»Und wenn es doch wörtlich gemeint ist?«, fragte Yanko. »Wenn es das Herz eines weißen Drachen ist?«

»Das glaube ich nicht«, widersprach Aiphyron.

»Aber bei dem Vulkan denkst du doch auch, dass es ein vulkangeborener Drache ist«, sagte Yanko. »Warum also hier kein eisgeborener?«

»Weil in einem bestimmten Vulkan normalerweise nur ein einziger Drache heranwächst, der seinen Charakter in sich aufnimmt. Weiße eisgeborene Drachen gibt es dagegen unzählige. Eines ihrer Herzen zu nehmen, wäre ähnlich beliebig wie das Vulkangestein.«

»Ich glaube nicht, dass wir einem lebenden Wesen das Herz herausschneiden sollen«, sagte Ben. »Davon steht nichts in der Prophezeiung. Ich will nicht, dass wir jemanden opfern. Wir sind nicht wie der Orden!«

»Ich hab nichts von lebendigen Drachen gesagt!«, verteidigte sich Yanko. »Aber *erkaltet* wird doch ständig in Verbindung mit Toten benutzt. Ich sage euch, wir suchen ein Herz, das mal einem Lebewesen gehört hat. Und was lebt hier außer weißen Drachen?«

»Werden wir schon noch sehen«, brummte Ben. »Aber hier ist alles scheußlich kalt. Alles kann gemeint sein!«

»Der vulkangeborene Drache und die schimmernde Frau sind auch Lebewesen«, beharrte Yanko. »Warum also …?«

»Aber keine Opfer! Das Herz ist schon erkaltet, die anderen beiden nicht! Wir opfern niemanden! Wir nicht!«, stieß Ben hervor. Das durfte einfach nicht sein, und doch war der Gedanke an Opfer plötzlich in seinem Kopf. Wurde in alten Sagen nicht ständig ein Opfer verlangt? Nein, nur das Herz. In der Prophezeiung hieß es eindeutig, dass nur das erkaltete Herz ins Feuer musste, nicht die schillernde Frau, nicht Anula.

Aber es hieß auch: *Die stolz das erkaltete Herz des Ewigen Eises in den Händen trägt.*

Nein! Nur das erkaltete Herz. Niemals würde er Anula opfern oder zulassen, dass ein anderer es tat!

»Es muss ein bestimmtes Herz sein«, sagte Aiphyron noch mal, »nicht das eines beliebigen weißen Drachen.«

»Wenn ihr meint«, fügte sich Yanko. »Aber wenn ihr mich fragt: Nichts hat ein kälteres Herz als ein weißer Drache.«

»Wir werden ein kälteres finden«, behauptete Ben.

Schweigend flogen sie weiter. Die Sonne ging noch immer nicht unter. Seit Stunden wanderte sie als große rote Scheibe am Horizont entlang.

»Meint ihr, sie geht hier nie unter?«, fragte Ben nach einer Weile.

»Das wäre Glück«, sagte Yanko. »Dann müssten wir nicht im Dunkeln weitersuchen.«

»Darauf würde ich nicht hoffen, überall ist irgendwann Nacht«, brummte Aiphyron. »Glaub mir, ich war schon fast überall, und nirgendwo war ewiger Tag. Ich hoffe nur, dass sich die Nacht nicht an den Sonnenuntergang anpasst.«

»Was meinst du damit?«, fragte Ben.

»Na ja, der Untergang dauert jetzt schon ein Vielfaches der Zeit wie bei uns. Wenn die Nacht entsprechend länger dauert, dann dauert sie Tage. Oder sogar Wochen.«

Stunden später war die Sonne noch immer nicht vollständig versunken, doch sie sank. Der Horizont war tiefrot, Yankos Hoffnung auf eine ewige Dämmerung ohne Nacht würde sich nicht erfüllen.

Hoch am Himmel zogen graue Wolken auf, und der Wind nahm wieder zu. Er wirbelte Pulverschnee über den Boden hinweg.

Die vier Freunde überflogen ein tiefes, zerfurchtes Tal, um dann auf eine gewaltige eisige Steilwand zuzuhalten, die möglicherweise tausend Schritt an Höhe maß und sich schier endlos nach rechts und links erstreckte. Aus der Ferne konnte Ben nicht erkennen, ob sie vollständig aus Eis bestand oder im Kern aus Stein.

Der Wind nahm weiter zu, der Schnee wirbelte höher und höher, zog wie mannshohe Nebelschleier über die Ebene hinweg.

»Wasserfall«, rief Marmaran.

»Was?«, brüllte Ben über den Wind hinweg. »Wasser? Hier?«

»In der Steilwand. Zu glasklaren Eiszapfen gefroren.«

Ben kniff die Augen zusammen und starrte voraus, doch er konnte in der trüben Dämmerung keine Eiszapfen erkennen. Seine Augen tränten im Gegenwind, und die Tränen erstarrten zu Eis.

Der Wind wurde stärker und stärker, Aiphyrons Flügelschlag schleppend.

»Brauchst du eine Pause?«, schrie Ben. Der Wind pfiff und heulte.

»Erst dort vorn!«

Der Wind wuchs zum Sturm an und blies Schnee und Eis von oberhalb der Steilküste hinab. Ben konnte kaum mehr sehen als in dichtem Nebel. Aus dem Sturm wurde ein brüllender Orkan, der felsengroße Eisbrocken wie einfache Schneebälle durch die Luft schleuderte und ihnen mit aller Gewalt entgegenschlug. Ein Orkan, der Eis schleuderte wie Geschosse.

»Festhalten!«, brüllte Aiphyron und kämpfte sich voran. Sie mussten es schnell bis zu der Steilwand schaffen. Nur dort würden sie Deckung finden, in der offenen Ebene waren sie dem Orkan schutzlos ausgeliefert.

Der wirbelnde Schnee verdeckte die rote Sonne, und Ben sah so gut wie nichts mehr. Er hielt den Kopf unten, die Wange an Aiphyrons Schuppen gepresst, und vertraute auf seinen Richtungssinn und Marmarans Augen. Mit aller Kraft klammerte er sich fest und hoffte, von keinem größeren Brocken getroffen zu werden. Der Orkan zerrte an ihm und drohte ihn jeden Augenblick fortzureißen; er war sogar stärker als die gewaltigen Stürme ihrer Festung.

Festhalten!, sagte Ben sich beschwörend.

Festhalten!

Festhalten.

Festhalten.

Das war alles, was er denken konnte. Seine Finger waren im Klammergriff steifgefroren.

Plötzlich traf ihn ein unterarmlanger Eiszapfen an der Wange. Er streifte ihn nur und wurde weitergetrieben, doch das reichte aus, damit die Haut aufplatzte. Ben spürte, wie Blut austrat und fast sofort gefror. Fluchend verbiss er sich den Schmerz und klammerte sich weiter fest.

Festhalten!

Wenn er jetzt losließ, wäre das sein sicherer Tod.

Von Yanko und Marmaran hörte und sah er nichts.

Seine Muskeln zitterten, er würde sich nicht mehr lange halten können. Verzweifelt schob er ein Bein unter den Satteltaschengurt. Sollte ihn alle Kraft verlassen, würde er vielleicht so Halt finden, bevor der Sturm ihn mit sich fortriss und irgendwo zerschmetterte.

Festhalten.

Seine linke Hand drohte abzurutschen, er konnte einfach nicht mehr. Doch er musste! Dort vorne konnte er einen gewaltigen Schemen in der schneeumtobten Dämmerung ausmachen. Die Steilwand! Das musste sie sein! Gleich waren sie da! Die Hoffnung setzte neue Kräfte frei, und er krallte sich weiter fest.

Wieder und wieder stürzten pferdegroße Eisbrocken auf sie zu und an ihnen vorbei. Drohten sie, getroffen zu werden, wich Aiphyron aus. Mühsam kämpfte er sich voran, tauchte tiefer und näherte sich dem dunklen Schemen mit jedem schweren Flügelschlag ein Stück. Kleinere Eisbröckchen klatschten gegen seine Schuppen oder streiften Ben. Der biss die Zähne zusammen. Sie würden es schaffen!

Ja!, dachte Ben gerade, als ein gewaltiger Schatten auf sie zugeschleudert wurde, größer als alle Brocken bisher. Halsbrecherisch wich Aiphyron aus, Ben verlor den Halt und rutschte ab. Seine Gelenke waren zu steif, als dass er schnell wieder zupacken konnte. Er rutschte, doch der Gurt um sein Bein hielt. Er hielt ihn lange genug, bis Ben sich wieder keuchend festklammern konnte.

Dann hörte er über den Sturm hinweg einen Aufschlag und einen gewaltigen Schmerzensschrei.

Marmaran!

Yanko!

Erschrocken blickte er sich um. Im Schneegestöber hinter ihnen torkelte etwas in Richtung Boden.

»Aiphyron!«, brüllte Ben, aber das war nicht nötig. Der Drache hatte alles selbst mitbekommen und stürzte den Fallenden bereits hinterher.

Fang dich! Fang dich, beschwor Ben Marmaran, doch der schwarze Schatten taumelte weiter in die Tiefe, kaum mehr als ein Spielball des Orkans. Wuchtig prallte er unten auf.

Einen Augenblick später landete Aiphyron direkt neben ihm. Marmarans vordere beiden rechten Flügelknochen waren erkennbar zersplittert, Gelenksplitter ragten aus dem Fleisch hervor. Nutzlos stand der Flügel an Marmarans Seite ab, die Membran war mehrfach eingerissen. Der Orkan zerrte daran und ließ sie flattern wie ein Segel, das sich losgerissen hat.

»Ich kann nicht weiter«, stöhnte Marmaran.

Yanko wurde von seinem Rücken geweht und stürzte zu Boden, ein loses Gepäckstück. Nur ungelenk fing er den Fall ab und versuchte, sich irgendwo festzukrallen, aber das Eis bot keinen Halt, der Sturm trug ihn fort.

»Hilfe«, drang es leise durchs Heulen, und Ben sah ihn davongleiten. »Hilfe!«

Dann wurde Yanko vom Sturm verschluckt.

INS DUNKEL

Aiphyron riss Ben von seinem Rücken und drückte ihn Marmaran gegen die Brust. »Halt mal!«

Dann stürzte er Yanko hinterher. Den Wind im Rücken flitzte er schneller als ein Pfeil davon.

Ben presste sich eng an Marmaran und versuchte, in seinem Windschatten Schutz zu finden. Der Drache hatte die Krallen in den Boden getrieben und hielt sich fest.

»Brauchst du Hilfe?«, schrie Ben und wollte sich zum verletzten Flügel vorkämpfen, obwohl seine Heilkräfte durch die Handschuhe kaum wirken würden.

»Bleib unten!«, fuhr ihn Marmaran an.

Eisbrocken schlugen neben ihnen auf den Boden, und Marmaran hob mit letzter Kraft den verletzten Flügel schützend über Ben. Wenn es den noch mal erwischte, war das egal. Ben tastete mit Handschuhen nach der Wunde, aber – wie befürchtet – konnte er nichts ausrichten. Nicht in diesem Unwetter. Eisbrocken trafen auf den verletzten Flügel, und Marmaran stöhnte auf vor Schmerz. Knochen knackten, Haut riss, aber Ben war geschützt.

Endlich kam Aiphyron zurück. In den Klauen trug er Yanko, der übel zerrupft aussah, jedoch lebte.

»Wir müssen zur Steilwand! Unter einen Vorsprung!«, drängte Aiphyron. »Hier überleben wir nicht lange.«

Marmaran nickte und kämpfte sich auf die Beine. »Fliegt ihr vor, ich komme nach.«

»Wir bleiben zusammen!«, verlangte Ben, aber Aiphyron hörte nicht auf ihn. Er hob ihn und Yanko auf seinen Rücken und befahl ihnen, sich festzuhalten. Zu Marmaran sagte er: »Ich hol dich, wenn die beiden in Sicherheit sind.«

Knapp über dem Boden flog er zu der Steilwand. Yanko blutete auf der Stirn, und ein Auge war geschwollen, aber er wirkte gesünder als Marmaran.

Sie erreichten ihr Ziel unweit des gefrorenen Wasserfalls. Er bestand aus einem breiten Bündel sich überlagernder glasklarer Eiszapfen, die zum Großteil weit dicker waren als mächtige Baumstämme und Tempelsäulen. Eis wirbelte um sie her. Aiphyron presste sich ganz an die Wand, fluchte fürchterlich und knirschte mit den Zähnen. Dann spie er sein verhasstes Feuer in den äußersten Zapfen. In nur wenigen Augenblicken schmolz er ein hüfthohes Loch unten in den Wasserfall. Das Eis darüber knirschte, knackend fraß sich ein Riss im Eiszapfen in die Höhe. Das herausgeschmolzene Wasser gefror auf dem Boden sofort wieder.

»Los, rein!« Aiphyron packte die beiden von seinem Rücken und schob sie grob unter den gekürzten Eiszapfen. Der Sturm tobte weiter, das Eis knackte lauter, und sie krochen hastig tiefer hinein, um nicht erschlagen zu werden, sollte der gigantische Eiszapfen abbrechen, weil ihm ohne die Spitze der Halt fehlte.

Ohne ein weiteres Wort verschwand Aiphyron wieder im Schneesturm.

Ben und Yanko erreichten nach wenigen Schritten eine Höhle hinter dem erstarrten Wasserfall. Sein Eis war so klar, dass das letzte rote Sonnenlicht hereinfiel, sodass es nicht vollkommen dunkel war. Ben konnte Yanko neben sich als Schemen ausmachen.

Draußen war aufgrund der Dämmerung und des Sturms kaum mehr zu erkennen. Trotzdem starrten sie in das tobende Weiß hinaus, in der Hoffnung, Marmaran und Aiphyron zurückkehren zu sehen.

»Bist du in Ordnung?«, fragte Ben und zog sich das Tuch vom Mund. Auch wenn es hier drinnen noch immer kalt war, so fehlte der beißende Wind.

»Nichts gebrochen.« Auch Yanko hatte das Tuch nach unten geschoben und versuchte ein schwaches Lächeln.

Bens Augen hatten sich so weit an die Dunkelheit gewöhnt, dass er es zumindest erahnen konnte.

»Glaub ich zumindest.«

»Tut was weh?«

»Alles.« Yanko grinste. »Aber dein Gesicht ist im Sturm auch nicht schöner geworden.«

»Dann ist ja gut, dass Nica und Anula uns nicht sehen können.« Ben versuchte, Grimassen zu schneiden, damit die gefrorenen Tränen und das Blut abblätterten, aber seine Muskeln gehorchten ihm nicht.

»Aiphyron hat sein Feuer für uns eingesetzt«, sagte Yanko, und Ben nickte nur. Mehr war nicht nötig, sie wussten beide, wie schwer ihm das gefallen sein musste.

Und dann waren die beiden Drachen da.

»Innen weg!«, brüllte Aiphyron, und Ben und Yanko zogen sich tiefer in die Höhle zurück. Sie war so gigantisch, dass sie ihr Ende im schwachen Licht nicht erkennen konnten. Auch nicht, als Aiphyron mit einer weiteren Stichflamme das Loch im Eis so weit vergrößerte, dass er und Marmaran hindurchpassten. Sie schleppten sich hinein, und Aiphyron drehte sich sofort wieder um.

»Wo willst du jetzt wieder hin?«, fragte Ben.

»Zumachen. Kümmer du dich um Marmaran.«

Und während Ben sich den zerstörten Flügel ansah, brach Aiphyron innen mehrere Stücke aus dem Wasserfall, um damit das Loch zuzustellen. Dann ließ er mit einer winzigen Flamme ein wenig Eis an der Bruchstelle zu Wasser werden, sodass es herabtropfte und sich mit dem neuen Stück verband. Es war nur grob geflickt, doch auf den ersten Blick würde niemand bemerken, dass jemand den Wasserfall durchquert hatte.

Sollte ein weißer Drache bewusst nach ihnen suchen, war jede Tarnung sowieso egal. Er würde ihnen mithilfe seines außergewöhnlichen Geruchssinns folgen, und der ließ sich nicht so leicht ablenken. Sie konnten nur hoffen, dass der Sturm Marmarans Blut mit frischem Schnee verdeckte und ihre Spuren verwehte. Ohne Anhaltspunkt würden auch weiße Drachen nicht nach fremden Gerüchen auf dem Boden schnüffeln.

Marmarans Flügel war vollkommen zerschmettert, die Heilung würde Tage dauern.

»Kannst du mal helfen?«, fragte Ben Aiphyron.

»Womit?«

»Mit Wärme. Ich bekomme die Handschuhe nicht von den Händen.«

»Das geht ohne Feuer«, behauptete Aiphyron und versuchte, Ben mit spitzen Krallen die Handschuhe auszuziehen. Aber er bekam sie nicht zu fassen und brummte: »Lass sie doch an, ist sowieso zu kalt.«

»Mit kann ich nicht heilen«, erklärte Ben.

»Sag das doch gleich!«, fuhr Aiphyron auf. »Elendes Flammenmeer noch mal!«

Mit misstrauisch zusammengekniffenen Augen schnaubte

Aiphyron ein kleines Feuer in die Luft und hielt es beständig auf Kopfgröße, während sich Ben daran die Hände wärmte. Auch Yanko kam mit schmerzverzerrtem Gesicht herbeigehinkt, um die Kälte aus den Knochen zu vertreiben.

»Wie lang hältst du das durch?«, fragte er.

»Keine Ahnung.« Hasserfüllt starrte Aiphyron die Flamme an. »Ich kann Feuer einfach nicht leiden. Es verbrennt Dinge und Lebewesen.« Aiphyron erinnerte sich nicht an seine Geburt, er wusste nicht, worin er herangewachsen war, nur dass er inmitten von Asche erwacht war. Seine Aussage, Feuer nicht leiden zu können, war eine gewaltige Untertreibung.

»Momentan wärmt es und gibt uns Licht.«

»Es zerstört dennoch!«, knurrte Aiphyron trotzig, aber er ließ es nicht verlöschen.

»Die Höhle ist riesig«, verkündete Marmaran, der seinen Blick trotz der ungeheuren Schmerzen streifen ließ. »Und ganz hinten führen zwei oder drei Durchgänge noch tiefer unter das Eis hinein. Aber so weit ich es sehe, ist alles verlassen.«

»Gut.« Ben, der seine Finger endlich wieder bewegen konnte, zog die Handschuhe aus und ging zu Marmaran hinüber. Er entfernte eine Handvoll Eissplitter, die noch nicht geschmolzen waren, aus der Wunde, ebenso einen abgesplitterten Knochen und drei schwarzgraue, kantige Steine. Dann legte er die Hände auf das offene Fleisch. Sie kribbelten ebenso vor Kälte wie aufgrund der Heilkräfte, die jedoch nur sehr langsam flossen und Ben ungewöhnlich viel Kraft kosteten. Er wusste nicht, ob das an der Kälte oder seiner Erschöpfung lag.

Nach einigen Minuten sank er völlig ausgelaugt zu Boden und löste die Hände von dem Drachen. Kraftlos murmelte er: »Tut mir leid.«

»Was?«

»Dass ich nicht mehr kann.«

»Kein Problem«, sagte Marmaran. »Es kribbelt, und das bedeutet, es heilt.«

»Zu langsam«, keuchte Ben. »Viel zu langsam.«

»Es geht eben so schnell, wie es geht.«

»Nein. Ich muss es schaffen, bevor uns der Proviant ausgeht. Bevor die Weißen uns finden.«

Darauf gab es nichts mehr zu sagen. Draußen tobte noch immer der Sturm.

»Kannst du laufen?«, fragte Aiphyron nach einer Weile.

»Ja.« Marmaran erhob sich mühsam.

»Dann lass uns die Durchgänge untersuchen. Nicht dass dort etwas lauert und uns überrascht.«

»Und wenn wir es dadurch erst auf uns aufmerksam machen?«, fragte Ben.

»Wir suchen das erkaltete Herz des Ewigen Eises, oder? Dann müssen wir uns sowieso umsehen, denn hier ist die Mitte des Ewigen Eises. Deiner Meinung nach muss das Herz hier irgendwo sein.«

Der Gedanke gab ihnen wieder Hoffnung. Also kletterte der angeschlagene Yanko auf Aiphyrons Rücken, und Ben lief selbst. Jeder Schritt tat weh und gut zugleich. Seine Gelenke knirschten, und die Muskeln erwachten mit stechenden Schmerzen, aber sie erwachten.

Dabei fragte sich Ben, wann der Wasserfall gefroren sein mochte. Wann war es hier so warm gewesen, dass Wasser frei geflossen war? Das konnte er sich nicht vorstellen.

Und wie kalt musste es hier erst im tiefsten Winter werden?

Schon bald waren sie so weit in die Höhle vorgedrungen, dass das spärliche Sonnenlicht im Wasserfall ihnen nicht mehr half. Es war so stockfinster, dass außer Marmaran keiner von ihnen etwas sehen konnte.

»Könntest du bitte?«, wandte sich Ben an Aiphyron.

»Hörst du eigentlich zu, wenn ich sage, dass Feuer gefährlich ist?«

»Hier kann nichts brennen. Alles ist aus Eis.«

»Nichts? Handschuhe, Haare, Jacken, Hosen, ihr Menschen. Das nennst du nichts?« Aiphyron schnaubte. »Und Eis kann schmelzen und alles überschwemmen.«

»Wir müssen was sehen!«, drängte Ben. »Was, wenn hier irgendwo eine Schlucht ist? Oder uns etwas auflauert?«

»Er hat recht«, sagte Marmaran. Murrend ließ Aiphyron kleine Flammen in den Nüstern erscheinen, die ihnen den Weg beleuchteten.

»Aiphyron – die lebende Fackel«, kicherte Yanko.

»Schnauze«, schnaubte Aiphyron so heftig, dass die Flammen flackerten.

»Vorsicht, nicht auspusten, laufender Kronleuchter«, alberte Yanko weiter.

»Noch so ein Spruch, und du läufst selbst.«

»Hinkst«, korrigierte Marmaran mit schmerzverzerrtem Grinsen.

»Ich mach doch nur Spaß«, versicherte Yanko.

»Feuer ist kein Spaß!«

»Pst«, zischte Ben. Sie näherten sich dem ersten Durchgang, und hier erkannte Ben Gestein im Eis. Es war also ein richtiger Berg, in dessen Innerem sie nun steckten.

Dahinter erstreckte sich eine längliche, unübersichtliche Höhle, die schmaler war und deren Decke viel tiefer hing, auch wenn sie immer noch höher war als in jedem von Menschen erbauten Saal. Die gesamte Höhle war übersät mit Eis, das nicht einfach in Zapfen wuchs, sondern wie feingliedrige Äste eines Tannenbaums. Ein Raum wie ein Nadelwald aus filigranem Eis, das tausend unterschiedliche Muster und Strukturen ausgebildet hatte. Durchscheinendes Eis, in dem sich Aiphyrons Feuer wieder und wieder spiegelte. Es war wunderschön, nur Aiphyron beobachtete gehetzt jede gespiegelte Flamme.

Aus der Höhle führte ein Durchgang in eine weitere, dann noch eine weitere. Sie alle waren mit den unterschiedlichsten Eisskulpturen angefüllt, die wie gewaltige Pilze, feine Gräser oder eben Nadelbäume aus Boden, Wänden oder Decke sprossen, aus Felsen und Eis. Ben fragte sich, wie Eis solche Formen bilden konnte, als wäre ein geduldiger Bildhauer am Werk gewesen, besessen von jedem noch so kleinen Schnörkel und Detail.

Irgendwann kamen sie nicht mehr weiter und kehrten um. Aus der großen Höhle hinter dem Wasserfall folgten sie nun dem zweiten Durchgang unter die Berge. Dieser war fast rechteckig, als wäre er absichtlich aus dem Fels und Eis gehauen worden. Die anschließende Höhle war ebenfalls mit den seltsamen Eismustern übersät, doch die Wege durch sie hindurch waren gerade und der Tritt eben. Das war doch kein Zufall! Sie mussten angelegt worden sein. Aber von wem?

Vorsichtig und schweigend bewegten sie sich weiter. Aiphyron beanspruchte die Führung. Er hatte nicht nur das Licht, er war auch derjenige, der sich am besten wehren konnte. Wachsam blickte er in alle Richtungen, doch niemand griff sie an. Nur ihre Schritte waren zu hören; sie waren so tief unter der Erde, dass man selbst das Heulen des Sturms nicht mehr vernahm.

Und dann erreichten sie einen Saal, der genau so genannt werden musste: Saal, nicht Höhle. Vier gerade Wände waren im rechten Winkel zueinander aus Eis und Fels geschlagen worden, der Fußboden war eben wie ein Brett. An der hinteren Wand stand ein einsamer Thron aus Eis, der in der Größe des Raums fast winzig wirkte. Er hatte menschliche Maße.

»Ein Mensch?«, staunte Yanko. »Wie kann hier freiwillig ein Mensch leben?«

»Vielleicht ist es etwas anderes, das nur so groß ist wie ein Mensch?«, gab Marmaran zu bedenken.

»Und was? Ein Zwergtroll?« Yanko lachte kurz auf, verstummte jedoch sofort wieder. »Gibt es so was? Oder Eistrolle?« Er klang besorgt, in den Saal würden Hunderte passen.

»Oder es ist doch ein Mensch. Ein Eisherrscher«, sagte Ben. Vielleicht verlieh so einem seine Gabe nicht nur Macht gegenüber weißen Drachen, sondern auch einen besonderen Schutz vor Kälte.

»Kommt es euch auch wärmer vor?«, fragte Yanko.

»Du findest es warm?« Aiphyron schüttelte sich.

»Wärmer als draußen.«

»Natürlich«, sagte Ben und stutzte. Es war tatsächlich wärmer, nur noch so kalt wie im tiefsten Trollfurter Winter.

»Das ist noch lange kein Grund, hier zu leben«, brummte Marmaran. Vorsichtig erkundeten sie die mehrere Schritt hohen Ausgänge aus dem Saal und stießen gleich hinter dem ersten auf einen Raum, der ein Bett aus Stein beherbergte. Von einer Matratze fehlte jede Spur.

Dann fanden sie eine Küche mit einem verrußten Steinofen und einem rissigen Holztisch samt Stuhl. In die Eiswand waren auf Brusthöhe Ablagen gekratzt worden, die als Regal dienten. Hier standen eine Tasse und zwei Teller aus Keramik, beide mit roten Flammen verziert. Es gab verrostetes Besteck, einen Topf, eine Pfanne und ein Brett. Alles deutete auf einen Menschen hin, einen einzigen. Hatte hier wirklich jemand allein gelebt?

»Vielleicht lebt er noch hier«, sagte Yanko.

»Das Besteck ist völlig verrostet«, widersprach Ben. »Es wurde jahrelang nicht benutzt. Vielleicht Jahrzehnte.«

Hinter dem Thron schloss sich ein weiterer riesiger Saal an, dessen turmhohe Decke aus zahllosen drachenlangen Eiszapfen bestand. Unterhalb von ihnen erstreckte sich entlang der rechten Wand eine Art Sims aus Eis, das beinahe wie ein großes Regalbrett wirkte. Aber was sollte man ausgerechnet in zwanzig Schritt Höhe lagern?

Genau in der Mitte des Saals erhob sich ein mächtiger quadratischer Eisblock, dessen Kanten genau parallel zu den Wänden ausgerichtet waren. Sein Eis war klarer und durchscheinender als alles, was sie bisher gesehen hatten. Ben musste ihn sogar berühren, um sicherzugehen, dass es kein reinstes Venzaraglas war. Tatsächlich war er glatt wie Glas, doch so kalt, dass Bens Hand im Nu erstarrte und er schmerzhaft aufschrie. Es war, als würden sich hunderttausend eisige Nadeln in sein Fleisch bohren, als hätte er sich verbrannt, nur eben mit Kälte statt mit Feuer.

Genau in der Mitte des Blocks hing ein kopfgroßer

schwarzer Gesteinsbrocken mit rötlichem Schimmer, der aussah wie sein Herz. Es schlug nicht.

»Ist es das?«, fragte Ben ungläubig. Der plötzliche Fund war so überraschend, dass er es nicht fassen konnte.

»Sieht so aus«, sagte Aiphyron leise.

»Und wenn nicht?«

»Und wenn schon?«

Ratlos sahen sie sich um. Aiphyron flog rasch zu dem Sims hinauf, aber dort war nichts zu finden. Es war vollkommen leer und wirkte wie zufällig gewachsen.

Ein weiterer Ausgang führte aus dem Saal. Dahinter wand sich ein Gang schräg nach unten, tiefer und tiefer unter den Berg. Er war so schmal, dass die Drachen ihre Flügel nicht ausbreiten konnten. Der Boden war glatt, und Ben schlitterte immer wieder, während die Drachen mit ihren Krallen Halt fanden. Vorsichtig stiegen sie immer weiter hinab, bis der Gang an einer dicken Wand aus diesem durchsichtigen Eis endete.

Dahinter erstreckte sich ein Krater, der sich in der Dunkelheit verlor. Ein Vulkan im Ewigen Eis. Sie befanden sich genau auf der Höhe seines Bodens, und vor ihnen breitete sich eine Schicht erloschener schwarzer Lava aus. Das einst kochende Gestein war fest geworden und erkaltet.

»Erkaltet! Das da oben ist das Herz!«, jubelte Yanko, glitt von Aiphyron und umarmte Ben. »Wer hätte gedacht, dass es wirklich existiert?«

»Du nicht? Und bist trotzdem mitgekommen?«

Yanko zuckte mit den Schultern, Ben schlug ihm auf den Rücken, und Yanko zuckte vor Schmerz zusammen.

»'tschuldigung.«

»Schon gut.« Mühsam kletterte er wieder auf Aiphyron,

und die beiden stürmten den Gang zurück. Ben kam auf dem glatten Untergrund nicht voran und rutschte wieder und wieder zurück, bis er schließlich auf Marmaran kletterte und sich tragen ließ.

»Ich glaube, ich weiß, wer hier gelebt hat«, sagte Aiphyron, als sie zurück in der Halle mit dem Eisblock waren.

»Was?«, stieß Yanko hervor.

»Wer?«, rief Ben.

»Der letzte Feuerbändiger. Er soll der mächtigste aller Zeiten gewesen sein, wurde aber angeblich verrückt. Ein größenwahnsinniger Einzelgänger, hieß es. Manch einer behauptete, er trug mehr als eine Gabe in sich, und deswegen sei er verrückt geworden. Kein Mensch würde mehr als eine ertragen. Doch keiner wusste, um welche Gaben es sich neben seiner Macht über Feuer handeln sollte. Vielleicht waren das auch nur Geschichten, vielleicht auch bisher unbekannte Gaben, die noch nie aufgetreten waren und darum keinen Namen hatten. Sicher ist nur, dass er irgendwann verschwunden ist. Und nur ihm ist es zuzutrauen, Vulkanfeuer erkalten zu lassen.«

»Wenn etwas von seiner Macht noch in dem Herzen steckt, dann könnte es also wirklich klappen. Wir können sie mitnehmen«, sagte Ben, der erst jetzt merkte, wie viele Zweifel er an der Prophezeiung gehabt hatte. Aber hier war ein Vulkan erloschen, seine Hitze in Eis gesperrt. Alle Zweifel fielen von ihm ab. Sie konnten es schaffen! Laut rief er: »Brenn das Herz raus!«

»Mit Vergnügen.« Aiphyron grinste breit und spuckte zum allerersten Mal ohne den üblichen Widerwillen Feuer. Doch der Block blieb unversehrt.

»Aber …«, stammelte Ben.

»Das gibt's doch nicht.« Yankos Mund klappte auf.

»Alle weg!«, knurrte Aiphyron und sog die Lungen voll Luft. Dann stieß er eine Flamme so heiß und grell heraus, dass die anderen sich geblendet abwandten. Die plötzliche Hitze presste Ben Schweiß aus den Poren und versenkte seine Augenbrauen. Doch auf dem Block bildeten sich nur ein paar Tropfen, die langsam zu Boden rannen. Weitere Tropfen lösten sich von den Eiszapfen an der Decke und fielen herab.

»Das ...«, keuchte Aiphyron, »das wird dauern.«

Wieder und wieder spuckte er Feuer. Seine Wut darüber, nichts zu erreichen, war größer als die Angst, hier irgendwas in Brand zu setzen. Ben und Yanko sahen eine Weile zu und aßen von ihren Vorräten. Sie füllten Eis in den Topf und trugen ihn in Aiphyrons Nähe, um es zu Wasser zu schmelzen. Gierig tranken sie.

Dann ruhte sich Yanko aus, und Ben legte die Hände heilend auf Marmarans Wunde. Der ständige Wechsel zwischen großer Helligkeit und plötzlicher Dunkelheit half ihm nicht unbedingt, also schloss er die Augen und verließ sich ganz auf den Tastsinn. Er erspürte zahllose Brüche und gesplitterte Knochen, gequetschte Muskeln, gerissene Schuppen und geplatzte Adern. Er fand Erfrierungen, und die Flügelmembran selbst war mehrfach tief eingerissen, ganze Fetzen daraus fehlten sogar. An all diese Verletzungen sandte er seine Heilkräfte, bis er ganz ermattet war.

»Später mehr«, versprach er, aber nun würde Marmarans Körper sich selbst heilen. Ohne Bens Hilfe dauerte es zwar länger, doch die Heilung war angestoßen.

Yanko hielt es derweil trotz seiner Schmerzen nicht

aus, ruhig zu liegen. Sein linkes Auge war fast vollständig zugeschwollen, doch er humpelte hierhin und dorthin auf der Suche nach anderen Dingen des früheren Bewohners. »Er muss doch irgendwie Licht gemacht haben! Irgendwo müssen seine Lampen und Fackeln und Kerzen sein.«

»Nicht, wenn er ein Feuerbändiger war«, knurrte Aiphyron zwischen zwei Feuerstößen.

»Wieso?«

»Er hatte einen Vulkan und seine Gabe, das ist viel mehr als ein bisschen Lampenöl.« Aiphyron keuchte vor Anstrengung. Der Eisblock war kaum geschrumpft. In dem Tempo würde das Tage dauern.

»Woher weißt du eigentlich so viel über Menschen mit besonderen Gaben?«

»Tu ich das?« Aiphyron machte eine Pause und ließ wieder zwei kleine Lichter in den Nüstern brennen. »Wahrscheinlich habe ich es irgendwo aufgeschnappt. Über die Jahrzehnte und Jahrhunderte schnappt man einfach sehr viel auf, und bei Feuer werde ich immer hellhörig. Ich hätte ihn gern getroffen.«

»Du hast gesagt, er war verrückt!«

»Ja, aber er konnte Feuer beherrschen. Kann es eine größere Gabe geben?«

»Ähm …« Yanko blickte zu Ben, der verdattert Aiphyron ansah.

»Drachenflüsterer selbstverständlich ausgenommen.« Aiphyron brach sich einen Brocken Eis von der Decke ab und lutschte ihn gierig zu Wasser. Er war vollkommen ausgedörrt.

Auf diese Weise verronnen die nächsten Stunden,

vielleicht ein ganzer Tag, bis irgendwann das Feuer des Drachen versiegte. Plötzlich saßen sie in völliger Finsternis.

»Aiphyron?«, fragte Ben, aber es war eher eine Aufforderung.

»Ich versuch's ja!« Sie hörten ihn keuchen und röcheln, spucken und schnauben, doch es blieb dunkel.

»Und jetzt?« Yanko versuchte, ganz ruhig zu klingen, aber in seine Stimme hatte sich der Anflug von Verzweiflung geschlichen.

Auch Ben spürte Panik in sich aufwallen, die er mit aller Kraft unterdrückte.

»Dann eben so wie früher.«

»Wie meinst du das?«, fragte Ben, der am liebsten schreien wollte vor Angst und Wut. So knapp vor dem Ziel durften sie nicht scheitern! Das Herz war direkt vor ihnen.

»Mit roher Gewalt. Also weg von mir!«

Langsam und vorsichtig tastete Ben sich davon, die Dunkelheit war undurchdringlich und der Boden glatt. Kurz darauf gab es einen dumpfen Schlag, und Aiphyron fluchte.

»Was ist los?«

»Nichts!« Wieder folgte ein Schlag, diesmal auch ein Knirschen. Wieder und wieder. Es klang, als würde Aiphyron mit ausgefahrenen Klauen auf den Block eindreschen.

»Und?«, fragte Yanko.

»Normales Eis wäre längst zerbrochen«, murrte Aiphyron. »Ich krieg nur winzige Fetzen raus. Winzigste, wenn überhaupt.«

»Wenn du das schaffst, schaff ich das auch«, sagte Marmaran und tastete sich durch die Finsternis.

Bald hörte Ben doppelt so viele Schläge auf den Eisblock

einprasseln. Er bedauerte nur, dass rohe Gewalt keine Helligkeit erzeugen konnte.

Irgendwann dämmerte er vor Erschöpfung weg, die monotonen Schläge ignorierte er. Er döste, bis er von einem lauten »Na also« geweckt wurde. Aus Aiphyrons Nüstern wuchsen wieder kleine Flammen.

»Musste mich nur erholen«, brummte er.

Marmaran ging zur Seite, und Aiphyron brannte wieder ein paar Tropfen Wasser aus dem Eis. Ben bildete sich ein, inzwischen echte Fortschritte zu erkennen.

Marmarans Flügel dagegen hing noch immer lädiert herab, und Ben legte ihm noch einmal die Hände auf.

Die Zeit verrann. Aiphyron lernte sein Feuer so einzuschätzen, dass er frühzeitig Pausen machte, um sie nie völlig im Dunkeln zu lassen. Sie schliefen abwechselnd. Die Vorräte schwanden, schon bald würden Ben und Yanko nichts mehr zu essen haben. Sie mussten seit Tagen hier sein.

Ob sich die anderen schon Sorgen machten? Immer wieder dachte Ben an Anula, und oft zugleich an die Prophezeiung. Sie hatten das erkaltete Herz gefunden, davon war er überzeugt. Aber was, wenn die Prophezeiung wirklich verlangte, dass Anula es bis zum Ende in den Händen hielt? Nirgendwo stand, dass auch sie und der Drache ans Feuer geopfert werden mussten. Aber ebenso wenig hieß es, dass sie unversehrt heimkehren durften. Was, wenn Anula und der Drache ebenso im Vulkan verlöschen sollten wie das Herz?

Nein!

So sehr er sich dagegen wehrte, er konnte den Gedanken einfach nicht abschütteln. Er schlief nur noch unruhig, seine Träume plagten ihn mit Bildern der sterbenden, verbrennenden Anula. War das nur Angst oder eine Vorahnung? Er würde nicht zulassen, dass sie in die Lava sprang, aber was war, wenn sich die Feuer von Arknon Anula einfach irgendwie schnappten, sobald sie in ihre Nähe kam? Egal, ob Ben bereit war, sie zu opfern? Egal, ob sie selbst bereit war oder nicht?

Das nächste Mal träumte er von gewaltigen Flammen, die wie Fangarme nach Anula griffen und sie von ihm fortzerrten. Ihr schmerzerfüllter Schrei gellte ihm in den Ohren, und er erwachte mit wild pochendem Herzen.

»Muss sich eine Prophezeiung immer erfüllen?«, fragte er Aiphyron, als der Drache eine Pause einlegte.

»Prophezeiungen erfüllen sich nicht einfach so«, antwortete der. »Es muss immer jemanden geben, der sie erfüllt.«

»Wo ist denn da der Unterschied?«

Aiphyron überlegte einen Moment. »Ich gebe dir ein Beispiel. Nehmen wir an, ich prophezeie jetzt einfach so, dass du durch ein Schwert sterben wirst. Deshalb fällt nicht plötzlich ein Schwert vom Himmel und erschlägt dich, sondern irgendwer muss das Schwert nehmen und dich erschlagen. Erst dann bist du tot wie prophezeit.«

»Aber dafür braucht es keine Prophezeiung!«, protestierte Ben. »Man kann mich jederzeit mit einem Schwert erschlagen. Auch mit einer Axt oder einem Vorschlaghammer. Und was ist dann mit der Prophezeiung?«

»Dann hat sie sich nicht erfüllt – so wie die allermeisten Prophezeiungen.«

»Also sind sie vollkommen egal? Sie ändern rein gar nichts an dem, was geschieht?«

»Nein und doch.« Die Flämmchen in Aiphyrons Nüstern flackerten. »Zum einen verrät sie einen möglichen Weg, wie du sterben kannst – eben durch das Schwert – und …«

»Jeder kann durch das Schwert sterben«, unterbrach ihn Ben. »Und jeder weiß das.«

»Ja, aber das sollte nur ein einfaches Beispiel sein. So gut wie niemand weiß, wie man die Feuer von Arknon zum Verlöschen bringen kann. Das Entscheidende an einer Prophezeiung ist aber, dass sie eine Idee in die Welt setzt, einen Gedanken, einen Plan. So gesehen bist du ein schlechtes Beispiel, weil der Orden dich tot sehen will. Aber gehen wir mal davon aus, dass er noch keine Steckbriefe von dir ausgehängt hat und niemand dich hängen will. Dann würde eine Prophezeiung von deinem gewaltsamen Tod ihn überhaupt erst in die Köpfe der Menschen bringen, auch von solchen, die dich überhaupt nicht kennen. Vielleicht bedauern dich manche, andere fragen sich, warum du den Tod verdient hast. Fortan ist dein Name unweigerlich mit dem Schwert verknüpft, und je berühmter das Orakel oder der Prophet ist, desto mehr Leute wissen davon. Wenn du deinen Namen am Tresen eines Wirtshauses nennst, fragt vielleicht irgendwer: *Bist du etwa der Ben, der durchs Schwert sterben wird?*

Die Idee deines Tods verbreitet sich immer weiter, bis es vielleicht irgendwer versuchen wird. Jemand mit Groll auf dich oder einfach nur jemand, der sich dazu berufen fühlt, weil er unbedingt irgendeine Bedeutung oder Ruhm erlangen will, indem er Teil der berühmten Prophezeiung wird. Und sobald dich jemand töten will, wird er das Schwert nehmen, weil er damit an den Erfolg glaubt. Er wird nicht versuchen, dich zu vergiften oder in eine Schlucht zu stoßen, weil du so laut Prophezeiung ja nicht sterben wirst. Vor der eigentlichen Tat steht der Gedanke daran, und da kommt die Prophezeiung ins Spiel. Sie sorgt dafür, dass derselbe Gedanke, dieselbe Vorstellung in vielen Köpfen existiert. Und das macht eine bestimmte Tat eben wahrscheinlicher.«

»Dann hätten wir auch ganz allein auf den Gedanken kommen können, den Vulkan Arknon zum Erlöschen zu bringen?«

»Natürlich. Und mit einem mächtigen Feuerbändiger an unserer Seite wären wir das auch schon längst. Wir brauchten die Prophezeiung nur, um zu erfahren, dass es überhaupt möglich ist. Und wie es möglich ist. Wir wussten nicht, was unser *Schwert* sein könnte.« Und damit machte sich Aiphyron wieder an die Arbeit.

Ben wusste nicht, was das alles für Anula und ihre Rolle als mögliches Opfer bedeutete. Aber er träumte nicht mehr von Fangarmen aus Feuer, und das war ein gutes Zeichen, fand er.

Irgendwann viel später war der Block auf die Hälfte seiner ursprünglichen Größe geschrumpft, und nun schien es schneller voranzugehen.

Als Ben das nächste Mal erwachte, war der Block kaum größer als ein Mensch.

»Sag mal, hast du schon Geburtstag, Ben?«, fragte Yanko plötzlich.

»Keine Ahnung«, antwortete Ben. Er wurde siebzehn, endlich erwachsen, obwohl er schon seit Jahren allein zurechtkommen musste. Aber hier unten hatte er jedes Zeitgefühl verloren. Er wusste nicht, ob es Tag oder Nacht war, und ebenso wenig, welcher Tag.

»Dann feiern wir besser noch nicht. Zu früh bringt Unglück«, legte Yanko fest.

Doch auch ohne verfrühte Feier fand ihre Glückssträhne kurz darauf ein jähes Ende, als sie unvermittelt ein Fauchen in den vorderen Höhlen vernahmen. Schwere Schritte und schnüffelnde Geräusche näherten sich ihrem Saal. Schnell.

»Weiße Drachen«, zischte Marmaran und stürzte zum Durchgang, um ihn mit seinem Körper zu versperren. Breitbeinig stellte er sich den Kommenden entgegen, die Klauen ausgefahren und die Zähne gefletscht. Der zerstörte Flügel hing nutzlos an der Seite herab.

»Wie viele?« Ben eilte ihm nach.

»Zu viele«, knurrte Marmaran. »Viel zu viele. Flieht! Ich halte sie auf!«

»Und wohin?«, knurrte Aiphyron. »Der einzige Weg hier raus führt an ihnen vorbei. Hinter uns ist nur eine Sackgasse.«

»Die endet im Eis! Brenn dich da durch!«

»Nein!« Aiphyron packte unvermittelt Ben und Yanko und trug sie zur Decke hinauf. »Keiner wird zurückgelassen!« Er setzte die beiden auf das Sims, stürzte sofort wieder hinab, riss den Eisbrocken mit dem Herzen aus seiner losen Verankerung im Boden und brachte auch ihn hinauf.

»Kalt«, fluchte er leise. »Kalt, kalt, kalt.«

Derweil dröhnte Marmaran den weißen Drachen entgegen: »Traut euch nur, aber ihr könnt nicht vorbei, Eisgeborene. Ihr könnt nicht vorbei.«

Ben konnte nicht erkennen, wer sich der Tür näherte, aber er spürte Kälte hereinschwappen. Eine weiße Schicht legte sich auf Marmaran, und er brüllte auf, seine Klaue schnellte vor. Da war Aiphyron bei ihm, umfing ihn von hinten und zerrte ihn zurück.

»Lass mich!«, brüllte Marmaran.

»Keiner wird zurückgelassen!« Mit größter Anstrengung

schleppte Aiphyron den wütend strampelnden Marmaran auch auf das Sims. Es war vergleichsweise schmal und mit den vier und dem Eisblock vollständig belegt. Glücklicherweise hielt es unter ihrem Gewicht, denn Drachen waren als fliegende Wesen für ihre Größe leicht.

»Ich hätte sie lange genug aufgehalten, bis du den Zugang zum Krater freigeschmolzen hättest.« Marmaran funkelte Aiphyron an. »Hier oben sitzen wir alle fest!«

Ein weißer Drache nach dem anderen drängte in den Saal, Ben zählte insgesamt sechs. Der Kleinste war vielleicht vier Schritt lang, der größte knapp zehn. Sie atmeten ihre schreckliche Kälte in die Luft, fauchten sie zu ihnen nach oben. Aber Ben und seine Freunde waren zu weit weg, als dass sie von einer lähmenden Starre erfasst wurden. Dennoch wurde es spürbar kälter.

»Sie haben keine Flügel. Sie können nicht herauf. Hier sind wir sicher«, sagte Aiphyron.

»Und wie lange?«

»Bis Ben dich geheilt hat. Dann sehen wir weiter.«

Marmaran starrte Aiphyron an, denn nickte er. »Gut. Das ist besser als mein Plan.«

Vorsichtig tastete sich Ben auf dem Sims zu Marmarans Flügel vor. Dabei hielt er sich ganz an der Wand, um nicht hinabzustürzen. Das Eis unter seinen Füßen war spiegelglatt, jeden Moment drohte er auszurutschen. Marmaran krallte sich ins Eis, und Ben kletterte auf seine Schultern. Er zog die Handschuhe von den Händen und heilte. Die Finger konnte er kaum bewegen vor Kälte, doch er zwang seine Heilkräfte mit aller Macht hindurch.

Die weißen Drachen krochen lauernd und fauchend durch den Saal. Immer wieder richtete sich einer an der

Wand unter ihnen auf und starrte mit stechend kalten Augen hinauf, aber keiner konnte sie erreichen.

Aiphyron ließ zwei Flammen in seinen Nüstern brennen, damit sie die Drachen im Blick behalten konnten.

Langsam übertrug sich ihre Körperwärme auf das Sims, und das Eis begann zu schmelzen. Kleine Pfützen bildeten sich unter ihren Bäuchen, Füßen und Hintern, Tropfen für Tropfen fiel hinab. Mit jeder Stunde wurde das Eis unter ihnen spürbar dünner, irgendwann würde es sie nicht mehr tragen.

»Schneller, Ben, heil schneller«, beschwor ihn Yanko, als ein siebter weißer Drache den Saal betrat. Er war über zehn Schritt lang.

Ben zitterte vor Kälte und Schwäche. Sie hatten keine Vorräte mehr, und die Flügelknochen waren noch immer mehrfach gebrochen. Und das Sims schmolz immer weiter.

DRITTER TEIL

FAUSTOS FEUER

DIE GEHEIME BOTSCHAFT

Alle im Verlies der Stürme hatten erwartet, dass Ben zu seinem siebzehnten Geburtstag zurück sein würde, doch es wurde Mittag, und kein Drache zeigte sich am Himmel. Ben und Yanko hatten Vorräte für eine Woche eingepackt, das war vor elf Tagen gewesen. Elf Tage ohne Nachricht, vier ohne Essen.

»Sie finden unterwegs schon etwas«, sagte Akse immer wieder aufmunternd. »Zur Not schlachten sie einen weißen Drachen und machen aus seinen Augen schleimige Glibbersuppe.«

»Igitt!« Tharas grinste, aber sonst lachte niemand. Das Warten hatte sie zermürbt. Sie flogen kaum noch ans Festland hinüber, die umherziehenden Kopfgeldjäger wurden täglich mehr. Und irgendwo dort lauerte Herr Thaler mit dem todbringenden Armbrustkatapult.

Sidhy hatte gestern sieben Kuchen gebacken und für den Abend ein riesiges Festmahl mit drei Gängen geplant, doch es wurde später und später, und kein Ben erschien. Ohne ihn wollte Sidhy nicht mit dem Kochen beginnen.

»Und was essen wir, wenn …?«, setzte Gibor an, aber weiter kam er nicht.

»Trockenes Brot!«, schnitt ihm Sidhy das Wort ab. »Das Festmahl ist für Ben!«

Cathe ging es seit drei Tagen wieder gut. Trotzdem wollten einige Jungs ihr noch ständig und überall helfen. Celber hatte angeboten, ihr das Ziegenmelken beizubringen, und war tief enttäuscht gewesen, dass sie es schon konnte. Byasso hatte ihr die Bibliothek gezeigt, die mehr Regalbretter als Bücher besaß. Sie lobte sie trotzdem, und Byasso errötete. Als Thylos von dem Kompliment hörte, versicherte er, dass er die Regalbretter geschliffen hatte. »Jedes einzelne.«

Akse versprach, ihr den Schwertkampf beizubringen, und Anula verschaffte ihr ständig Arbeiten, bei denen sie sich schmutzig machte.

Nicht nur deshalb hielt Cathe Abstand zu Anula. Sie war älter, und ihre Kälte und die glitzernde Haut schüchterten sie ein, Anula wirkte so selbstsicher und stark. Und Cathe hatte nicht vergessen, wie Anula sie beim ersten Mal angesehen hatte.

In einem der wenigen unbeobachteten Momente bat Cathe Ellyhmottheen und Juri, sie zum Kloster Felsenrot zu begleiten, weil sie Ben versprochen hatte, Sinje von Tharas' Überleben zu berichten. Sie hatte ihm auch versprochen, Nica zu fragen, ob sie mitkäme, sollte Ben noch nicht zurück sein, aber sie wusste nicht, wie. Ohne Ben war auch Yanko nicht zurück, und das nagte sichtlich an Nica.

An Bens Geburtstag war die Stimmung bei allen angespannt, überall kochten kleine Streitereien hoch, viele ließen ihre Arbeit schleifen, es wurde nicht geerntet, Pergamente wurden nicht geschrieben, Türen nicht ausgebessert, neue Treppenstufen nicht eingefügt, Hühnereier nur nachlässig eingesammelt. Nur Holz wollte jeder hacken, weil es mit Angst im Herzen gut tat, nach einer Axt zu greifen.

Am frühen Nachmittag betrat Anula mit versteinertem Gesicht die Küche und holte sich einen der sieben Kuchen.

Damit ging sie hinaus zu Feuerschuppe, flüsterte ihm etwas ins Ohr und flog mit ihm dann raus aufs offene Meer.

»Wo willst du hin?«, rief Byasso ihr hinterher.

»Wir sind bald zurück!«, antwortete Feuerschuppe, während sich Anula nicht einmal umsah.

»Das hat Ben auch gesagt«, murmelte Thylos, der wie Cathe und andere im Innenhof stand und ihnen nachblickte.

»Und er kommt auch zurück!«, schnauzte Tharas den viel größeren Jungen an. Mit aller Wucht stieß er ihm gegen die Brust, und Thylos stolperte überrascht zwei, drei Schritte zurück. Tharas setzte sofort nach und drosch mit den Fäusten auf dessen Brust ein. »Er kommt zurück! Verstanden?«

»He!«, war alles, was Thylos herausbrachte. Mit erhobenen Armen schützte er sich vor den Schlägen, wehrte sich jedoch nicht.

»Lass ihn los!« Cathe packte ihren Bruder am Arm, aber der schüttelte sie sofort ab.

»Weiter, Tharas!«, feuerte Gibor ihn an. »Gib's ihm!«

Doch das ließ sich Thylos nun nicht mehr gefallen. Unter dem Hagel von Tharas' Faustschlägen wandte er sich um und stürzte sich auf Gibor.

»Nicht gegen Kleinere!«, verlangte Akse und stellte sich sofort gegen Thylos.

»Nein! Drei gegen einen ist unfair!«, rief Celber und packte Akse mit mächtigen Armen in den Schwitzkasten.

Sidhy stellte sich seufzend neben Byasso. »Ich verstehe ja, dass du dich bei einer solchen Prügelei nicht mitzumachen traust, aber …«

»Wer sagt, ich trau mich nicht?«, fuhr Byasso auf und lief tiefrot an. Seine Nasenflügel bebten.

»Die Mädchen«, log Sidhy und zog die Augenbrauen kurz hoch.

»Was? Denen zeig ich's!«, spuckte Byasso aus und warf sich ins Getümmel.

Lachend sah ihm Sidhy hinterher. Dann zog er das gute Hemd über den Kopf, legte es sorgfältig auf dem Rand eines Hochbeets ab und stürmte selbst in den Kampf. Er teilte reihum aus und wechselte ständig die Seiten, damit der Kampf ausgeglichen blieb.

Kopfschüttelnd sagte Cathe zu Vilette, die plötzlich neben ihr auftauchte: »Jungs.«

»Wer hat denn angefangen?«, erkundigte die sich.

»Tharas«, sagte Cathe wahrheitsgemäß, um ihren Bruder dann rasch in Schutz zu nehmen: »Aber nur, weil Thylos …«

»Thylos, gut!«, unterbrach sie Vilette. »Tharas ist zu klein, das ist nicht fair.« Und damit rannte sie los und hechtete auf Thylos' Rücken. Sie klammerte sich fest und versuchte, ihn zum Sturz zu bringen.

Thylos taumelte und warf sie ab.

Währenddessen kreiste Quobemhonn in drei Schritt Höhe um die Kämpfenden und feuerte jeden lautstark an, der gerade in der Defensive war. »Nicht unterkriegen lassen! Zeig's dem Eindringling!«

Bekloppt, dachte Cathe, *die sind alle bekloppt geworden.* Entschlossen machte sie sich auf die Suche nach Nica. Es wurde Zeit, ihr Versprechen zu halten.

Nica saß allein auf Bens Felsen hinter der Festung und angelte. Der Lärm der Prügelei drang nur leise bis hierher, aber er ebbte einfach nicht ab. Im Gegenteil, es schienen immer noch Neue in den Kampf einzusteigen.

»Hallo Nica«, grüßte Cathe, »kann ich dich mal was fragen?«

»Ja«, antworte die knapp, ohne aufzusehen.

»Es geht um Ben. Und es ist wichtig.«

»Ja?« Langsam drehte sich Nica um. Ihre Augenbrauen waren misstrauisch zusammengezogen, der Mund ein Strich, der Blick hart.

»Ich habe ihm versprochen, eine Nachricht heimlich ins Kloster Felsenrot zu bringen, wenn ich wieder auf den Beinen bin.« Stockend erzählte sie von Sinje und dem Blutschwur, und die Härte verschwand aus Nicas Blick. »Ben hat vorgeschlagen, dass ich dich frage, ob du mitkommst. Aber ich weiß jetzt nicht, ob du lieber auf Yanko warten willst …«

»Das habe ich lange genug. Der soll mal heimkommen und dann auf mich warten.« Der Schatten eines Lächelns huschte über ihr Gesicht. »Wir fliegen heute Nacht.«

»Und …« Cathe zögerte, dann fragte sie doch: »Weißt du, wo Anula hin ist?«

»Wahrscheinlich wollte sie ein wenig allein sein. Es ist Bens Geburtstag, da sieht sie jeder mitleidig an, und das ist kein Vergnügen.«

»Und du?«

»Ein großer Drache sollte besser immer hierbleiben, und Yanko hat noch lange nicht Geburtstag.« Nica zuckte mit den Schultern und sah wieder aufs Meer hinaus. »Also angle ich ein wenig für mich.«

»Ja, gut, dann lass ich dich mal …«, murmelte Cathe, wandte sich um und ging. Über die Schulter wünschte sie noch: »Guten Fang.«

Nica erwiderte nichts, und Cathe schimpfte sich lautlos

einen trampeligen Trottel. Ein guter Fang war der wahrscheinlich dümmste Wunsch für jemanden, der sich um jemanden Sorgen machte, den er liebte.

Am späten Nachmittag versorgte Dolna gerade die letzten blauen Flecken und Kratzer der großen Prügelei. Alle vertrugen sich wieder, und Thylos versicherte mehrmals, dass er fest daran glaubte, dass Ben bald zurückkehrte.

Doch noch immer drückten sich die meisten vorm Arbeiten, mit schmerzenden Muskeln und blau zugeschwollenen Augen nun auch vor dem Holzhacken. Die Sonne stand tief am Himmel, drei Goldschnabeltaucher schnatterten auf den Zinnen über dem Tor, und Anula kehrte zurück und landete mitten im Innenhof. Noch auf Feuerschuppes Rücken rief sie laut: »Sidhy! Wie weit ist das Festmahl?«

»Festmahl?« Er stürmte aus der Festung, auch andere blickten Anula hoffnungsvoll an. »Heißt das etwa, Ben kommt …«

»Nein. Aber das ist kein Grund, das gute Essen vergammeln zu lassen, oder? Ben würde nicht wollen, dass wir hungern, nur weil wir glauben, er tut es gerade auch. Wir werden auf ihn und die anderen trinken, und auf den Erfolg ihrer Fahrt.« Sie sprang vom Drachen und stand aufrecht, die Schultern gerade, die Haut schimmerte hell in der Sonne. Angst war ihr nicht anzusehen, sie strahlte Zuversicht aus. »Wir werden feiern, bis wir umfallen! Ben hat Geburtstag, und wenn er den verpasst, ist er selbst schuld!«

»Festmahl!«, brüllte Feuerschuppe und schlug mit dem Schwanz auf den Boden, sodass der dumpf erzitterte.

Einige jubelten.

»Und ohne den Vielfraß Yanko bleibt mehr für jeden!«, rief Akse übermütig.

Genau in diesem Moment kam Nica durch das Tor herein und hörte alles. Thylos und Celber sogen zischend die Luft ein, aber Nica schmunzelte nur. Sie hatte einen einzigen winzigen Fisch gefangen, schwenkte ihn durch die Luft und lachte. »Wir können ihm ja etwas aufheben. Aber wahrscheinlich ist er noch pappsatt von der weißdrachigen Glibberaugensuppe.«

Und weil sie lachte, lachten auch die anderen. Kaum einer achtete darauf, dass das Lachen ihre traurigen Augen nicht erreichte.

Nach einem ausgelassenen, dreistündigen Festmahl, wie es Cathe in Buchenbrunn nie erlebt hatte, brachen sie und Nica gemeinsam auf Juris Rücken auf. Cathes vollgestopfter Bauch drückte, und sie hatte noch den süßen Geschmack des Nachtischs auf der Zunge – gezuckerte Röstkirschen. Ellyhmottheen flatterte aufgeregt über ihren Köpfen, das Maul noch immer kirschrot verschmiert.

Mehrmals hatte Cathe ihre Nachricht an Sinje zu formulieren versucht, aber sie war zu durcheinander gewesen. Sie sehnte sich nach ihrer Schwester und war noch immer wütend auf sie, weil sie ihr mit Herrn Lanzifal nicht geglaubt hatte. Sie freute sich auf das Wiedersehen und hatte zugleich Angst davor. Sie durfte nichts Verräterisches schreiben und wollte ihr doch alles mitteilen. Nach einem Dutzend verworfener Entwürfe hatte sie sich einfach auf das Wesentliche beschränkt.

Tharas lebt, der Schwur ist hinfällig, und so vieles andere auch. Komm zur Lichtung, ich warte da.

C.

Genauer wollte sie nicht werden, falls Ellyhmottheen im Kloster abgefangen werden sollte. Sinje wusste, welche Lichtung gemeint war. Sie hatten sie zusammen an einem freien Nachmittag nahe des Klosters entdeckt und beide sofort gesagt: »Die sieht genau aus wie Tharas' Feenlichtung.«

Niemand sonst würde das verstehen.

Als sie sich dem Kloster näherten, war es kaum mehr als ein dunkler Schemen vor dem bedeckten Nachthimmel. Nur im Turm der Äbtissin brannte noch Licht, und die Wachfrau über dem Tor trug eine Lampe bei sich. Cathe schärfte Ellyhmottheen noch einmal genau Sinjes Aussehen und ihren Platz im Vierer-Schlafsaal ein, dann flog der Drache davon. Sein Flügelschlag war so leise, dass er kaum gehört wurde.

Wartend kreiste Juri mit Cathe und Nica hoch über dem Boden, fünfzig Schritt vor dem Kloster. Keiner von ihnen sagte ein Wort, nicht mal Juri erzählte eine Geschichte von früher.

Es dauerte nicht lang, bis Ellyhmottheen zurück war. Er hielt eine halb gegessene Zwergbirne in den vorderen Klauen und biss vergnügt hinein.

»Hat es geklappt?«, fragte Cathe.

»Ich hab ihr den Brief im Schlaf unter die Hand gelegt, wie du gesagt hast«, versicherte er schmatzend. »Dann bin ich unter ihr Bett gekrochen und habe sie so lange von unten durch die Matratze gepiekst, bis sie aufgewacht ist. Und dann habe ich mich wieder rausgeschlichen, damit mich niemand sieht.« Er grinste und stopfte sich die restliche Birne ins Maul. Ein paar Brocken fielen in die Tiefe. Kauend fragte er: »Hast du zufällig was Süßes dabei? Kuchen oder so?«

»Äh, nein«, sagte Cathe verdutzt.

Ellyhmottheen grummelte.

»Aber ich.« Grinsend zog Nica ein Stück Geburtstagskuchen aus der Tasche.

Gierig schnappte Ellyhmottheen zu, Cathe würdigte er keines Blicks mehr.

Weil Jungfrauen das Kloster nachts nicht verlassen durften, war es unsicher, wann Sinje kommen würde. Cathe vermutete, dass sie sich sofort abseilen würde, doch vielleicht wartete sie auch bis zum Morgen. Cathe wusste nicht, wie sehr sich die Sicherheitsvorkehrungen seit ihrer Flucht verändert hatten. Immer wieder starrte sie mit klopfendem Herzen ins Dunkel.

»Im Hof stapeln sich übrigens lange Holzplanken«, sagte Ellyhmottheen. »Als würden sie demnächst mit dem Bau eines Turms beginnen.«

»Elende Drachenkotlutscher«, fluchte Cathe. Den Fluch hatte sie bei den Geächteten aufgeschnappt, und er kam ihr schon ganz selbstverständlich über die Lippen.

»Kein Wunder«, sagte Nica. »Bei so vielen Jungfrauen auf einem Haufen müssen sie ja davon ausgehen, dass ständig ein geifernder Drache vorbeikommt.«

»Stimmt.« Verblüfft sah Cathe sie an, dann schüttelte sie lachend den Kopf. »Aber eigentlich haben wir uns nie gefragt, wann ein freier Drache auftaucht, obwohl wir im Unterricht ja ganze Klassen Jungfrauen im Hof an Pfähle binden. Es ist nie einer gekommen.«

»Trotzdem habt ihr an die Jungfrauenköder geglaubt?«

»Wir haben vieles geglaubt, ohne nachzudenken. Also, ich habe, die da unten tun es wohl noch. Wahrscheinlich sagen sie einfach, das Kloster ist eben gut bewacht, falls doch mal eine Schülerin fragt.«

Weil Sinje in den nächsten Minuten nicht auf den Zinnen auftauchte, zogen sie sich zurück und flogen zur Lichtung im nahe gelegenen Wald. Dort versteckten sie sich am Rand im Schatten dichter Bäume. Auch wenn die Drachen am Himmel meist sicher waren, Cathe und Nica konnten jederzeit von einem Pfeil erwischt werden, falls sie entdeckt wurden. Zu viele junge, geldversessene Heißsporne, die Herrn Thaler nacheiferten, trieben sich überall herum.

»Was hältst du inzwischen von Ben?«, fragte Nica nach einer Weile unvermittelt, während sie auf Sinje warteten.

»Wie meinst du das?«

»Als Jungfrau musst du doch alle Lügen über ihn geglaubt haben. Und jetzt? Was denkst du jetzt, wo du ihn kennst?«

»Nicht alle Lügen, dafür gibt es zu viele.« Cathe versuchte ein Lächeln, aber es misslang. Zum Glück war es noch dunkel, gerade hier im Schatten der Bäume. Es war ihr unangenehm, über Ben zu sprechen. Er hatte Tharas gerettet, und dafür würde sie ihm für immer dankbar sein. Es gefiel ihr, dass er sich und seine Gabe nicht so sehr ins Zentrum stellte; viele, die sehr viel weniger Grund zum Prahlen besaßen, waren weniger zurückhaltend. Sie bewunderte seine Hingabe an seinen Kampf, die Leidenschaft, mit der er die Wahrheit verteidigte, und dass er sich für die freien Drachen ebenso einsetzte wie für Tharas.

Aber noch darüber hinaus fühlte sie eine Verbundenheit mit ihm, die sie nicht erklären konnte. Als wäre er Familie, und doch ganz anders. Sie hatte sich schon gefragt, ob sie verliebt war, aber dafür fehlte das Verlangen. Es war eine Verbindung, die sie selbst nicht verstand, die sie sich möglicherweise auch einfach einbildete, bei allem, was geschehen war. Immerhin hatte sie wochenlang über ihn und ihre Rache nachgedacht. Sicher war sie nur, dass sie darüber nicht reden wollte – oder höchstens mit Sinje, wenn ihre Freundschaft wieder so werden würde wie früher. Also sagte sie nur: »Ich finde es bewundernswert, wie sehr er sich für die Drachen aufopfert. Er ist mutiger als die Meisten, die ich kenne, und kämpft mit so viel Witz und Raffinesse. Nicht dumpf und rücksichtslos wie der Orden.«

»Ja, klar. Aber ich meinte jetzt nicht seinen Kampf, sondern wie du ihn so überhaupt findest.«

»Kann man ihn denn von seinem Kampf trennen?«

Jetzt lächelte Nica. »Nein, wahrscheinlich nicht, da hast du recht.«

»Ansonsten mag ich euch alle. Ihr habt mich gerettet und aufgenommen. Bei euch fühle ich mich schon jetzt zu Hause, bei den Jungfrauen war ich noch nach Wochen auf der Hut.« Und das war die reine Wahrheit, auch wenn sie bei der Prügelei am Nachmittag alle für bekloppt erklärt hatte. Aber hatte sie das nicht auch oft genug über ihre Brüder gedacht?

»Bei dem Thema fällt mir gerade etwas ein«, mischte sich plötzlich Juri ein. Er hatte für heute Nacht wohl genug geschwiegen und holte zu einer langen Geschichte über einen blinden Instrumentenbauer aus, der aus Schilfrohren Flöten machte, auf denen man nur fröhliche Lieder über schreckliche Dinge pfeifen konnte. Sie unterbrachen ihn nicht. Sie hatten Zeit.

Als die Sonne aufging, war Sinje noch immer nicht gekommen. Sie warteten eine weitere Stunde und noch eine, dann wurde Cathe unruhig. Wo blieb sie nur? Was konnte sie aufhalten, wenn es um Tharas ging?

Die Sinje, die Cathe kannte, wäre bei einer solchen Nachricht ohne zu zögern über die Mauer gesprungen. Wenigstens hätte sie sich bei der ersten Gelegenheit durchs Tor gelogen und wäre herbeigerannt, geritten, gestürmt. Doch nichts.

Was hatte das zu bedeuten?

War Sinje noch immer sauer auf sie, weil sie von Herrn Lanzifal ausgewählt worden war? War sie enttäuscht, weil Cathe den Orden verraten hatte? Verbot sie sich jeden Zweifel an Tharas' Tod?

Aber Tharas lebte!

Das änderte alles, und das hatte sie unmissverständlich geschrieben. Oder glaubte Sinje wirklich, Cathe sei jetzt ein hinterlistiger Samothanbeter und würde nur Lügen verbreiten? Würde versuchen, sie in eine Falle zu locken? Bei dem Gedanken wurde Cathe von einer tiefen Enttäuschung gepackt. *Glaub doch, was du willst! Aber ich habe dich nie verraten!*

Und Sinje auch sie nicht. Wäre das hier eine Falle, wäre sie schon längst mit Verstärkung aufgetaucht, um das Kopfgeld zu kassieren, das inzwischen auch auf Cathe ausgesetzt sein musste. Dann hätte sie das Versteck Herrn Lanzifal oder der Äbtissin Pallhene verraten. Das war demnach keine Falle, wo also blieb sie?

»Wir sollten zurück«, sagte Nica nach einer weiteren Stunde.

»Noch ein paar Minuten. Bitte. Sie kommt«, bat Cathe, obwohl sie nicht mehr daran glaubte. Alle Vorfreude und

Angst vor dem Treffen waren verschwunden, sie war nur noch enttäuscht.

»Nein.« Nica seufzte. »Es tut mir leid, aber wenn sie bis jetzt nicht aufgetaucht ist … Und wenn Ben und Yanko noch nicht zurück sind, dann werden die anderen wirklich nervös, wenn auch wir nicht kommen.«

»Stimmt.« Daran hatte Cathe nicht gedacht. Noch einmal ließ sie den Blick über die Lichtung schweifen, aber nirgendwo zeigte sich jemand. Für Sinje war die Freundschaft wohl beendet. Leise sagte Cathe: »Ja, lasst uns gehen.«

Sie stiegen auf Juris Rücken und flogen zurück.

FIEBER UND HERZEN

Die Kälte war kaum noch zu ertragen. Unbarmherzig kroch sie Ben unter die Haut, in jeden Knochen und jedes Gelenk. Er war unfähig, die Finger zu bewegen, auch alle anderen Gelenke waren fast steif. Er zitterte, die Zähne klapperten, und dennoch schmolz das Sims unter ihnen Stück für Stück weg.

Ben hatte seit Dutzenden Stunden nicht geschlafen, vielleicht seit Tagen, er hatte geheilt. Auch Yanko hatte kein Auge zugemacht aus Angst, zu den lauernden weißen Drachen hinabzustürzen. Aiphyron hatte versprochen, ihn festzuhalten, aber Yanko fand trotzdem keinen Schlaf.

Mittlerweile waren es elf weiße Drachen, die auf ihren Sturz warteten.

Die Risse und Löcher in Marmarans Flügel waren zugewachsen, die meisten Knochen auch, nur das Gelenk, das in etwa dem Ellbogen entsprach, war noch unbeweglich. Ben fielen ständig die Augen zu, aber er hörte nicht auf zu heilen. Er sandte alle Kraftreserven, die er noch hatte, durch seinen Arm.

Aiphyrons Feuer flackerten und erloschen. Es war vollkommen finster.

Yanko fluchte.

Ben war es egal, ihm war nun alles egal außer Marmarans Flügel.

»Hör zu«, murmelte Aiphyron, und dann sprach er so

leise, dass Ben ihn nicht mehr verstehen konnte. Ben hörte nur das Scharren und Schnauben der weißen Drachen. Sie schnüffelten laut, sie brauchten keine Sicht, um zu wissen, wo ihre Beute war.

Das Eis unter ihnen knackte.

Ben fluchte und knurrte: »Heil, du verfluchtes Ding, heil!«

Yanko flüsterte Marmaran etwas zu, und Marmaran versuchte, seinen lädierten Flügel zu bewegen. Es knirschte, Ben verlor den Kontakt.

Marmaran stöhnte auf. »Noch nicht.«

»Du musst«, flüsterte Yanko. »Es hält nicht mehr.«

»Gut«, murmelte er, aber es klang nicht überzeugt. »Halt dich fest, Ben.«

Ben kroch auf Marmarans Schultern und klammerte sich mit den Beinen fest. Die zitternden Hände legte er heilend auf den Flügel.

Das Sims knackte wieder, Wasser tropfte hinab.

»Jetzt!« Aiphyron stieß eine gewaltige Stichflamme aus und schlug mit den Klauen auf das Sims. Im selben Moment trat auch Marmaran mit aller Kraft gegen das Eis, und das Sims brach und stürzte auf die Weißen hinab. Mit ausgebreiteten Flügeln warfen sich Aiphyron und Marmaran in die Tiefe, Ben auf Marmaran, Yanko auf Aiphyron, der zudem den Eisblock mit den vorderen Klauen umklammerte. Marmaran taumelte und brüllte vor Schmerz. Er drohte, zur Seite abzukippen, aber der Flügel hielt.

Aiphyron spie eine riesige Flamme auf den einzigen weißen Drachen in der Nähe des Durchgangs, und der Weiße warf sich jaulend zur Seite. Aiphyron und Marmaran stürmten auf den Durchgang zu, der zu schmal war für die ausgebreiteten Flügel. Sie legten die Schwingen an und streckten die Beine aus. Ansatzlos wechselten sie vom Fliegen ins Laufen und rannten durch den Durchgang, rannten durch den nächsten Saal, rannten und rannten. Marmaran schrie weiterhin seinen Schmerz hinaus. Ben wurde wild durchgeschüttelt und hoffte, nicht zu stürzen. Fauchend folgten ihnen die weißen Drachen, Kältewellen trafen Ben am Rücken, die Luft stach ihm in die Lunge.

Sie jagten in die große Eingangshöhle, erhoben sich rennend in die Lüfte und rasten auf den gefrorenen Wasserfall zu. Marmarans Flügel schlug ungelenk, und Ben hoffte, alle Knochen und Bänder würden halten. Marmaran knirschte vor Schmerz mit den Zähnen. Aiphyron atmete tief ein und fauchte einen gewaltigen Feuerstrahl in das Eis, das ruckzuck zusammenschmolz. Wasser fiel wie im Platzregen zu Boden, Eisbrocken donnerten als gewaltiger Hagel hinterher. Schnell fraß das Feuer ein breites Loch durch das Eis, die heranstürmenden weißen Drachen spien ihre Enttäuschung aus. Einer sprang verzweifelt nach ihnen, aber sie flogen viel zu hoch. Er landete im herabfallenden Wasser und wurde von den Eiszapfen begraben, die nun wie Tempelsäulen bei Erdbeben fielen.

Dann war die Lücke im Wasserfall groß genug, und Aiphyron und Marmaran flogen hindurch. Das Eis über ihnen knackte laut wie Donnerschläge, dann waren sie draußen.

Hinter ihnen lösten sich noch immer gewaltige Eisbrocken und krachten herab. Der Druck von oben wurde zu groß, und der gefrorene Wasserfall brach tosend und splitternd in sich zusammen.

Sie hatten es geschafft!

So unwahrscheinlich es gewesen war, sie hatten das Herz des Ewigen Eises gefunden und herausgebracht.

Draußen war es tiefste Nacht, und dichte Wolken verdeckten Mond und Sterne, doch es war nicht dunkel. Gelbgrüne geisterhafte Lichtschleier tanzten ausgelassen am Himmel und tauchten die ewige Eislandschaft in eine merkwürdige Dämmerung.

»Was ist das?«, fragte Yanko nervös. »Sind das Gespenster? Die ruhelosen Geister weißer Drachen?«

Aber keiner wusste es. Falls es sich um Geister handelte, dann um keine rachsüchtigen, denn sie rasten einfach weiter über den Himmel, ohne sich um die vier Freunde oder sonst etwas auf dem Boden zu kümmern.

»Ich kann nicht mehr«, keuchte Marmaran. Und so landeten sie hoch auf dem nächsten Felsen, den die Weißen hoffentlich nicht erklettern konnten. Sie sahen zurück zum fernen Wasserfall, doch nicht einmal Marmaran konnte erkennen, ob die weißen Drachen aus den Eistrümmern herausgekrochen kamen. Vor Schmerz biss er ins Eis, um ihn nur irgendwie zu betäuben.

Aiphyron schmolz ihnen Trinkwasser, und Ben und Yanko tranken gierig. Doch ihre Mägen knurrten weiterhin, und sie blieben geschwächt, denn gegessen hatten sie schon ewig nichts. Trotzdem riss sich Ben noch mal zusammen und sandte seine letzten Kräfte zur Heilung in Marmarans herabhängenden Flügel, in das vermaledeite Gelenk, dessen Bänder erneut gerissen waren.

»Den Rest muss die Zeit machen«, murmelte Ben noch, dann brach er völlig ausgelaugt zusammen.

Als Ben erwachte, flogen sie bereits wieder. Irgendwer hatte ihn mit den Gurten der Satteltaschen an Marmaran festgebunden, vermutlich Yanko. Es schüttelte ihn vor Kälte.

»Wo sind wir?«, murmelte Ben. Es war noch immer Nacht, und noch immer tanzten die geisterhaften Lichter über ihren Köpfen.

»Gleich am Meer«, antwortete Marmaran. »Da fangen wir uns frischen Fisch. Und dann geht es heimwärts.«

Heim, dachte Ben dösig, und dann dachte er an Anula und lächelte.

Die Drachen fingen Fisch und alle verschlangen ihn roh. Irgendwann ging auch die Sonne auf, warm und hell. Ben reckte ihr mit geschlossenen Augen das Gesicht entgegen; er hatte nicht gemerkt, wie sehr er sie in der tagelangen Dunkelheit vermisst hatte.

Das Eis und seine furchtbare Kälte hatten sie schon seit Stunden hinter sich gelassen, doch sie froren noch immer, als sie jenseits des Meers ein Land ohne Schnee erreichten. Es regnete, und Ben fieberte. Yanko hustete.

»Dein Flügel, Marmaran?«, fragte Ben.

»Tut fast nicht mehr weh«, versicherte der Drache mit zusammengebissenen Zähnen.

»Fast?«

»Fast.«

Aiphyron tauchte hinab und riss einen Ast mit zwei Dutzend Äpfeln von einem Baum, um damit die Satteltaschen und Bens und Yankos Bäuche zu füllen. Kurz darauf erjagte er ein dickfelliges Bergrind, und sie gingen runter, damit Ben und Yanko ihren Anteil braten konnten. Sie drehten sich nach jedem Geräusch um, doch hier waren sie vor weißen Drachen sicher. Und wilde Tiere wagten es nicht, einen großen Drachen anzugreifen.

Gierig schlangen sie ihr Essen herunter, Aiphyron schmolz misstrauisch weiteres Eis von dem gefundenen Herzen, doch irgendwann ging es nicht weiter; ein dicker glasklarer Eismantel blieb beharrlich um den Vulkanbrocken.

»Das muss das Herz sein«, sagte Aiphyron zufrieden. Er hatte Erfrierungen an den Klauen, mit denen er den Block getragen hatte. »Zumindest ist es Magie.«

»Hoffentlich hast du nicht zu viel abgeschmolzen.« Yanko grinste und bekam einen Hustenanfall.

»Das wäre sowieso in der Sonne geschmolzen.«

»Warum hast du dann nicht gewartet?«

»Je kleiner, desto handlicher.« Und damit packte er das Stück wieder, Ben und Yanko stiegen beide auf seinen Rücken, um Marmarans Flügel zu schonen. Das restliche Fleisch hatten sie als Proviant eingepackt.

Sie überflogen das Wolkengebirge, Trollfurt und das Großtirdische Reich. Yankos Husten hatte nachgelassen, Bens Fieber war gestiegen, Marmaran kippte mehrmals fast seitlich ab, der angeschlagene Flügel bewegte sich langsam und schwerfällig.

Ben hatte keine Kraft mehr, um ihn zu heilen, und sein Fieber stieg weiter und weiter.

Aiphyron trug und trieb sie Richtung Süden, bis sie schließlich kurz vor Sonnenuntergang die Küste von Rhaconia erreichten. Gleich waren sie daheim.

Es begann zu regnen und hörte wieder auf.

Als sie das Verlies der Stürme erreichten, hatten sich fast alle Geächteten im Innenhof versammelt. Ihre Ankunft war längst bemerkt worden, vermutlich vom aufmerksamen Quobemhonn. Er umkreiste die Wartenden rasend schnell und bellte immer wieder: »Sie sind zurück! Sie sind zurück!«

Aiphyron röhrte gut gelaunt zurück: »Sind wir, und das mit dem Herzen. Also: Platz da!«

Lautstark jubelten die Geächteten und riefen ihre Namen, Sidhy schrie über den tosenden Applaus hinweg: »Ich brauche Hilfe! Festmahl!«

»Festmahl!«, donnerte es aus zahlreichen Kehlen zurück.

»Und eine Suppe für Ben«, krächzte Yanko mit einem breiten Grinsen im Gesicht. Dann waren sie gelandet und von den Jubelnden umringt.

»Vorsicht, Marmarans Flügel ist verletzt«, stöhnte Ben, als er auch schon von Aiphyron herabgezerrt wurde. Tausend Hände klopften ihm auf die Schultern und Rücken oder versehentlich auf den heißen Kopf. Dann wurden sie weggestoßen, und Anula war da, umschlang und küsste ihn. Er fiel ihr mehr in die Arme, als dass er die Umarmung erwiderte. Seine Beine waren noch unsicher und wacklig von Flug und Fieber. Er zitterte am ganzen Körper, strahlte aber dennoch.

Anula löste sich wieder ein Stück und sah ihm prüfend in die Augen: »Du bist total heiß.«

»Fieber.« Ben schniefte und nieste laut.

»Dann ab ins Bett.«

»Aber … Das Festmahl …«

»Ich bring dir was hoch.«

»Aber …«

Unbarmherzig zog Anula ihn mit sich fort, und Ben ließ es zu. Sein Schritt war unsicher, und er wollte Yanko noch zurufen, er solle die Wahrheit erzählen und nur ein bisschen übertreiben, doch das war ihm schon zu viel. Plötzlich war er nur noch froh, dass er einfach umfallen durfte. Und dass Anula bei ihm war.

Auch am nächsten Tag war das Fieber noch hoch. Ben lag bibbernd im Bett und wollte nicht aufstehen. Anula war die meiste Zeit bei ihm, manchmal bildete er es sich aber nur ein. Sie sorgte für ihn, brachte ihm Brühe, heilende Kräuter und kalte Wickel. Manchmal legte sie sich lächelnd zu ihm und flüsterte: »Jetzt kann ich ausnahmsweise mal dich wärmen.«

Ben schwitzte viel, Anula flößte ihm heiße Suppe und Unmengen Wasser ein. Sie schnitt Äpfel in kleine Scheiben, aber er bekam nur eine herunter. Nachts dachte er manchmal, er wäre noch immer im Ewigen Eis, bis er sie neben sich spürte.

Sie las ihm mehrere Briefe von Nesto über Morghon vor, der immer tyrannischer herrschte und unliebsame Leute der Samothanbeterei bezichtigte. Aber Namen und Einzelheiten vergaß Ben sofort wieder. Eines Morgens wusste er nicht, ob Morghon wirklich einen schwarzen Hahn als Samothanbeter gehängt hatte oder ob Ben das nur geträumt hatte. Er wollte Anula fragen, doch dann vergaß er es schon, als er ihren Namen aussprach.

Sie erzählte ihm, wie es ihnen die letzten Wochen in der Festung ergangen war, und versicherte: »Dein Geburtstagsessen war sehr, sehr lecker. Sidhy hat sich mal wieder übertroffen«

»Ich hab zwei Festmahle verpasst?«

»Ja. Sidhy wollte warten, aber ich hab darauf bestanden, dass wir auch ohne dich feiern.«

»Eine wahre Freundin …« Er schlief wieder ein.

Als er das nächste Mal erwachte, waren vier Tage seit ihrer Rückkehr vergangen, und er war endlich wieder klarer im Kopf. Er lag noch immer fiebrig und geschwächt im Bett, aber das Schlimmste war überstanden.

»Wo ist das Herz?«, fragte er schwach.

»Auf dem Krakenthron«, sagte Anula. »Es schmilzt einfach nicht. Es ist so kalt, dass es wehtut.« Sie zögerte. »Yanko hat gewettet, dass niemand es so lange anfassen kann wie er, aber er ist nur Zweiter geworden. Ich konnte viel länger.«

Ben hustete.

»Meinst du, das ist wegen der Prophezeiung? Oder wegen der Drachenkälte in mir?«

Das wusste Ben nicht. Aber irgendwas musste es bedeuten, oder nicht?

Nun schauten nacheinander auch alle vorbei, die Anula bisher abgewehrt hatte. Bewundernd beglückwünschten sie ihn zum Herzen aus dem Ewigen Eis und wünschten ihm weiterhin gute Besserung. Ellyhmottheen kam jeden Tag mehrmals zum Fenster hereingeflattert, um nach ihm zu sehen, und Ben dachte wieder an die Scheibe, die er Anula versprochen hatte. Die Nächte waren inzwischen frisch.

Quobemhonn patrouillierte oft vor Bens Fenster.

Während Ben im Bett lag, suchten Yanko, Nica, Anula und die Drachen nach Hinweisen auf einen vulkangeborenen Drachen, jedoch vergeblich. Mit den anderen sprachen sie nicht darüber, um nicht das Geheimnis der Drachengeburt zu verraten.

Mancher Geächtete flog in ein Dorf, um die Leute von der Wahrheit über freie geflügelte Drachen zu überzeugen, aber die meisten hörten nicht zu; sie waren selbst nicht frei. Der Hohe Abt Morghon ließ überall nach Samothanbetern forschen und drohte mit hohen Strafen. Allein der Verdacht, zu ihnen zu gehören, konnte einen in den Kerker bringen, und so hielten sich fast alle von den Geächteten fern und schlugen ihnen Fenster und Türen vor den Nasen zu. Die

Menschen fürchteten Herrn Thaler, der jeden vermeintlichen Freund der Geächteten einfing und bei Morghon ablieferte. Überall hörten sie dasselbe, mal ängstlich, mal bewundernd vorgetragen: »Herr Thaler findet jeden.«

Manche warfen mit altem Obst nach den Geächteten, um ihre hellwahtreue Gesinnung zu beweisen. Nur nachts, wenn die Dörfler sich unbeobachtet wähnten, sprach mancher mit ihnen. Doch viele auch dann nicht. Die Angst beherrschte sie.

Zudem lauerten überall selbsternannte Kopfgeldjäger, die stolz Herrn Thaler nacheiferten. Sie trugen Ringe aus falschem Gold und breite Gürtel und schossen mit Bögen auf alles, was auf dem Rücken eines geflügelten Drachen saß. Manchmal auch auf den, der sich dem Drachen nur halbwegs freundlich näherte. Oft schossen sie erbärmlich schlecht, aber Celber wurde eines Nachts in den Unterschenkel getroffen und kehrte blutend heim. Dolna konnte das Bein retten, aber Celber humpelte erst einmal an Krücken. Er erzählte jedem beeindruckt, wie Juri den Kopfgeldjäger anschließend mit einer gewaltigen Klauenwatschen niedergestreckt hatte.

Eine Handvoll Bauern nahm jedoch noch immer die Hilfe eines Drachen in Anspruch, bis einer von seinem Nachbarn als Samothanbeter verpfiffen wurde und mit Frau und Kindern fliehen musste. Sein Hof, auf den der Verräter gehofft hatte, wurde sofort vom Orden beschlagnahmt und meistbietend versteigert.

In Venzara wurden die ersten drei Pfeilspitzen für ein Armbrustkatapult gefertigt. Den Geächteten war es nicht gelungen, das Schmiedefeuer von dort zu entwenden. Seit dem Raub von Rhaconia waren die Schmieden gut bewacht, und ein Feuer konnte man nicht einfach im Vorbeifliegen packen. Doch Feuerschuppe, Juri, Vilette und Akse fingen zumindest die nächste Blausilberlieferung ab und versenkten sie weit draußen im Meer. Es war eine große Lieferung gewesen, und entsprechend tobte der Hohe Abt Morghon.

Der Turm im Kloster Sonnenflut wurde fertiggestellt und mit einer großen Feier und Zeremonie eingeweiht. Der Gesandte aus Dherrnbruck brachte als Geschenk eine besonders schön verzierte Pfeilspitze für einen Katapultpfeil mit und überreichte sie dem Abt Morghon mit großer Geste. Der sah etwas mitleidig auf sie herab, als hätte er mit einem Dutzend gerechnet.

Gleich neben dem Katapultturm hatte er ein Standbild von sich selbst errichten lassen, wie er stolz ein solches Katapult bediente. In großen goldenen Lettern prangte auf dem Sockel:

Hoher Abt Morghon
Befreier und Errichter der Katapulttürme

Von dem vulkangeborenen Drachen fehlte noch immer jede Spur.

»Was, wenn er noch gar nicht geboren ist?«, fragte Nica, als sie Ben besuchte. »Was, wenn die Prophezeiung erst für zukünftige Zeiten gilt?«

»Prophezeiungen sind nur Ideen, hat Aiphyron gesagt«, erklärte Ben, der sich schon wieder aufsetzte und regelmäßig ein paar Schritte ging. »Es muss ihn geben, wenn es die Idee gibt.«

Das war nicht genau das, was Aiphyron gesagt hatte, aber Ben glaubte daran.

Und dann schrieb Nesto einen bemerkenswerten Brief, den Ellyhmottheen beim nächsten Sonnenaufgang zu Ben ans Bett brachte.

Freunde,

es gibt verrückte Neuigkeiten. Angefangen hat alles damit, dass Herr Thaler vor zwei Tagen einer Gruppe Händler aus Rhaconia, Venzara und Falcenzca sein Armbrustkatapult vorgeführt hat, um auch ihnen den Bauplan zu verkaufen. Für den privaten Schutz, denn vor Bens Bande sei niemand mit Geld sicher; erst neulich hätten sie einen schwer bewachten Blausilbertransport überfallen, um sich maßlos zu bereichern. Bereichern, das ist alles, woran solche Leute denken können. Durch einen blöden Zufall tauchte bei der Vorführung ein geflügelter Drache am Himmel über ihnen auf, sandgelbe Schuppen und zahlreiche Hörner auf der Stirn. Herr Thaler sah seine Chance, die Funktionsweise nicht nur theoretisch zu erklären wie sonst, sondern wirklich Eindruck zu schinden. Er schoss und traf den Drachen tödlich ins Herz. Die Händler sollen tief beeindruckt gewesen sein, alle bestellten sofort mehr als eine Armbrust. Ich habe mit ein paar Holzfällern geredet, die den toten Drachen angeblich gesehen haben.
Stunden später hatte ganz Rhaconia davon gehört, und der Hohe Abt Morghon ließ Thaler zu sich rufen, als er davon hörte. Doch statt sich begeistert über den gewagten Schuss zu zeigen, ließ Morghon ihn sofort einkerkern. Denn er hatte ohne Not ein versklavtes Geschöpf Hellwahs getötet, statt es zu befreien. Morghon sprach sogar öffentlich, um alle zu erinnern, dass der getötete Drache ein unschuldiges Opfer von Samoths Ränken war, keiner der gesuchten Geächteten. Ich bin hingegangen und

habe gesehen, wie der Hohle mit hochrotem Kopf predigte: »Wer Drachen einfach tötet, nimmt dem Orden die Möglichkeit, sie zu befreien!« Er betrachtet Drachen tatsächlich als Besitz des Ordens, sogar die, die noch frei sind. Als hätte der Orden ein Vorrecht auf alle Drachen! So ein Spinner.
Aber er hat Angst. Ein Dutzend Ritter stand während der Rede als Leibwache bei ihm und wich nicht von seiner Seite.
Danach wurden Thalers Kameraden als Mittäter gefangen gesetzt. Sie haben alle erwischt. Das Armbrustkatapult wurde mit allen Pfeilen beschlagnahmt. Als der Hohle Abt sie zählte, soll er gelächelt haben, weil es so viele waren. Vielleicht ging es ihm von Anfang an nur um die Pfeile.
Wegen Herrn Thaler müssen wir uns also keine Sorgen mehr machen. Aber das ist auch das einzige Gute an der Geschichte, denn jetzt hat Morghon das fahrbare Armbrustkatapult. Er rafft einfach alles an sich, was er bekommen kann.
Außerdem hat er gleich drei Schmieden aus Rhaconia in den Rang eines Ordensschmieds erhoben und ihnen so das Recht auf Faystos Feuer verschafft. Am nächsten Sonntag ist die heilige Zeremonie, und bei nächster Gelegenheit danach machen sie sich auf den Weg zum Vulkan Arknon, wo ihnen dann das Feuer feierlich überreicht wird.
Und auch die anderen Äbte sind besessen von den Katapulttürmen. Egal, mit wem ich rede, jeder weiß, dass irgendwo gebaut wird, dass jeder Abt, jeder Fürst und jeder große Händler einen solchen Turm will, allein für das Ansehen. Jeder plant größer und gewagter, um seine Treue zu Hellwah zu bekunden und seine eigene Macht zu zeigen. Die Fürsten sagen, es geschieht zum Schutz der Bevölkerung, die Händler sagen, es dient zum Schutz der Waren und damit dem Wohlstand aller. Bereits fertig sind die Türme des Klosters mit den Zwölf

Zinnoberzinnen und des Klosters am Ewigen Feuer. Sie schmieden wie verrückt gewaltige Pfeile, und der Preis für Blausilber steigt täglich.
Passt also auf euch auf.

N.

Ben starrte auf das Pergament und wusste nicht, ob er fluchen oder lachen sollte. Ein Drache war tot und Morghon schlimmer als alle anderen und bisherigen Äbte, aber Herr Thaler? Hatte sich diese Bedrohung wirklich einfach so ins Nichts aufgelöst?

Ungläubig las Ben den Brief ein zweites Mal. Am meisten Sorgen machte ihm, wie schnell nun alles vonstattenging. Ihnen rann die Zeit davon. Wo konnte der vulkangeborene Drache nur stecken? Es konnte Monate dauern, bis sie ihn fanden, dabei ging es um Tage!

Er stand auf und zog sich an. Noch fühlte er sich ein wenig schwach auf den Beinen, aber das würde sich nach einem Frühstück geben. Er war endgültig gesund. Er musste es einfach sein.

Und er war nicht der Einzige, der genesen war. Als er unten in den Hof trat und die Wolken vor der Sonne aufbrachen, zuckten die Pranken des goldenen Drachen, und er blinzelte mit einem Auge.

SINJE UND ZWEI DRACHEN

Keuchend eilte Ben zu dem goldenen Drachen hinüber und rief: »Zalhqualradho?« Seine Beine zitterten von der plötzlichen Anstrengung nach dem langen Liegen.

Der Drache blinzelte noch mal und murmelte schwach: »Hunger.«

Rasch waren die anderen Drachen da und fingen ihm ein halbes Dutzend Mahlzeiten im Meer. Juri erzählte ausufernd von der Zeit, als er einmal in einer verschütteten Höhle festgesessen war und drei lange Monate hatte hungern müssen, bis er fast so dünn wie eine Schlange gewesen war.

»Lass endlich Zalhqualradho reden«, verlangte Ben, und Juri verstummte murrend.

Mampfend bestätigte Zalhqualradho die Geschichte von Cathe, wie sie überraschend abgeschossen worden waren, und dass sie ihn vor dem Ritter im Hinterhalt gewarnt hatte.

»Und du bist der Drachenflüsterer?«, fragte Zalhqualradho anschließend.

»Ja«, erwiderte Ben knapp.

»Ich danke dir.«

»Nichts zu danken«, wehrte Ben ab. Ihm war noch immer unangenehm, dass er nicht sofort reagiert hatte. »Meine Freunde haben dich und Cathe hergebracht, sie waren es, die euch gerettet haben. Ich habe dann nur noch getan, was meine Gabe mir ermöglicht.«

»Meinetwegen«, sagte Zalhqualradho schmatzend. »Aber wenn ich etwas für dich oder sie tun kann, sag es einfach.«

»Machen wir«, versicherte Ben. Dann beugte er sich vor, damit ihn Gibor, Akse, Cathe und die anderen Umstehenden nicht verstehen konnten. »Ich suche dringend einen bestimmten vulkangeborenen Drachen. Kennst du zufällig einen oder weißt von einem?«

»Einmal habe ich einen getroffen, der danach aussah«, antwortete Zalhqualradho ebenso leise. »Das ist Jahre her, und er war nicht besonders sesshaft. Sagte beiläufig, seine Heimat sei besetzt, aber sonst haben wir nicht über unsere Herkunft gesprochen.«

Es gibt ihn!, jubelte Ben innerlich. *Es gibt den Drachen wirklich!* Auch wenn sie immer noch nicht wussten, wo sie ihn finden konnten.

Inzwischen waren alle Geächteten zusammengelaufen. Jeder wollte den erwachten Drachen sehen, Ben sah überall staunende und strahlende Gesichter, er sah die zurückgekehrte Hoffnung. Er sprang auf einen Felsen und verkündete laut den Namen des Drachen, sodass jeder ihn kannte.

»Und dann habe ich noch etwas zu verkünden«, rief er laut. »Gerade habe ich erfahren, dass der wahrhaft hohle Abt Morghon einen neuen Gefangenen hat: Herrn Thaler und seine Spießgesellen!«

Lauter Jubel brach aus, bevor er noch irgendetwas sagen konnte. Viele lachten, die Erleichterung war greifbar.

»Jetzt zerfleischen die Morastköpfe sich gegenseitig!«, grölte Akse.

Yanko tanzte auf der Stelle und rief immer wieder: »Kinderschreck! Kinderschreck! Du bist doch nur ein Kinderschreck!«

Aiphyron und Feuerschuppe grinsten breit, während Cathe Tharas umarmte. Andere Jungen drängten sich hoffnungsvoll in ihre Nähe, als sie das sahen. Celber hüpfte vor Freude auf dem gesunden Bein und schwenkte die Krücken. Thylos schüttelte ungläubig den Kopf, und Juri machte einen doppelten Salto ins Meer. Das Wasser spritzte bis zu den kreisenden Möwen hinauf.

Ben stieg vom Felsen und trat zu Cathe. Nach den Tagen im Krankenbett war er tatendurstig. »Die Glückssträhne müssen wir ausnutzen. Lass uns gleich noch mal nach deiner Freundin schauen. Deiner Schwester.«

»Jetzt?«, fragte sie überrascht. »Tagsüber?«

»Riskierst du es?«, wandte sich Ben an Aiphyron. »Der Orden hat jetzt Thalers Armbrustkatapult, und wir wissen nicht, wo. Obwohl ich glaube, Morghon hat es erst mal bei sich im Kloster und posiert mit ihm für ein Gemälde wie ein Jäger mit einem erlegten Wild.«

Aiphyron nickte. »Wir fliegen einfach sehr hoch. Noch wissen sie nicht, wo wir auftauchen. Es wäre unglaubliches Pech, wenn sie uns zufällig erwischen würden.«

Auch Feuerschuppe wollte sofort mitkommen. »So ein Interesse an Jungfrauen wird schließlich von uns bösen Drachen erwartet, oder?«

Ben lachte.

Kurz vor Mittag erreichten sie das Kloster Felsenrot. Sie hielten sich knapp unter den Wolken. Sie konnten erkennen, dass mit dem Bau des Turmkatapults bereits begonnen worden war, obwohl noch nicht viel stand.

»Vielleicht bauen sie es im Unterricht«, hoffte Ben. »Zwischen all den anderen Fächern dauert es dann ewig.«

»Haben wir einen Plan?«, fragte Cathe, ohne darauf einzugehen. Sie wirkte nervös.

»Weißt du noch, wann welcher Unterricht stattfindet?«, wollte Ben wissen. »Wann sind sie im Innenhof?«

»Haben wir jetzt einen Plan oder nicht?«

»Kommt drauf an, ob sie in den Innenhof kommen.«

»Wieso?«

»Dann schnappen wir sie uns einfach im Sturzflug. Wenn sie auf deine Einladung nicht freiwillig kommt, dann eben mit Zwang.«

»Was?« Cathe blinzelte verwirrt.

»Nur zum Reden!«, beruhigte sie Ben.

»Natürlich … Aber das nennst du einen Plan? Ist das nicht ein bisschen einfach?«

»Yanko sagt, die besten Pläne sind einfach. Und Überraschung ist nie kompliziert, nur schnell.«

»Aber …« Sie stockte. »Da sind überall Wachen, und auch die Jungfrauen haben Waffen.«

»Nicht im Unterricht, oder?«

»Nein«, sagte sie gedehnt.

»Siehst du? Dann müssen wir einfach nur schnell sein. Bis sie ihre Blausilberwaffen geholt haben, ist Aiphyron längst wieder in der Luft.«

»Aber wir … wir beide können von allem verletzt werden. Von Steinen, den Dolchen für die Pfähle und …«

»Darum kommt ihr auch nicht mit«, bestimmte Aiphyron.

Jetzt war es Ben, der verwirrt rief: »Was?«

»Cathe hat recht. Du bist verwundbar, und ich stürze schneller und sicherer ohne Gepäck.« Aiphyron grinste breit.

»He!«, protestierte Ben.

Aiphyron achtete nicht darauf und fragte Feuerschuppe: »Kannst du ihn übernehmen?«

»Klar.«

»Dann rutsch rüber, Ben.« Mit ruhigen Flügelschlägen setzte sich Aiphyron über Feuerschuppe, und Ben glitt langsam auf seinem Rücken nach hinten, bis er die äußerste Schwanzspitze erreicht hatte. Der Flügelschlag ließ die Luft um ihn wirbeln. Vorsichtig sah er nach unten, er baumelte nur einen halben Schritt über Feuerschuppes Rücken. Er ließ los und plumpste hinab, landete sicher direkt hinter Cathe und hielt sich sofort fest. Ein Stück sackte Feuerschuppe in die Tiefe, dann flog er wieder ruhig.

Cathe drehte sich mit aufgerissenem Mund zu Ben um. »Macht ihr das öfters?«

»Nur wenn er mich mal wieder loswerden will«, murrte Ben. »Aber wir sind abgekommen. Weißt du, wann sie draußen sind, oder nicht?«

»Meist hatten wir nach dem Mittagessen Schreiunterricht, und das war draußen. Aber das konnte sich jede Woche ändern.«

Weil es bis dahin noch ein wenig Zeit war, durchbrachen sie die Wolkendenke nach oben, um von unten nicht mehr gesehen werden zu können. Nässe legte sich auf ihre Haut und die Kleidung. Ben schniefte.

Alle paar Minuten riskierten sie einen Blick hinab, später dann jede Minute, um sofort zuschlagen zu können, wenn die Schülerinnen aus dem Gebäude kamen. Sie wollten Sinje erwischen, bevor sie wie alle an den Pfahl gefesselt wurde, denn dann würde das Befreien zu lange dauern.

»Und wie willst du in dem Plan Sinje erkennen?«, fragte Cathe.

»Ganz einfach. Ihr fliegt mit mir hinunter, bis du nah genug dran bist. Dann rufst du mir zu, wer es ist, und ihr kehrt sofort wieder in die Wolken zurück, während ich sie mir greife.«

Es war wirklich kein sehr komplizierter Plan.

Endlich kamen die Schülerinnen mit der Jungfrau Sironia in den Hof. Ohne zu zögern, ließen die Drachen sich mit angelegten Flügeln in die Tiefe fallen. Der Wind schlug Ben hart ins Gesicht, aber er grinste. Er saß hinter Cathe und hielt sie fest, da es ihr erster Sturzflug war. Niemand am Boden bemerkte sie, bis Cathe laut schrie: »Die dritte von links! Sie ist die dritte von links. Die Blonde!«

Feuerschuppe bremste ab und gewann mit kräftigen Flügelschlägen schnell wieder an Höhe. Die Schülerinnen sahen hoch und erstarrten. Aiphyron stürzte weiter auf sie zu, schlug direkt vor ihnen auf den Boden und packte zu. Über die Schulter konnte Ben nicht erkennen, ob es geklappt hatte, er hörte nur panische Schreie und dann ein lautes: »Nein! Bitte nicht!«

Das klang nach Erfolg.

»Schön weiterlernen!«, dröhnte Aiphyron vergnügt und erhob sich wieder. In seinen vorderen Krallen zappelte ein blondes Mädchen und kreischte noch immer angsterfüllt.

Feuerschuppe tauchte in die Wolken und wartete. Cathe lächelte nervös, sie wusste nicht, wie es um ihre Freundschaft mit Sinje stand. Doch als Aiphyron mit der noch immer schreienden, zappelnden und fluchenden Jungfrau zu ihnen aufschloss, zeigte sich Entsetzen auf ihren Zügen. »Das ist nicht Sinje!«

»Doch!«, behauptete Aiphyron.

»Nein, das ist Celi. Die ist auch blond.«

»Da waren ziemlich viele blond«, knurrte Aiphyron.

Feuerschuppe nickte.

Die Jungfrau in seinen Klauen verstummte und starrte sie reihum an.

»Ich habe gesagt, die dritte von links!«, rief Cathe.

»Das war die dritte!«

»Nein, die zweite. Du hast die Lehrerin mitgezählt.«

»Lehrerin? Welche Lehrerin? Ich hab einfach die Menschen gezählt.«

Plötzlich brach es aus Celi heraus: »Du? Dann ist es also wahr?«

»Nichts ist wahr, was sie euch sagen, gar nichts!« Cathe spuckte die Worte förmlich aus. »Zweifel an ihren Lügen sind gut, und Drachen mit Flügeln sind frei.«

»Ihr habt mich geraubt!«

»Aber nur aus Versehen!«, verteidigte sich Aiphyron. »Ich bring dich gleich zurück und tausch dich um. Gegen die vierte von links, richtig?«

»Was?«, stieß Celi hervor.

»Was?«, rief auch Cathe.

Ben lachte, er konnte einfach nicht anders.

Ohne ein weiteres Wort stürzte Aiphyron wieder in die Tiefe. Celi kreischte.

Auch Feuerschuppe ließ sich aus der Wolke fallen, um notfalls eingreifen zu können. Die Mädchen waren längst durcheinandergerannt, niemand stand mehr an seinem Platz.

»Weißt du wirklich, wen du holen sollst?«, brüllte Cathe Aiphyron hinterher.

»Ich hab's mir gemerkt! Die vierte sah sowieso netter aus als die da.«

Celis Kreischen wurde wütender.

Überall im Kloster ertönte der Aufschrei: »Alarm!«

Die Wächter von den Mauern kamen gerannt und schwenkten ihre Klingen, das blanke Blausilber blitzte auch ohne Sonnenstrahlen. Die großen Tore der Stallungen wurden aufgestoßen und flügellose unterdrückte Drachen mit lauten Befehlen herausgehetzt. »Schnappt ihn euch!«

Aiphyron stieß zur Warnung eine Flamme aus, aber nur eine kleine und ganz vorsichtig, denn auch in den Tagen im Eis war seine Angst vor den Flammen nicht ganz geschwunden. Dort hatte im Unterschied zu hier kaum etwas brennen können.

»Roll dich ab!«, grollte er und ließ Celi knapp über dem Boden fallen. Verblüfft tat sie es und warf sich hinter dem nächsten Pfahl in Deckung. Misstrauisch sah sie auf das weitere Geschehen.

Geschickt schlängelte sich Aiphyron an heranstürmenden, schwertfuchtelnden Wachen vorbei und sprang über eine wirbelnde Jungfrau hinweg, die mit einer Klinge auf ihn zustürmte.

»Sironia«, murmelte Cathe, dann schrie sie: »Rechts!«

Aber Aiphyron brauchte ihre Hilfe nicht. Er erwischte eine Jungfrau mit blonden Locken, und Cathe jubelte: »Ja!«

Bang bemerkte Ben, wie nah die ersten versklavten Drachen schon an Aiphyron heran waren. Mit einem gewaltigen Satz hechtete der vorderste nach ihm und erwischte ihn mit den spitzen Krallen am Schwanz und klammerte sich fest, bevor Aiphyron abheben konnte. Knurrend hielt er ihn am Boden, und die nächsten Drachen, Wächter und Jungfrauen stürmten heran, Schülerinnen liefen kreischend davon. Mit einem peitschenden Schlag konnte sich Aiphyron losreißen und stieß sich vom Boden ab.

»Nein!«, schrie Sironia. »Haltet ihn!«

Ein Wächter warf in der Verzweiflung sein Schwert und hätte fast das Mädchen in Aiphyrons Klauen getroffen, doch Aiphyron konnte sie rechtzeitig schützend an sich ziehen. Das Schwert flog vorbei und streifte unglücklich eine weitere Schülerin.

Da fiel Bens Blick auf den letzten Drachen, der aus den Stallungen stürzte. Seine Schuppen waren wie erkaltete Lava, seine Augen glühten wie Feuer, seine heraushängende Zunge schien eine Flamme zu sein. Bens Kiefer klappte nach unten. War das etwa ihr gesuchter Drache?

»Da!«, schrie er, und Feuerschuppe entdeckte ihn auch. »Das gibt's doch nicht!«

Auch Aiphyron hatte ihn erspäht und vergaß beinahe, weiter mit den Flügeln zu schlagen. Die Drachen des Ordens kamen wieder heran, andere Wächter holten mit ihren Klingen aus, um sie zu werfen.

»Flieh!«, brüllte Ben, und Aiphyron tat es. Das Mädchen in seinen Klauen hielt erstaunlich ruhig. Sie schrie und zappelte nicht.

»Wohin?«, fragte Feuerschuppe. »Heim?«

»Nein«, bestimmte Ben. »Du hast ihn gesehen, oder?«

»Wen?«, fragte Cathe, und Ben stutzte. Wie konnte er antworten, ohne zu viel zu verraten? Seinem Gefühl nach konnte er ihr vertrauen, doch er war an sein Wort gegenüber Aiphyron gebunden. Und Gefühle konnten trügen.

»Wir brauchen ein Versteck in der Nähe«, sagte er. »Kennst du eins?«

»Die Lichtung«, sagte sie. »Das ist kein richtiges Versteck, aber ich habe dort noch nie jemanden gesehen.«

»Das genügt.«

Auf der Lichtung angekommen, entließ Aiphyron Sinje sanft aus seinen Klauen. Ihre Tunika war eingerissen, aber sie schimpfte nicht, sah nur unentwegt Cathe mit blitzenden Augen an. Ihr schmales Gesicht war schön, die langen blonden Locken fielen weit über die Schultern hinab. »Wo ist Tharas?«, fragte sie ohne jede Begrüßung.

»Im …«

»Halt!«, fuhr Ben dazwischen.

»Was?«

»Es ist zu früh, ihr den Ort zu verraten. Was, wenn sie beim Orden bleiben will?«

»Sie verrät uns nicht. Niemals!«, brauste Cathe auf.

Ben wusste nicht, woher sie plötzlich diese Sicherheit nahm.

»Stimmt's?«

»Ich will ihn sehen!«, verlangte Sinje, ohne auf die Frage zu antworten.

»Das kannst du nachher«, versicherte Ben. »Er ist in Sicherheit.«

»Das stimmt«, bestätigte Cathe. »Er ist bei uns, ihm geht's gut.«

»Bei euch? Dann gehörst du jetzt zu ihnen? Zu den Samothanbetern?«

»Keiner von uns betet Samoth an!« Cathes Wangen wurden rot. Es war lang aufgestauter Groll, der aus ihr hervorbrach.

»Und die geflügelten Drachen?«

»Sind frei, nicht verflucht. Das alles ist eine Lüge des Ordens.«

Sinje schob die Unterlippe vor und sah sie misstrauisch an. Die beiden Mädchen standen sich mit zwei Schritt Abstand gegenüber und hatten sich noch immer nicht begrüßt. Cathe verschränkte die Arme und nahm sie gleich wieder herunter. Sie wusste nicht, wohin mit den Händen. Sinje atmete schwer und biss sich auf die Unterlippe.

Irgendwas raschelte im Gesträuch, aber es war nur ein gestreiftes Kaninchen, das nach einem Blick auf Aiphyron hastig davonstürzte.

»Du kannst mir vertrauen«, sagte Cathe ruhig. Sie knetete ihre Hände. »Du kennst mich. Wann habe ich dich je angelogen?«

Ben nickte zustimmend, obwohl er das natürlich überhaupt nicht wissen konnte. Er wollte nur, dass die beiden sich endlich vertrugen. Die Zeit drängte.

Sinje erwiderte: »Du hast mir meinen Ritter weggeschnappt. Dabei hattest du es versprochen.«

»Es war nicht meine Entscheidung.« Cathe hob die Augenbrauen. »Und er ist längst wieder frei.«

Verärgert rief Ben: »He, könnt ihr das später klären? Wir haben noch zu tun!«

Aber Sinje sandte ihm nur einen kurzen abschätzigen Blick zu, dann ignorierte sie ihn wieder. Es war so schnell und beiläufig geschehen, als hätte sie das schon Hunderte Male gemacht. Zu Cathe sagte sie: »Nicht mehr. Er hat Kanja gewählt.«

»Kanja?« Cathe sah sie entsetzt an, dann zuckte es um ihren Mundwinkel, und plötzlich lachte sie los, laut und kopfschüttelnd. »Kanja und Lanzifal, das passt. Die beiden verdienen sich wirklich.«

Sinje sah sie grimmig an, dann lächelte auch sie. »War er wirklich so schlimm?«

»Sein Helm ist ihm verrutscht, aber das durfte ich niemandem sagen.«

»Was?«

»Er hat es ein kleines Malheur genannt.«

Jetzt lachte Sinje richtig.

»Ich wollte wirklich nie …«, fing Cathe an, aber Sinje schnitt ihr das Wort ab. »Ich auch nicht, Schwester.«

Und dann fielen sie sich in die Arme, lachend und weinend zugleich. Sinje schluchzte: »Ich bin so froh.«

Und Cathe: »Ich auch.«

»Bitte, Mädchen, macht hin«, drängte Ben, aber es dauerte eine ganze Weile, bevor sie sich voneinander lösten. Währenddessen behielten Ben und die Drachen den Rand der Lichtung im Auge.

»Und Tharas lebt wirklich?«, fragte Sinje. »Das ist keine Lüge?«

»Nein. Ben und seine Freunde haben ihn gerettet.« Cathe nickte in Richtung Ben.

»Ben? Der Ben?« Nun sah Sinje ihn zum ersten Mal richtig an. Ihr Blick war prüfend, fast lauernd.

Ben nickte langsam und erwartete beinahe, angegriffen zu werden – immerhin hatte sie es geschworen.

»Du siehst anders aus als auf den Steckbriefen«, sagte Sinje jedoch nur. »Und bist schmächtiger, als ich dachte.«

»Ja, so ist das mit dem Orden«, brummte Aiphyron. »Er irrt sich, wo er kann.«

Sinje riss den Kopf herum und sah Aiphyron mit offenem Mund an. Der Drache behielt grinsend den Waldrand im Auge, während Cathe ihn vorstellte. »Das ist Aiphyron, und das da drüben Feuerschuppe. Sie haben auch bei Tharas' Befreiung geholfen.«

»Welche Befreiung?«, fragte Sinje. »Von welcher Rettung sprichst du die ganze Zeit? Im Dorf hatte ihn doch niemand gefangen gesetzt, oder?«

»Nein, da nicht, von da ist er selbst davongelaufen. Gefangen genommen hat ihn der Hohe Abt Morghon. Er wollte ihn hinrichten.«

»Was? Nein!« Sinje trat einen Schritt zurück. »Das kann nicht sein. Tharas ist doch kein … Moment. War Tharas etwa der Junge, der …«

Cathe nickte.

»Aber warum?«

»Weil er die Wahrheit glaubt«, sagte Ben rau. »Und jetzt sollten wir wirklich …«

»Welche Wahrheit?«, unterbrach ihn Sinje.

»Die über geflügelte Drachen.«

»Und wahrscheinlich wollte er Ben eine Falle stellen«, ergänzte Cathe und erzählte mit knappen Worten, was geschehen war.

Sinje konnte kaum stillhalten, während sie zuhörte, und fluchte immer wieder auf den Hohen Abt.

»Ich bring ihn um!«, brach es endlich aus ihr hervor. »Ich bring ihn wirklich um, das schwör ich!«

»Nicht schon wieder!«, stöhnte Ben auf.

»Was?«, fuhr sie ihn an.

»Schon wieder ein Schwur, wo der letzte so gut geklappt hat?« Wütend starrte er sie an. Von wegen schmächtig! Dafür war sie kleiner als er.

»Wärst du etwa glücklicher, wenn es geklappt hätte?«, fauchte sie zurück.

Cathe starrte von einem zum anderen, Aiphyron grinste, und Feuerschuppe behielt einfach die Umgebung im Auge.

»Wärst du es denn?«, stieß Ben hervor. »Komm, sag schon!«

Sie schnaubte, erwiderte jedoch nichts.

»Wir bringen Morghon schon irgendwann zu Fall«, sagte Ben ruhig. »Ohne Schwur und ohne ihn zu töten.«

»Und wie wollt ihr das machen?«

»Den letzten Hohlen Abt haben wir auch vertrieben, oder?«

»Hohl?« Sinje blinzelte.

»Hohl!« Ben nickte.

Sinje atmete tief durch. »Wann kann ich Tharas sehen?«

»Wenn wir jetzt aufbrechen …«, fing Cathe an, aber Aiphyron unterbrach sie: »Wir haben noch was zu erledigen, wenn ihr jetzt fertig seid. Wollen wir gleich?«

Ben und Feuerschuppe nickten. Sie wussten, dass der Drache jetzt da war und zur Verteidigung aus dem Stall gelassen wurde. Was, wenn sie bis heute Abend oder noch länger warteten, und der Drache verlegt wurde? Wenn er einem Gast gehörte, der mit ihm davonritt?

»Können wir euch hier kurz allein lassen?«, fragte Ben.

»Willst du wirklich mit?«, fragte Aiphyron.

»Dann hält er schneller still, oder?«

»Wovon reden die?«, fragte Sinje.

Cathe zuckte mit den Schultern.

»Wir sind in ein paar Minuten zurück«, versprach Ben und sprang auf Aiphyrons Rücken. »Versteckt euch.«

Sie flogen oberhalb der Wolken, um nicht zu früh bemerkt zu werden, und stürzten erst über dem Kloster in die

Tiefe. Fauchend, knurrend und schreiend landeten sie mitten im Innenhof, wo kein Unterricht mehr stattfand. Die Pfähle standen verlassen herum.

»Feiglinge!«, brüllte Feuerschuppe lachend, und die Türen und Tore flogen auf. Aufgescheuchte Wachfrauen, bewaffnete Jungfrauen und losgehetzte Drachen stürmten zähnefletschend herbei.

Aiphyron täuschte einen Angriff auf eine Jungfrau vor, Feuerschuppe sprang laut grollend auf das große Tor und stieß mehrere Zinnen aus der Burgmauer, sodass sie draußen zu Boden fielen. Die größte riss er jedoch mit blanken Klauen heraus und schleuderte sie mitten in den Hof. Er schleuderte sie dahin, wo sie keinen Schaden anrichtete, nur ein gewaltiges Durcheinander von Fliehenden, Fluchenden und sich Duckenden. Aiphyron gurgelte vorsichtig Feuer, überall wurde gekreischt und geschrien. Ben presste sich ganz dicht an Aiphyrons Rücken, um nicht von irgendwelchen geworfenen Klingen getroffen zu werden.

Dann wirbelten die Drachen zeitgleich herum, stürzten sich auf den überraschten feueräugigen Drachen, packten ihn gemeinsam und schleuderten ihn mit aller Kraft über die Mauer. Sofort flogen sie hinterher. Die Jungfrauen waren im ersten Moment zu überrascht, um zu folgen. Verwirrt sahen sie sich nach dem Angreifer um. Irgendwer schrie: »Zum dritten Mal kommen die jetzt rein, und ihr seid immer noch überrascht? Was soll das?«

Draußen stießen Aiphyron und Feuerschuppe den Drachen augenblicklich immer weiter weg vom Kloster und knurrten wieder und wieder: »Wir haben einen Drachenflüsterer. Ben ist ein wahrer Drachenflüsterer.«

Fauchend wehrte sich der Drache weiterhin. Sein Atem war heiß wie die Luft über einem Feuer.

Plötzlich bellte Aiphyron: »Feuerdrache! Bist du ein …?«

»Nein!«, schrie Ben. Das durfte doch nicht wahr sein, nicht jetzt, nicht hier! »Das ist ein Feuersteindrache. Ganz was anderes!«

»Aber er …«

»Feuerstein!«, schrie Ben. »Stein!«

»Bist du sicher?«

»Ja! Weiter! Stoß ihn weiter!«

Aiphyron murmelte irgendwelche Flüche vor sich hin, tat es aber. Feuerschuppe rief: »Ben ist ein wahrer Drachenflüsterer!«

Als sie außer Schwertwurfweite waren, sprang Ben plötzlich auf den Rücken des Flügellosen hinüber und packte ihn fest an den Schulterknubbeln, aus welchen einst mächtige Schwingen gewachsen waren. Überrumpelt hielt der Drache einen Moment lang still, und Ben sandte seine Heilkräfte in die Flügelstümpfe. Ein Kribbeln explodierte in seinen Händen und zeigte an, dass er heilte.

Kurz versteifte sich der Drache, doch dann schallte es von den Zinnen herab: »Halt durch, Glutauge, wir kommen. Kämpfe!«

Und Glutauge kämpfte. Geifernd riss er das Maul auf, verrenkte den Hals und versuchte, nach Ben zu schnappen. Feuerschuppe wehrte jeden Biss mit den Klauen ab. Glutauge buckelte wie ein ungezähmtes Pferd, aber Ben klammerte sich mit aller Kraft fest. Also setzte Glutauge schnaubend zum Angriff auf Feuerschuppe an, wurde jedoch von Aiphyron unerbittlich zu Boden gepresst.

»Fang jetzt bloß nicht an zu brennen«, drohte Aiphyron.

Ben heilte.

Das Tor des Klosters schlug scheppernd gegen die schweren Zinnen, die Feuerschuppe direkt davor hinabgeworfen hatte. Es war versperrt und konnte nicht geöffnet werden. Die Jungfrauen und ihre Blausilberklingen waren fürs Erste eingesperrt.

Feuerschuppe grinste, während er Glutauges Kopf umklammerte, damit er Ben nicht mit den Zähnen erwischte.

»Wir sind Freunde«, knurrte Aiphyron, der sich nun wieder im Griff hatte.

»Kämpfe!«, brüllte eine Wachfrau von den Zinnen. Ihre Stimme überschlug sich, und die neugierigen Schülerinnen im Turm hinter ihr stimmten mit ein.

»Kämpfe!«, erklang es bald aus zwei, drei Dutzend Kehlen. »Kämpfe, Glutauge!«

Schon bald schrien sie im Gleichklang und klatschten rhythmisch dazu wie in einer Arena.

Nach einer Weile hatten die mutigsten Jungfrauen sich lange Taue geholt und seilten sich nebeneinander an der Klostermauer ab.

»Komm mit«, knurrte Feuerschuppe bereits zum zwanzigsten Mal, und endlich erlahmte Glutauges Kampfwille. Die Narben auf den Schulterknubbeln rissen auf, darunter zeigte sich frisches Gewebe. Hier würden in ein paar Tagen neue Flügel wachsen, und auch sein freier Wille kehrte langsam zurück. Er musste dem Befehl zu kämpfen nicht mehr gehorchen.

»Deine Gabe ist stark geworden, Ben«, keuchte Aiphyron bewundernd, als er Glutauge packte und die Flügel ausbreitete.

»Er war noch nicht lange versklavt«, winkte Ben ab, aber

er wusste, dass Aiphyron recht hatte. Rasch sprang er auf Feuerschuppes Rücken.

Kurz drauf waren sie in der Luft, und die schwertschwingenden Jungfrauen rannten vergeblich herbei.

Als sie die Lichtung zum zweiten Mal erreichten, bemerkte Ben Sinjes blondes Haar im Unterholz. Von Cathe sah er nichts. Doch dann stürzten schon beide aus dem Gestrüpp und rannten herbei.

»Was macht ihr mit Glutauge?«, rief Cathe.

»Du kennst ihn?«

»Ich war dabei, als Herr Lanzifal …« Sie brach ab und sah entsetzt zu dem flügellosen Drachen. »Es tut mir leid. Es tut mir unendlich leid. Ich wusste damals nicht, dass …«

Glutauge verengte knurrend die Augen, reagierte sonst jedoch nicht.

»Bitte verzeih mir«, sagte Cathe leise, dann sah sie Ben gequält an. »Kannst du ihm helfen?«

»Ja«, versprach er.

»Kann ich jetzt Tharas sehen?«, bat Sinje viel freundlicher als vorhin. »Bitte.«

»Sinje wird uns nicht verraten«, beteuerte Cathe. »Ich habe ihr alles erklärt, was ich inzwischen über die Drachen, euch und den Orden weiß, und sie hat mir erzählt, dass sie schon auf meinen Brief hin kommen wollte, aber nachts zufällig Jungfrau Sironia in die Hände gelaufen ist. Sie konnte gerade noch den Brief verstecken. Doch auch am Morgen durfte sie nicht allein hinaus. Als meine Freundin war sie seit meiner Flucht verdächtig und wurde zwar nicht eingesperrt, aber im Auge behalten. Jetzt kann sie unmöglich zurück, wir müssen sie mitnehmen. Sie will auch nicht zurück, sie will zu Tharas.«

Das ging Ben viel zu schnell, aber er wusste auch nicht, was sie sonst tun sollten. Sinje vorübergehend irgendwo in einer abgelegenen Hütte an der Küste verstecken? Und wenn sie dort gefunden wurde? Sollte sie wirklich noch dem Orden die Treue halten und für ihn spionieren, würde sie das auch in drei Wochen oder zwei Monaten noch tun. Und wenn Tharas bis dahin regelmäßig hin und her flog, um seine Schwester zu sehen, war das ebenso riskant. Aber Sinje hatte ihn schmächtig genannt. Also verlangte Ben: »Wenn du schon so gern schwörst, schwörst du dann auch, unser Versteck niemandem zu verraten?«

»Ich schwöre es«, sagte Sinje, ohne zu zögern.

»Einen Blutschwur?«

»Ben!«, rief Cathe, aber Sinje winkte ab. Entschlossen zog sie einen Dolch und setzte ihn an der Handfläche an. Die Wolkendecke brach auf, und die Sonne spitzte hervor. Die Klinge blitzte.

»Schon gut«, murmelte Ben. »Wenn Cathe dir glaubt, dann soll uns das genügen.«

Und die drei Menschen stiegen auf Feuerschuppe, während Aiphyron den flügellosen Drachen packte. »Mach keinen Ärger, Feuerstein. Ja?«

Schwerfällig erhoben sie sich in die Luft und flogen über den Wolken nach Hause. Sinjes lange Locken flatterten Ben ins Gesicht, und er dachte: *Anula wird sagen, sie bedeutet Ärger.*

VORBEREITUNGEN

Tharas sprang Sinje jubelnd in die Arme, kaum dass sie gelandet waren. Er sprang mit so viel Schwung, dass er sie beinahe umriss. Dann nahm er sie bei der Hand und zerrte sie mit sich fort. »Komm, ich zeig dir alles!« Vermutlich wollte er einfach nur ein wenig mit ihr allein sein. In seinen Augen schimmerten Freudentränen, aber er blinzelte sie rasch fort. Sinje weinte und scherte sich nicht darum, wer sie sah. Und es waren fast alle, denn viele starrten ihr hinterher. Manche lächelten versonnen.

»Und?«, frage Ben leise Anula. »Bedeutet sie auch Ärger?«

»Wieso?«, gab Anula spitz zurück. »Findest du sie schön?«

»Ähm«, wand sich Ben, »sie ist immerhin eine Jungfrau, oder nicht? Ich meine …«

Anula zog die linke Augenbraue hoch. »Plötzlich bist du mit dem Orden einer Meinung?«

»Nein, ich … Du weißt, dass du für mich immer den größten Ärger bedeutest, oder?«

Sie blinzelte verblüfft, dann lachte sie.

Glutauges Befreiung wurde lautstark von allen gefeiert, aber Sidhy wollte nicht schon wieder ein Festmahl ausrichten.

Ben kümmerte sich kurz um Aiphyrons und Feuerschuppes Kratzer aus dem Kampf und sandte seine Heilkräfte noch eine halbe Stunde in Glutauges Flügel, bevor er sagte: »Der Rest heilt von allein.«

Glutauge nickte.

Nach dem Abendessen brachte Ellyhmottheen einen neuen Brief von Nesto aus Rhaconia. Er war knapper als sonst und der krakeligen Schrift nach in aller Eile hingekritzelt worden. Ben las den Brief laut vor.

Freunde,

es geht weiter, der Orden hat noch einen Katapultturm errichtet. Weit im Osten, irgendwo bei Aphrasehr, genauer weiß ich es nicht.

Währenddessen wird der Hohle Abt Morghon immer verrückter. Zur Abschreckung hat er einen öffentlichen Hinrichtungstag geplant, an dem zwölf Samothanbeter erhängt werden sollen, jede Stunde von sechs Uhr früh bis sechs Uhr abends einer. Weil er jedoch erst sieben im Kerker hatte, musste er noch warten.

Um die zwölf schnell vollzubekommen, hat er auf jeden Samothanbeter ein Kopfgeld von fünfzig Gulden ausgesetzt. Manche sind darüber entsetzt, andere sagen: »Die Lügner von Bens Drecksbande haben es nicht anders verdient.«

Und wieder andere beschuldigen einfach fälschlich ungeliebte Nachbarn oder den Dorfdepp, den sowieso niemand leiden kann. Leicht verdiente fünfzig Gulden.

Das Schlimmste ist aber: Herr Thaler hat Herrn Morghon eine ganze Hinrichtungswoche versprochen, wenn er begnadigt wird. Und Morghon hat mit Freude angenommen. Thalers Gesellen sind noch im Kerker, aber Thaler steht jetzt Tag und Nacht in den Diensten Morghons, als Menschenjäger, Leibwächter und Katapultschütze. Denn niemand feuert so zielsicher mit dem Armbrustkatapult wie er. Für Bens Bande bekommt er kein Kopfgeld, doch für jeden, den er erwischt, wird einer seiner Spießgesellen freigelassen. Er hat geschworen, alle zu bekommen.

Und der Geizhals Morghon freut sich bestimmt, dass er nichts bezahlen muss.

N.

Blankes Entsetzen stand in allen Gesichtern. Hatten sie kürzlich noch gefeiert, frei von der Verfolgung durch Herrn Thaler zu sein, war er nun ihr geschworener Feind. Nun waren sie sogar noch mehr für ihn als gutes Geld.

»Thaler frei? Das darf nicht sein!«, stieß Akse hervor.

»Eine Hinrichtungswoche? Der kriecherische Trollbollen ist noch verrückter als der Abt!«, fluchte Nica.

Gibor war bleich geworden, Thylos starrte anklagend zu Ben.

»Der kriegt uns nie«, knurrte Yanko kämpferisch, doch auch er wirkte angeschlagen.

Ben selbst hätte nie gedacht, dass Herr Thaler so schnell wieder freikam. Aber vielleicht hätte er es ahnen können, Morghon und der Kopfgeldjäger ergänzten sich einfach zu gut. Der unermesslich reiche Abt, der das Kloster aus Bequemlichkeit kaum verließ, aber trotzdem alles beherrschen wollte. Der bereit war, für jede erdenkliche Schandtat zu bezahlen. Und Herr Thaler, der bereit war, für die entsprechende Bezahlung jede Schandtat auszuführen. Der nicht nur nach Morghons Geld gierte, sondern auch Vergnügen an der Menschenjagd empfinden musste. Wenn nicht, wie könnte er dann eine ganze Hinrichtungswoche vorschlagen?

Ben wusste nicht, wer von beiden schlimmer war. Gefährlicher für sie war auf jeden Fall Herr Thaler, denn er jagte sie tatsächlich.

Sinje schüttelte entsetzt den Kopf. »Und dem habe ich mal vertraut? Mit dem sind wir gereist?« Sie sah in alle Richtungen, als würde sie alle Geächteten um Entschuldigung bitten wollen. »Ich wusste wirklich nicht, dass der Abt so vorgeht, niemand im Kloster wusste das.«

»Niemand wollte es auch wissen, oder?«, fragte Cathe bitter. Sie war bleich geworden. Der Mann, der sie fast getötet hatte, war wieder frei und hinter ihr her. »Zweifeln ist verboten, niemand hinterfragt etwas.«

»Ich wusste doch nicht, dass ich Äbten, Rittern und Richtern nicht vertrauen kann! Wie sollte ich wissen, dass Leute nur eingesperrt und hingerichtet werden, um eine bestimmte Zahl vollzukriegen? Ich dachte, die Gerichte bemühen sich, die Wahrheit herauszufinden.«

»Welche Wahrheit?« Yanko schnaubte bitter. »Da ein Samothanbeter immer lügt, wird ihm grundsätzlich nicht geglaubt, wenn er die Vorwürfe bestreitet. Aber wenn er die Taten unter der Folter zugibt, dann heißt es plötzlich nicht mehr *Lüge,* sondern: *Endlich ist einer mal einsichtig und geständig.«*

Sinje biss sich auf die Lippe und schüttelte den Kopf. Alle schüttelten die Köpfe. Das Entsetzen und die Angst vor Herrn Thaler hatte sie gepackt. Wer für seine Freiheit eine ganze Hinrichtungswoche versprach, der würde für die Freiheit seiner Gesellen jeden rücksichtslos jagen.

»Wir müssen Faystos Feuer vernichten!«, sagte Akse grimmig. »Sofort! Bevor Morghon es an die neuen Schmieden in Rhaconia verteilt und Herr Thaler zahllose neue Pfeile mit Blausilberklinge bekommt.«

Alle stimmten ihm zu.

Es war Mitternacht, als Ben endlich allein mit Anula war. Sie saßen auf der Bettkante, und Ben rang nach Worten. Er musste seine Ängste loswerden. Seit Tagen wusste er nicht, wie er es sagen sollte, und so platzte er einfach heraus: »Du darfst dich nicht opfern!«

»Was?« Sie blinzelte und wirkte völlig überrumpelt.

»Auch wenn du die schillernde Frau aus der Prophezeiung bist und du das Herz trägst … Ich verbiete es dir!«

»Verbieten?« Sie blitzte ihn an. »Du willst mir wirklich etwas verbieten?«

»Du hast doch gesagt, ich soll der Anführer sein! Dann bin ich es eben«, stieß Ben trotzig hervor. »Und ich habe beschlossen, dass du dich nicht opfern darfst!«

»Wenn ich aber will?« Sie sagte es ganz leise, und doch war es, als hätte sie ihn angeschrien.

»Was?«, keuchte Ben ungläubig. »Du willst …? Nein!«

Sie lächelte vorsichtig und versuchte, ihn zu umarmen. »Komm her zu mir.«

»Nein! Das ist mir ernst!« Wie kam sie nur darauf?

»Mir auch. Und ich habe lange darüber nachgedacht.« Noch immer lächelte sie, aber in ihren Augen stand eine große Traurigkeit. »Wir müssen den Orden unbedingt aufhalten. Niemand außer uns wird es tun, niemand sonst kann es. Und wenn wir nur so Faystos Feuer …«

»Nein!«, unterbrach Ben sie sofort. Das wollte er nicht hören. »Das lass ich nicht zu! Niemals! Dann finden wir einen anderen Weg! Prophezeiungen sind nur so eine Art Ideen und Vorschläge, sagt Aiphyron. Und für einen uralten Vorschlag opferst du dich nicht!«

»Dann opfern wir lieber die Freiheit der Drachen?«

»Nein!« Wütend sprang Ben auf. Das war nicht fair. Wie

konnte sie ihn zwingen, sich zwischen ihr und den Drachen zu entscheiden? Wie konnte sie ihm so die Schuld an ihrer Gefangenschaft zuschieben? Schuld hatte nur der Orden! »Wir finden einen anderen Weg, habe ich gesagt. Ich will nicht, dass du stirbst!«

»Ich auch nicht. Das kannst du mir glauben.«

»Gut.« Ben schnaubte. »Dann sind wir uns ja einig. Kein Opfer. Versprich es mir!«

Seufzend schüttelte sie den Kopf. »Das … das kann ich nicht versprechen.«

Wie konnte sie das nur so ruhig aussprechen? Ben wurde wütend. »Doch, kannst du! Du sagst doch immer, ich bin der Anführer!«

»Und du sagst immer, wir brauchen keinen.«

»Jetzt schon!« Ben packte sie an den Schultern. Er wollte sie schütteln und festhalten, umarmen und küssen, und so vieles auf einmal, dass er nichts davon tat.

»Warum jetzt?«, fragte sie ganz ruhig. So ruhig, als hätte sie tagelang darüber nachgedacht, und wahrscheinlich hatte sie das. »Weil ich anderer Meinung bin als du?«

»Weil du dich opfern willst!«, schrie er. Ihre Ruhe machte ihn wahnsinnig.

»Von Wollen kann keine Rede sein!«

»Dann tu es nicht!«

»Ich …« Sie seufzte. »Wir wissen doch noch gar nicht, was die Prophezeiung genau verlangt, oder? Es ist von einer Heimkehr die Rede, und davon, das Herz ins Feuer zu bringen. Vom Ende der schillernden Frau steht da nichts. Ich werde erst dort wissen, was mich erwartet.«

»Dich? Uns. Ich komme mit. Ich lass dich da nicht allein hin!«

»Danke. Und jetzt komm her, bevor ich noch losheule.« Sie zog ihn an sich, um ihn zu küssen. Ben gab auf. Sie tat ja sowieso immer, was sie wollte. Und dafür liebte er sie auch. Verzweifelt küsste er sie. Er musste einfach Aiphyron vertrauen, dass Prophezeiungen nicht völlig feststanden, dass es nur Ideen waren. Und in seiner Idee vom Erlöschen des Vulkans wurde niemand geopfert. Jetzt kam es nur darauf an, dass die Idee aus der alten Schrift das auch mitmachte.

Zwei Tage später waren Glutauges Flügel bereits armlang, und er konnte wieder sprechen. Als Erstes erklärte er Ben, dass sein Name nicht Glutauge war, sondern Orghonikk. Sie saßen völlig ungestört in der Sonne an der südlichen Spitze der Insel.

»Gut, Orghonikk. Darf ich dich fragen, ob du vulkangeboren bist?«

»Das sieht man, oder?«, erwiderte Orghonikk stolz.

»Stammst du vielleicht sogar zufällig aus dem Berg Arknon?«

»Nicht nur zufällig.« Orghonikk grinste. »Warum willst du das wissen, Drachenflüsterer?«

»Weil ich eine große Bitte hätte. Eine viel zu große.«

»Nur immer heraus damit. Du hast mich gerettet, du kannst alles verlangen.«

»Sei nicht so voreilig. Es dürfte dir nicht besonders gefallen. Es ist riskant, mehr als das.« Und Ben erzählte dem Drachen von der Prophezeiung und dass die meisten der Geächteten nicht wussten, wo und wie Drachen geboren wurden. »Wenn du es machst, sagen wir den anderen einfach, du wolltest unbedingt Anula tragen, und sie trägt den richtigen Stein bei sich.«

»Und Anula ist bereit, sich zu opfern?«

»Ja.«

»Und du, dass sie es tut?«

»Nein. Aber sie hört nicht auf mich. Und ich kann es ihr nicht verbieten, ich bin kein Anführer.« Es klang bitter und enttäuscht.

»Nicht so einer«, sagte Orghonikk.

»Was meinst du damit?«

»Du bist kein Herrscher. Aber die meisten hier sehen zu dir auf und vertrauen dir. Das konnte ja sogar ich schon in den wenigen Tagen feststellen.« Er sah Ben an und der bemerkte, dass tief in den Augen des Drachen ein Feuer lag, das er am ersten Tag nicht gesehen hatte. Es war, als würde es langsam wieder aus dem Inneren auftauchen.

»Und was nützt mir das jetzt mit Anula?«

»Viel«, sagte Orghonikk. »Lass es mich anders versuchen: Würdest du einem der Geächteten befehlen, sich zu opfern?«

»Was? Nein! Niemals!« Was dachte er sich eigentlich?

»Warum nimmst du dir dann das Recht heraus, es ihr zu verbieten? Es ist die Kehrseite derselben Entscheidung.«

»Ja, die Kehrseite!«, knurrte Ben, ohne darüber nachzudenken oder den Gedanken zuzulassen. Er befürchtete, dann könnte er ihm recht geben, und das wollte er unter keinen Umständen. Was wusste ein Drache schon? Drachen waren geborene Einzelgänger, sie liebten nicht!

»Anula wird alles tun, um deinem Wunsch zu entsprechen. Aber sie kann deinem Befehl nicht gehorchen, weil es ihre Entscheidung sein muss. Verstehst du?«

»Nein.«

»Dann …«

»Ich will es auch nicht verstehen!«, sagte Ben trotzig. »Ich will, dass sie lebt.«

»Ich kann mit ihr einfach davonfliegen, wenn du es willst. Den Arknon ignorieren und irgendwohin gehen, wo sie nicht zurückfindet. Oder ich kann auch allein verschwinden, dann fehlt euch ein Teil der Prophezeiung, und Anula kann sich nicht opfern. Oder aber ich fliege mit ihr und dem Herzen zum Vulkan und wir schauen, was geschieht, was mit der Prophezeiung gemeint war.«

»Das tust du? Du würdest dich opfern, wenn …?« Ja, wann würden sie überhaupt merken, ob ein Opfer nötig war?

»Willst du es mir auch verbieten?« Orghonikk grinste.

Ben brummte: »Du hast doch gesagt, dass ich darüber nicht entscheiden darf.«

»Ich dachte, das wolltest du nicht wissen?«

»Du bist echt der gleiche Klugscheißer wie Aiphyron.« Ben kickte einen Stein in die Wellen.

Orghonikk schnaubte vergnügt. Eine Dämmermöwe segelte tief über sie hinweg, am Horizont zogen Wolken auf.

»Warum?«, fragte Ben plötzlich. »Warum willst du es tun? Nur, weil ich dich gerettet habe?«

»Nein. Erst durch meine Geburt wurde aus der Lava das, was der Orden Faystos Feuer nennt. Ich habe die Hitze aus dem Erdinneren mitgebracht und die Lücke in den Fels gerissen, durch den die Lava strömt, die dem dort entzündeten Feuer seine magische Kraft verleiht.«

»Du …?« Ben versagte die Stimme. »Aber Faystos?«

»Einen Gott habe ich dort nie gesehen.«

»Und … aber … Blausilberklingen gibt es seit über tausend Jahren!«

»Richtig.«

»Das heißt, du bist …«

»Über tausend. Ja. Einiges über tausend.«

Ben starrte schweigend aufs Meer. Er hatte viel zu viel zu verarbeiten. Dann stand er auf und setzte sich auf Orghonikks Rücken, um beide Schulterknubbel zu berühren. Je länger er heilte, desto schneller wuchsen sie nach. Er konnte nicht allen in den Rücken fallen, indem er Orghonikk fortschickte. Er konnte es einfach nicht. »Wir fliegen zum Vulkan.«

»Ich versprech dir, ich pass so gut auf Anula auf, wie ich kann«, sagte Orghonikk.

»Danke«, antwortete Ben leise. Mehr konnte er im Moment wohl nicht erhoffen.

In den nächsten Tagen versuchten die Geächteten, möglichst viele Blausilbertransporte aufzustöbern, aber es schien keiner unterwegs zu sein. Vergeblich hetzten die Drachen über den Straßen zwischen Rhaconia und verschiedenen Minen hin und her. Dabei flogen sie hoch, denn niemand wusste, wo sich Thaler und das todbringende Armbrustkatapult aufhielten. Mit Glück gelang es ihnen, Fasytos Feuer aus der Schmiede eines abseits gelegenen Dorfs zu entführen, und Akse konnte zwei betrunkenen Rittern ihre Schwerter stehlen. Das waren nur kleine Siege angesichts der Größe des Ordens, aber es waren Siege.

Morghon kochte vor Wut und predigte jeden Tag gegen Ben und seine grausame Bande, während Herr Thaler gnadenlos weitere Männer, Frauen und Kinder verhörte und als unverbesserliche Samothanbeter einkerkern ließ. Er ignorierte ihre Namen und nannte sie nach dem Wochentag und der Stunde, da sie gehenkt werden sollten.

Orghonikks Flügel wuchsen immer schneller. Cathe beobachtete es hoffnungsvoll aus der Ferne, sich noch mal zu entschuldigen, wagte sie nicht. Bis Orghonikk ihr irgendwann zunickte und Cathe erleichtert zu ihm lief.

»Mach das bloß nie wieder«, war alles, was der Drache sagte.

Wenn Ben ihn gerade nicht heilte, verbrachte er möglichst jede Stunde mit Anula. Keiner von ihnen sprach es mehr aus, aber sie wussten nicht, wie viel Zeit ihnen noch blieb.

Acht Tage nach Orghonikks Befreiung, als er schon beinahe wieder fliegen konnte, schickte Nesto einen weiteren Brief. Er war kurz und hingekritzelt.

Freunde,
es geht los. Die drei Schmiede aus Rhaconia sind aufgebrochen, um ihr Feuer zu holen. Große Zeremonie am Berg Arknon steht bevor. Morghon hat ihnen einige Leibwächter mitgegeben. Angeblich besten Schutz, also mehr als einige, viele.
Viel Glück!

N.

Das auch noch! Sie mussten es vor den Schmieden schaffen, bevor in Rhaconia wieder Blausilber geschmiedet werden konnte. Bevor Morghon und Herr Thaler eine Unmenge von großen Blausilberpfeilen herstellen lassen konnten.

Ben heilte den ganzen Tag verbissen, bis er umfiel.

Am nächsten Mittag konnte Orghonikk wieder fliegen. Es stürmte, und der Regen peitschte schräg gegen die Mauern der Festung.

»Du hast noch immer kein Fenster«, murmelte Ben zu Anula. »Obwohl ich es versprochen habe.«

»Noch ist nicht Winter«, sagte sie, als gäbe es die Prophezeiung überhaupt nicht.

Ben fasste unter sein Hemd und holte den Glücksgroschen hervor, den er vor langer Zeit von Yanko erhalten hatte. Er hängte ihn Anula um den Hals. »Du wirst ihn mehr brauchen als ich.«

»Danke.«

Sie sahen sich an.

»Bist du bereit?«, fragte Ben.

Anula schüttelte den Kopf. »Werde ich nie sein. Also lass uns fliegen. Jede Stunde zählt, und so ein gutes Wetter bekommen wir nicht so schnell wieder.«

DIE LEIBWÄCHTER DER SCHMIEDE

Die Nacht brach eben herein, als sie sich in schnellem Flug dem Berg Arknon näherten. Alle sechs großen Drachen flogen zusammen, und auf ihren Rücken saßen Ben, Anula, Yanko, Nica, Akse und Cathe. Zalhqualradho hatte unbedingt sie mitnehmen wollen, und Ben fand, dass eine ehemalige Jungfrau bei dem Überfall auf ein Kloster ebenso hilfreich sein konnte wie ein ehemaliger Knappe.

Auf Orghonikks Rücken hinter Anula war das Herz aus dem Ewigen Eis geschnallt. Wegen der ausstrahlenden Kälte war es in ein Fell eingeschlagen. Die grauen Wolken hingen hoch am Himmel und verdeckten den aufgehenden Mond und die Sterne. Es hatte aufgehört zu regnen, doch der Wind blies noch immer heftig, mal von vorn, mal von der Seite.

In der Dunkelheit war der Berg Arknon nur ein gewaltiger dunkler Schemen vor ihnen, dessen oberer Rand zu glühen schien. Das musste der Schein der Lava aus seinem Inneren sein.

Auf halber Höhe zum Gipfel leuchteten zahlreiche Feuer, und schon bald erkannte Ben eine Ansammlung von spitzgiebeligen Gebäuden aus rötlichem und gelbem Marmor. Teilweise schienen sie direkt aus der Bergflanke zu wachsen. Die hohen Fenster liefen spitz zu wie eine Flamme, die Mauern waren massiv, und auf jedem der zahlreichen schlanken und zinnenbewehrten Türmen wehte eine große

Flamme wie eine Fahne im Wind. Ben entdeckte einen gedrungenen Faystostempel, der von großen, brennenden Schalen flankiert war, und sah mehrere Innenhöfe, die zwischen den Gebäuden direkt aus dem schwarzgrauen Berg geschlagen worden waren. Die meisten der Innenhöfe waren von Fackeln und weiteren Feuerschalen erhellt und von zahlreichen Menschen belebt.

Überall tummelten sich die in flammend orange Tuniken gekleideten Mönche des Schmiedegotts. Manche von ihnen trugen stolz breite Blausilberklingen auf dem Rücken. Auch Ordensritter in blank polierten Kettenhemden waren zahlreich da, ihre festlich herausgeputzten Jungfrauen und weitere Gäste in leuchtend weißen Hemden, vermutlich Schmiede, Wagenlenker und Wachleute. All ihre Schatten flackerten wie lodernde Flammen über die roten und gelben Wände.

Flügellose Drachen kauerten aufmerksam am Rand des Tempelplatzes, neben dem Faystostempel schien ein großes, säulengesäumtes Tor direkt in den Berg zu führen. Ein großes Mosaik über dem Tor zeigte einen mächtigen Hammer und eine lodernde Flamme, die beiden Symbole Faystos. Vor dem Tor hatte ein dünner weißhaariger Mann in der zeremoniellen Robe eines Abts die Hände gehoben, als wollte er etwas sagen. Die meisten wandten sich ihm zu. Es mussten mehrere Hundert Menschen und über zwanzig Drachen sein, die hier versammelt waren.

Ein Dutzend Wagen standen am Wegrand vor dem Kloster. Es waren sichtlich mehr als die drei Schmiede aus Rhaconia gekommen, auch aus anderen Regionen waren sie herbeigeströmt, um Faystos Feuer zu empfangen.

Am vorderen Eingangstor und neben dem Tempel erhoben sich zwei wuchtige Türme aus Holz, auf welchen ebenfalls ein Feuer brannte. In seinem Schein glitzerten gewaltige Blausilberspitzen, die auf einem gespannten Armbrustkatapult Richtung Himmel zeigten. Jeweils zwei Ritter standen daneben und blickten aufmerksam in die Nacht.

Geschützt von der Dunkelheit kreisten über ihnen die Geächteten mit leisem Flügelschlag und sahen hinunter. Es waren deutlich mehr Ritter, als Ben angenommen hatte.

»Sie fangen schon an!« Verzweifelt deutete er auf die Masse, die am Tempel zusammenströmte. Ihr grober Plan, bis Mitternacht zu warten, wenn alle schliefen, war hinfällig. Dann wäre das Feuer längst an alle Schmieden verteilt und auf dem Weg hinaus ins Großtirdische Reich.

»Dann müssen wir eben schneller sein«, verlangte Yanko.

»Aber wie sollen wir ungesehen durch das Tor kommen? Wir müssen unter den Berg.«

»Von innen«, sagte Orghonikk. »Durch den Krater.«

»Durch den Krater?«, fuhr Ben auf. »Da ist Lava!«

»Leise!«, zischte Anula.

Unten reckte ein Ritter auf dem vorderen Katapultturm seinen Hals und deutete suchend in den Himmel.

»Der kann uns unmöglich sehen«, sagte Ben beruhigend.

Dennoch spannte der zweite Wächter einen Bogen und hielt die Spitze seines Pfeils ins Feuer. Sofort flammte sie auf, und er schoss ungefähr in ihre Richtung. Blitzschnell stoben die Drachen auseinander, und die fliegende Flamme erhellte nur den leeren Himmel. Die Wächter zuckten mit den Schultern und gaben sich zufrieden.

»Das nächste Mal haben wir nicht so viel Glück«, murmelte Aiphyron.

»Dann los!«, drängte Yanko. »Orghonikk und Anula fliegen durch den Krater hinein, und wir anderen lenken sie hier draußen ab.«

»Nein«, widersprach Ben. »Wir fliegen mit Anula.«

»Wir brauchen hier draußen jeden!«

»Nein! Ich lasse sie jetzt nicht allein.«

»Lass ihn, Yanko.« Akse grinste. »Wir sind schließlich Bens Bande, nicht deine. Er macht die Pläne.«

Yanko schnaubte ein Lachen, Ben knurrte: »Drachenkottaucher!«

»Kann ja nicht jeder ein Lavataucher sein, o Schreckenverbreitender«, sagte Akse.

»Los jetzt«, drängte Nica.

»Es ist Yankos Plan«, stellte Ben fest. »Nur meine Ergänzung.«

»Plan?«, schnaubte Cathe. »Wenn wir hier rauskommen, erkläre ich euch mal, was ein Plan ist. Das hier ist einfach nur Chaos.«

»Bei Plänen und Chaos muss ich immer an einen ganz bestimmten denken«, fing Juri an. »Das ist gut hundertfünfzig Jahre her, und es war Nacht wie jetzt …«

»Erzähl's uns später«, schnitt Anula ihm das Wort ab und löste die Verschnürung des erkalteten Herzen. Sie nahm es in die Hände, so wie es in der Prophezeiung hieß. »Jetzt geht's los.«

Und Orghonikk trug sie mit kräftigen Flügelschlägen hoch zum glühenden Gipfel, Aiphyron folgte ihm mit Ben. Bens Gedanken waren ganz bei Anula und sprangen im Kreis: *Sie hat* uns *und* später *gesagt, sie glaubt an ein Später, sie opfert sich nicht. Sie hat* uns *und* später *gesagt, und* uns *schließt sie selbst mit ein. Oder?*

Hinter ihnen stürzten die anderen in die Tiefe. Yanko brüllte: »He, ihr zündelnden Flügeldiebe und lavaschnuppernden Ambossklopfer!«

Vielstimmiges Geschrei antwortete, Fauchen und Getrampel. Aber Ben wandte sich nicht um, er ließ Anula nicht einen Moment aus den Augen. Das würde er bis zum Ende nicht mehr tun.

Sie erreichten den Kraterrand und stürmten darüber hinweg. Alle Geräusche hinter ihnen verstummten mit einem Schlag. Ben starrte in die Tiefe des gewaltigen Vulkans. Hunderte Schritt unter ihnen brodelte eine zähe rot-gelb glühende Masse. Sie füllte den ganzen, dreihundert Schritt durchmessenden Boden des Kraters aus. Aiphyron verkrampfte sich, Orghonikk stürzte lachend hinab.

Verrückt, dachte Ben, *der ist völlig verrückt geworden.* Aber dann fiel ihm wieder ein, dass das hier Orghonikks Heimat war, die er seit Jahrhunderten nicht besucht hatte. Hier war er entstanden und geschlüpft, er war ein Teil des Bergs Arknon, er war zu Hause.

Aiphyron stürzte ihm ohne ein Lachen hinterher. Er knirschte mit den Zähnen und fluchte wüst. Plötzlich begriff Ben, was Aiphyron hier für ihn tat. Er flog auf einen ganzen See aus verhasstem Feuer zu, nur damit Ben bei Anula bleiben konnte. Eine Welle der Dankbarkeit überflutete Ben. Er klopfte dem Drachen freundschaftlich auf die Schuppen, obwohl das angesichts der Überwindung, die Aiphyron das gekostet haben musste, ein wenig klein und albern wirkte.

»Elendes Flammenloch!«, knirschte der Drache vor sich hin. »Ascheregnender Feuerpupser!«

Die Luft um sie herum wurde immer wärmer und stickiger. Schon bald schlug ihnen unglaubliche Hitze entgegen.

Schweiß brach Ben aus den Poren, und die brodelnde Glut wurde immer greller, sodass er die Augen zusammenkneifen musste. Bald spannte seine Haut, und er fürchtete, sie würde in wenigen Augenblicken aufplatzen und sich schälen.

In einem verzweifelten Versuch von Humor rief er: »Na, Anula, ist dir immer noch kalt?«

Sie lachte.

Aiphyron fluchte.

Tiefer und tiefer stürzten sie, bis sie nur noch wenige Schritt von dem glühenden Gestein entfernt waren. Da endlich bremste Orghonikk seinen Flug ab und steuerte auf den Kraterrand zu. Er landete auf einem schmalen Sims vor einer Höhle und legte die Flügel an. Dann tapste er hinein. Aiphyron landete hinter ihm und folgte ihm, drängte ihn so weit in die Höhle, dass man die Lava nicht mehr sah, nur noch ihren Schein. Er atmete heftig.

»Wohin jetzt?«, fragte Ben.

»Wir müssen noch weiter hinab«, sagte Orghonikk. »Ich kenne den Weg.«

Mit eingezogenen Flügeln und Köpfen krochen sie in einen schmalen Gang mit groben, rissigen Wänden. Der Schein der Lava wurde immer schwächer. Wurden sie hier gestellt, konnten sie weder etwas sehen noch fliegend fliehen. Dann würden sie kämpfen müssen. Ben hoffte, dass die anderen die Mönche und Ritter lange genug ablenken und aufhalten konnten.

Cathe klammerte sich an Zalhqualradho, der hinter Juri mit Yanko herjagte, die mächtigen Zähne fletschte und die Ordensleute grimmig anfauchte. Seine goldenen Schuppen glitzerten im Schein der zahllosen Feuer wie ein unermesslicher Schatz. Ein Brandpfeil raste knapp an Yanko vorbei. Der Wächter brauchte ihn nicht mehr, um Angreifer in der Dunkelheit ausfindig zu machen, sondern nutzte ihn als Waffe.

»Elender Blindmolch!«, schrie Yanko.

Juri ließ ein lautes Gurgeln und Röcheln hören, dann spuckte er einen gewaltigen Batzen auf den überraschten Abt hinab und traf ihn laut schmatzend mitten auf dem Kopf.

Akse stieß eine Faust in die Luft und brüllte: »Spucke statt Waffen!«

Angewidert verzog Cathe das Gesicht, aber dabei lachte sie laut, obwohl sie es nicht wollte.

Die Mönche an der Seite des Abts fluchten und schwangen ihre Schwerter durch die Luft. Waffenlose Jungfrauen flohen in alle Richtungen, weil sie dachten, dass ein Drachenangriff immer ihnen galt, obwohl sie nicht gefesselt waren. Viele versteckten sich in dunklen Ecken oder suchten Schutz bei flügellosen Drachen, manche schrien laut, wie sie es gelernt hatten. Eine Mutige stellte sich aufrecht und mit ausgebreiteten Armen mitten in den Hof und rief: »Kommt her und holt mich!«

Die meisten Gäste flohen kopflos kreuz und quer und sorgten für das schönste Durcheinander.

Marmaran, Feuerschuppe und Zalhqualradho nahmen sich ein Beispiel an Juri und spuckten ebenfalls große Speichelbatzen hinab. Klatschend trafen sie einen fliehenden Schmied und zwei Ritter, und diese tobten, als wären sie tödlich beleidigt worden. Wutschnaubend warf einer sein Schwert. Es zischte an Cathe vorbei und stürzte hinter ihr wieder hinab. Dort streifte es die aufrechte Jungfrau in der Hofmitte, bevor es klirrend auf den Boden schlug. Die Jungfrau schrie, blieb jedoch stehen. Kleinlaut holte der Ritter sein Schwert.

Der Abt floh mit einer Handvoll Mönche in den Berg. Weitere Mönche stellten sich mit erhobenen Schwertern in das Tor, um jeden Verfolger am Eintreten zu hindern.

Wieder und wieder flogen die Drachen die verschiedenen Gebäude an, fauchend, brüllend und spuckend. Zalhqualradho raste in tollkühnen Schleifen um die Türme, Cathe klammerte sich fest und schrie Beschimpfungen. Weitere Ritter und Mönche holten mit ihren Schwertern aus, um sie zu werfen. Flügellose Drachen kletterten, angetrieben von Dutzenden Befehlen, mit schäumenden Mäulern auf die Mauern, um sich auf die geflügelten Angreifer zu werfen. Doch sie sprangen ungenau und vorbei. Zinnen bröckelten unter ihren Klauen, das Durcheinander wurde größer und größer. Die Geächteten lachten. Dann wurde Marmaran von einer geschleuderten Blausilberklinge in der Seite getroffen. Tief drang sie nicht ein, aber sie blieb stecken. Marmaran brüllte auf und stürmte auf den Werfer zu, der ohne Waffe ängstlich floh. Marmaran gab ihm im Vorbeifliegen mit der Klaue eine mit, sodass er gegen die nächste Wand klatschte und dort bewusstlos niedersank.

Die Drachen flogen so schnell, dass Cathe irgendwann die Orientierung verlor. Ihr wurde schwummrig von den vielen Richtungswechseln. Aus dem Augenwinkel heraus sah sie es in einem Schatten blau schimmern, dann waren sie schon weiter. Was war das gewesen? Bevor sie darüber nachdenken konnte, wurde auch Juri von einer Blausilberklinge getroffen. Ein wenig Blut tropfte zu Boden, doch ernsthaften Schaden konnte eine geworfene Klinge nicht anrichten, wenn sie nicht die Augen oder einen Menschen traf.

Dann entdeckte Cathe das blaue Blitzen erneut auf einem kleinen unbeleuchteten Seitenhof. Und plötzlich raste es auf sie zu. Es war die Spitze eines gewaltigen Pfeils, abgefeuert von einem versteckten Armbrustkatapult.

»Vorsicht!«, schrie sie, aber es war zu spät. Der Pfeil durchschlug Zalhqualradhos Brust am linken Rand, verfehlte das Herz nur knapp und traf direkt in das Gelenk des Flügels. Sofort geriet der Drache ins Taumeln und stürzte in die Tiefe, direkt in den dunklen Seitenhof. Cathe hielt sich panisch fest. Kurz vor dem Aufprall schälten sich die Umrisse eines sehr vertrauten fahrbaren Armbrustkatapults aus dem Schatten. Hinter ihm stand Herr Thaler und lachte laut. »Hab ich dich, Bestie! Hab ich dich erwischt!«

Das also war der Schutz, den Morghon seinen Schmieden mitgegeben hatte. Cathe fluchte. Der Mann an Herrn Thalers Seite legte schnell einen neuen Pfeil nach.

Aiphyron stapfte mit Ben hinter Orghonikk durch die Dunkelheit. Sie hatten mehrere Abzweigungen hinter sich, und es ging beständig abwärts. Sie kamen nur langsam voran, obwohl Aiphyron hin und wieder ein wenig Lichtfeuer durch die Nüstern schnaubte. Und dann erreichten sie eine Mauer aus großen, fest verfugten, rötlichen Marmorquadern, die ihnen den Weg versperrte.

»Die war früher nicht da«, knurrte Orghonikk.

»Ja, früher war immer alles besser«, sagte Aiphyron belustigt.

Ben konnte nicht lachen.

Orghonikk schnaubte und bat Anula, von seinem Rücken zu steigen. Dann legte er den Kopf und die vorderen Klauen gegen die Mauer, um sie niederzudrücken.

»Du bist sicher, dass wir …?«

»Ja«, keuchte Orghonikk und warf sich mit seinem ganzen Gewicht gegen die Mauer. Die hinteren Krallen rutschten über den Fels. Die Steine knirschten, als würden sie jederzeit aus dem Verbund brechen, aber noch hielten sie.

»Soll ich mal?«, fragte Aiphyron. Beide passten sie nicht nebeneinander.

»Nein. Ich bin es, der zurückkehren soll.« Orghonikk suchte einen neuen Ansatz für seine Schulter und presste sich gegen die Mauer. Ein erster Stein wurde locker und rutschte halb hindurch.

Hart schlug Zalhqualradho auf den Boden, und Cathe wurde von seinem Rücken geschleudert. Sie rollte sich über die Schulter ab, dann wirbelte sie noch zweimal um die eigene Achse, bis sie gegen eine Außentreppe schlug. Ein dumpfer Schmerz fuhr ihr in Schulter und Hüfte.

Hämisch grinsend beobachtete Herr Thaler ihren Sturz und wandte sich ihr zu. Zeitgleich spannte sein Spießgeselle die Armbrust erneut und senkte sie mit einer Kurbel, sodass der eingelegte Pfeil nicht mehr in den Himmel zielte, sondern die Spitze langsam in Richtung des benommenen Drachen wanderte.

In der Ablage wartete noch ein knappes Dutzend Pfeile, mehr als genug, um alle fliegenden Drachen vom Himmel zu holen.

Zalhqualradho lag stöhnend nur drei Schritt vor dem Armbrustkatapult. Blut strömte aus seiner Brust, der getroffene Flügel zuckte hilflos. Eine zitternde Kralle tastete unbeholfen nach dem Pfeil, um ihn herauszuziehen, bekam ihn jedoch nicht zu fassen. Zalhqualradho wirkte weggetreten und hilflos.

Cathe wollte aufspringen und ihm beistehen, wollte Herrn Thaler mit bloßen Händen angreifen, doch dann tat sie etwas völlig anderes. Sie tat es instinktiv, obwohl es vollkommen unsinnig war. Als Herr Thaler einen winzigen Augenblick den Kopf abwandte, um nach dem Armbrustkatapult zu sehen, drückte sie sich tiefer in den Schatten der Treppe, schmiegte sich ganz eng in die Steinkante. Ein verzweifelter Versuch, sich zu verstecken, obwohl der Kopfgeldjäger genau wusste, wo sie gelandet war.

Schon sah Herr Thaler wieder zu ihr, sah genau in ihre Richtung, doch das Grinsen auf seinem Gesicht erlosch. Unruhig huschte sein Blick hin und her. »Wo ist sie hin?«

»Wer?«, keuchte der Spießgeselle, während er mit höchster Anstrengung immer weiter kurbelte.

»Das Mädchen.«

Der Spießgeselle wirbelte herum. Hastig blickte er in alle Richtungen, doch sein Blick wanderte einfach über Cathe hinweg, ebenso wie der von Herrn Thaler. Das konnte doch nicht sein! So dunkel war es hier nicht. War das ein Trick der beiden? Aber wozu? Sie waren zu zweit, stärker und mit Schwertern bewaffnet, sie könnten Cathe einfach erledigen.

»Finde sie!«, raunzte Herr Thaler. »Ich kümmer mich um den Drachen.«

»Mit Vergnügen.« Der Spießgeselle zog sein Schwert und leckte sich gedankenverloren über die Lippen, wie er es immer tat. Cathe erinnerte sich noch gut an ihn, wenn auch nicht gern. Er hieß Fagghi und hatte Sinje und sie auf der gemeinsamen Fahrt den ganzen Tag lang mit gierigen Glotzaugen angestarrt. Warum war er nicht im Kerker? Hatte Herr Thaler schon einen Geächteten erwischt und ihn so ausgelöst? Nein, das wüssten sie doch!

Oder war er freigekommen, weil laut Herrn Thaler niemand die Armbrust so schnell nachladen konnte wie Fagghi? Ja, wahrscheinlich hatte der elende Abt auch ihn gehen lassen, damit Herr Thaler umso erfolgreicher angebliche Samothanbeter jagen konnte. Sie beide nützten dem Orden frei mehr als gefangen.

»Wo ist sie verschwunden?«, knurrte Fagghi.

»Bei der Treppe.«

»Gut.« Langsam kam er auf Cathe zu.

In diesem Moment krachte es über ihnen, und ein Bersten, Schreien, Brüllen und Fluchen erhob sich über den herrschenden Lärm hinweg. Herr Thaler und Fagghi wirbelten herum. »Was zum Samoth …?«

Auch Cathe sah unwillkürlich hin. Eben erhoben sich Marmaran und Juri von der vollkommen zerstörten Spitze des Holzturms am Tempel. Vereinzelte Balken und hölzerne Bruchstücke stürzten noch in die Tiefe, und Marmaran trug das herausgerissene Armbrustkatapult in den Klauen. Juri schleppte drei oder vier lange Blausilberpfeile. Sie flogen in Richtung Gipfel, um die Waffe in den zerstörerisch heißen Flammen des Vulkans zu vernichten. Cathe jubelte innerlich, Fagghi fluchte laut: »Stinkiger Trollbollen nochmal, diese verfluchten diebischen Flügelbiester! Fliegen ist Betrügen!«

Noch während die beiden Kopfgeldjäger abgelenkt waren, huschte Cathe vom Schatten der Treppe in eine dunkle Türlaibung und von dort weiter unter eine große leere Feuerschale, in der kein Feuer brannte. Sie stand nah hinter Herrn Thaler.

Noch immer fluchend drehte sich Fagghi wieder zur Treppe um und äugte suchend umher. Er ging hinüber und trat sogar auf die untersten Stufen und sah hinauf. Unentschlossen drehte er wieder um.

Herr Thaler packte inzwischen die Kurbel der Armbrust und drehte den Pfeil mit aller Geschwindigkeit nach unten, bis er direkt auf Zalhqualradhos Gesicht zeigte. Leicht hätte er den Drachen mit dem Schwert erledigen können, aber er wollte wohl die Überlegenheit seiner Waffe beweisen, um sie noch öfter zu verkaufen. Um Morghon seinen außergewöhnlichen Nutzen zu beweisen. Die Drachen der Geächteten durfte er schließlich im Kampf töten, dafür drohte ihm kein Kerker.

Cathe tauchte aus ihrem Versteck auf und schrie: »Zalhqualradho! Nein!«

Dabei sprang sie Herrn Thaler mit dem Fuß ins Kreuz. Sie wollte ihn möglichst weit von dem Armbrustkatapult fortstoßen. Und es klappte, er taumelte davon. Sofort riss sie den Pfeil aus der Abschussvorrichtung, ließ ihn zu Boden fallen und löste den Schuss, der nur noch aus harmloser Luft bestand. Das erneute Spannen der Armbrust würde Zeit brauchen, sie war fürs Erste entschärft. Gut, dass die Kopfgeldjäger ihr aus Prahlerei damals die Funktionsweise gezeigt hatten.

Herr Thaler stolperte auf Zalhqualradho zu und knallte direkt gegen seine Schnauze.

Fagghi sah sich um, entdeckte Cathe und stapfte siegessicher auf sie zu. Entschlossen zog sie ihren Dolch. Fagghi grinste.

Herr Thaler rappelte sich auf und setzte sein Grinsen auf. »Da bist du ja, Mädchen.«

»Ja, hier bin ich.« Ihre Knie zitterten, aber die Hand mit dem Dolch nicht.

»Mutig«, sagte Herr Thaler. »Es steht zwei gegen eine.«

»Ja, wirklich sehr mutig von euch«, höhnte Cathe. »Außerordentlich ritterlich.«

»Genau deshalb sind wir keine Ritter.« Herr Thaler lachte fies.

»Nur ihre Handlanger und Morghons Knechte.« Verächtlich spie Cathe aus, wie sie es bei den Jungs immer gesehen hatte.

Das Grinsen verschwand von Herrn Thalers Gesicht.

»Darf ich sie haben?«, knurrte Fagghi.

»Nein«, bellte Herr Thaler. »Sie gehört mir.«

»Nein, mir«, brummte Zalhqualradho und spuckte Herrn Thaler schleimiges Blut auf den Rücken.

Überrascht wirbelte der herum und rutschte im glitschigen Speichel auf dem Boden aus.

Zalhqualradhos rechte Klaue schnellte vor und sauste auf Thaler nieder.

Thaler konnte gerade noch den Kopf zur Seite werfen, aber die spitzen Krallen fuhren in seine Hüfte und verletzten ihn schwer.

»Sie gehört zu mir, und du Wicht lässt die Finger von ihr!«

Herr Thaler brüllte vor Schmerz auf. Mit schwindender Kraft packte er seine Klinge und schlug nach dem verletzten Drachen. Der reagierte zu langsam, und die Blausilberklinge zog einen Schnitt in seine Klaue, aber zum Glück nicht besonders tief.

»Mörder!« Schreiend stürmte Fagghi auf Zalhqualradho zu, um ihm seine Klinge ins Auge zu rammen. Doch im schwachen Licht stolperte er über den Pfeil aus dem Armbrustkatapult, den Cathe auf den Boden geworfen hatte, und schlug der Länge nach hin. Das Schwert rutschte ihm aus der Hand und schlitterte an Zalhqualradhos Seite entlang, bis es vor seiner hinteren Kralle liegen blieb. Beiläufig legte er sie darauf.

»Und nun?«, knurrte der Drache. »Was machen wir beide nun?«

Fagghi rappelte sich auf und stürzte panisch davon, kam jedoch nicht weit. Zalhqualradho schlug ihm den Schwanz mit aller Wucht gegen die Brust, sodass er mehrere Schritte durch die Luft geschleudert wurde und mit verrenkten Gliedern liegen blieb.

Zähneknirschend hob Herr Thaler ein letztes Mal seine Klinge, aber Zalhqualradho traf ihn noch mal mit der Klaue. Dann war der gefürchtetste Kopfgeldjäger des Großtirdischen Reichs und Handlanger Morghons tot. Cathe hatte keinen Blick für ihn übrig, sie wollte ihn nicht ansehen.

»Wie geht's?«, fragte sie stattdessen den Drachen.

»Mies«, knurrte der und kämpfte sich mühsam auf die Beine. »Zweimal. Zweimal schießt der Wicht mich ab. Aber jetzt nie wieder!«

Blut tropfte aus seiner Wunde, der Flügel war noch immer nutzlos. Er atmete schwer. Ein paar herausgebrochene goldene Schuppen lagen auf dem Boden.

»Soll ich versuchen, den Pfeil rauszuziehen?«, fragte Cathe, obwohl sie nicht wusste, wie. Aber sie wollte helfen.

»Nein. Dann verlier ich zu viel Blut.« Zalhqualradho packte die herausschauende Spitze und brach sie ab. Keuchend kämpfte er sich zum Armbrustkatapult und zertrat die mechanische Abschussvorrichtung. Dann knickte er die Spitzen von allen Pfeilen, und Cathe zerrte Thalers protzigen Gürtel aus seiner Hose. Mit ihm schnürte sie die Spitzen zusammen und warf sie sich über die Schulter.

»Komm mit.« Zalhqualradho kroch mühsam in Richtung Außenmauer.

»Wohin?«

»Weg. Wir sind nur zur Ablenkung hier und erreichen sowieso nichts mehr. In dem Zustand werden wir einfach abgeschlachtet oder gefangen genommen, wenn wir entdeckt werden. Und ich habe keine Lust, ohne Flügel zu enden, versklavt von feigen Rittern und gezwungen, gegen euch zu kämpfen.«

Als sie über die Mauerkrone krochen, sahen sie, wie Juri und Marmaran auch das Armbrustkatapult des zweiten Turms in ihre Gewalt brachten und in die Höhe flogen. Feuerschuppe spuckte wieder und wieder grinsend auf die Wächter vor dem Tor in den Berg, um sie im Glauben zu lassen, dass die Gefahr von außen kam. In seiner Flanke steckten inzwischen drei Schwerter.

AN DER QUELLE DES FEUERS

Hinter der Marmormauer hatten Ben, Anula und die Drachen den Raum erreicht, durch den Orghonikk einst aus dem Vulkan gekrochen war. Es war eine wunderschöne große Höhle mit kristallinen Einsprengseln in den Wänden. Ein gewaltiger Riss ging durch den Boden, und in ihm brodelte Lava wie in einem Teich. Während sich der Riss unter der äußeren Seite hin verjüngte, führte das breite Ende unter dem Fels in den Krater hinüber.

An den Wänden erhoben sich zwei marmorne Faystosstatuen, am Rand des Risses ein massiver Altar, der mit einem Hammer und einer Flamme verziert war. Daneben standen zwei Schalen mit Faystos Feuer, und eine Kette lief über einen Kran. An ihrem Ende hing eine Art Schale, sie bestand aus einem dunklen Metall, das Ben nicht erkannte. Damit musste der Orden Faystos Feuer aus der Tiefe holen. Was mochte das für ein Material sein, wenn es die Hitze überstand, die sogar Blausilber zum Schmelzen brachte?

Ein weiterer Gang führte wieder aus der Höhle hinaus. Seine Wände waren sauber behauen und der Boden mit Marmor ausgekleidet. Er war beleuchtet und verband die Höhle vermutlich mit dem Kloster draußen. Als Ben rasch hinüberlief und einen Blick hineinwarf, sah er niemanden. Kein Geräusch war zu hören, keine nahenden Schritte, keine Stimmen.

»Und jetzt?«, fragte Anula leise.

Ben konnte nichts sagen, er hatte einen Kloß im Hals.

»Jetzt nehme ich das Herz aus dem Ewigen Eis und springe hinab«, sagte Orghonikk und hielt Anula die offene Klaue entgegen. »Wenn wir Glück haben, reicht das. Und wenn wir sehr viel Glück haben, dann tut es das Herz allein, und ich komme zurück.«

Anula zögerte einen Moment, dann überreichte sie ihm das Herz. Trotz des Fells waren ihre Hände rot vor Kälte und zitterten. Stumm umklammerte sie Bens Glücksgroschen um ihren Hals.

»Warum wirfst du dann nicht erst einfach nur das Herz rein?«, fragte Ben.

»Weil es allein nicht unbedingt zur Quelle des Feuers findet, wie die Prophezeiung so schön sagt. Ich bringe es da hin, wo ich geboren wurde, und die Hitze mit mir. Das muss die Quelle sein.«

»Danke«, sagte Ben mit rauer Stimme.

»Du hast mich gerettet.« Orghonikk sah Ben tief in die Augen. »Ich weiß, dass du es nicht nur getan hast, weil ihr mich brauchtet. Irgendwann wärst du sowieso gekommen, wie für jeden Drachen, und dafür tu ich das.« Er wandte sich an Anula. »Ich hoffe, wir sehen uns gleich wieder hier oben, und ich muss dich nicht nachholen.«

Anula nickte und verkniff sich mühsam die Tränen. Sie küsste Orghonikk auf die Schnauze und flüsterte: »Komm bloß wieder.«

»Und du stapelst die Marmorblöcke vor den anderen Gang«, sagte Orghonikk zu Aiphyron. »Wenn hier wer auftaucht, hält sie das eine kurze Weile auf.«

»Trödel da unten nicht zu lange«, brummte Aiphyron, aber das dazugehörige Grinsen misslang ihm. Drachen mochten Einzelgänger sein, wie Aiphyron gern betonte, aber das hieß nicht, dass andere ihnen egal waren.

Orghonikk presste das Herz aus dem Ewigen Eis fest an seine Brust und sprang in die Lava. Fast war es, als würde er in Wasser tauchen, nur dass es nicht platschte. Es knirschte und zischte, und dann war der Drache verschwunden. Ein Mensch wäre wahrscheinlich einfach aufgeprallt und verbrannt. Anula schluchzte, Ben liefen stumme Tränen über das Gesicht.

»Ich tu dann mal, was er gesagt hat«, brummte Aiphyron und schleppte die Marmorblöcke quer durch die Höhle.

Ben und Anula saßen nebeneinander auf dem Altar und starrten in die Tiefe. Sie hielten sich an den Händen und sagten kein Wort. Mit der anderen Hand hatte Anula noch immer den Glücksgroschen umklammert.

So nah an der Lava war es unerträglich heiß, und sie war so grell, dass Ben nur mit zusammengekniffenen Augen hineinsehen konnte. Aber wo sollte er sonst hinschauen? Alles, was wichtig war, entschied sich gerade dort unten.

»Weil du vorhin gefragt hast«, sagte Anula leise. »Ja, tief im Inneren friere ich immer noch.«

Ben zog sie an sich. »Das ist die Angst.«

»Ja, aber ich kann Kälte und Angst nicht mehr trennen. Sie gehören zusammen.«

Plötzlich packte Ben eine wilde Hoffnung. Vielleicht konnte Anula den Sprung in die Lava überleben, sollte sie tatsächlich hinein müssen. So wie Orghonikk. Sie war kein vulkangeborener Drache, aber es gab Menschen mit den unwahrscheinlichsten Gaben. Er war als Drachenflüsterer nicht der Einzige!

Vielleicht war sie inzwischen so sehr ein Kind der Kälte, dass die Hitze ihr nichts anhaben konnte. Vielleicht hatte er sich deshalb in sie verliebt, weil sie auch eine Gabe hatte. Das hatte sie unbewusst zueinander hingezogen. Immerhin hatte sie ihn bei ihrem ersten Treffen schnippisch abgekanzelt, das konnte es nicht gewesen sein. Oder?

Doch ebenso plötzlich brach die Hoffnung in sich zusammen. Anula war schön, tapfer, schlagfertig, stark, stolz, schlau und hundert andere Dinge, für die er sie liebte. Es brauchte nicht noch eine Gabe, die etwas erklärte, was eigentlich unerklärlich war. Er liebte sie, weil er sie liebte, so einfach war es. Und sie hatte sich schon beim Kochen die Finger verbrannt. Wie sollte sie da über eine geheime Gabe verfügen, die sie retten würde?

Stumm starrte er in die Lava, aber sie wollte sich einfach nicht verändern. Warum nur hatte er diese verfluchte Prophezeiung gefunden?

Warum konnte er nichts tun?

Er wusste auch nicht, was er sagen sollte. Alles würde belanglos klingen oder wie ein Abschied, und beides ertrug er jetzt nicht.

Sollte er nicht besser draußen bei den anderen sein, wie Yanko vorgeschlagen hatte? Könnte er nicht da viel eher Anula den Rücken freihalten? Viel lieber würde er mit hundert Rittern und tausend Mönchen kämpfen, als hier zu sitzen und nichts tun zu können.

Dabei könnte er Anula packen und mit ihr auf Aiphyron fliehen. Sie konnten weit in den Süden fliegen, wo es immer warm war und niemand sie kannte, wo es keinen Orden gab und keinen endlosen Kampf um die Freiheit der Drachen. Leben, nur einfach leben!

Aber er wusste, dass er das nicht konnte. Er konnte nicht

alle verraten, einschließlich Anula. Er glaubte nicht, dass sie ihm das je verzeihen würde, selbst wenn sie irgendwann froh wäre, am Leben zu sein.

Falls.

Viel wahrscheinlicher wäre, dass sie ihn hier mit sich hinabriss, weil er zu zögerlich zupacken würde, und sie wieder mal ihren Willen durchsetzte. Anulas einzige Hoffnung lag bei Orghonikk.

»Komm schon«, murmelte er, aber die Lava glühte und brodelte ununterbrochen, und Ben schwitzte in der Hitze, die nicht nachlassen wollte.

Anula drückte seine Hand so fest, dass ihre Nägel sich schmerzhaft in seine Haut gruben. Er sagte nichts. Ansonsten sah man ihr den inneren Kampf nicht an, den sie ausfechten musste. Sie unterdrückte ihre Kälte und ihre Angst, sie hielt sich aufrecht und klagte nicht, dass die Prophezeiung sie genannt hatte.

Inzwischen hatte Aiphyron die ganze Mauer hinübergeschleppt und baute sie langsam wieder auf. Ben warf ihm nur einen Blick zu und musste fast schmunzeln, als er den Drachen so versunken in eine derart menschliche Tätigkeit sah.

»Wir brauchen Glück, wir brauchen mehr Glück«, stieß Anula plötzlich hervor und riss sich den Groschen vom Hals. »Darf ich?«

Ben nickte. Nichts hätte er ihr abgeschlagen.

»Bring Orghonikk Glück«, murmelte Anula, küsste den Groschen und warf ihn in die Lava. Ohne ein Geräusch landete er und schmolz in einem Augenblick. Ben hoffte, dass ihr Glück damit nicht ebenso rasch verflogen war.

Sie warteten.

Die Lava brodelte weiter.

Ben schloss verzweifelte die Augen und griff nach Anulas Hand.

Anula murmelte: »Bitte.«

Ben wusste nicht, an wen das gerichtet war, aber vermutlich wusste Anula es selbst nicht.

Und dann nahm das Glühen ab. Es wurde schwächer und schwächer, und die Lava verkrustete. Sie wurde hart, und Anula fiel weinend auf die Knie. Es waren Freudentränen und Tränen der Erleichterung, alles fiel von ihr ab. Ben riss sie an sich und küsste sie. Er schrie: »Ja!«

Aiphyron kam herbei und drückte Anula vorsichtig mit den großen Klauen an sich. »So macht ihr Menschen das ja, oder?«

»Ja«, schluchzte Anula und lachte zugleich.

Dann starrten sie gemeinsam auf das erkaltende Gestein und dachten an Orghonikk.

»Ich werde dir das nie vergessen«, murmelte Ben. »Nie.«

»Ich auch nicht«, flüsterte Anula.

»Ich wusste doch, dass man Feuer nicht trauen kann«, knurrte Aiphyron.

Die Lava wurde schwarz wie Graberde, es knirschte. Bald war das letzte Glimmen verschwunden. Ben schluckte. Da plötzlich knackte es, und ein Riss tat sich im erkalteten Gestein auf. Eine Klaue kam hervor, dann noch eine, und schließlich kroch Orghonikk heraus. Er grinste, und in seinen Augen loderte das Ewige Feuer. »Wir hatten wohl wirklich viel Glück.«

Als sie die Höhlen verließen, sahen sie, dass der ganze Kraterboden schwarz geworden war. Noch strahlte er Wärme ab, doch die Lava war erloschen. In vereinzelten Rissen glitzerte es hell wie Eis.

»Geschafft«, murmelte Ben. »Wir haben es wirklich geschafft.«

»Hast du an uns gezweifelt?«, fragte Aiphyron.

»Nicht an uns. An der Prophezeiung.«

»Zu recht.« Aiphyron grinste. »Die schillernde Frau hätten wir gar nicht gebraucht, oder?«

Ben lachte, aber innerlich war er überzeugt, dass Anula cntscheidend gewesen war. Sie war es gewesen, die den Glücksgroschen in den Vulkan geworfen hatte. Vielleicht hätte das jeder tun können, aber sie war es nun mal gewesen, die daran gedacht hatte. Die bereit gewesen war, ihr Leben zu geben. Ohne diese Bereitschaft wäre Orghonikk nicht so leicht gesprungen, davon war Ben überzeugt. Anula war diejenige gewesen, die alle mitgezogen hatte. Nicht mit großen Worten, sondern weil sie ohne großes Zögern alles riskiert hatte.

Regen setzte ein, und Donner grollte.

Lachend stürmten sie aus dem Krater, um ihre Freunde von ihrer Aufgabe zu befreien. Sie fanden drei Drachen, die um die Türme rasten, und sahen, dass die Armbrustkatapulte zerstört waren. Ben rief Orghonikk und Anula zu: »Sagt ihr ihnen Bescheid? Es geht heim! Wir suchen Cathe und Zalhqualradho.«

Orghonikk ließ ein brüllendes Lachen hören und raste auf das Kloster zu. Ein erster Blitz zuckte über den Himmel, und der Regen prasselte dicht herab. Der Wind wurde stärker. Leute schrien, und Ben grinste, während sich Aiphyron auf die Suche machte.

Plötzlich schrie irgendwer: »Die schillernde Frau!« In seiner Stimme lag so viel Panik, dass Ben wusste, dass die Prophezeiung hier bekannt war.

Der Schrei wurde von Dutzenden Kehlen aufgenommen, und wer bislang noch nicht verängstigt war, war es nun. Der Abt stürmte wieder aus seinem Versteck heraus, um es mit eigenen Augen zu sehen. Anula saß aufrecht auf Orghonikks Rücken und riss sich das Hemd vom Körper, sodass möglichst viel von ihrer Haut zu sehen war. Im Schein der zahlreichen Lichter glitzerte sie deutlich erkennbar wie Eis. Die Regentropfen, die über sie liefen, verstärkten den Eindruck noch. Ein ganzes Gitter an Blitzen überzog den Himmel und ließ Anula erstrahlen.

Mönche, Ritter und Abt klagten laut und jammerten verzweifelt. Manche Mönche stürmten in den Berg, wohl um zu prüfen, wie es um Faystos Feuer stand.

»Tötet sie!«, schrie der Abt mit überschnappender Stimme. »Tötet sie!«

Aber niemand gehorchte. Die meisten waren von Furcht gepackt, und die wenigsten hielten einen Bogen in der Hand. Einer warf wieder mal hilflos sein Schwert, aber es fiel weit entfernt zu Boden.

»Zu spät!« Anula lachte, und dann flog Orghonikk mit ihr davon.

Aiphyron hatte inzwischen Zalhqualradho am Berghang erspäht und stürzte zu ihm. Zalhqualradho war sichtlich verletzt und rutschte mehr hinab, als dass er lief.

»Was ist?«, rief Ben.

»Der Flügel«, keuchte Zalhqualradho. »Dieser miese Thaler.«

»Thaler? Herr Thaler ist hier?«

»Tot«, sagte Cathe matt.

»Los, wir tauschen«, befahl Ben und sprang von Aiphyron, der Cathe sofort auf seinen Rücken half. Wie Herr Thaler gestorben war, würde er nachher erfragen.

Aiphyron half Ben, den Pfeil herauszureißen, und Ben legte sofort die Hand auf das hervorquellende Blut. Mit seinen Heilkräften verschloss Ben zuerst die Wunde an der Brust, dann kletterte er auf Zalhqualradhos Rücken und stoppte auch hier den Blutfluss. Die Wunde war lange nicht so schlimm wie die letzte, der Pfeil hatte Lunge und Herz verfehlt, der Sturz war nicht so tief gewesen. Und Ben war rechtzeitig gekommen, bevor der Drache zu viel Blut verloren hatte.

Noch immer drang Lärm aus dem Kloster hinter ihnen. Der Regen fiel immer heftiger, und Blitze zuckten über den ganzen Himmel. Der Donner grollte, als würde er das Ende der Welt einläuten. Ben lachte, während er Zalhqualradho weiter heilte und der vorsichtig talwärts schlitterte.

Aiphyron erhob sich in den Himmel, blieb aber in der Nähe, falls Verfolger auftauchen sollten. Doch niemand kam, das Kloster hatte wohl genug damit zu tun, dass das – trotz Prophezeiung – Undenkbare geschehen war: das Ewige Feuer war erloschen.

Und das änderte alles. Ben musste an Thylos denken, an seinen Wunsch zu gewinnen. Und das, was Ben noch vor Tagen als unmöglich angesehen hatte, schien ihm auf einmal gar nicht mehr so unmöglich. Sie hatten einen Vulkan gelöscht! Wenn sie nun noch alle Feuer aus den Schmieden des Ordens stehlen konnten, würde der Orden nie wieder Blausilber schmieden können.

Ben legte den Kopf in den Nacken und ließ sich die dicken, warmen Tropfen aufs Gesicht prasseln. Es waren ziemlich viele Schmieden, und sie waren gut bewacht, aber ohne neues Feuer aus dem Vulkan war ihre Zahl endlich. Morghon würde toben, und Ben lächelte. Dann konzentrierte er sich wieder aufs Heilen.

Als sie schließlich den Fuß des Bergs erreicht hatten, war Zalhqualradhos Tritt wieder sicher, auch wenn die Wunden noch nicht richtig verheilt waren. Ben stellte fest, dass der Schaden im Flügel gering war, auch da hatten sie Glück gehabt. Bis zum Morgengrauen hätte er ihn geheilt. Und so trug ihn Zalhqualradho quer über Wiesen und Felder, abseits der Straßen. Aiphyron flog noch immer über ihnen, und auch die anderen waren längst gekommen. Sie kreisten über ihnen, lachten, schlugen Salti und feierten ihren Sieg. Yanko schrie: »Nach der Tat müsste unser Kopfgeld so hoch sein, dass selbst der unermesslich reiche Morghon das nicht bezahlen kann!«

Niemand würde sich ihnen hier draußen in den Weg stellen, da war Ben sich sicher. Herr Thaler war nicht mehr, und bis der Hohle Abt von ihrem Sieg erfuhr und Ritter aussandte, waren sie längst daheim und in Sicherheit. Glücklich ließ er seine Heilkräfte wirken.

EIN LANGE VERSPROCHENES GESCHENK

Ben, Aiphyron, Yanko und Marmaran kauerten im Unterholz nah der gepflasterten Straße zum Berg Arknon, während schwere Regentropfen auf das dichte Blätterdach über ihnen fielen. Ihre Schuhe und Klauen steckten tief in der feuchten Erde, es roch nach nassem Laub und Bierpilzen.

Fünf Tage war es her, dass die Feuer von Arknon endgültig erloschen waren und Herr Thaler gestorben war. Fünf Tage, in denen es meist geregnet und gewittert hatte. Nesto hatte mehrere Briefe geschickt und berichtete, wie sehr das Verlöschen des Vulkans Rhaconia erschüttert hatte, so wie wohl das gesamte Großtirdische Reich. Blitze zuckten auch am dritten Tag danach noch um den Gipfel. Der Hohe Abt Morghon wetterte furchtbar und ununterbrochen gegen Bens unheilbringende Bande von verbrecherischen Samothanbetern und hatte alle Kopfgelder verdoppelt, das von Anula sogar vervierfacht. Damit hatte sie Yanko wieder überholt. Der protestierte nicht, sondern sagte nur: »Verdient.«

Aber Nesto schrieb auch, dass immer mehr Menschen flüsternd fragten, ob das kein Zeichen der Götter gewesen sei. Wollten sie etwa nicht, dass weiter Blausilber geschmiedet wurde? Und war Herr Thaler etwa für seine Taten als Menschenjäger bestraft worden?

Natürlich fragte man das nur hinter vorgehaltener Hand und in kleinen Gassen und Hinterhöfen, denn noch immer hielten die meisten zum Orden der Drachenritter. Aber es war nicht klar, wie viele das nur aus Gewohnheit taten. Oder aus Angst, denn Morghon herrschte weiter mit eiserner Hand. Die Händler und Adligen von Rhaconia kuschten vor ihm. Ritter und Knappen marschierten oft im Gleichschritt über die Hauptstraßen und großen Plätze, um Stärke zu zeigen und ihr Revier zu markieren. Doch auch Morghon lebte in Furcht, er hatte die Zahl seiner Leibwächter verdoppelt.

Nestos letzter Brief schloss mit den hoffnungsvollen Worten: »Kaum jemand eifert noch Herrn Thaler nach. Trotz des erhöhten Kopfgelds sind viele wieder zu ihrer richtigen Arbeit zurückgekehrt. Sie hatten vom Reichtum geträumt, nicht vom Tod.«

Ben konnte noch immer kaum fassen, was sie erreicht hatten. Das war kein kleiner Sieg über den Orden gewesen, sondern ihr bisher größter. Ein gewaltiger Sieg, der alles änderte.

»Wir hätten Cathe mitnehmen sollen«, flüsterte Aiphyron, während die Nässe langsam zu ihnen heruntertropfte.

»Warum?«, fragte Ben.

»Von dem, was sie über den Kampf mit Herrn Thaler erzählt hat, und wie sie sich verstecken konnte, glaube ich, dass sie eine Schattentaucherin ist.«

»Was?«, stieß Ben aus. »Eine was?«

»Eine Schattentaucherin. Sie kann in Schatten eintauchen, mit ihnen verschmelzen, sich von ihnen schlucken lassen. Niemand verbirgt sich so gut wie ein Schattentaucher. Solange er einen tiefen Schatten findet.«

»Sie hat auch eine Gabe?«, fragte Ben überrascht. Verspürte er deshalb diese Nähe zu ihr, diese Verbindung, die er sich nicht erklären konnte?

»Ganz sicher bin ich nicht«, gab Aiphyron zu.

»Aber auf ihre Freunde hat das keine Auswirkung?«, fragte Yanko mit einem schiefen Grinsen. »Wir anderen wären trotzdem noch zu sehen? Vor allem dicke Drachen mit leuchtend blauen Schuppen, oder?«

»Schnauze, matthäutiger Bodenkriecher«, knurrte Aiphyron.

»Leise«, zischte auch Marmaran, aber aus einem anderen Grund. »Sie kommen.«

Und dann hörte auch Ben die heranrumpelnden Räder und das Gemurmel von Menschen. Schon bald konnte er sie sehen, sieben Mönche aus dem Kloster am Ewigen Feuer, die auf dem Rückweg von Rhaconia waren. Dort hatten sie buntes Glas aus Venzara gekauft, um die Scheiben zu ersetzen, die bei den Ablenkungsangriffen neulich zu Bruch gegangen waren. Nesto hatte am Hafen zufällig von dem Handel erfahren und es geschrieben.

Zwei Mönche saßen auf dem Kutschbock eines knarzenden Planwagens mit großen, eisenbeschlagenen Rädern. Der Wagen wurde von zwei stämmigen gescheckten Pferden gezogen, die fünf anderen Mönche trotteten nebenher. Sie waren unrasiert und wirkten erschöpft. Stur starrten sie geradeaus, keiner achtete auf den Wald am Wegrand. Als sie auf der Höhe der Geächteten waren, sprang Aiphyron mit einem gewaltigen Satz auf die Straße. Er landete nur einen Schritt vor dem Wagen und knurrte: »Halt!«

Wiehernd stiegen die Pferde, der zügelhaltende Mönch wurde vom Kutschbock gerissen, und Marmaran trat hinter dem Wagen aus dem Unterholz. »Das wollte ich auch gerade sagen: Halt!«

Die Mönche wirbelten herum, stierten beide Drachen an und Erkennen spiegelte sich auf mehreren entsetzten Gesichtern.

»Samoths Handlanger«, keuchte einer.

»Die … die … die Feuerlöscher«, stammelte der nächste.

»Packt sie!«, rief der rotgesichtige Mönch auf dem Kutschbock. »Entflügelt sie!«

Aber die anderen Mönche stoben in alle Richtungen davon, sie versuchten einfach nur, ihr Leben zu retten. Es waren keine Kämpfer, sondern Handwerker.

»Dann pack du mich doch«, forderte Marmaran den letzten verbliebenen Mönch freundlich auf. Zitternd tastete der nach seinem Schwert.

Die Pferde wieherten und stiegen wieder. Aiphyron packte die Deichsel und riss sie einfach vom Wagen. Dann zerbrach er schnell die Aufhängung der Zügel und machte den Weg frei. Die Pferde stoben davon.

Marmaran spuckte den schwerttastenden, rotgesichtigen Mönch vom Kutschbock. Der gab auf und krabbelte bibbernd ins Gebüsch.

Das war einfacher gegangen als gedacht. Nun hasteten Ben und Yanko aus dem Versteck und warfen die vorderen Enden der mitgebrachten Seile mit Trageschlaufen unter dem Wagen hindurch. Schnell knoteten sie sie am Wagen fest und sprangen auf die Drachenrücken, während Aiphyron und Marmaran grimmig umherblickten, um die Mönche von einer Rückkehr abzuhalten. Kaum saßen die beiden Jungen, krallten die Drachen sich die Schlaufen und flogen los. Der geraubte Planwagen voller Venzaraglas hob ab und hing wankend zwischen ihnen, während sie sich auf einem Umweg zum Verlies der Stürme aufmachten.

Anula wird Augen machen, wenn sie endlich ihre Fenster bekommt, dachte Ben mit einem Lächeln. Der Regen prasselte weiter auf sie ein, aber das störte sie nicht. Der Wind frischte auf, und der Planwagen wankte immer stärker. Doch Ben war sicher, sie würden es heil bis nach Hause schaffen. Zur Not mit ein bisschen Glück.

ANHANG

DER GROSSE, WENNGLEICH KURZE GELEHRTENSTREIT VON VENZARA

Es war genau fünfhundert Jahre nach der Gründung von Venzara, als der stolze und reiche Fürst Borghjano über die prächtige Handelsstadt herrschte. Weil er stets recht haben wollte, war er ein großer Freund der Wissenschaft, denn je mehr Wissen man besaß, desto öfter hatte man recht. Und so setzte er zu Venzaras Jubiläum höchstselbst den Grundstein der großen Bibliothek und lud zahlreiche Gelehrte zu einer öffentlichen Podiumsdiskussion.

»Ziel dieser Diskussion soll es sein, die Wahrheit über die Herkunft der rätselhaften Titanenköpfe in der Lagune vor unserer Stadt zu erfahren«, ließ er öffentlich verkünden. Demjenigen, der dem Fürst diese Wahrheit bringen konnte, wurden zwei kunstvolle Glaskaraffen versprochen, bis zum Rand gefüllt mit glänzendem Gold.

Da die Karaffen nicht nur kunstvoll, sondern vor allem auch groß waren, strömten die Gelehrten zahlreich herbei, und noch zahlreicher das venzarische Publikum, das sie hören wollte. Neugierig drängten sich die Menschen schon bei Sonnenaufgang vor dem hölzernen Podium im Park der zukünftigen Bibliothek. Lautstark stellten sie diese und jene Vermutung an, bis endlich Fürst Borghjano und die Gelehrten samt Herold und Fanfarentrompeter erschienen.

Die Menge verstummte, und der Fürst eröffnete den Gelehrtenstreit mit Hellwahs Segen und viel Pathos: »Möge der Wettstreit der großen Geister unseres Reichs die Wahrheit ans Sonnenlicht bringen, denn die Wahrheit ist klar wie Glas und wertvoll wie Gold.«

Anschließend trat der erste Sprecher mit würdevollen Schritten auf die Bühne und verbeugte sich vor Fürst Borghjano. Er war noch nicht einmal dreißig Jahre alt, und seine weißblonden Locken wehten im sanften Wind.

»Klypos aus Aphrasehr«, kündigte ihn der Herold an, »Sohn des berühmten und gestrengen Herrn Klamm, geschätzter Ritter des heiligen Ordens der Drachenritter, Befreier von vier großen Drachen.«

Klypos lächelte steif, wie immer, wenn bei seiner Vorstellung mehr von seinem Vater die Rede war als von ihm selbst. Er liebte und verehrte seinen Vater, aber er diente dem Orden mit ebenso großer Hingabe. Warum konnte das nur keiner sehen? Warum war er noch immer nur seines Vaters Sohn?

Ein heller Fanfarenstoß erklang, dann hatte er das Wort.

»Einst waren die so titanischen Titanen kaum größer als Menschen«, fing er an, und sprach mal in Richtung Fürst, mal zum Publikum. Seine Stimme war tief und kräftig, sie trug weit über den Platz. Er berichtete, wie die Titanen irgendwann zu wachsen begannen und nicht mehr damit aufhörten. Bald schon überragten sie Trolle und Seetrolle, dann deren gewaltige Vorfahren. Sie hätten aus Dachrinnen trinken können, wenn sie sich ein wenig heruntergebeugt hätten. Lachend spuckten sie in Schornsteine und verhöhnten selbst die Götter, nannten sich gar größer als Hellwah. Klypos breitete die Arme aus und rief mit vor Ehrfurcht zitternder Stimme: »Daraufhin ist der herrliche Sonnengott höchstselbst vom Gipfel des Götterbergs herabgestiegen und hat sich ihnen in aller blendender Pracht gezeigt. Sein Anblick ließ die hochmütigen Titanen vor Schreck zu Stein erstarren. So standen sie wochenlang in der Lagune, bis sie im Herbst schließlich ein gewaltiger Sturm zu Fall brachte. Das Wasser spritzte bis zu den Wolken hinauf, und die Titanen zersplitterten auf dem Meeresgrund.«

»Nein, nein«, widersprach die große Mathematikerin und Sternenguckerin Markhala, bevor der Herold sie ordentlich hatte ankündigen können. Unsicher trötete die Fanfare ihr ins Wort, aber sie sprach erregt weiter. »Die Titanen waren schon immer titanisch. Sie hatten sich rein zufällig am Meeresufer versammelt, als ein gewaltiger, glühender Komet vom Himmel fiel und sie allesamt beim Aufprall zerschmetterte. Darüber hinaus schlug er ein Loch in den Boden, in das sofort Meerwasser schwappte. So entstand überhaupt erst die Lagune. Das Wasser schwappte über die zerstörten Titanen, Welle um Welle, und Salz verkrustete auf ihrer Haut. Korallen wuchsen auf den Titanen, Muscheln und zahllose Steine lagerten sich auf ihnen ab, bis sie ganz von einer Gesteinsschicht überzogen waren und selbst zu Stein wurden.«

»Aber warum?«, fragte der Fürst verwirrt. »Warum fiel der Stern vom Himmel? War es eine Strafe?«

»Nur ein dummer Zufall«, antwortete Markhala.

»Zufall? Mhm«, brummte der Fürst und wirkte sichtlich enttäuscht. Zufall und Wissen passten für ihn nicht zusammen, er wollte für alles eine Erklärung. Er hielt den Zufall nur für eine bequeme Ausrede all jener, die nicht den Mut für eine eindeutige Erklärung hatten.

»Nun, vielleicht hat auch Hellwah ihn gelenkt, um die Titanen zu strafen«, warf Markhala rasch ein, weil sie das ausgelobte Gold dringend für ihre weiteren Sternbeobachtungen und Berechnungen benötigte, doch es war zu spät. Der Fürst winkte sie nachlässig fort, und sie war von sich enttäuscht, dass sie nicht dicker aufgetragen hatte.

»Gjan aus Falcenzca«, rief der Herold rasch, um seinen Einsatz nicht noch einmal zu verpassen. Er rief es so rasch, dass der überraschte Fanfarentrompeter seinen verpasste.

Gjan trat ganz an den Rand des Podiums, warf sein langes schwarzes Haar in den Nacken und verkündete laut und mit dramatischer Geste: »Die Titanen gab es nie!«

Das Publikum japste verblüfft, und manch einer lachte, denn die Titanen lagen für alle sichtbar in der Lagune.

Gjan, der eigentlich Bildhauer war, sich als großer Künstler aber auch für einen Gelehrten hielt, hob die Hand und fuhr eindringlich fort: »Sie waren von Anfang an nichts anderes als gewaltige Statuen. Sie waren die größten Kunstwerke ihrer Zeit, geboren aus der Fantasie unserer fernen Vorfahren, errichtet von wahren Künstlerhänden, um dem Leben zu huldigen, der wahrhaften Größe und unübertroffenen Schönheit dieser Lagune. Da kamen kulturlose Neider aus ihren Höhlen gekrochen, die dumpfäugigen Ururахnen der Gründer von Rhaconia, und stießen die herrlichen Statuen um, weil sie so viel Schönheit nicht ertrugen, falls sie nicht ihnen gehörte.«

Wohlwollend nickte der Fürst, der seit Jahren im Zwist mit der konkurrierenden Stadt Rhaconia stand. Aber dann erinnerte er sich wieder, dass er sich gerade in Vertragsverhandlungen über ein Handelsabkommen mit Rhaconia befand, und er ließ das Nicken sein.

Dessen ungeachtet dröhnte Gjan: »Nur deshalb blicken die Augen der Titanen noch heute anklagend in Richtung Rhaconia!«

Das Publikum murmelte Flüche in Richtung der benachbarten Handelsstadt, die Stimmung heizte sich auf. Vereinzelte Rufe nach Vergeltung wurden laut.

Gjan sah dies als Zustimmung und rief mit theatralischer Inbrunst: »Sollte ich das Gold der Wahrheit erhalten, würde ich damit die Titanen wiederaufbauen, sodass die Lagune fortan heißen müsste: Lagune der wiedererstandenen Titanen! Als Zeugnis von Venzaras Größe!«

Das Publikum jubelte, irgendwer schrie: »Zeig's Rhaconia!«

»Nieder mit den Kunsthassern!«

Zugleich stürmte der Rittersohn Klypos zurück aufs Podium und brüllte wutentbrannt: »Du willst wieder zusammenfügen, was Hellwah zerstört hat? Du willst Statuen dieser Frevler errichten? Denn es waren Frevler, keine Kunstwerke!«

Der Jubel stockte, manch ein Zuschauer wirkte ertappt und erschrocken. Auch Gjan selbst verschlug es für einen Moment die Sprache.

»Ruhe!«, verlangte der Fürst, bevor die Gemüter weiter hochkochen konnten. Er wollte weder Krieg mit Rhaconia noch riesige Statuen vor dem Hafen, die die Fahrt der Handelsschiffe behinderten. »Lasst uns erst die Wahrheit finden, bevor wir entscheiden, was wir als Nächstes tun.«

Und so kündigte der Herold die schöne Jungfrau Flaya an, die trotz ihres jungen Alters für ihre Visionen berühmt war. Und für ihre langen Wimpern.

»Die einzige Wahrheit, von der die Titanen heute noch

für uns künden, ist: Nichts widersteht der Zeit, nichts ist ewig.«

»Aber wer waren sie?«, fragte der Fürst. »Was wollten sie? Warum waren sie genau hier?«

»Das ging in der unerbittlichen Zeit verloren.« Flaya klimperte keck mit den stark geschminkten Augen. Ihr Gesicht war makellos und ihr Ritter rettungslos in sie verliebt. »An allem nagt die Zeit. Die Zeit besiegt alles und jeden – abgesehen von den unsterblichen Göttern. Die Titanen sind eine Mahnung, den Tag, ja jeden Augenblick zu schätzen.«

»Weise Worte«, sagte der Fürst, obwohl Flaya noch immer nichts über die Titanen gesagt hatte. Aber diese Augen und diese Lippen konnten doch nicht lügen!

»Sie mögen weise klingen, aber es ist doch nur Blabla«, giftete der breitschultrige, dünnhaarige Trollforscher Henkhar bissig, obwohl der Herold ihn noch nicht angekündigt hatte.

Der Fanfarentrompeter trötete trotzdem.

»Ein bisschen Romantik, ein bisschen Möchtegern-Philosophie von einem kleinen Mädchen! Dabei wissen wir doch ganz genau, welches Wesen als einziges zu Stein erstarrt: die geheimnisvollen Vorfahren der Trolle. Und das bedeutet, die Titanen müssen die Vorfahren der Vorfahren der Trolle gewesen sein.«

»Oder vielleicht auch die Vorfahren der Vorfahren der Vorfahren der Trolle?«, spottete Flaya mit roten, lächelnden Lippen vom Podiumsrand. »Oder vielleicht Brüder, Cousinen oder noch fernere Verwandte der Vorfahren der Tanten und Onkel der Trolle?«

Der Trollforscher bleckte angesichts so viel Hohn wütend die Zähne und stürmte auf Flaya zu. Sofort stellte sich ihm der Rittersohn Klypos in den Weg. Das Publikum schrie auf.

»Willst du wirklich eine Jungfrau Hellwahs schlagen?«, geiferte Klypos.

»Hellwah hat damit nichts zu tun«, knurrte Henkhar. »Aber das da ist keine Gelehrte, die hat hier nichts verloren! Und wenn ich sie eigenhändig vom Podium prügeln muss. Also: ja.«

Das Publikum schrie und stöhnte auf, irgendwer verlangte nach der versprochenen Wahrheit, aber das ging im Tumult unter.

»Nicht, solange ich es verhindern kann!« Stolz reckte Klypos das Kinn in die Höhe.

»Na, das ist nicht allzu lange«, brummte der Trollforscher und versetzte ihm einen gewaltigen Haken, der eines Trolls würdig gewesen wäre.

Der Rittersohn, der sich endlich einen eigenen Namen hatte machen wollen, flog im hohen Bogen vom Podium und klatschte ins johlende Publikum.

Flaya lächelte nicht mehr und klimperte nicht mehr mit den Wimpern. Blitzschnell war sie da und versetzte dem überraschten Trollforscher einen ordentlichen Nasenstüber.

»Kleines Mädchen, was?«, rief sie und verpasste ihm gleich noch zwei klatschende Ohrfeigen. »Und du großer Mann lässt dich von dem Mädchen schlagen? Das gefällt dir wohl?«

Das Publikum lachte, Klypos rappelte sich auf und kletterte zurück aufs Podium, und Henkhar stürzte sich brüllend auf Flaya. Geschickt wich sie aus, Henkhar stürzte an ihr vorbei und vom Podium hinunter. Fürst Borghjano schüttelte den Kopf, das Publikum grölte, und der Bildhauer Gjan jubelte, weil er immer auf Seiten der Schönheit war. Markhala hingegen schubste die Jungfrau vom Podium, weil ihr das zu viel Schönheit war, und Klypos sprang sofort wieder vom Podium und auf den Rücken des Trollforschers. Plötzlich war eine gewaltige Keilerei im Gange. Hier wurde geschubst, da getreten, dort geprügelt und überall gekeucht und geschrien. Nicht einmal der Fürst konnte die Lage beruhigen.

Und so kam es, dass die gelehrte Frau, die der Wahrheit am nächsten gekommen wäre, gar nicht mehr zu Wort kam. Auch nicht der Mann, der glaubte, die Titanen wären eigentlich ein einziges gewaltiges Wesen mit dreizehn Köpfen, siebenunddreißig Beinen und vierundzwanzig Armen gewesen, aber das war kein Verlust.

Doch das Publikum hatte so viele unterschiedliche Vorstellungen gehört, dass es keine richtig glaubte und alle nur halbherzig weitertrug, weshalb sie alle mehr oder weniger verloren gingen.

Letztlich war Fürst Borghjano insgeheim froh, dass er sein Gold behalten konnte, denn die Vertragsverhandlungen mit Rhaconia liefen schlecht, und die erhofften Einnahmen blieben aus. Und auch die Vertragsverhandlungen sind nicht mehr überliefert. Doch in dem Fall ist das vielleicht sogar besser, denn es waren sehr zähe und langweilige Verhandlungen.